Kontaktadresse nach EU-Produktsicherheitsverordnung:
produktsicherheit@fischerverlage.de

Der zweite große Horror-Roman von LITERATUR SPIEGEL-Bestsellerautor Mats Strandberg.

Zum ersten Mal nach zwanzig Jahren kehrt Joel zurück in sein Heimatstädtchen an der schwedischen Westküste, um seine demenzkranke Mutter zu pflegen. Seit ihrem Infarkt ist Monika nicht mehr dieselbe, und schweren Herzens bringt Joel sie im Seniorenheim unter, wo sie sich zunächst zu erholen scheint.

Doch schon bald verschlechtert sich Monikas Zustand: Sie magert ab. Wird ausfallend. Und spricht dunkle Geheimnisse aus, von denen sie eigentlich gar nichts wissen kann. Joel erkennt seine Mutter kaum noch wieder – und in ihm wächst die Gewissheit, dass etwas Böses sich den Weg in unsere Welt bahnt …

Mats Strandbergs Horror-Debüt »Die Überfahrt« wurde in Schweden wie in Deutschland zum Überraschungsbestseller und machte ihn auf einen Schlag berühmt. Mit »Das Heim« hat sich Strandberg erneut auf alle skandinavischen Bestsellerlisten geschrieben.

Weitere Informationen finden Sie auf www.tor-online.de und www.fischerverlage.de

MATS STRANDBERG

DAS HEIM

ROMAN

Aus dem Schwedischen
von Nina Hoyer

FISCHER Taschenbuch

2. Auflage

© 2024 S. Fischer Verlag GmbH,
Hedderichstr. 114, 60596 Frankfurt am Main

© 2017 Mats Strandberg by Agreement with Grand Agency
Die schwedische Erstausgabe erschien bei Norstedts, Stockholm
Die Nutzung unserer Werke für Text- und
Data-Mining im Sinne von § 44b UrhG
behalten wir uns explizit vor.
Printed in Germany
ISBN 978-3-596-70377-7

*Dieses Buch ist Johan Ehn gewidmet,
mit dem ich alt zu werden hoffe.*

JOEL

Er lauscht angespannt. Wagt kaum zu atmen.

Morgenlicht sickert durch die Ritzen der Jalousie ins Zimmer. Joel hebt den Kopf und blinzelt angestrengt zu den Digitalziffern der alten Stereoanlage hinüber. Noch nicht einmal halb sechs.

Sein Mund ist trocken, das Bettzeug schweißgetränkt. Beim Anblick der geschlossenen Tür atmet er langsam auf. Er hat sich den Schrei bestimmt nur eingebildet. Ein böser Traum, an den er sich schon nicht mehr erinnern kann.

Joel lässt seinen Kopf auf das Kissen zurücksinken und schließt die Augen, doch es gelingt ihm nicht, zur Ruhe zu kommen. Er fühlt sich wie zerschlagen, sehnt sich nach Schlaf, aber sein Geist ist hellwach. Ihn beschäftigt unentwegt, was ihm heute bevorsteht.

Schließlich gibt er auf. Tastet am Kabel der Nachttischlampe entlang, bis er den Schalter zu fassen bekommt. Das Licht ist so grell, dass sich sein Gesicht zu einer Grimasse verzerrt. Brett Anderson und Debbie Harry beobachten ihn von den Postern in seiner Schlafnische aus. Von einer herausgerissenen Zeitschriftenseite am Fußende sieht ihn Kathleen Hanna herausfordernd an.

Na los, steh auf! Worauf wartest du noch? Zieh es jetzt durch! Geh duschen, bevor deine Mutter wach wird. Na los doch! Du schläfst ja sowieso nicht mehr.

Er bleibt liegen.

Aufzustehen scheint eine Kraftanstrengung zu sein, zu der er einfach nicht fähig ist. Sein Bett ist ein feuchtes Grab. Wenn er nicht bald wieder einmal eine ganze Nacht durchschlafen kann, wird er noch wahnsinnig werden.

Er starrt in das Zimmer, in dem immer noch alles so ist wie damals, bevor er von zu Hause auszog. Nur er selbst ist heute ein anderer.

Als Neunzehnjähriger dachte er, alles sei möglich: Die Welt lag ihm zu Füßen, es zog ihn fort. Fort von diesem Haus, weit fort von dieser Gegend. Und jetzt, zwanzig Jahre später, ist er wieder hierher zurückgekehrt und hat noch nicht einmal die Energie, das Bett zu verlassen.

Im Erdgeschoss wird die Tür zwischen Küche und Diele geöffnet. Joel hält erneut den Atem an.

»Hallo? Wo seid ihr denn alle? Ist niemand zu Hause?«

Die Stimme klingt schrill. Ängstlich. Sie geht Joel durch Mark und Bein. Sein Magen krampft sich zusammen.

Und dann hört er von unten einen schweren, dumpfen Laut.

Mama.

Joel wirft die Decke zurück. Sprintet über die Holzdielen in den Flur. Der Junihimmel vor dem Fenster ist blassblau. Der Garten liegt noch im Schatten, aber die Bäume oben auf dem Berg glühen bereits in der Morgensonne. Die Treppe zum Erdgeschoss ist in helles Licht getaucht, Schmetterlinge tanzen auf der zitronengelben Tapete.

»Ich komme schon!«, ruft er und eilt hinunter.

Der Hausflur ist leer. Neben Joels abgewetzter Lederjacke hängen Fleecepullis und Windjacken stumm an ihren Haken.

»Mama?«

Keine Antwort. Joel drückt die Klinke der Haustür herunter. Abgeschlossen. Gott sei Dank. Dann ist seine Mutter noch im Haus.

Die Tür zum Badezimmer steht offen. Als er hineingeht, schlägt ihm sofort ein widerlicher Geruch entgegen. Ein paar fleckige Unterhosen liegen auf dem Boden. Auch der Toilettensitz weist Urinflecken auf. Der Brauseschlauch liegt wie eine schlafende Schlange in der Wanne.

Bei dem Versuch, sich zu waschen, hätte sie stürzen können. Sich etwas brechen oder den Kopf anschlagen. Und wenn sie um Hilfe gerufen hätte, wäre ich vielleicht gar nicht wach geworden.

Wäre es nicht typisch, wenn das an ihrem letzten gemeinsamen Tag hier im Haus geschehen wäre? Der letzte Tag, an dem er die Verantwortung für seine Mutter trägt?

Er betritt die Küche. Der lange Flickenteppich liegt schief.

Der dumpfe Laut klingt ihm noch in den Ohren.

»Wo bist du, Mama?«

Als er an der Spüle vorbeigeht, hebt er den Weinkarton an, den er dort stehen gelassen hat; es handelt sich um eines der Modelle mit integriertem Zapfhahn.

Er ist fast leer.

»Joel? Joel!«

Er eilt ins Wohnzimmer. Seine Mutter steht da, wo einmal der Esstisch gestanden hat, und starrt ihn an. In ihrem Gesicht, das im Laufe des Frühjahrs so schnell gealtert ist, zeichnet sich eine kindliche Angst ab. Ihr grauer Haaransatz ist mehrere Zentimeter herausgewachsen, vielleicht schafft er es, ihr vor ihrem Aufbruch noch die Haare zu färben.

Meine kleine Mama.

Mit krummem Rücken steht sie da, in einem alten ausgeleierten T-Shirt, das ihr um die Oberschenkel schlottert. Ihre Kniescheiben stechen an den viel zu mageren Beinen hervor.

»Ruf die Polizei, hier ist eingebrochen worden«, sagt sie.

Joel bemüht sich, ein beruhigendes Lächeln aufzusetzen,

aber er kennt diesen Ausdruck in den Augen seiner Mutter. Sie befindet sich an einem Ort, an dem Joel sie nicht erreichen kann.

Bisher ist sie immer wieder davon zurückgekehrt. Vorübergehend. Kurz schien immer wieder ihr altes Ich durch. Aber diese Momente werden immer seltener. Und die Krankheit schreitet schnell voran. Erschreckend schnell.

»Es ist alles in Ordnung«, versichert er ihr.

»Alles in Ordnung?«, schnaubt seine Mutter. »Siehst du denn nicht, dass sie die Möbel, die dein Opa selbst geschreinert hat, gestohlen haben? Und den Lieblingssessel deines Vaters!«

Unsicher geht sie auf die geöffnete Schlafzimmertür zu.

»Und den Schreibtisch! Kannst du dir vorstellen, dass sie den Schreibtisch mitgenommen haben, obwohl ich direkt daneben geschlafen habe? Sogar die Fotos haben sie geklaut!«

Sie zeigt vorwurfsvoll zur Wand. Die gerahmten Porträts, die dort einmal hingen, haben dunkle Flecken auf der ausgeblichenen Tapete hinterlassen. Joel stellt sich neben seine Mutter in die Tür. Legt ihr den Arm um die Schultern.

»Was wollen die denn auch noch mit unseren Fotos?«, sagt seine Mutter kopfschüttelnd.

Das Schlafzimmer wirkt kahl. Nackt. Dort, wo der Schreibtisch gestanden hat, hat sich das Linoleum vom Boden gelöst. Die Tapete weist in den Ecken Risse auf, und am Kopfende des Bettes zeigt sich wieder dieser seltsame Fettfleck. Joel hatte ihn erst vor ein paar Tagen weggerieben, aber er kommt immer wieder. Der Kleiderschrank steht offen. Verlassen hängen die leeren Bügel dort drinnen an der Stange. Das, was seine Mutter behalten wird, liegt gefaltet im Koffer unter dem Bett.

»Das waren keine Einbrecher«, erklärt Joel. »Gestern waren die Leute vom Umzugsunternehmen hier und haben deine Sachen abgeholt. Weißt du das denn nicht mehr?«

Sofort erkennt er seinen Irrtum.

Erinnere Mama nicht an ihre Vergesslichkeit. Das regt sie nur auf.

»Was redest du denn da, Junge?«, faucht sie.

»Die Leute vom Umzugsunternehmen. Du ziehst doch heute um. Freust du dich schon?«

Er würde angesichts seiner aufgesetzten Fröhlichkeit am liebsten vor Scham im Boden versinken.

So geht das doch nicht mehr weiter, Mama. Es ist nur zu deinem Besten.

»Guck mal«, fährt er fort und zieht den Koffer hervor. »Gestern haben wir gemeinsam die Kleider ausgesucht, die du mitnehmen willst.«

»Hör jetzt auf, Joel. Ich kann solche Scherze nicht leiden.«

»Mama ...«

»Und wohin soll ich deiner Meinung nach wohl gehen, he?«

Joel zögert. Bringt es nicht über sich, »ins Nebelfenn« zu sagen. Der Name des Heims war für sie immer so etwas wie ein geflügeltes Wort gewesen. Ein Scherz, um die Angst zu verbergen. Wann immer seine Mutter ihre Brille verlegt hatte oder ihr ein Name entfallen war, hieß es, *ach du jemine, bald bin ich wohl reif fürs Nebelfenn.*

»Du wirst mit anderen Leuten in deinem Alter zusammenwohnen«, sagt er stattdessen. »In Skredsby. Das wird dir gefallen. Da ist immer jemand, der sich um sich kümmert.«

Die Augen seiner Mutter weiten sich. Ihr scheint klarzuwerden, dass Joel es ernst meint, auch wenn das, was er da sagt, ihr völlig abwegig erscheinen muss.

»Aber ... uns geht es doch gut hier?«

»Dort wirst du es auch gut haben, du wirst schon sehen. Ich habe deine neue Wohnung schon hergerichtet, du wirst ...«

»Ich weiß nicht, was du hier treibst, aber jetzt ist Schluss damit! Was, glaubst du, würde dein Vater sagen, wenn er nach Hause kommt und merkt, dass ich nicht mehr da bin, hm?«

Nicht auch noch das. Nicht heute. Er sagt nichts, und seine Mutter schlurft in die Küche. Der Wasserhahn beginnt zu laufen. Irgendetwas kippt um und zerschellt auf dem Fußboden. Joel seufzt.

NEBELFENN

Das Pflegeheim Nebelfenn liegt in Skredsby, einer kleinen Gemeinde an der schwedischen Westküste, wo die Touristen, die im Sommer unterwegs nach Marstrand sind, nur selten Station machen.

Der eingeschossige Backsteinbau wurde am Stadtrand errichtet, noch hinter dem Fußballplatz, am Fuß des bewaldeten Berges. Es ist ein kompaktes, rein funktionales Gebäude mit quadratischer Grundfläche und ohne jeden Schnörkel. Zum Eingang führt eine breite Treppe, flankiert von Rollstuhlrampen. Tagsüber öffnen sich die Türen automatisch, wenn man sich ihnen nähert. Der PVC-Boden im Eingangsbereich ist grün gesprenkelt, damit Flecken und abgenutzte Stellen so wenig wie möglich auffallen.

Es ist eine kleine Einrichtung. Vier Flure rahmen das Atrium, den Gemeinschaftsbereich, ein. Unter den gemeinsam genutzten Räumen gibt es für die Bewohner auch kleinere Aufenthaltsräume. Die neuen Tapeten haben altmodische Motive, die Sitzgarnituren Kunststoffbezüge.

Das Licht der Neonröhren spiegelt sich im Bodenbelag, und an den Wänden befinden sich Handläufe. Sie sind pastellgrün, was beruhigend wirken soll, der Haut aber einen fahlen Ton verleiht. Jeder Flur bildet eine eigene Station mit je acht Wohneinheiten. Sie sind klein und lassen nur wenige Möglichkeiten offen, sie zu möblieren. Zu jedem Apartment gehört ein Badezimmer, eine eigene Küche ist jedoch nicht inbegriffen, und damit auch keine Herdplatten, die versehentlich angeschaltet bleiben können. Die Fenster lassen sich nur einen Spaltbreit öffnen. Man kann die Tür zwar von innen abschließen, wenn man das möchte, aber das Personal hat einen Generalschlüssel und kann jederzeit hinein. Auf den Stationen B und C, die zum Wald hinausgehen, sind die Wohnungen mit Balkonen ausgestattet. Sie sind mit Maschendraht verkleidet, damit niemand auf diesem Weg abhandenkommen kann. Wenn man nachts aufzustehen pflegt oder schon einmal aus dem Bett gefallen ist, gibt es einen Bewegungsmelder und ein Bettgitter, um zu verhindern, dass sich dergleichen wiederholt.

Die neuen Betreiber des Heimes wollen das Personal dazu bewegen, die Bewohner »Kunden« zu nennen, obwohl sie ihren Aufenthaltsort selten selbst gewählt haben. In den siebziger Jahren, als das Heim erbaut wurde, waren die Kunden noch jünger und gesünder. Heute muss man schon mehr Gebrechen aufweisen, um hier einen Platz zu bekommen. Es heißt, dass es besser für einen wäre, so lange wie möglich in seiner vertrauten Umgebung zu leben. Wenn man einen Platz im Nebelfenn angeboten bekommt, haben die Angehörigen nur eine Woche Zeit, um zuzusagen oder abzulehnen. Es muss schnell gehen, damit dem Heim keine finanziellen Einbußen wegen unbelegter Apartments entstehen. Die Warteliste ist lang.

Britt-Marie aus Zimmer D6 ist erst kürzlich verstorben. Sie hatte aufgehört, zu essen und zu trinken. War immer häufiger eingenickt, hat viel geschlafen. Ist allmählich weggedämmert. Für depressive alte Menschen nichts Ungewöhnliches. Als Todesursache steht »Magersucht« in ihrem Totenschein.

Das Nebelfenn ist ein Ort, an dem der Tod stets allgegenwärtig ist. Dies hier ist die letzte Haltestelle. Was jedem bekannt ist, auch wenn niemand darüber redet: Hier werden nur selten lebensverlängernde Maßnahmen ergriffen.

Jetzt wartet in Zimmer D6 eine neue Möblierung: eine kleine Esszimmergarnitur, ein Schreibtisch, ein Sessel. Fotografien an den Wänden. Ein neues Heim im Heim. Nur das Bett ist Eigentum der Einrichtung. Nachdem Britt-Marie darin starb, ist es desinfiziert und neu bezogen worden.

Im Personalraum auf Station D sitzt Johanna und checkt die Nachrichten auf ihrem Handy. Mit leerem Blick starrt sie auf das Display. Nichts Neues. So früh am Morgen ist noch keiner online. Ab und zu schielt sie durch die Glasscheibe in den Gemeinschaftsbereich, in den durch das Glasdach Sonnenlicht scheint. Bald hat sie Dienstschluss. Sie bereut, sich diesen Sommerjob gesucht zu haben, hasst die Nachtschichten, hasst es, wenn Petrus in der D2 oder Dagmar in der D8 wach werden und sie sich allein um sie kümmern muss. Aber das Schlimmste ist die Angst, dass jemand von den Alten sterben könnte, während sie allein auf Station ist.

Johanna fährt zusammen, als sie hört, wie auf dem Gang eine Tür geöffnet wird. Schnell steht sie auf. Blickt hinaus. *Endlich.* Da kommt Nina, ihre Ablösung. Wie immer ist sie früh dran. Nina, die immer länger bleibt, als sie muss, die zusätzliche Schichten übernimmt und, wenn sie sonst nichts zu tun hat, mit den Alten Zimtschnecken backt. Nina, die nie etwas über ihr Leben außerhalb des Heims erzählt. *Ob sie überhaupt eines hat?* Es fällt schwer, sie sich in Alltagskleidung, ohne den hellblauen Kittel und die weiten Hosen vorzustellen. Nina scheint der Typ zu sein, der sich mit Kernseife wäscht, denkt Johanna. Ist porentief rein. Hat kurzgeschnittene Nägel und einen praktischen Kurzhaarschnitt. Riecht völlig neutral.

»Wie ist es gelaufen?«, fragt Nina, und Johanna zuckt mit den Schultern, erwidert: »Nichts Besonderes«, und reicht ihr die Pflegedokumentationsmappe, in der sie vermerkt hat, was in der Nacht alles geschehen ist. »Dann geh ich jetzt«, sagt sie.

Nina blickt Johanna nach, sieht, wie ihr Pferdeschwanz hin- und herschwingt. Dann schaltet sie die Kaffeemaschine im Personalraum ein, wischt die Arbeitsplatten und den Esstisch ab.

Sucdi, die heute zusammen mit Nina die Frühschicht übernimmt, läuft auf der Treppe ihrem Mann Faisal über den Weg. Gerade hat sie sich im Umkleideraum im Keller die Arbeitskleidung angezogen. Er wiederum hat soeben seine Nachtschicht auf Station B beendet. Er ist müde und unter Zeitdruck: Ihre älteste gemeinsame Tochter kümmert sich gerade um die kleinen Geschwister, und er möchte so schnell wie möglich nach Hause. Sucdi drückt ihm schnell einen Kuss auf die Wange, bevor sie Station D betritt. Lehnt dankend den Kaffee ab, den Nina ihr anbietet. Gemeinsam studieren sie die Berichte, während Nina ihre Tasse leert. Dann beginnen sie mit den morgendlichen Routinen.

Sie betreten eine Wohnung nach der anderen auf Gang D. Streichen den Bewohnern sanft über die Stirn. Wechseln Windeln. Waschen die alten Leiber mit Seife, warmem Wasser und Waschlappen. Cremen sie mit Urea ein. Verabreichen Medikamente, oral, anal und vaginal. Beruhigungspillen und Abführmittel. Schmerztabletten und Blutverdünner. Den alten Menschen wird beim Anziehen geholfen und dabei, ihre Dritten einzusetzen. Haare werden wieder an die richtige Stelle gekämmt.

In der D1 jammert Wiborg im Schlaf, als sie ihr Zimmer betreten. Sie umklammert ihr Therapiestofftier, eine Plüschkatze mit einer Heizschlange unter dem Fell aus Polyester.

Wiborg erkennt sie nicht wieder. »Warum werde ich nicht von meiner Mama geweckt?«, fragt sie und sieht Sucdi beunruhigt an. »Hat sie dich aus Afrika mitgebracht?«

Wiborg hört nicht auf zu starren, während Nina und Sucdi ihr die Windel abnehmen. Ihr Stuhl ist pechschwarz von den

Eisentabletten. Nina und Sucdi säubern sie sorgfältig und versorgen sie mit einer frischen Vorlage und einer Netzhose, die alle alten Menschen im Nebelfenn tragen.

»Wo ist meine Mama?«, fragt Wiborg erneut. »Ich will meine Mama anrufen.«

Sie streckt sich nach dem Telefon, und es gelingt ihr, den Hörer von der Gabel zu nehmen, aber Sucdi und Nina können Wiborg überreden, noch mit dem Anruf zu warten. Die Nummer, die Wiborg wählen will, ist schon lange abgeschaltet, und die alte Dame ist jedes Mal aufs Neue stark beunruhigt, wenn sich niemand meldet.

Sucdi hilft Petrus in Apartment D2 bei der Rasur. Sie gebraucht einen Rasierapparat statt eines Nassrasierers, um ihn nicht zu verletzen, falls er sie angreift. Als Nina neben seinem Bett in die Hocke geht und den Beutel seines Katheters leert, achtet sie sorgfältig darauf, sich ja außer Reichweite seiner flinken, zupackenden Hände zu halten. Dann misst sie seinen Blutzucker.

In Zimmer D3 öffnet Edit ihre Augen, sobald Nina und Sucdi hereinkommen. »Guten Tag«, begrüßt sie sie schlaftrunken. »Mein Name ist Edit Andersson, ich bin Sekretärin von Direktor Palm.«

Nina und Sucdi nicken wie immer.

Edit blinzelt. »Guten Tag. Mein Name ist Edit Andersson, ich bin Sekretärin von Direktor Palm.«

Nina und Sucdi streifen sich neue Handschuhe über und sind Edit behilflich, während diese sie aufs Neue darüber in Kenntnis setzt, wen sie vor sich haben.

Bodil in der D4 sieht sie aus zusammengekniffenen Augen schelmisch an, als sie ihr Nachthemd hochstreifen und ihr die Windel wechseln. »Raten Sie mal, wie alt ich bin?«

Und obwohl Nina die Antwort sehr gut kennt – Bodil ist über neunzig –, erwidert sie: »Siebzig vielleicht?«, und Bodil lächelt zufrieden. »Das sagen alle, niemand will mir mein wahres Alter glauben. Man sagt, dass ich immer noch eine richtige Schönheit bin.«

Nina und Sucdi beteuern, dass sie das auch finden.

Heute ist Lillemor aus der D5 mit Duschen dran. Sucdi und Nina helfen ihr ins Badezimmer. Ziehen sie aus. Die Netzhose hat ein kariertes Muster auf ihrem üppigen Bauch hinterlassen. Nina und Sucdi schwitzen in ihren Gummistiefeln, Plastikschürzen und Handschuhen, aber Lillemor ist zumindest duldsam. Vorsichtig senken sie ihren Hintern auf den Duschstuhl hinab. Duschen Lillemor mit schwachem Strahl ab, nachdem sie die Temperatur gebilligt hat. Nina hebt Lillemors schwere Brüste an, um die Hautfalte darunter zu säubern.

Lillemor sieht auf und sagt: »Die Sehnsucht nach unserem Herrgott ist groß, aber ich habe beschlossen, noch eine Weile weiterzuleben«, und Nina entgegnet: »Das ist gut, Lillemor.«

Auf den Kacheln kleben kleine Engel, die ihnen milde zulächeln.

Jetzt passieren sie die geschlossene Tür von Apartment D6 und steuern die D7 an.

»Ich glaube, der Apfel ist wieder rausgeflutscht«, erklärt Anna, als sie eintreten. Tatsächlich hängt ihr stark geröteter Darm wieder aus dem Anus heraus. Sie leidet an einem Rektumprolaps, bei dem bisher keine Operation geholfen hat. Anna plappert vergnügt über ihre Pläne für den Tag, während Sucdi und Nina sie mit Waschlappen säubern, behutsam den Darm zurückdrücken und die Öffnung mit einem Wattebausch verschließen.

»Ich werde nach Frankreich verreisen, das wollte ich immer schon«, sagt Anna.

Als Nina sie fragt, was sie dort anschauen will, erwidert Anna, dass sie den Eiffelturm sehen und ganz viel französisches Gebäck essen will. »Im Frühling soll es schön sein, dann werde ich hinfahren. Wenn Gott will und meine Füße weitergehen, wird es wahrscheinlich gehen.« Sie lacht laut auf. Sieht verträumt aus dem Fenster.

Die D8 ist das einzige Apartment mit Doppelbelegung. Als Sucdi und Nina es betreten, ist Dagmar schon wach. Sucdi weckt Vera in dem anderen Bett.

»Guten Morgen, Dagmar«, grüßt Nina. »Haben Sie gut geschlafen?«

Dagmar starrt sie aus geröteten, unaufhörlich tränenden Augen an. An der Wand neben dem Bett hängen Aquarelle und Bleistiftzeichnungen von Dagmar, die sie zeigen, als sie noch jung und hübsch war. Während Nina sich nähert, grinst sie schelmisch und streckt eine Hand unter der Decke hervor. Sie ist kotverschmiert. Dagmar winkt und lacht mit zahnlosem Mund.

»Mensch, Dagmar!«, ruft Vera streng von ihrem Bett aus, bevor sie sich mit beschämtem Blick Sucdi zuwendet. »Seien Sie nicht wütend auf sie. Sie meint es nicht böse.«

Wenig später kocht Nina in der Küche Haferbrei, während Sucdi Stullen schmiert. Sie stellen Kaffeetassen und Schnabeltassen auf Tabletts. Tiefe Teller mit breiten Rändern. Ergonomisch geformte Löffel.

Nach dem Frühstück gehen ein paar der alten Leute zum Fernsehen in den Aufenthaltsraum. Nina legt einen alten Nils-Poppe-Film in den DVD-Player ein. Dagmar nickt schon wieder in ihrem Rollstuhl ein, während Petrus eindringlich die geschäftige Hausangestellte auf dem Bildschirm anstarrt.

»Du Fotze!«, schreit er. »Du Schlampe!«

Vera gibt ungeduldig ein »Pssst!« von sich. Von Dagmar kommt ein leises Schnarchen.

JOEL

Seine Mutter sitzt vollkommen reglos auf einem grünen Kunststoffgartenstuhl vor dem Haus. Kaut langsam auf dem weichen Weißbrot herum, das Joel ihr geschmiert hat. Zurzeit isst sie nichts anderes. Sie hat keinen Appetit, kann nichts mehr schmecken. Joel selbst bringt heute gar nichts herunter.

Seine Mutter hat immer noch feuchtes Haar. Joel hat es mit Haarspangen zurückgesteckt. Aber der graue Haaransatz ist weiterhin sichtbar. Sie war so wütend darüber, duschen zu müssen, dass er es nicht gewagt hatte, die Farbe aufzutragen, die vermutlich in ihrem Gesicht und auf Wänden und Möbeln gelandet wäre, überall, nur nicht auf ihren Haaren. Anschließend hätte er sie erneut unter die Dusche kriegen müssen, um die Farbe wieder auszuspülen. Wenn ihr etwas nicht passt, kann seine Mutter ungeahnte Kräfte entwickeln.

Jetzt aber sitzt sie da mit hängenden Schultern und leerem Blick.

Joel nimmt einen Schluck von dem Instantkaffee. Er lehnt den Kopf gegen die mit grauen Eternitplatten verblendete Hauswand. Schließt die Augen. Schon jetzt ist die Hitze des aufkommenden Tages spürbar. Eine schwache Brise streicht flüsternd durch die wildwuchernden Sträucher. Seine Eltern hatten sie als Sichtschutz für die Terrasse gepflanzt, heute aber fährt nur selten jemand hier vorbei. Mehrere tiefer im Wald gelegene Häuser stehen leer. Die Nachbarn, die hier lebten, als Joel ein Kind war, sind mit der Zeit alle verstorben. Bald wird auch dieses Haus verlassen sein. In vier Tagen kommt eine Maklerin.

Wer wohnt überhaupt noch hier in dieser Gegend? Ob ihn wohl irgendein alter Schulkamerad in Ytterby im Supermarkt oder in Skredsby an der Tankstelle gesehen hat, ob wohl schon über seine Rückkehr getuschelt wird? *Joel, der sich immer für was Besseres gehalten hat.* Er öffnet die Augen wieder. Leert seine Tasse und stellt sie auf dem klapprigen Tisch ab. Das karierte Tischtuch ist übersät von eingetrockneten Kaffeeringen.

Seine Mutter hat aufgehört zu kauen. Der Rest des Weißbrots liegt noch auf ihrem Teller. Der Käse schwitzt in der Sonne.

»Hast du denn gar keinen Hunger?«, fragt er.

Seine Mutter schüttelt den Kopf.

Joel bringt es nicht über sich, weiter auf sie einzureden. Er deutet auf die Tabletten, die er ihr hingelegt hat.

»Nimm sie jetzt«, fordert er sie auf.

»Nein. Wer weiß, was du da in mich reinstopfst.«

»Die sind für dein Herz«, erklärt Joel.

»Mit meinem Herz ist alles in Ordnung!«, beharrt seine Mutter und kneift den Mund zusammen.

Schluck doch einfach diese verdammten Pillen, du störrisches Weib! Begreifst du denn nicht, dass ich dir nur helfen will?

Aber so kann er nicht mit ihr sprechen. Stattdessen steckt er sich eine Zigarette an. Versucht, das mulmige Gefühl in seinem Bauch zu ignorieren, das zusehends stärker wird.

NINA

Die Morgenrunde neigt sich dem Ende zu, als Elisabeth, die Stationsleitung, von der neuen Kundin erzählt, die heute Apartment D6 beziehen wird.

»Monika Edlund, zweiundsiebzig Jahre alt, aus Lyckered.«

Bei der Erwähnung des Namens zuckt Nina zusammen, aber das scheint niemandem am Tisch aufgefallen zu sein.

»Zeitweise geistige Verwirrtheit nach Infarkt«, zitiert Elisabeth aus ihrem Ordner. »Ist in der Apotheke in Kungälv zusammengebrochen, Glück im Unglück, kann man da nur sagen ...«

Nina senkt ihren Blick wieder auf die Tischplatte. Spürt, wie ihr der Schweiß ausbricht. Ihr wird bewusst, wie die Sonne durch das Glasdach in den Gemeinschaftsbereich knallt. Sie fühlt sich wie in einem Treibhaus.

»... Herzstillstand, wurde aber im Krankenwagen mittels Defibrillator wiederbelebt ...«

Kalter Schweiß steht Nina auf der Stirn.

»... angiographische Maßnahmen mit Stent ... Nach der Reha hat sie fast ein halbes Jahr eine Haushaltshilfe und grundlegende häusliche Krankenpflege durch die Gemeindekrankenschwester gehabt. Es ist vorgekommen, dass sie in verwirrtem Zustand von der Polizei aufgegriffen wurde, sie wird also einen Bewegungsmelder bekommen müssen. Und sie ist schon ein paarmal aus dem Bett gefallen, weshalb ich um Genehmigung eines Bettgitters gebeten habe.«

Elisabeth formuliert knapp und effektiv. Tonlos rattert sie die Sätze herunter. Gefühllos. Und warum auch nicht? Monika Edlund ist bisher nur ein weiterer Name für sie. Nach dieser Besprechung wird sie noch nicht einmal mehr das sein. Sie wird die D6 sein. Punkt.

»Was die Medikation betrifft, keine Besonderheiten«, fährt Elisabeth fort.

»ASS, Atorvastatin, Metoprolol, Ramipril und Ticagrelor. Haldol bei Unruhezuständen und Imovane zur Nacht.

Haldol. Wenn Monika Medikamente gegen Paranoia und psychotische Zustände braucht, muss es schlecht um sie stehen. Dann ist ihre Demenz ein düsterer Ort, der ihr Angst einflößt, sie womöglich reizbar und aggressiv macht.

»Wer bringt sie her?«, fragt Nina.

»Ihr Sohn, Joel Edlund. Er hat zuletzt bei ihr gewohnt.«

Joel. Er ist also wieder hier?

Ein erneuter Schweißausbruch übermannt Nina, als sie versucht, sich vorzustellen, wie Joel heute wohl aussehen mag. Sie hat ein paarmal im Internet nach ihm gesucht, aber er nutzt keine sozialen Medien. Alles, was sie von ihm gefunden hat, sind ein paar Bilder. Joel hat dunkle Haare und ist schlank, fast mager, seine Züge kantig. Er lächelt nicht. Das letzte Bild von ihm ist über sieben Jahre alt.

Es fällt ihr schwer, sich Joel als Erwachsenen vorzustellen. Allein schon die Tatsache, dass es ihn immer noch gibt, nachdem er Skredsby eines Morgens in einem alten Gebrauchtwagen den Rücken gekehrt hatte.

»Weißt du, wann sie hier sein wollen?« Seltsamerweise gelingt es Nina, ihre Stimme völlig normal klingen zu lassen.

»Nach dem Mittagessen«, antwortet Elisabeth. »Kennst du ihren Sohn? Ihr müsstet ja etwa gleichaltrig sein?«

Kennt sie Joel? Was soll sie darauf antworten? Wie würde jemand wie Elisabeth das verstehen? Und wer würde in ihr jene Nina wiedererkennen, die sie damals gewesen war, als sie so viel Zeit mit Joel verbracht hatte? Sie kann es ja noch nicht einmal selbst glauben, dass sie derselbe Mensch ist.

»Wir waren in derselben Klasse«, sagt sie schließlich.

Elisabeth stellt keine weiteren Fragen, ist in Gedanken offenbar schon ganz woanders. Sie schlägt ihren Ordner zu und steht auf.

»Gut, das war alles für heute. Denkt daran, dass die Kunden mehr Flüssigkeit als sonst zu sich nehmen müssen. Diese Hitzewelle scheint noch eine Weile anzuhalten.«

Leise gleiten die Stühle über den PVC-Boden, als Ninas Kolleginnen vom Tisch aufstehen. Die vier Stationen müssen die Mittagsmahlzeit vorbereiten, das Essen wird bald aus einer Großküche in Kungälv geliefert werden. Aber Nina bleibt sitzen. Blickt in Richtung des D-Flures, wo Wiborg umherläuft, ihr Therapiestofftier an die Brust gedrückt.

»Ist mit dir alles okay?«, fragt Sucdi.

Nina sieht auf.

»Ich bin nur ein bisschen müde«, antwortet sie und probiert ein Lächeln.

Sie ist nicht müde. Nicht im Geringsten: Ihr ganzer Körper steht unter Strom.

»Ist dieser Joel etwa ein Verflossener von dir oder so was?«

»Nein«, sagt Nina und lächelt verkrampft.

Sucdi räumt die Kaffeetassen weg, Nina blickt ihr nach. Durch die Glasscheibe des Personalraums der Station D sieht sie, wie Sucdi die Geschirrspülmaschine öffnet. Jetzt steht auch Nina auf.

Edit kommt, tief über ihren Rollator gebeugt, in den Gemeinschaftsbereich. Aufgrund von fortgeschrittener Osteoporose ist ihr Rückgrat nahezu rechtwinkelig gekrümmt.

»Guten Tag«, sagt sie. »Mein Name ist Edit Andersson, ich bin Sekretärin von Direktor Palm.«

Durch den trüben Schleier vor ihren Augen starrt sie Nina auffordernd an.

»Hallo«, sagt Nina geistesabwesend.

Edit schüttelt missbilligend den Kopf, vielleicht aufgebracht darüber, dass Nina sich ihr nicht vorstellt. Dann blinzelt sie. Die ewige Schleife in ihrem Kopf beginnt von vorne.

»Guten Tag. Mein Name ist Edit Andersson, ich bin Sekretärin von Direktor Palm.«

Nina betritt mit der Thermoskanne den Flur, stellt sie auf den Servierwagen für die Angehörigen. Die Räder von Edits Rollator quietschen leise hinter ihr.

»Guten Tag. Mein Name ist Edit Andersson, ich bin Sekretärin von Direktor Palm.«

»Ja, guten Tag auch!«, sagt da Sucdi, die aus dem Personalraum kommt. »Ich glaube, es ist Zeit, dass wir Sie ein wenig frisch machen.«

Der Alarm ertönt mit einem Piepen, und Nina sieht den Gang hinunter. Es blinkt vor der D2, der Wohnung von Petrus.

»Ich kümmere mich darum.«

Sucdi sieht sie erstaunt an.

»Edit kann bestimmt noch einen Moment warten.«

»Guten Tag«, setzt da Edit wieder an. »Mein Name ist ...«

»Willst du wirklich allein zu Petrus reingehen?«, fragt Sucdi noch einmal nach, mit lauter Stimme, um Edit zu übertönen.

»Kein Problem«, erwidert Nina.

Im Augenblick würde sie alles tun, um nicht ständig an Monika und Joel denken zu müssen.

JOEL

In der Dachrinne über der Terrasse ertönt ein Schaben. Eine Schwalbe, die unter dem Dachfirst wohnt, schießt im Sturzflug zu Boden, bevor sie sich wieder in die Lüfte schwingt. Seine Mutter kommt wieder zu sich. Blinzelt und sieht Joel direkt an. Ihr Blick ist klar. Geistesgegenwärtig. Intelligent.

Sie ist wieder seine Mutter.

»Nils hat im Jenseits auf mich gewartet«, sagt sie.

Joel steckt sich eine neue Zigarette an. Versucht, seine Enttäuschung zu verbergen. Er weiß, was jetzt kommt, und will es nicht hören.

»Er hat dort schon die ganze Zeit darauf gewartet, dass ich komme. Ich weiß nicht, ob ich im Himmel war. Ich glaube schon. Aber dann haben sie mich wieder zurückgeholt.«

Aus ihren blassen Augen kullern Tränen. Und Joel wünscht, er hätte denselben Glauben wie seine Mutter. Dass das Licht am Ende des Tunnels und liebende Angehörige, die einen dort mit offenen Armen empfangen, etwas anderes, Bedeutenderes wären als die von dem Sauerstoffmangel im Gehirn ausgelösten Halluzinationen.

»Nils hat mich hierher begleitet, aber es fällt ihm so schwer, hier auf der Erde zu bleiben. Er darf nicht hier sein. Und ich auch nicht.«

Wie ein kleines, trostsuchendes Kind sieht sie Joel an. Seine Mutter, die immer so stark gewesen war, niemals Schwäche gezeigt hatte. Joel streckt sich quer über den Tisch. Nimmt ihre Hand in seine. Streichelt ihre Fingerknöchel. Er hört den Wind in den Baumwipfeln rauschen, oben auf dem Berg.

»Ich vermisse ihn so schrecklich, wenn er nicht da ist«, sagt seine Mutter. »Er war ein so stattlicher Mann, mein Nils.«

Seine Mutter verstummt, scheint in Gedanken abzudriften, und Joel fragt sich, ob sie jetzt wieder an seinen Vater denkt. Was sie wohl vor sich sieht?

Joel weiß nicht, wer sein Vater war. Es hingen immer Fotos von ihm an der Wand, das ja, aber außerhalb der Bilderrahmen existiert nichts von ihm. Nur seine Legende lebt fort: sein Vater, die große Liebe seiner Mutter, eine Art Heiliger, der an Krebs starb, als Joel noch sehr klein war.

Inzwischen ist Joel knapp vierzig, in einem Alter, das sein Vater niemals erreicht hat.

»Sie hätten mich sterben lassen sollen, die Ärzte«, sagt seine Mutter. »Warum haben sie mich bloß wieder ins Leben zurückgeholt? Ich war doch schon tot.«

Seine Mutter zieht ihre Hand wieder zu sich heran und wischt sich die Wangen ab. Scheint eine Entscheidung zu treffen.

»Aber wie rede ich bloß! Wenn mich jetzt die Kinder hören könnten«, sagt sie da.

Joel überläuft ein kalter Schauder. Er hätte sich mittlerweile daran gewöhnen sollen, aber es trifft ihn immer noch wie ein Schock.

»Mama ...«, beginnt er. »Ich bin es doch.«

Sie sieht ihn an. Mit nach wie vor hellem Blick. In dem aber zugleich ehrliches Erstaunen steht.

»Ich bin es. Joel. Dein Sohn.«

Seine Mutter schnaubt ungehalten. »Für wie blöd halten Sie mich eigentlich?«

Joel nimmt einen Zug von der Zigarette. Der Rauch vermischt sich mit dem schalen Nachgeschmack des Kaffees.

»Für wen hältst du mich denn?«, fragt er, auch wenn er weiß, dass er das lassen sollte.

»Na … Sie sind es doch! Ich weiß doch, wer Sie sind. Sie müssen verzeihen, dass ich mich nicht an Ihren Namen erinnern kann, so viele wie hier von euch ein- und ausgehen. Obwohl es sonst natürlich meistens Frauen sind.«

Sie blickt ihn nervös an. Schlingt sich die Arme um den Leib, als würde sie frieren.

»Aber ich bin dankbar für Ihre Hilfe, wirklich, das bin ich«, fügt sie hinzu. »Sie sind alle so tüchtig!«

Noch nicht einmal die Demenz kann auslöschen, wie wichtig es ihr ist, stets gute Manieren zu zeigen.

Als Joel und sein Bruder aufwuchsen, hatte seine Mutter in der Telefonzentrale der Gemeinde Kungälv gearbeitet. Sein Vater hatte ihr eine kleine Rente hinterlassen. Geldsorgen hatten sie nie gehabt. Erst als Joel nach Stockholm gezogen war, wurde ihm klar, dass zwischen der Mittelschicht hier und der in Stockholm Welten lagen. In der Hauptstadt haben seine Bekannten Kontakte, Vitamin B, und sie zögern nicht, davon Gebrauch zu machen. Sie fordern ihr Recht ein, lautstark, wenn nötig. Seine Mutter dagegen würde nie wagen, sich zu beschweren, würde nie zweimal um etwas bitten. Joel weiß, dass sie die Leute vom hauswirtschaftlichen Dienst in Wahrheit verabscheut hatte. Es war ihr ein Grauen gewesen, dass ihr unbekannte Menschen einfach ohne Vorwarnung auftauchten und – ihrer Ansicht nach sehr stümperhaft – im Haus herumfuhrwerkten. Und jetzt hält sie ihn für einen von denen.

»Aber ich bin es doch, Mama«, sagt er. »Ich bin es doch, Joel. Und Björn ist auch schon erwachsen. Er hat heute selbst eine Familie.«

»Ja, ja, reden Sie nur«, erwidert seine Mutter darauf.

Joel nimmt noch einen Zug. Versucht, Ruhe zu bewahren.

»Nimm jetzt deine Medikamente«, sagt er.

»Nun hören Sie doch auf, mir immer mit diesen Tabletten in den Ohren zu liegen! Was ist da überhaupt drin?«

Er beugt sich vor, zieht das Einmachglas zu sich heran, das auf den Steinplatten steht. Die Zigarette erlischt mit einem Zischen, als er sie in die Plörre aus Wasser und alten Zigarettenstummeln wirft. Er beschließt, erst einmal die restlichen Dinge seiner Mutter zusammenzupacken. Später, wenn sie vielleicht etwas milder gestimmt ist, wird er einen neuen Versuch starten, sie zum Schlucken ihrer Tabletten zu bewegen. Er steht auf und geht zur Haustür.

Im Badezimmer füllt er den geblümten Kulturbeutel seiner Mutter. Parfüms und Cremes, die Joel ihr über die Jahre zum Geburtstag und zu Weihnachten geschenkt hatte, stehen unangetastet auf dem obersten Regal im Spiegelschrank. Seine Mutter hielt sie für zu fein, um sie zu gebrauchen, und nun haben sie das Verfallsdatum überschritten.

Joels Herz rast. Er bemüht sich, tief ein- und auszuatmen. Schließt die Schranktür und begegnet seinem eigenen Blick im Spiegel. Seine Augen sind von demselben Grau wie die seiner Mutter. Wie er selbst wohl einmal im Alter sein wird? Wenn er bedenkt, was er seinem Hirn schon alles zugemutet hat, ist es vielleicht schon in Mitleidenschaft gezogen worden? Ist von einer Fäulnis befallen, die schleichend um sich greift und allmählich seine Gedanken, sein Ich auffrisst?

Oder würde die Krankheit bei ihm ganz plötzlich ausbrechen, wie bei seiner Mutter?

Langsam macht sich Angst in ihm breit. Er weiß nicht, wie er diesen Tag bewältigen soll.

Bald ist es vorbei. Ganz bald. Die ein, zwei Stunden werde ich es wohl auch noch aushalten. Und danach übernimmt jemand anderes die Verantwortung.

Das Nebelfenn liegt nur wenige Kilometer von hier entfernt, auf der anderen Seite des Berges, und doch befindet es sich in einer völlig anderen Welt. Wie wird es seiner Mutter dort ergehen, wenn sie noch nicht einmal mehr den Garten, das Haus und die ihr vertrauten Dinge um sich hat? Was wird dann noch ihre Erinnerung anregen? Die Persönlichkeit aufblitzen lassen, die sie einmal war, so wie es jetzt noch gelegentlich geschieht?

Aber welche Alternative bleibt mir?

Joel spürt ein Prickeln auf der Haut, in den Fingerkuppen.

Er wühlt im Medikamentenbeutel seiner Mutter, der auf der Waschmaschine steht. Findet die Schachtel mit Haldol, die die Gemeindekrankenschwester hiergelassen hatte. EINE TABLETTE BEI BEDARF GEGEN UNRUHEZUSTÄNDE, steht auf dem Etikett. Sie lassen seine Mutter für gewöhnlich ruhiger werden.

Er zögert. Es ist sechs Jahre und zwei Monate her, dass er sich erlaubt hat, chemische Substanzen zu Hilfe zu nehmen, von Alkohol einmal abgesehen. Aber heute muss er seine Mutter ins Heim bringen. Das muss als Ausnahmezustand gelten.

Joel schluckt zwei Tabletten, beugt sich über das Waschbecken und trinkt direkt aus dem Hahn.

NINA

Als Nina Apartment D2 betritt, hat Petrus die Decke zur Seite geworfen. Seine Beinstümpfe sind weit gespreizt, und er zieht und zerrt an seinem schlaffen Penis.

Er blickt sie an und grunzt: »Na, da würdest du wohl gerne mal dran lecken, hm?«

Sie wirft einen Blick auf seinen Katheter.

»Meine Sorge ist eher, dass Sie wund werden, wenn Sie so weitermachen.«

Petrus lacht auf.

»Zeig mir deine Fotze«, fordert er sie auf. »Ein Schwanz gehört in die Fotze.«

Petrus kann nichts dafür. Wer das hier tut, wer das hier sagt, ist nicht Petrus. Sondern seine Frontotemporale Demenz. Manchmal muss sie sich das ins Gedächtnis rufen, um keinen Hass auf ihn zu entwickeln. Sie geht näher an sein Bett heran.

»Ja, so ist es gut«, säuselt er. »Komm und leg dich hier neben mich. Oder auf mich drauf, so hab ich's gern.«

Er bearbeitet seinen Penis immer stärker, doch der bleibt schlaff, da ist nichts als gealterte Haut und trockene Schleimhäute. Während der vielen Jahre, die Petrus schon im Heim wohnt, hat sie ihn noch nie steif gesehen.

»Ich finde, wir gönnen ihm jetzt seine Ruhe«, sagt sie und deckt Petrus wieder zu.

Da schießt blitzschnell Petrus' Hand hervor, seine Finger

schließen sich um ihr Handgelenk. Bevor erst ein und dann das andere Bein dem Diabetes zum Opfer fiel, war er Seemann. Seine Hände können einen immer noch so eisern umklammern wie ein Schraubstock. Sie kann sich nicht aus seinem Griff befreien.

»Und jetzt bumsen wir«, keucht er und zieht sie so fest zu sich heran, dass sie das Gleichgewicht verliert.

Nina tastet nach dem Notfallknopf, der an einem Band um Petrus' Hals hängt, bekommt ihn aber nicht zu fassen. Sie dreht sich zur Tür, um nach Hilfe zu rufen. Sieht Petrus' Frau aus dem Flur auf sich zueilen.

»Petrus!«, ruft sie. »Petrus, hör sofort auf damit!«

Ihr Erscheinen lenkt ihn ausreichend ab, dass Nina ihre Finger aus seiner Umklammerung lösen und zurückweichen kann. Sie blickt auf ihr Handgelenk hinab. Auf die stark geröteten Stellen, die sein Griff hinterlassen hat.

Petrus lässt ein lautes, vergnügtes Gelächter hören.

Seine Frau starrt beschämt zu Boden. »Es tut mir so leid.«

»Nicht schlimm.«

»Früher wäre er lieber gestorben, als ein solches Benehmen an den Tag zu legen«, erklärt seine Ehefrau, noch immer Ninas Blick ausweichend. »Ich schäme mich so, wenn ich daran denke, was Sie hier zu Gesicht bekommen.«

»Was auch immer er anstellt, wir haben schon Schlimmeres erlebt«, beteuert Nina. »Ganz ehrlich. Wir sind so ein Verhalten gewöhnt. Machen Sie sich deswegen keine Gedanken.«

Petrus' Frau lächelt betrübt und nickt. Nina legt ihr eine Hand auf die Schulter und verlässt das Apartment. Sie hört Petrus noch schimpfen, bevor sie die Tür hinter sich schließt.

Auf dem Flur ist alles still. Wiborgs Enkelin kommt mit wiegendem Gang den Korridor herunter. Ihr dicker Bauch hängt über den Rocksaum. Diese Hitzewelle musste für eine Hochschwangere ein Albtraum sein. Ihr Gesicht ist gerötet und verschwitzt. Aber sie winkt Nina fröhlich zu, als sie die Tür von Apartment D1 öffnet.

Nina hält kurz inne. Blickt zu der geschlossenen Tür von Zimmer D6. Wird magnetisch von ihr angezogen.

Erst vor wenigen Tagen hat sie noch dort drinnen gesessen und bei Britt-Marie gewacht. Manchmal kommt es Nina so vor, als weilten die Verstorbenen nach ihrem Tod noch wochenlang hier, aber von Britt-Marie hat sie nichts mehr gespürt. Warum sollte sie auch noch geblieben sein? Sie hatte nie hier sein wollen.

Nein, vor Geistern dieser Art fürchtet Nina sich nicht.

Sie öffnet die Tür. Betritt den Vorraum. Sieht, dass schon ein paar Mäntel an den Haken unter der Hutablage hängen. Geht weiter ins Zimmer hinein. Die Gardinen sind zugezogen, die Wohnung liegt im Dunkeln. Nina erkennt die Möbel sofort wieder. Es ist seltsam, sie hier, auf einer viel zu kleinen Fläche zusammengedrängt zu sehen. Joel muss sie gestern hergebracht haben, als sie frei hatte. Den Esstisch von Joels Opa. Den kornblumenblauen Plüschsessel. Neben dem Pflegebett steht Monikas Nachttisch. Der Schreibtisch ist in die Ecke gequetscht.

Nina geht zum Fenster und lässt etwas Frischluft herein. Atmet tief ein. Hört Kindergeschrei vom Fußballplatz her. In der Ferne ein Auto. Sie geht zum Bett, betrachtet die Bilder an der Wand. Das Größte von ihnen ist das Hochzeitsfoto. Aus dem ovalen schwarzen Kunststoffrahmen blickt eine zwanzigjährige Monika sie an. Sie trägt eine Kurzhaarfrisur, wie es in den sechziger Jahren Mode war. Ihre Lippen sind kräftig geschminkt und füllig, ihre Augen hell, als würden sie von innen heraus leuchten. Ihr Ehemann ist blond und breitschultrig, er erinnert an einen Filmstar. Ninas Blick wandert weiter zu einem Foto von Joels Bruder Björn vor der Kirche von Lycke. Björn hat dieselben blonden Haare wie sein Vater.

Er trägt ein beiges Jackett mit dicken Schulterpolstern und hat die Arme voller Konfirmationsgeschenke. Neben dem Bild hängt ein Foto von zwei Jungs von etwa zehn und zwölf Jahren. Das müssen Björns Söhne sein. Aus einem unecht wirkenden türkisen Swimmingpool heraus strahlen sie in die Kamera. In ihren kleinen Gesichtern nehmen sich die Zähne unverhältnismäßig groß aus.

Und dann Joel. Nina verspürt einen Stich, als sie das Foto in dem dritten Rahmen betrachtet. Die blondierten Haare sind zu einem Seitenscheitel gekämmt. Er sieht richtig geschniegelt aus.

Joel war ihr Ein und Alles gewesen. Sie hatte ihn geliebt, und sie hatte die Nina geliebt, die sie in seiner Gegenwart gewesen war: eine andere, eine mutigere Nina. Aber diese Nina war nie ihr wirkliches Ich gewesen. Nur wenige Monate nach der Entstehung dieser Aufnahme hatte sie ihn im Stich gelassen.

Ebenso hatte sie Monika im Stich gelassen. Hatte ihr nie erklärt, was geschehen war.

Manchmal hat sie Monika im Supermarkt gesehen oder im Auto, wenn sie auf der Landstraße aneinander vorbeigefahren waren. Aber Nina war ihr immer ausgewichen. Hatte so getan, als habe sie Monika nicht bemerkt. Niemals hatte Monika erfahren, wie viel sie Nina bedeutete. Und jetzt ist es vielleicht zu spät dafür. Wenn Monika zu ihnen ins Heim ziehen sollte, erinnert sie sich womöglich nicht einmal mehr an sie.

»Er kommt jetzt«, sagt jemand ganz dicht an ihrem Ohr.

Nina dreht sich um, begegnet Bodils Blick.

»Wer?«, fragt Nina.

»Na, der neue Bewohner natürlich.« Bodil sieht Nina erwartungsvoll an.

War sie in Gedanken wirklich so weit weg, dass sie Bodil gar nicht bemerkt hatte?, fragt Nina sich.

»Hier wird eine Frau einziehen«, erklärt Nina. »Sie heißt Monika Edlund.«

»So ein Quatsch. Es ist ein Mann«, widerspricht Bodil und lässt ihren Blick erwartungsfroh durch den Raum schweifen. »Und gut aussehen tut er auch. Ich hab ihn heute Nacht hier herumwandern sehen.«

JOEL

Die Hitze in dem alten Nissan seiner Mutter ist erdrückend, obwohl das Auto in der Scheune gestanden hat. Joel schaltet die Klimaanlage ein. Trockene, kalte Luft strömt ins Wageninnere und kühlt seine feuchte Stirn, als er auf den Hof zurücksetzt. Seine Mutter sitzt schweigend auf dem Beifahrersitz, ihre Finger umklammern krampfhaft die Handtasche auf ihrem Schoß. Sie schließt die Augen, als er den Weg zur Landstraße einschlägt. Hat nicht begriffen, dass sie jetzt für immer das Haus verlässt, in dem sie ihr ganzes Erwachsenenleben verbracht hat.

Das Haus schrumpft im Rückspiegel, verschwindet schließlich ganz hinter den Bäumen, nachdem er die scharfe Kurve genommen hat und weiter den Hang zur, wie seine Mutter es nennt, »großen Straße« hinunterfährt. Tatsächlich ist sie jedoch so schmal, dass ein Auto halb im Straßengraben halten muss, um ein anderes passieren zu lassen.

Joels Sonnenbrille rutscht ständig seinen schweißnassen Nasenrücken hinunter. Er wischt sich die Stirn trocken und wartet, bis ein Wohnmobil an ihnen vorbeigefahren ist. Holt tief Luft und fährt auf die große Straße hinaus und an der beschmierten Haltestelle aus Wellblech vorbei, wo er früher immer auf den Schulbus wartete. Dann fährt er weiter Richtung Skredsby. Auf der linken Seite erstrecken sich Felder und Pferdeweiden bis hin zum Berg. Rechter Hand an steilen Hängen der Buchenwald. Unerbittlich grell flackernd, blendet sie die

Sonne durch das Laubwerk. Seine Mutter kneift fest die Augen zusammen, murmelt etwas Unverständliches.

Joel wischt sich erneut den Schweiß aus dem Gesicht, und ihm wird bewusst, dass er mit den Zähnen knirscht. Seine Kiefermuskeln sind auf eine Weise angespannt, die ihm nur allzu vertraut ist. Zu viele Eindrücke von der Welt außerhalb des Autos prasseln auf ihn ein, er kann sie nicht filtern. Er nimmt jedes einzelne Blatt an den Zweigen der Buchen, jeden Grashalm am Wegrand wahr. Ständig schielt er auf den Tacho, alles scheint viel zu schnell zu gehen, obwohl er nur knapp fünfzig fährt. Eine Libelle fliegt plötzlich vor der Windschutzscheibe vorbei, und sein Herz hämmert, als wäre ein Reh auf die Straße gesprungen.

Die Tabletten haben ihn aufgeputscht. Sein Zustand verschlimmert sich mit jedem Herzschlag, der den Mist in seinen Körper pumpt. Er kurbelt die Seitenscheibe herunter, damit mehr Sauerstoff ins Wageninnere kommt.

Sie erreichen den Kreisverkehr, fahren vorbei an der Tankstelle und weiter ins Zentrum von Skredsby. Ein Parkplatz mit einer Pizzeria, einem Recyclinghof, einem Friseursalon, der nie geöffnet zu haben scheint, und einem Blumengeschäft in der Sommerpause, das ist alles. Daneben ein verlassener kleiner Supermarkt, der mit den Lebensmittelgiganten in Ytterby und Kungälv nicht mithalten kann. Ein paar Jungs im Teenageralter lehnen an ihren Mopeds und machen einen auf cool. Dass sie noch im Stimmbruch sind, hält sie nicht davon ab, laut zu grölen. Es ist ihnen gar nicht bewusst, was für ein Klischee sie verkörpern.

Joel fasst sich ans Kinn, um seinen Unterkiefer vom Mahlen abzuhalten. Er fährt am Fußballplatz entlang, hoch auf den Parkplatz vor dem Nebelfenn und zieht den Zündschlüssel aus dem Schloss.

Es kommt ihm vor, als würde der Wagen immer noch

schaukeln. Er starrt durch die Windschutzscheibe. Hochgewachsene Kiefern schwanken träumerisch im Wind. Das Gebäude scheint sich einerseits auszudehnen und andererseits zu schrumpfen. Er zieht sein Handy hervor, wischt sich die feuchten Fingerspitzen an seiner Jeansshorts ab. Googelt »Haldol«. Erfährt, dass das Medikament nicht nur eine beruhigende, sondern auch eine antipsychotische Wirkung hat. Nach einem neuerlichen Schweißausbruch klebt ihm das Unterhemd am Körper. Die Liste der Nebenwirkungen ist lang. Enorm lang. Er versucht zu ermitteln, wann er in der Nacht das letzte Glas Wein getrunken hatte.

Was hast du getan, Joel? Was hast du jetzt bloß wieder angestellt?

Seine Mutter öffnet die Augen und richtet sich auf dem Beifahrersitz auf. Blickt sich um.

»Was tun wir hier?«

Joel räuspert sich.

Heiter. Meine Stimme muss heiter klingen.

»Hier ist doch dein neues Zuhause, Mama.«

Er räuspert sich erneut. Ist es nur Einbildung, oder wird seine Zunge wirklich taub? Wenn er nur etwas Wasser trinken könnte, fiele ihm das Sprechen bestimmt leichter.

»Hier soll ich doch nicht wohnen?«, sagt seine Mutter.

»Doch«, erwidert Joel und hält das Lenkrad fester. »Deine Möbel sind schon da.«

Ich muss unbeschwert klingen. Es gibt überhaupt nichts zu befürchten.

»Du wirst dich hier wohlfühlen«, fährt er fort und schiebt erneut seine Sonnenbrille hoch. »Du weißt doch, wie anstrengend es für dich ist, allein zu wohnen …«

Seine Mutter öffnet den Mund, um zu protestieren, aber Joel ignoriert sie, nötigt seine Zunge, weiter seine Worte zu verdrehen.

»… und wir machen uns Sorgen um dich, Björn und ich.«

»Das braucht ihr doch nicht«, sagt seine Mutter wie aus der Pistole geschossen.

Sie klingt ein bisschen kleinlaut. Ob sie trotz allem ahnt, dass etwas mit ihr nicht stimmt?

»Wir tun das, weil wir das Beste für dich wollen«, erklärt Joel.

Er will nichts lieber, als dass es vorbei ist. Will sein altes Leben zurück. Aber seine Mutter kneift den Mund zusammen. Denkt gar nicht daran, dem zuzustimmen. Plötzlich empfindet er eine furchtbare Wut. Auf sie. Auf Björn, der nicht hier ist. Auf die Tabletten. Auf sein ganzes verkorkstes Leben.

»Wenn ich nur wüsste, was du da treibst«, bemerkt seine Mutter.

Ja, das wüsste ich auch gern!

»Komm jetzt«, fordert Joel sie auf und steigt aus dem Wagen.

Die Sonne knallt auf den Parkplatz herunter. Blendet ihn. Die Luft ist schwer und feucht, der Boden schwankt sachte. Er kämpft gegen eine aufsteigende Übelkeit an. Holt den Koffer aus dem Kofferraum, bevor er die Beifahrertür öffnet.

»Komm jetzt.«

»Ich will wieder nach Hause fahren«, sagt seine Mutter. »Ich muss zu Hause sein, wenn dein Vater kommt.«

Verdammtes Weibsstück, ich tue das hier nur für dich, kapierst du das denn nicht, nein, das kapierst du nicht, du kapierst gar nichts mehr, du kannst nicht mehr für dich selbst sorgen, du würdest das Haus in Brand stecken oder stürzen und dich umbringen, oder wieder nachts weglaufen und überfahren werden oder dich im Wald verirren, und ich kann mich nicht um dich kümmern, ich schaff es einfach nicht, ich kann nicht mehr, verzeih bitte, du hast es immer geschafft, dich um uns zu kümmern, aber ich kann das nicht.

»Es wird dir hier gefallen, das verspreche ich dir«, sagt er.

»Aber ich kann doch Nils nicht einfach allein lassen. Was soll er denn dazu sagen?«

Gar nichts soll er dazu sagen, denn er ist TOT!

»Du kannst es doch wenigstens versuchen? Nur für eine Nacht.«

Er ist offenbar bereit, ihr das Blaue vom Himmel herunterzulügen.

»Komm jetzt«, fordert er sie abermals auf und reicht ihr als Stütze seinen Arm.

Erstaunlicherweise fasst seine Mutter danach und steigt tatsächlich aus. Sie betrachtet den quadratischen Backsteinbau und streicht sich nervös eine Haarsträhne hinters Ohr.

Sie gehen die Treppe hinauf, die breiten Türen öffnen sich mit einem flüsternden Laut. In der Eingangshalle ist es kühl. Der Fußboden schaukelt unter ihm, und einen flüchtigen Moment lang kann er kaum sagen, ob seine Mutter sich auf ihn stützt oder ob es genau umgekehrt ist. Der PVC-Boden scheint mit Wasser bedeckt zu sein, das gepunktete Muster schwappt an der Oberfläche.

Vor ihnen liegen zwei Türen. Geradeaus geht es zur Station A. Linker Hand befindet sich Station D. Er zieht seine Mutter dorthin und klingelt. Schaut durch die Glasscheibe in den grün gestrichenen Flur dahinter, der sich sonderbarerweise um seine eigene Achse zu drehen scheint. Joel spürt einen aufkommenden Brechreiz.

Er will von hier fortlaufen, seine Mutter wie ein Findelkind hier abliefern, doch jetzt nähert sich hinter der Scheibe die Stationsleitung.

Ihre Füße, die in Crocs stecken, marschieren im Stechschritt, die Arme schwingen energisch hin und her. Sie winkt ihnen zu, und Joel erwidert das Winken, gibt dann vor, sich am Kinn zu kratzen, um sicherzustellen, dass sich sein Kiefer nicht rührt.

Die Tür wird geöffnet, und die Stationsleitung feuert ein strahlendes Lächeln ab.

»Herzlich willkommen!«, sagt sie mit einer Stimme, die auch einer Moderatorin aus dem Kinderkanal hätte gehören können. »Wie schön, Sie kennenzulernen, Monika. Ich heiße Elisabeth Sandberg und bin hier die Stationsleitung und medizinisch verantwortliche Krankenschwester.«

Joel erwidert nichts, da er befürchtet, zu lallen. Vorsichtig schiebt er seine Mutter vor sich her. Die Tür fällt hinter ihnen ins Schloss. Es riecht stark nach Reinigungsmitteln und PVC und stickiger Luft. Darunter ein schwacher, aber unverkennbarer Uringestank. Joel vermutet, dass dieser Geruch, süßlich und erstickend, sich niemals legen wird, dass der PVC-Boden für immer damit imprägniert ist. Widerstrebend nimmt er seine Sonnenbrille ab. Wie seine Pupillen wohl aussehen mögen? Irgendwo fängt ein viel zu lauter Alarm zu piepen an.

Elisabeth Sandberg erzählt seiner Mutter von dem Heim. Joel hört nicht zu, nickt nur hin und wieder an den hoffentlich passenden Stellen. Ihm wurde schon einmal alles gezeigt, und im Augenblick ist er vollkommen damit beschäftigt, nicht wie ein Junkie zu wirken.

»Und hier haben wir den Aufenthaltsraum«, erklärt Elisabeth gerade.

Seine Mutter schaut ausdruckslos in die angegebene Richtung, und Joel folgt ihrem Blick. Betrachtet die Kunststoffüberzüge der Sofalandschaft. Den Fernseher. Die Strohblumensträuße, die den DVD- und Buchschrank zieren. Die Reproduktionen von Marcus-Larson-Gemälden an der Wand. Schiffe auf tosender See, schaumgepeitschte Wogen, die gegen Klippen schlagen, flammende Wolken. Sie erscheinen ihm viel zu dramatisch, beunruhigend geradezu.

»Wollen wir weitergehen?«, fragt Elisabeth, und ihm dämmert, dass er schon viel zu lange vor sich hin gestarrt hat. Sie gehen den Flur hinunter. Eine alte Frau blinzelt sie aus trüben Augen neugierig an. Ihr Rücken ist so tief über ihren Rollator gebeugt, dass er in der Mitte wie gebrochen wirkt. Ihr Haar ist zerzaust, und die rosa Kopfhaut scheint hindurch. Getrockneter Speichel hat sich in ihren Mundwinkeln gesammelt.

»Guten Tag«, sagt sie mit einer klaren Stimme, die erstaunlich jung klingt. »Mein Name ist Edit Andersson, ich bin Sekretärin von Direktor Palm.«

Joels Mutter bleibt stehen und lächelt bemüht.

»Monika Edlund«, stellt sie sich vor. »Schön, Sie kennenzulernen.«

»Guten Tag«, sagt die alte Frau abermals. »Mein Name ist Edit Andersson, ich bin Sekretärin von Direktor Palm.«

»Ja, natürlich sind Sie das«, sagt Elisabeth. Ungeduld schwingt in ihrem fröhlichen Tonfall mit. »Aber wir müssen jetzt weiter und Monika alles zeigen, wissen Sie, liebe Edit?«

Seine Mutter wirft Joel einen hilflosen Blick zu. Ein Blick, der besagt: *Siehst du? Und hier soll ich bleiben? Bei diesen Leuten?*

Eine Frau in hellblauer Arbeitskleidung und einem beigefarbenen Schleier kommt auf sie zu.

»Willkommen im Nebelfenn«, sagt sie. »Mein Name ist Sucdi Osman, ich bin hier auf der Station Pflegehelferin. Und Sie sind sicher unser Neuzugang?«

In Sucdis Stimme liegt, anders als in Elisabeth Sandbergs, kein gekünstelt fröhlicher Unterton.

Bevor seine Mutter Sucdis Hand ergreift, schielt sie unsicher zu Joel hinüber. Als die Reihe an ihm ist, sich vorzustellen, gelingt es ihm, seinen Namen hervorzubringen.

»Guten Tag«, grüßt Edit erneut. »Mein Name ist Edit Andersson, ich bin Sekretärin von Direktor Palm.«

Sucdi legt ihr eine Hand auf den Buckel.

»Gehen Sie schon wieder hier draußen spazieren?«, sagt sie. »Ich dachte, Sie wollten ein bisschen schlafen.«

Edit sieht sie an. Blinzelt.

»Guten Tag. Mein Name ist Edit Andersson, ich bin Sekretärin von Direktor Palm.«

»Wir gehen dann mal weiter«, sagt Elisabeth und führt Joel und seine Mutter wieder den Flur entlang. »Hier ist unser schöner Gemeinschaftsbereich, wo unsere Kunden gemeinsam ihre Mahlzeiten zu sich nehmen. Aber wenn Sie in Ihrer eigenen Wohneinheit essen möchten, geht das natürlich auch, Monika.«

Joel folgt Elisabeth und seiner Mutter in den Lichthof, blickt zu dem verglasten Dach empor, und alles um ihn herum droht zu kippen. Er schwankt, sieht hastig wieder zu Boden. Bemerkt die Türen, die zu anderen Gängen führen. Der Geruch von gebratenen Zwiebeln und Fleisch hängt noch in der Luft, obwohl das Mittagessen schon vorbei ist. Nur noch zwei alte Damen sitzen an einem der Kiefernholztische. Eine starrt geradeaus ins Leere, das Gesicht zu einer wütenden Grimasse verzogen. Sie ist mit einem Sicherheitsgurt in ihrem Rollstuhl festgeschnallt. Etwas, das wie Fruchtjoghurt aussieht, ist ihr übers Kinn gelaufen. Die alte Dame neben ihr scheint gerade den Versuch aufgegeben zu haben, sie zu füttern. Neugierig sieht sie zu ihnen herüber.

»Darf ich Ihnen Vera und Dagmar vorstellen?«, sagt Elisabeth. »Die beiden sind Schwestern und wohnen in Apartment D8.«

Seine Mutter begrüßt die beiden Frauen, aber Joel fällt auf, dass sie es vermeidet, in das verschmierte Gesicht zu blicken. Auf dem Schoß der anderen Schwester liegt eine Stickarbeit. Das Motiv scheint mittendrin vergessen worden zu sein: Kopflose Weihnachtsmänner tanzen im Schnee umher.

»Hier finden viele unserer Aktivitäten statt«, fährt Elisabeth fort. »Gesangsstunden, Sitzgymnastik ...«

Joel nickt. Lächelt. Ihm kommt es vor, als wären seine Lippen weiter gedehnt, als sein Gesicht breit ist. Elisabeth wirft ihm einen schiefen Blick zu.

Sie muss glauben, ich sei besoffen. Oder high. Ich sollte ihr vielleicht erklären, dass ich Medikamente ...

Medikamente von meiner Mutter gemopst habe? Mensch, Joel, du bist wohl selbst reif für die Klapse!

Sie verlassen den Gemeinschaftsbereich und betreten wieder den Flur von Station D. Kommen an Apartmenttüren mit laminierten bunten DIN-A4-Schildern vorbei. Namen wie »Wiborg«, »Petrus« und »Bodil« sind mit Wachsmalkreide darauf geschrieben. Wiborgs Name ist von naiv gezeichneten Pferden, Katzen und Marienkäfern umringt. In der linken oberen Ecke des Papiers gehen dicke gelbe Wachsmalstiftstrahlen von einer Sonne aus.

»Haben Sie schon das Schreiben über Monika für das Personal verfasst?«, fragt Elisabeth ihn.

»Nein, das habe ich vergessen«, sagt Joel.

»Nicht weiter schlimm, aber bitte denken Sie nächstes Mal daran. Es muss nicht viel sein. Ein paar Sätze darüber, was für ein Mensch Monika ist, welche Interessen sie hat und ob sie irgendwelche besonderen Vorlieben hat.«

Sie bleiben vor der D6 stehen, der einzigen Tür ohne Namensschild.

»Und nun sind wir bei Ihrem neuen Zuhause angekommen, Monika«, sagt Elisabeth.

Seine Mutter sieht ihn von der Seite an. Schüttelt den Kopf.

»Komm, Mama«, sagt er. »Wir gucken es uns einfach erst mal an.«

Sie seufzt und macht einen Schritt in den Vorraum. Mustert das kleine Waschbecken mit dem Seifenspender und dem Handdesinfektionsmittel hinter der Tür. Die Hutablage mitsamt den Kleiderhaken, die zur Standardeinrichtung des Heims gehören.

»Da hängt ja mein Mantel. Und da sind ja auch meine Schuhe.« Zusammen gehen sie weiter in das Wohnzimmer. »Und der Schreibtisch, den mein Vater geschreinert hat. Da ist er ja!«

Die Möbel stehen viel zu dicht. Die Wände scheinen sich auf Joel zuzubewegen.

Wo hat er seine Mutter da nur hingebracht? Knapp zwanzig Quadratmeter als Ersatz für ein ganzes Haus. Verrammelte Türen, Fenster, die nur einen Spaltbreit zu öffnen sind, statt eines großen Gartens.

Was, wenn der Umzug ein Trauma bei ihr auslöst? Ein Trauma, das sie nicht überlebt?

Joel weiß nur zu gut, warum die Wohnung frei geworden ist. Jemand ist gestorben. Vermutlich sogar in diesem Bett.

Aus einem Heim wie diesem kommt niemand mehr lebend heraus.

NINA

Nina sortiert Kleidung und legt sie im Wäschekeller des Heims zusammen. Schlaffe T-Shirts, die leicht an- und auszuziehen sind. Hosen und Röcke mit Gummizug in der Taille. Stoffe, die von den vielen Wäschen bei hoher Temperatur ganz weich und glatt geworden sind. Nina bewegt sich routiniert und präzise. Sie kennt fast jedes Kleidungsstück, ohne auf die Namensschildchen schauen zu müssen, für die die Angehörigen Sorge tragen müssen. Ob Joel wohl daran gedacht hat, Monikas Kleidung zu beschriften? Die Vorstellung fällt ihr schwer.

Die Arbeit ist für Nina immer ein Ort gewesen, wo sie sich sicher fühlt. Hier weiß sie, was die Menschen von ihr brauchen, und sie weiß, wie sie es ihnen geben kann. Für alles gibt es Pläne. Klare Regeln. Formulare, die ausgefüllt, und Listen, die abgehakt werden müssen. Bewegungspläne für die Menschen, die Druckgeschwüre bekommen könnten. Essenspläne. Medikamentenlisten. Ausscheidungslisten.

Hier weiß Nina, wer sie ist. Hier hat sie die Kontrolle.

Jetzt aber steht sie im Keller und versteckt sich.

Was auf Dauer natürlich unhaltbar ist; Joel und sie müssen einander früher oder später begegnen. Sie ist jetzt nur noch nicht bereit dazu. Und versucht sich einzureden, dass das auch in Joels Sinn ist. Dieser Tag muss für ihn schon traumatisch genug sein, da muss er nicht auch noch sie das erste Mal nach zwanzig Jahren wiedersehen.

Ein Rauschen in den Rohren an der Decke. Die Kleidung ist zusammengelegt und sortiert. Sie wirft einen Arm voll frisch gewaschener Bettwäsche in den Wäschetrockner. Wischt sorgfältig die Waschmittelreste an der Luke weg. Spült gerade den Wischlappen aus, als sie aus dem Augenwinkel heraus einen Schatten vorbeihuschen sieht. Sie dreht sich zum Türrahmen, der wie ein schwarzes Loch erscheint. Niemand zu sehen.

»Hallo?«

Nina späht in den Kellerflur, in dem die Neonröhren wieder erloschen sind. Das Licht, das durch die schmalen Fensterschlitze fällt, reicht kaum bis hierher. Den Schatten musste jemand geworfen haben, der auf dem Flur vorbeigegangen war.

Nina betritt den Lagerraum. Nimmt eine Inventarliste zur Hand. Zählt die Verpackungen mit Plastikhandschuhen und Mullbinden durch. Heute früh ist eine Lieferung Windeln gekommen, und sie schneidet die Kunststoffverpackungen auf und verteilt die Pakete auf die Regale.

Wenn sie darüber nachdenkt, ist es gar nicht so sicher, dass Joel und sie sich überhaupt über den Weg laufen werden. Er wird kaum eine Sekunde länger als nötig in Skredsby bleiben. Vielleicht wird er noch ein-, zweimal herkommen, bevor er wieder aus ihrer aller Leben verschwindet.

Alles wird wieder so sein wie immer.

Nina hört, wie auf dem Flur die Tür zum Treppenhaus geöffnet wird. Die Leuchtstoffröhren klirren, bevor sie erneut angehen. Schnelle Schritte ertönen, die sie sofort als die von Elisabeth identifiziert. Nina betet im Stillen, dass jetzt nicht von ihr verlangt wird, in Apartment D6 behilflich zu sein.

»Da steckst du also«, sagt Elisabeth, als sie im Türrahmen erscheint. »Ich hatte schon gedacht, du hättest früher Feierabend gemacht.«

Ihre Stimme klingt vorwurfsvoll. Als wäre Nina jemals früher nach Hause gegangen. Flammend rote Flecken zeigen sich an Elisabeths Hals, irgendetwas muss sie aufgeregt haben.

»Ich dachte nur, ich könnte die Zeit nutzen und ein bisschen was wegschaffen«, erklärt Nina.

»Ach so. Hör mal, ich habe gerade mit Johanna telefoniert. Sie sagt, sie hat sich einen Magen-Darm-Virus eingefangen.«

Elisabeth sieht Nina vielsagend an.

»Ich verstehe.«

Sie wissen beide, dass Johanna vermutlich nur wieder einmal verkatert ist. Nina hofft, dass sie bald kündigen wird. Nicht nur, dass sie unzuverlässig ist, sie kann auch nicht verbergen, dass sie sich vor den alten Leuten ekelt. Das wiederum bleibt den Bewohnern nicht verborgen.

Andererseits: Wenn Johanna tatsächlich einen Magen-Darm-Virus hat, ist es wirklich am besten, wenn sie zu Hause bleibt. Wenn hier auf der Station irgendeine Infektion wüten würde, wäre das ein Albtraum für das Personal und für die Alten lebensgefährlich.

»Sie hätte heute die Nachtschicht übernehmen sollen«, sagt Elisabeth. »Und ich habe niemanden außer dir, den ich fragen könnte.«

Sie beide wissen, dass Nina sich fügen wird, das tut sie immer. Die Sache in die Länge zu ziehen wäre nur Zeitverschwendung. Aber Nina kann es trotzdem nicht lassen.

Elisabeth sieht sie ungeduldig an. »Du weißt, dass ich eine der anderen Kräfte genommen hätte, wenn ich gekonnt hätte«, erklärt sie. »Aber Sucdi und Faisal können ja nicht zur selben Zeit arbeiten, und Gorana hat sich geweigert. Für mich ist das auch keine erfreuliche Situation. Aber ihr könnt das zusätzliche Geld doch sicher gut gebrauchen, oder?«

Nina antwortet nicht.

»Und irgendjemand muss ja hier sein und sich um die Kunden kümmern, oder?«, fügt Elisabeth hinzu.

»Ja, natürlich.«

»Ich kann versuchen, jemanden zu finden, der deine Frühschicht übernimmt. Damit du nicht zwei Schichten hintereinander arbeiten musst.«

Nina nickt. Das ist mehr, als sie erwartet hat.

Einen Tag frei. Ein Tag, an dem sie nicht Gefahr läuft, Joel zu begegnen.

»Gerne«, sagt sie.

»Gut.«

Elisabeth ist schon durch die Tür, da dreht sie sich noch einmal um und schaut noch einmal zu Nina hinein.

»Willst du denn gar nicht hoch zur D6 und hallo sagen? Der Sohn und du, ihr seid doch alte Bekannte.«

»Ich wollte hier erst mal ein bisschen Ordnung schaffen.« Nina zögert. »Was für einen Eindruck macht er denn?«

Elisabeth beugt sich wieder etwas tiefer in den Lagerraum, als wäre draußen auf dem Flur jemand, der sie hören könnte. In ihren Augen blitzt es auf.

Und Nina weiß sofort Bescheid. Es steht schlecht um ihn.

»Ich sollte das ja nicht sagen, aber ich glaube, er war *betrunken* oder so ...«, sagt Elisabeth.

Nina nickt, und ein beschämendes Gefühl, dass ihm das recht geschieht, erfüllt sie.

Sie hatte das, was sie getan hatte, tun müssen. Hatte sich von Joel befreien müssen, genau wie sie sich zuvor von ihrer Mutter befreit hatte.

JOEL

Rasche Schritte, die ins Zimmer eilen. Joel blickt auf. Sieht gerade noch, wie Elisabeth Sandberg ein gekünsteltes Lächeln aufsetzt.

»Und, wie läuft es so?«, fragt sie munter.

Joel nickt ihr zu. Wünscht, sie möge wieder gehen. Er legt einen Arm um seine Mutter. Schließt die Augen.

Sie riecht gut. Frisch geduscht und nach Weichspüler. Er zwingt sich, die Augen wieder zu öffnen, um nicht einzuschlafen. Am liebsten würde er sich einfach hier ins Bett legen. Er weiß wirklich nicht, wie er in diesem Zustand Auto fahren soll.

»Ich muss jetzt gehen«, nuschelt Joel seiner Mutter ins Ohr.

»Du willst mich wirklich hier allein lassen?«, sagt sie.

Ihr Kinn bebt. Die Unterlippe zittert.

»Ich komme morgen wieder«, sagt Joel.

Seine Mutter zupft mit ihren mageren Fingern nervös an ihrem Rock herum. Er stellt fest, dass ihr Ehering lose sitzt. Joel gibt ihr einen Kuss auf die Stirn. Die Haut fühlt sich kühl an unter seinen Lippen.

»Wenn ich nur wüsste, was ich falsch gemacht habe«, sagt seine Mutter. »Wenn du es mir nur sagen würdest, könnte ich es wieder in Ordnung bringen.«

»Du hast nichts falsch gemacht. Natürlich nicht!«

»Dann lass mich doch mit dir nach Hause fahren. Ich möchte nicht hierbleiben. Nils wird mich morgen …«

»Sie werden schon sehen, es wird Ihnen hier gefallen«, unterbricht Elisabeth sie.

Seine Mutter lächelt ihr tapfer zu. »Es ist ja durchaus schön hier. Ich bin mir nur nicht sicher, ob es etwas für mich ist.«

»Vielen ergeht es anfangs so wie Ihnen, aber sie ändern immer ihre Meinung«, sagt Elisabeth.

Wirklich? Immer?

Aber Joel kann ihr kaum vorwerfen, seine Mutter anzulügen, wenn er dasselbe tut.

»Es ist mir schrecklich unangenehm, das zu sagen, nachdem Sie sich solche Umstände gemacht haben«, sagt seine Mutter, und scheint ihre Worte sorgfältig abzuwägen. »Aber ich möchte jetzt trotzdem zu mir nach Hause.«

Jemand klopft an die Tür, und Sucdi betritt das Apartment. Im Schlepptau hat sie eine rundliche alte Dame mit kurzgeschorenen Haaren. Aus den kurzen Ärmeln ihres Kleides quellen die Arme hervor wie Hefeteig, der zu lange gegangen ist. Hinter ihren dicken Brillengläsern sieht sie seine Mutter neugierig an.

»Hallo. Ich wollte Ihnen Lillemor vorstellen«, sagt Sucdi.

Lillemor schenkt seiner Mutter ein strahlendes Lächeln.

»Wir sind jetzt wohl Nachbarinnen«, sagt sie und macht eine Kopfbewegung zur Wand, so dass ihr Doppelkinn erzittert. »Ich wohne direkt nebenan.«

Seine Mutter erwidert das Lächeln höflich. Lillemor sieht sich aufmerksam um.

»Was für ein schöner Schreibtisch!«, bemerkt sie.

Nun lächelt seine Mutter aufrichtig. Sie beginnt, von ihrem Vater zu erzählen, der Hobbyschreiner war. Dass einige seiner Möbelstücke sogar auf dem Gutshof von Tofta stehen. Es zeigt sich, dass Lillemor schon von ihm gehört hat.

»Vielleicht können Sie Monika ja ein wenig herumführen, Lillemor?«, bittet Sucdi sie.

»Ja!«, bricht es aus Lillemor hervor. »Zuerst müssen Sie mein Zimmer sehen. Mögen Sie Engel?«

»Doch, schon«, erwidert seine Mutter und lacht auf. »Gegen Engel kann man wohl nichts haben.«

Joel schenkt Sucdi einen dankbaren Blick. Sie nickt ihm fast unmerklich zu.

»Das klingt doch ganz hervorragend«, bemerkt Elisabeth. »Dann will ich mal weitergehen. Ich möchte nur noch einmal betonen, *wie sehr* ich mich freue, Sie hier bei uns zu haben, Monika!«

Seine Mutter kann kaum auf Wiedersehen sagen, bevor sie abermals abgelenkt wird. Lillemor sagt etwas und lacht dann laut über ihren eigenen Witz, während sie seine Mutter mit sich in den Flur hinauszieht. Eine Tür öffnet sich, dann ist Lillemors Lachen auf der anderen Wandseite zu hören.

»Sind sie nicht goldig? Ich liebe alte Menschen!«, behauptet Elisabeth.

Diese Aussage wirkt absurd. Sucdi tritt von einem Fuß auf den anderen, und Joel gewinnt den Eindruck, als würde sie die Stationsleitung auch nicht leiden können. Was ihm Sucdi umso sympathischer macht.

»Kommen Sie doch gleich in mein Büro, dann können Sie Ihre Zugangskarte abholen und quittieren«, sagt Elisabeth und geht.

Joel und Sucdi begeben sich in die Wohnung nebenan. Abrupt hält Joel inne.

Überall Engel. Über dem Bett hängt ein gerahmtes Poster, auf dem rundliche Cherubinen nachdenklich ihre Köpfe in den Händen ruhen lassen. Lillemor holt Putten und Puppen von einem Regalboden herunter, zeigt sie seiner Mutter, die sämtliche Engel höflich begrüßt.

Joel starrt sie an. Es kommt ihm vor, als erwiderten sie vorwurfsvoll sein Starren.

Eine Wand ist mit serienmäßig hergestellten Bildern übersät, die Sinnsprüche in verschnörkelter Schrift zeigen.

WIR SIND NIE SO VERLOREN,
DASS DIE ENGEL UNS NICHT SEHEN KÖNNEN.
WO IMMER DU BIST UND WAS DU AUCH TUST,
SO BREITET DEIN SCHUTZENGEL STETS SEINE
FLÜGEL ÜBER DICH.
DIE STAUBFLUSEN UNTER DEM BETT
SIND NICHTS WEITER ALS DIE KLEINEN
HAUSSCHUHE DER ENGEL.

Aber unter dem akkurat gemachten Bett gibt es keine Staubflusen. Das Zimmer ist sauber und gründlich geputzt, obwohl auch hier der Geruch von Urin, von alten Leibern und ausgedünsteten Medikamenten wahrnehmbar ist.

Lillemor erzählt seiner Mutter etwas über die gerahmten Fotografien auf dem Fenstersims.

»Das hier sind mein Mann und ich«, erklärt sie und deutet auf ein Hochzeitsfoto. »Und hier sind meine Kinder. Und die da war in der Grundschule meine Lehrerin. Sie war so lieb, dass ich jedes Mal geweint habe, wenn es Sommerferien gab.«

Lillemor lacht in sich hinein und fährt fort zu erzählen. Schließlich kommt sie wieder auf das Hochzeitsfoto zu sprechen: »Und das sind meine Eltern. Und das da meine Geschwister und ich. Und sie dort, sie war meine beste Freundin.«

Joel muss hier raus. Muss den Gerüchen entfliehen. Den starrenden Engeln. Wenn er hierbleibt, wird er noch verrückt.

»Ich werde jetzt mal langsam aufbrechen, Mama«, sagt Joel.

Seine Mutter öffnet schon den Mund, um zu protestieren, aber Joel ist schneller.

»Ich komme morgen wieder.«

Sie streicht sich eine Haarsträhne hinters Ohr.

»Morgen«, wiederholt sie. »Na gut.«

»Gut, dann bis morgen also.«

Seine Mutter nickt, und Joel fragt sich, wie sie sich wohl fühlt. Ob sie letztlich resigniert und die Tatsache, dass sie hier wohnen wird, geschluckt hat. Wenn es ihr denn überhaupt klar ist.

Er umarmt sie und geht dann hinaus auf den Stationsflur.

Sucdi folgt ihm, sagt etwas über Elisabeths Büro und die Zugangskarte, aber er schüttelt nur den Kopf. Sein Gang wird immer unbeholfener. Mit jedem Schritt erscheint der PVC-Boden ihm weiter entfernt oder näher, als er erwartet hat. Der Korridor vor ihm dehnt sich aus, wird immer länger.

Eine Hochschwangere schenkt an einem Servierwagen Tee in Tassen ein. Sie grüßt ihn, und er nickt hastig zur Erwiderung. Schafft es jetzt nicht, mit noch mehr Leuten zu reden.

»Es wird irgendwann einfacher werden«, erklärt Sucdi. »Sie muss sich nur erst daran gewöhnen.«

»Ich glaube, das muss ich auch«, bringt er mühsam heraus.

»Es braucht ein paar Wochen. Es ist ein bisschen so, als würde man Kinder in der Kita eingewöhnen.«

Joel nickt, als wüsste er genau, wie das ist.

Endlich haben sie das Ende des Gangs erreicht. Auf der anderen Seite der Tür liegt der Eingangsbereich. Der Weg ins Freie.

»Versuchen Sie, sich heute Abend nicht zu sorgen«, sagt Sucdi. »Sie müssen sich ausruhen.«

Hört er da etwa einen vorwurfsvollen Unterton heraus? Er drückt die Klinke herunter, aber die Tür ist verschlossen.

»Der Türcode steht da oben«, sagt Sucdi und deutet auf einen kleinen, mit Tesafilm am Türrahmen befestigten Zettel. »Das ist nur zur Sicherheit der alten Leute.«

Es gefällt ihm, dass sie nicht »Kunden« zu ihnen sagt.

Sucdi gibt den Code ein und öffnet die Tür. Joel bringt murmelnd ein Dankeschön heraus. Konzentriert sich darauf, geraden Schrittes durch die Eingangshalle zu gehen. Atmet die heiße Luft draußen ein, während sich die automatischen Türen öffnen.

Als er den Parkplatz erreicht, fragt er sich, ob seine Mutter ihn wohl von Lillemors Fenster aus sehen kann. Aber er dreht sich nicht um. Geht geradewegs zum Auto. Steckt unsicher den Schlüssel ins Zündschloss. Als er endlich auf dem Fahrersitz Platz genommen und die Tür geschlossen hat, schreit er laut auf.

NINA

Ninas Schicht endet in einer halben Stunde, länger kann sie sich nicht im Keller verstecken. Sucdi und sie müssen noch für Gorana und Rita, die gleich übernehmen, die Berichte schreiben.

Widerwillig geht sie hinauf in die Eingangshalle. Linst durch die Glasscheibe der Tür in den Flur D, sich vollkommen bewusst, wie albern das ist. Von Joel oder Monika ist nichts zu sehen. Da ist nur Anna, die für einen ihrer täglichen Spaziergänge ihren Sommermantel angezogen und die Baskenmütze aufgesetzt hat.

Nina zieht ihre Zugangskarte durch den Scanner und betritt die Station. Als Anna sie entdeckt, strahlt sie.

»Hej! Was für ein schönes Wetter das heute draußen ist!«

»Ja, nicht?«, erwidert Nina.

Anna glaubt, dass sie tatsächlich draußen ist, wenn sie unter dem Glasdach des Atriums umhergeht. In Wirklichkeit ist sie schon wochenlang, vielleicht sogar monatelang nicht mehr draußen gewesen.

»Eine neue Familie ist in unsere Straße gezogen«, erklärt Anna und zeigt auf die Tür zu Zimmer D6. »Ich glaube, sie ist noch ein bisschen nervös. Aber er freut sich sehr, hier zu sein.«

Nina sieht in die Richtung, in die Anna zeigt. Die Tür von Monikas Apartment ist geschlossen. Ob Joel wohl noch da ist?

»Ich glaube aber nicht, dass das ihr Mann ist«, fährt Anna fort.

»Nein, es ist ihr Sohn. Joel.«

Es ist seltsam, seinen Namen wieder auszusprechen.

»Ich meine nicht den Sohn«, sagt Anna. »Sondern den Mann, der mit ihr dort wohnen wird.«

Nina nickt geistesabwesend und setzt ihren Weg zum Personalraum fort, um die Unterlagen fertigzustellen.

Sucdi und sie arbeiten flink und effektiv. Sucdi will schnell nach Hause zu ihrer Familie, und Nina will einfach nur fort von hier.

»Und dann ist da noch Frau Edlund«, erklärt Sucdi, als sie bei dem Bericht zu D6 angelangt sind. »Sie war unruhig und hat versucht, ihren Sohn dazu zu bewegen, sie wieder mitzunehmen. Aber nachdem er gegangen war, wurde es besser.«

Nina unterdrückt einen Seufzer der Erleichterung. Joel ist also nicht mehr da.

»Ich habe ihr Lillemor vorgestellt, die sie mit ihren Engeln unterhalten hat«, fährt Sucdi fort. »Jetzt schläft sie.«

»Gut«, bemerkt Nina, und es gelingt ihr, ihre Stimme fest klingen zu lassen.

Während sie ihre letzten Berichte verfassen, kommt Rita herein. Sie setzt sich an den Tisch. Schürzt die Lippen, so dass sich die Falten auf ihrer Oberlippe vertiefen.

»Typisch, Gorana ist natürlich noch nicht da.«

Sie blickt sich um, als glaube sie, Gorana würde sich irgendwo verstecken.

»Heute ist nichts Besonderes vorgefallen, vielleicht können wir ja die Übergabe machen, ohne auf sie zu warten?«, fragt Sucdi.

Rita seufzt dramatisch, protestiert ausnahmsweise aber einmal nicht.

Anschließend gehen Sucdi und Nina in den Keller, um sich umzuziehen. Nina ist froh, dass Sucdi sie nicht danach fragt, was sie eigentlich den halben Nachmittag hier unten gemacht hat.

Gorana steht am Eingang und raucht, als sie die Treppe wieder hochkommen, in aller Ruhe eine Zigarette.

»Na, wie steht es heute im Hotel Intercontinental?«, sagt sie, und ihr spitzes, stark geschminktes Gesicht verzieht sich zu einem Grinsen.

Nina versucht zu verbergen, wie verärgert sie ist. Gorana liebt es, sie aufzuziehen, und Nina hat es ihr auch viele Male allzu leicht gemacht.

»Es ist ziemlich ruhig«, erwidert Nina. »Aber wir sehen uns später noch. Ich werde nämlich Johannas Nachtschicht übernehmen. Du wolltest ja nicht.«

Falls Gorana die Spitze hinter ihren Worten wahrgenommen hat, lässt sie sich nichts anmerken.

»Dieses Mädel hat wirklich ein schlechtes Immunsystem«, sagt sie nur und zieht einen der pechschwarzen Striche hoch, die ihre Augenbrauen darstellen sollen.

»Ich muss jetzt los«, sagt Sucdi, und ihre Autoschlüssel klirren in der Hand. »Tschüs.«

Gorana nickt nur und drückt den Zigarettenstummel im Aschenbecher an der Wand aus.

»Kannst du nicht auf der Rückseite rauchen?«, sagt Nina. »Es sieht so unschön aus, wenn das Personal hier steht und qualmt.«

Gorana blickt sie amüsiert an.

»Bis heute Abend«, entgegnet sie nur und geht hinein.

Nina seufzt. Hätte sie bloß den Mund gehalten!

Sie setzt sich ins Auto und fährt in Richtung Tofta. Diese schmale Landstraße fährt sie Hunderte, vielleicht Tausende Male im Jahr entlang. Als sie sich der Abzweigung nach

Lyckered nähert, fällt ihr plötzlich das Atmen so schwer wie schon lange nicht mehr.

Ob Joel jetzt wohl im Haus ist?

Nina dreht den Kopf, während sie an dem verfallenen Buswartehäuschen vorbeifährt. Als sie dort das erste Mal aus dem Bus ausgestiegen war, war der steile Weg den Hang hinauf noch nicht asphaltiert und von hohen Schneewehen gesäumt gewesen.

Nina wünschte, sie könnte Mitleid mit dem Teenager empfinden, der sie damals gewesen war. Sie weiß, dass sie das tun sollte. Wenn es jemand anderes gewesen wäre, wäre es ihr nicht schwergefallen. Jetzt aber überrollt sie eine Welle ihrer alten Scham: Nina, die Tochter der Trinkerin. Sie hatten damals in einer der hässlichen Mietskasernen in Ytterby gewohnt. Altklug und brav war sie gewesen, war den Lehrern in den Arsch gekrochen, hatte die Nähe von Erwachsenen gesucht, die Sicherheit ausstrahlten, und sich so sehr nach Geborgenheit gesehnt. In der Mittelstufe war sie schließlich ernsthaft gemobbt worden. Nina versuchte sich einzureden, dass ihre Klassenkameraden sicher nur Spaß machten. Dass sie übersensibel war. Sie versuchte, in das Lachen der anderen mit einzustimmen. Versuchte herauszufinden, was ihre Mitschüler dazu bewegen könnte, sie zu mögen. Die Erinnerung an jene gescheiterten Versuche bewirkt, dass sie vor Scham am liebsten ins Lenkrad beißen würde.

Joel war der Erste gewesen, der ihr gesagt hatte, sie solle sich einen Dreck um die anderen scheren. Er war auch ein Außenseiter, aber stolz darauf. Er war der Erste, der sie als schön bezeichnet hatte. Manchmal traute sie sich, ihm tatsächlich zu glauben.

Joel war wie ein Bruder für sie gewesen, fast wie eine verwandte Seele. Und Monika für sie mehr eine Mutter, als es ihre eigene je gewesen war. Nina wollte gegenüber Monika perfekt erscheinen. Aber je älter sie wurde, desto schwerer wurde das – je mehr Geheimnisse über Joel sie vor ihr verbergen musste.

Als die Abzweigung nicht mehr im Rückspiegel zu sehen ist, atmet Nina wieder auf. Die Kirche von Lycke kommt in Sichtweite, und sie biegt links ab in Richtung Tofta. Fährt an Ställen und Einfamilienhausgärten vorbei, an Kühen und Pferden auf eingezäunten Weiden und Koppeln. Sie fährt die Lindenallee entlang, die zum alten Gutshof führt, und biegt rechts ab. Es riecht schwach nach Mist, als sie die Stallgebäude passiert und dann weiter den Hügel hinauffährt. Auf der Kuppe halten einige Reiter am Wegesrand an, um sie vorbeizulassen, und sie winkt ihnen zu. Fährt auf der anderen Seite wieder hinunter und weiter den sich dahinschlängelnden Asphaltstreifen entlang. Am Wegesrand weiden Kühe, und hinter den Weiden glitzert die Bucht. Die Masten der Segelboote zeichnen sich kreideweiß vor den Klippen ab. Auf der anderen Seite wird die Straße von Einfamilienhäusern gesäumt. Trampoline stehen in den Gärten, an den Garagenwänden lehnen Kinderfahrräder.

Nina biegt in die Auffahrt des gelben zweistöckigen Hauses am Ende der Straße ein. Der Rasen ist immer noch nicht gemäht. Sie steigt aus dem Auto, atmet tief die schwere, salzige Luft ein. Muss sich erst beruhigen, bevor sie das Haus betritt. Sie darf jetzt nicht verärgert sein, sie muss fair bleiben.

Er versteht eben nicht, wie wichtig diese Dinge für mich sind. Und im Grunde sind sie ja auch nicht wichtig. Das weiß ich ja auch. Es liegt nur an Joel und Monika, dass ich heute so durch den Wind bin.

Die Luft im Flur ist warm und abgestanden, Nina lässt die Haustür offen stehen. Sie hängt ihre Handtasche an den Haken, die Schlüssel in den Schlüsselschrank. Stellt ihre Schuhe ordentlich nebeneinander auf das Schuhregal.

Die Küche ist lichtdurchflutet. Die marmornen Arbeitsplatten glänzen. Sie öffnet den Kühlschrank. Mustert zufrieden die gutgefüllten Fächer.

Aber wie lange wird das noch so sein? Was, wenn Markus nicht bald eine neue Stelle findet?

Nina zwingt sich, das Gedankenkarussell gar nicht erst anspringen zu lassen, das mit Kreditzinsen beginnt und mit einer Schreckensvision von ihr selbst als Obdachloser endet. Sie stellt fest, dass sie keinen Hunger hat. Trinkt stattdessen, am Spülbecken stehend, nur ein Glas Wasser.

Sie liebt diese Küche, dieses Haus. Das vor den Fenstern glitzernde Meer. Aber Joel drängt sich hinein in das Bild und bringt alles durcheinander. Ihre Perspektive ändert sich. Jetzt sieht sie auf einmal alles mit seinem vorwurfsvollen Blick.

Alles lässt sich auseinanderpflücken. Das ganze hübsche, ordentliche Leben, das Nina sich mühsam erarbeitet hat, erscheint auf einmal armselig, einfallslos.

Ach, fahr doch zur Hölle, Joel! Lass mich in Ruhe!

»Hallo?«, ruft Nina und tritt ins Wohnzimmer.

Markus liegt auf dem Sofa, den Laptop auf den Schenkeln balancierend. Er nimmt die Kopfhörer ab und sieht sie verschlafen an.

»Ist es schon so spät?«, sagt er.

Nina bleibt stumm. Sie geht ins Badezimmer. Sieht, dass die nasse Wäsche von heute früh immer noch in der Maschine liegt.

Wut kocht in ihr hoch, rauscht in ihren Adern. Es fällt ihr jetzt schwerer, sie zu unterdrücken.

Es ist nicht Markus' Schuld. Wir haben beide so unsere Macken, ich bin auch nicht einfach.

Sie sind verschieden. Er weiß nicht, was es hieß, so aufzuwachsen wie sie. Wie es war, das Chaos ständig auf Abstand halten zu müssen. Der kleinste lose Faden konnte das ganze

Gewebe wieder aufribbeln, der kleinste Riss sich zu einem Abgrund ausdehnen. Für Markus war es nie so gewesen. Er vertraut darauf, dass alles früher oder später von selbst wieder in Ordnung kommt.

Nein, vielleicht versteht er es nicht. Aber er weiß, wie viel es dir bedeutet, und es ist ihm trotzdem egal. Du bist ihm egal. Es ist ihm egal, dass wir hier ausziehen müssen, wenn er nicht bald eine neue Arbeit findet.

Nina schnüffelt probeweise an einigen nassen Strümpfen. Sie riechen noch ganz annehmbar. Sie räumt die Wäsche aus, wirft sie in den Trockner.

Du liebe Güte! Es ist doch nur die verdammte Wäsche. Das ist nicht so schlimm. Eigentlich liegt es doch nur an Joel, dass du so gereizt bist. Und an Monika.

Sie reißt sich zusammen und geht wieder ins Wohnzimmer.

»Warst du heute Nacht lange auf?«, fragt sie. Ein spitzer Unterton schleicht sich in ihre Stimme, den sie nicht mehr zurückhalten kann.

»Ich konnte nicht schlafen«, sagt er.

»Vielleicht wäre das leichter, wenn du nicht immer den halben Tag verschlafen würdest.«

Verletzt sieht Markus sie an. Sie seufzt und bemüht sich, zu lächeln.

»Entschuldige, ich hab schlechte Laune. Ich muss heute Nacht arbeiten.«

Wie praktisch, der Arbeit die Schuld geben zu können.

»Du Arme. Ich glaube, in der Thermoskanne in der Küche ist noch Kaffee, falls du welchen möchtest«, sagt er.

Ob er wohl genauso wie sie damit kämpft, höflich zu klingen? Diese Höflichkeit ist das Allerschlimmste. Sie ist wie eine Zwangsjacke, aus der sie sich nicht befreien kann.

»Besser keinen Kaffee«, sagt sie. »Ich werde versuchen, jetzt etwas zu schlafen, damit ich die Nacht durchstehe. Hast du was von Daniel gehört?

»Nein. Hätte er anrufen sollen?«

»Es wäre zumindest schön, zwischendurch mal ein kleines Lebenszeichen von ihm zu bekommen.«

»Er meldet sich schon, wenn er mehr Geld braucht«, sagt Markus mit einem Lächeln.

Dann greift er wieder nach den Kopfhörern.

»Joel ist wieder hier«, sagt sie.

Markus sieht zu ihr hoch. Sein Blick ist jetzt bedeutend wacher.

»Oh«, sagt er nur.

»Monika ist bei uns eingezogen.«

»Hast du ihn schon getroffen?«

Nina zögert.

»Nein. Aber Elisabeth meinte, dass er irgendwie benebelt gewirkt hat.«

»Aha.« Markus schnaubt. »Na, das ist ja nicht wirklich eine Überraschung. Er träumt bestimmt immer noch davon, ein Rockstar zu werden.«

Er klingt schadenfroh, und das ruft Nina wieder ihre eigenen verbotenen Gefühle in Erinnerung.

»Er kann einem leidtun«, sagt sie.

»Er ist doch selbst schuld«, sagt Markus und setzt sich die Kopfhörer auf.

JOEL

Das Klingeln des Telefons weckt ihn. Verwirrt sieht er sich um. Er ist auf dem Sofa im Wohnzimmer eingeschlafen. Die Lampen sind alle aus. Im Raum herrscht dasselbe bläuliche Dämmerlicht wie draußen. Es ist weder Tag noch Nacht, weder hell noch dunkel. Fast kommt es ihm vor, als würden die Konturen seines Körpers verschwimmen, als wäre er im Begriff, sich in nichts aufzulösen.

Er nimmt das Telefon vom Sofatisch. Sieht seinen Bruder auf dem Display. Das Bild ist hier entstanden, am fünfundsechzigsten Geburtstag ihrer Mutter. Björn hatte gerade einige Kilo abgenommen und unablässig von seiner Diät erzählt, die damals in allen Klatschblättern bejubelt wurde.

Joel zögert die Annahme des Gesprächs so lange hinaus, bis es auf die Mobilbox springt. Jetzt erscheint die Liste mit verpassten Anrufen auf dem Bildschirm. Sein Bruder hatte es schon mehrmals probiert, ohne dass Joel davon aufgewacht war. Und es ist ein Anruf von dem Restaurant dabei, in dem Joel schwarz jobbt, aber er kann sich einfach nicht aufraffen, sich bei ihnen zu melden. Er weiß ohnehin nicht, wann er wieder zurückkommen kann.

In der Küche brummt leise der Kühlschrank. Ansonsten ist alles still. Joel ertappt sich dabei, nach seiner Mutter zu lauschen.

Aber sie ist ja nicht mehr hier.

Das Heim hat nicht angerufen. Das bedeutet wohl, dass al-

les in Ordnung ist. Sonst hätten sie sich doch sicher gemeldet, oder?

Joel reibt sich das Gesicht. Sein Rücken fühlt sich wie abgestorben an, er spürt noch nicht einmal mehr die Sofakissen unter sich. Er setzt sich auf und schaut aus dem Fenster. Wenn doch nur mal ein Auto vorbeikommen würde! Oder ein Nachbar, der spazieren geht. Er würde sich sogar mit einem verdammten Reh zufriedengeben. Aber alles bleibt so still, als wäre es nur eine Kulisse. Er tastet zwischen den Sofakissen nach der Fernbedienung, schaltet den Fernseher ein. Stimmen einer Talkshow erfüllen den Raum. Joel steht auf, knipst die Deckenleuchte an, geht in die Küche und schaltet auch dort sämtliche Lampen ein. Spült eine Handvoll Kirschtomaten ab und isst sie im Stehen, eine nach der anderen. Ihre glatte Oberfläche unter seinen Fingern, das Knackgeräusch, als er in sie hineinbeißt, das Zerplatzen des Fruchtfleischs auf der Zunge, all dies lässt das Gefühl von Unwirklichkeit etwas weichen.

Mama.

Es ist unfassbar, dass sie nicht mehr hier wohnt. Dass niemand mehr hier wohnt. Dies ist kein Zuhause mehr. Nur noch ein Haus.

Er könnte schon heute Abend damit beginnen, die Speicherräume auszumisten. Entscheiden, was verkauft, weggeworfen, verschenkt, aufgehoben werden soll. Er könnte die vergammelten Lebensmittel wegwerfen. In der Vorratskammer sind Lebensmittelmotten. Die Kühltruhe quillt über vor Fleisch, das schon vor Jahren hätte verzehrt werden müssen.

Er könnte auch dieses verfluchte Schreiben über seine Mutter aufsetzen.

Das Telefon klingelt erneut, und diesmal geht er ran.

»Hej«, sagt Björn. »Ganz schön schwer, dich ans Telefon zu kriegen.«

Er keucht etwas, so als ob er gerade draußen ist und joggt.

»Ich war unter der Dusche.«

»Mehrere Stunden lang?«

»Was willst du?«, fragt Joel unwillig.

»Wie ist es mit Mama gelaufen?«

»Ganz okay. Aber sie war traurig, als ich wieder gegangen bin.«

»Sie wird sich schon noch daran gewöhnen.«

»Tja, ihr bleibt wohl kaum eine andere Wahl.«

Eine Pause. Stärkeres Keuchen. Das Geräusch von Autos im Hintergrund. Das laute Ticken einer Fußgängerampel.

Leben und Bewegung. Björns Alltag läuft weiter, so wie gewöhnlich.

»Kommst du am Wochenende?«, fragt Joel.

»Deshalb rufe ich an.«

Joel greift nach der Zigarettenschachtel. Versucht, ruhig zu bleiben.

»Ich schaff es nicht. Ich muss noch so viel erledigen, bevor wir nach Spanien fliegen.«

Joel steckt sich eine Zigarette an. Nimmt einen tiefen Zug.

»Rauchst du etwa im Haus?«

»Ja. Aber das kann dir doch egal sein, wenn du sowieso nicht hier bist, oder?«

»Joel, ganz ehrlich, ich würde wirklich liebend gern kommen. Es geht nur gerade jetzt nicht, mit …«

»Ja, ja«, fällt Joel ihm ins Wort. »Du lässt mich also hängen?«

»Was soll ich denn deiner Meinung nach tun? Die Reise absagen? Das kann ich den Kindern nicht antun, das begreifst du doch wohl!«

»Aber mich kannst du mit diesem Mist alleinlassen, ja?«

»Ich konnte ja wohl nicht wissen, dass Mama ausgerechnet diese Woche einen Platz im Heim kriegt, oder?«, entgegnet Björn.

»Nein, es ist wirklich ein Jammer, dass das deine Pläne durchkreuzt.«

»Ich verstehe ja, dass es hart für dich ist …«, setzt Björn an.

»Nichts verstehst du!« Joel schreit jetzt. Nun ist es sowieso egal. »Du warst nicht hier und hast dir nicht jede einzelne Sekunde Sorgen darum machen müssen, dass sie stürzt oder wieder mitten in der Nacht abhaut, und du hast nicht versucht, sie zum Essen zu bewegen oder dazu, ihre Medikamente zu nehmen, und Pisse weggewischt …«

Joel hält inne, um einen tiefen Zug zu nehmen.

»Aber es sind doch solche, wie heißt das noch gleich, Pflegeassistenten gekommen, oder?«, kann Björn einwerfen, aber Joel gibt vor, ihn nicht gehört zu haben.

»… und du hast sie nicht ins Heim bringen müssen, obwohl sie darum gebettelt hat, wieder nach Hause zu dürfen, und du hast auch nicht so einen beschissenen egoistischen Bruder, dem es völlig am Arsch vorbeigeht, was mit seiner Mutter und seinem Bruder los ist!«

Jetzt ist es vollkommen still in der Leitung.

»Und der Pflegedienst war eben nicht rund um die Uhr da«, fügt Joel noch hinzu.

Er zieht so heftig an der Zigarette, dass die Glut hell aufglimmt.

»Bist du noch dran?«, fragt Joel.

»Ich habe nur kurz gewartet, bis du dich wieder etwas beruhigt hast. Wenn du so hysterisch reagierst, kann man ja nicht mit dir reden.«

»Du musst sofort herkommen, verstehst du das denn nicht? Ich kann das hier nicht allein.«

»Ehrlich gesagt habe ich diesen Urlaub bitter nötig. Es ist auch für mich alles nicht leicht gewesen.«

Joel lacht auf. Es klingt unecht und schrill. *Hysterisch.*

»Du Ärmster!«

»Wenn du eine eigene Familie hättest, würdest du das verstehen. Ich habe auch ihnen gegenüber Verpflichtungen.«

Joel schmeißt den Zigarettenstummel ins Spülbecken. Merkt, dass er vor Wut zittert.

»Nur, weil ich keine eigene Familie habe, heißt das nicht, dass ich nicht auch ein Leben habe.«

Björn erwidert nichts, aber Joel hat das Gefühl, als würde ein *Ach so?* in der Luft liegen.

»Ich kann es mir nicht leisten, alles andere zurückzustellen, damit du nach Spanien fahren kannst!«, sagt Joel. »Ich muss wieder arbeiten gehen, wenn ich die Wohnung behalten will.«

»Irgendwelche Reserven wirst du doch sicher haben?«

Mann, wie er seinen Bruder in diesem Moment hasst! Björn hat völlig vergessen, was es heißt, pleite zu sein. Er glaubt, alle könnten Geld verdienen, wenn sie sich nur dazu entschlössen. So wie er selbst.

»Du *musst* kommen. Bitte. Ich brauche deine Hilfe.«

Sein Flehen ist widerlich. Nichtsdestotrotz stimmt es, was er sagt.

»Mama braucht dich«, fügt er hinzu.

»Mama merkt doch sowieso nicht, ob ich da bin oder nicht.« Björn verstummt. Scheint noch etwas sagen zu wollen und nicht zu wissen, wie. Schließlich ergänzt er: »Vielleicht ist es nur gerecht, dass du dich nun darum kümmern musst. Bedenk doch bloß mal, wie viele Sorgen sie sich all die Jahre um dich hat machen müssen. Es ist an der Zeit, dass du mal etwas Verantwortung übernimmst. Werd erwachsen!«

Joel lässt das Handy sinken. Starrt den lächelnden Björn auf dem Display an. Beendet das Gespräch.

Wenn er doch wenigstens weinen könnte! Das würde vielleicht ein bisschen gegen das Gefühl der Unwirklichkeit helfen, das Gefühl, dass dies alles nur ein schlechter Film ist, eine schlechte Kopie des wirklichen Lebens.

Glückwunsch, Joel! Beinahe hätte ich dir geglaubt. Deshalb schluckst du also die Tabletten deiner Mutter und schnappst dir jeden Drink in deiner Nähe? Weil du der Wirklichkeit näher sein willst, ja?

Mal ehrlich: Du hast die Wirklichkeit noch nie ertragen.

Vielleicht hat Björn recht. Vielleicht ist er nie erwachsen geworden. Joel hat es an anderen gesehen, die lange Drogen genommen haben. Sie sind in der Entwicklung steckengeblieben. Und er hat mit knapp sechzehn damit angefangen.

Er muss an die Teenager auf dem Marktplatz von Skredsby denken. War er wirklich so jung wie sie? Er war mit der Horrorpropaganda der achtziger und neunziger Jahre gefüttert worden. Den Reportagen. Den Aufklärungskampagnen. Den Filmen. Jugendserien mit ach so coolen und korrekten Hauptfiguren, die zu Alkoholikern wurden, nachdem sie nur ein einziges Mal betrunken gewesen waren, zu verzweifelten Junkies, sowie sie den ersten Joint geraucht, die erste Line gezogen, die ersten Pillen eingeworfen hatten. Diese Lügen waren so einfach zu durchschauen gewesen, dass er sie allesamt für Lügen gehalten hatte. Und wenn es keine Lügen waren, war es zumindest nichts, was ihn betraf. Er hielt sich für einzigartig. Unbesiegbar. Er hatte sich geirrt.

Aber mit den Drogen hast du immerhin aufgehört. Vor sechs Jahren und zwei Monaten.

Er zapft die letzten Tropfen Wein aus dem Karton, der immer noch auf der Spüle steht, in ein Glas und trinkt einen Schluck. Geht in das Schlafzimmer seiner Mutter, knipst die Lampe an. Betrachtet das Bett, in dem seine Mutter niemals mehr schlafen wird. Joels Großvater hatte das Bettgestell geschreinert und die naive Blumenschnitzerei am Kopfteil angefertigt. Bestimmt hatte er viele Arbeitsstunden dafür aufgewendet. Aber wer wollte heute noch so ein Bett?

Joel setzt sich ans Kopfende. Mustert den merkwürdigen Fettfleck an der Wand. Staubkörner und eine Haarsträhne seiner Mutter kleben daran. Anfangs dachte er, dass er daher käme, dass seine Mutter ihren Kopf im Schlaf an der Wand rieb, aber das war kaum möglich. Dafür war er zu fettig. Kehrte zu schnell zurück.

Immerhin ist er seit heute Morgen nicht wieder größer geworden.

Joel beugt sich vor und schnüffelt daran, aber der Fleck ist völlig geruchlos.

Ob da irgendetwas in der Wand undicht ist?

Er holt einen Küchenschwamm, sucht nach der Sprühflasche mit Reinigungsmittel unter der Spüle. Wieder im Schlafzimmer, besprüht er den Fleck damit, bis dieser mit Schaum bedeckt ist. Mit der rauen Seite des Schwamms scheuert er an dem Fleck herum. Fährt fort, bis nicht nur der Fleck, sondern auch das Tapetenmuster verschwunden ist.

Joel geht zurück in die Küche und wirft den Schwamm in den Müll. Wäscht seine Hände zweimal, um das Gefühl loszuwerden, dass das Fett immer noch an seinen Fingern klebt. Dann schaut er auf sein Handy. Es ist schon zu spät, um die Durchwahl seiner Mutter zu wählen, er will nicht riskieren, sie zu wecken und sie wieder zu ängstigen. Aber vielleicht kann er ja auf der Station anrufen.

Ist es wohl ungewöhnlich, das noch so spät zu tun? Oder ist es noch ungewöhnlicher, sich gar nicht zu melden?

Er gibt die Nummer ein. Das Freizeichen ertönt.

»Nebelfenn, Station D.«

Die Frau, die sich meldet, hat denselben breiten Dialekt, den er selbst gesprochen hatte, als er noch hier gelebt hat. Ob ihr wohl schon von dem bekifften Sohn erzählt wurde, der die arme neue Bewohnerin hergebracht hatte?

Was nun, wenn sie Björn anrufen und ihm davon berichten?

»Hej. Mein Name ist Joel Edlund. Meine Mutter Monika Edlund wurde heute bei Ihnen auf die Station aufgenommen oder, besser gesagt, ist bei Ihnen eingezogen. Ich wollte nur mal hören, wie es ihr geht.«

Ein kurzes Zögern am anderen Ende der Leitung.

»Gut, soweit ich weiß«, sagt die Frau. »Sie schläft jetzt, es ist sicher besser, sie nicht zu stören.«

»Nein, selbstverständlich.«

Irgendwo im Hintergrund geht ein Alarm los.

»Ich muss jetzt leider Schluss machen«, erklärt die Frau. Irgendetwas an ihrer Stimme kommt ihm bekannt vor.

»Natürlich«, sagt Joel. »Vielen Dank.«

Aber da hat die Frau schon aufgelegt.

NINA

Nina öffnet die Tür von Apartment D1, reckt sich nach dem Knopf im Eingangsbereich der kleinen Wohnung und stellt den Alarm ab. Aus dem Zimmer ertönt ein lautes Schnarchen. Das Nachtlicht ist an. Nina erblickt ihr eigenes Spiegelbild im Fenster, geisterhaft durchsichtig vor den heruntergezogenen Jalousien. Wiborg schläft mit weit geöffnetem Mund. Ihr Kinn ruht auf der Brust, der magere Hals ist in Falten gelegt.

Wiborgs Therapiestofftier ist auf den Boden gekullert und hat den Bewegungsmelder ausgelöst. Nina hebt das Kuscheltier auf, streicht über das Fell aus schwer entflammbarem Material. Sie stopft es zwischen die Wand und Wiborgs verhärmten Körper. Geht leise wieder aus der Wohnung und schließt vorsichtig die Tür hinter sich.

Nachts ist die Stimmung im Heim anders. In ein paar Stunden wird sie die alten Leute wecken, um Windeln zu wechseln und ihnen Nährstofflösungen zu verabreichen. Seit dem Abendessen um siebzehn Uhr haben sie nichts mehr gegessen, sie sollen möglichst nicht bis zum Frühstück warten. Das würde bei einigen Wutanfälle auslösen, bei anderen Unruhezustände. Es ist immer dasselbe: Wiborg will eine Nummer wählen, die niemand mehr benutzt – um mit Menschen zu sprechen, die schon lange tot sind. Petrus versucht, sie in sein Bett zu ziehen, nennt sie Fotze und Schlampe. Edit fängt an, ihre ewiggleichen Zeilen abzuspulen. Und in dieser Nacht wird Nina auch mit Monika sprechen müssen, daran führt kein Weg vorbei.

Trotzdem zieht sie das alles der Stimme von Joel vor, die noch immer in ihren Ohren widerhallt. Nina kann nicht fassen, wie sie sie hat vergessen können.

Tief. Heiser. Damals klang er sehr viel älter, als er tatsächlich war. Heute dagegen klingt er viel jünger, als er ist. Seine Stimme hat sie in die Vergangenheit zurückkatapultiert. Als hätte es die letzten zwanzig Jahre nie gegeben. *Komm doch heute Abend mit. Ohne dich macht es gar keinen Spaß.*

Nina geht zur Besenkammer und holt Wischlappen, säubert Rollatoren und Rollstühle, damit die Zeit schneller vergeht.

Wie kam es eigentlich, dass sie sich damals getraut hatte, Joel ihre Gedichte zu zeigen? Sie weiß es nicht, aber an dem Tag hatten sie begonnen, gemeinsam Träume zu hegen. Er brachte ihr das Gitarrespielen bei, ermunterte sie, Songtexte zu seiner Musik zu schreiben. Joel brachte sie dazu, mehr zu wagen, weiter zu gehen, tiefer zu graben. Die Texte wurden zu ihrem Ventil. Darin konnte sie ihre Wut, ihre Traurigkeit rauslassen, Forderungen stellen. Kam sich selbst näher. Konnte dem, was in ihr vor sich ging, Ausdruck verleihen, auch wenn es später Joel war, der ihre Worte sang.

Sie wurden gut. Richtig gut. Doch dann begann Joels Absturz.

Nina putzt im Aufenthaltsraum und gießt die Blumen, geht in den Personalraum und räumt die Geschirrspülmaschine aus. Sie schließt die letzte Schranktür über der Arbeitsplatte, als sie jemanden laut und ausgelassen lachen hört.

Nina tritt auf den Flur. Hört das Lachen erneut. Ein altes und zugleich mädchenhaftes Lachen. Es kommt aus der D4. Die Tür zu Bodils Wohnung ist geschlossen, trotzdem ist es in der Stille deutlich zu hören. Nina klopft an, bevor sie die Tür öffnet. Hört Bodil kichern.

»Du alter Draufgänger!«, gurrt sie. »Du bist ein richtiger Draufgänger!«

Atemzüge in der Dunkelheit.

Nina geht in das Zimmer und schaltet die Deckenlampe ein. Bodil sitzt aufrecht im Bett. Das Nachthemd aus verwaschenem Flanell spannt sich über ihren schweren Brüsten.

»Sind Sie etwa um diese Uhrzeit wach?«, sagt Nina.

Aber Bodil reagiert gar nicht, starrt nur wie gebannt zum Fenster. Erst als Nina ihr eine Hand auf die Schulter legt, zuckt Bodil zusammen und schaut sie an.

»Da draußen ist ein Lustmolch«, sagt Bodil freudestrahlend.

»Au weia«, sagt Nina nur und blickt zu den heruntergelassenen Jalousien.

»Er hofft wohl, mich nackt zu sehen, aber da hat er sich geschnitten«, sagt Bodil und dreht sich erneut zum Fenster. »Hau ab, du Schurke!«

Ihr offensichtliches Vergnügen ist so ansteckend, dass Nina lächeln muss. Von Bodil als junger Frau gibt es keine Fotos, aber Nina glaubt, dass sie eine Schönheit war. Ob Bodil Männer wohl immer schon gemocht hatte? Ob sie viele oder nur wenige Auserwählte hatte? Wie auch immer, kann Nina Bodils Frustration verstehen. Das Heim ist eine Frauenwelt: Der Großteil des Pflegepersonals ist weiblich. Die meisten, die hier wohnen, sind Frauen, die ihre Männer überlebt haben, und die meisten, die zu Besuch kommen, sind Töchter, Freundinnen, Schwestern.

»Vielleicht sollten wir lieber auch die Gardinen vorziehen«, schlägt Nina vor.

Bodil sieht sie aus dem Augenwinkel an.

»Lassen Sie ihn nur. Er wird sicher bald aufgeben.«

»Na gut. Dann bis später, ich komme bald mit dem Nährstoffgetränk wieder«, sagt Nina.

»Ja, ja, fein«, erwidert Bodil und scheucht sie ungeduldig weg. Es ist offensichtlich, dass sie mit ihrem Verehrer allein sein will.

Nina geht wieder hinaus, und gerade, als sie die Tür schließen will, ertönt von neuem der Alarm.

Die Lampe vor der Tür von D6 blinkt. Monikas Wohnung.

Nina will nicht dorthin gehen, trotzdem ist sie erleichtert. Jetzt muss sie sich nicht länger fragen, wann es so weit ist.

Jetzt werden sie sich begegnen.

JOEL

```
Mama ist auf einem Hof in Lycke aufgewachsen.
Mit zwanzig hat sie Papa geheiratet und ist nach
Lyckered auf der anderen Seite der Landstraße
gezogen. Das war das Abenteuer ihres Lebens.
```

Joel schaut auf den blinkenden Cursor in seinem Word-Dokument. Löscht den letzten Satz wieder. Die Eiswürfel in seinem Glas klirren, als er einen Schluck trinkt. In der Vorratskammer hatte er eine Flasche hochprozentigen Glögg gefunden, und jetzt versucht er sich einzubilden, dass es nur ein süßer Drink ist, nicht das Ergebnis einer peinlichen und verzweifelten Suche.

Er hat die Fenster geöffnet, damit frische Luft in die Küche strömen kann, aber heute Nacht ist es vollkommen windstill. Nachtfalter prallen gegen das Insektengitter, wollen zum Licht. Joel schwitzt. Gleich morgen muss er im Kaufhaus einen Ventilator kaufen.

```
Mama war über fünfzehn Jahre lang mit meinem
Vater verheiratet, als er an Krebs starb. Soweit
ich weiß, hat sie nach ihm nie wieder einen an-
deren Mann gehabt.
```

Joel nimmt noch einen Schluck. Streicht den letzten Satz. Seine Mutter war immer sehr darauf bedacht gewesen, dass das

Privatleben auch privat blieb. Dass Joel nun dieses Schreiben aufsetzt, wäre ihr ein Grauen. Dass Fremde so etwas lesen würden. Vieles an ihrem jetzigen Leben wäre ihr, wenn sie sich darüber im Klaren wäre, ein Grauen.

```
Sie bemühten sich lange vergeblich, eine Familie
zu gründen, führten aber dennoch eine glückliche
Ehe. Mein Bruder wurde erst geboren, als meine
Mutter achtundzwanzig war. Ich, Joel, kam zur
Welt, als sie dreiunddreißig war. Tragischer-
weise starb mein Vater nur wenige Jahre später
nach langer Krankheit. Obwohl meine Eltern es
sich so sehnlich gewünscht hatten, Eltern zu
sein, konnten sie es also nicht besonders lange
gemeinsam genießen.
```

Was wusste er eigentlich über die Ehe seiner Eltern? Wie glücklich war sie in Wahrheit gewesen? Seine Mutter hat ihren Nils nach seinem Tod zu einer Heiligenfigur stilisiert. Und wenn irgendetwas nicht in das Bild gepasst hätte, hätte sie es nie erwähnt. Seine Mutter meinte immer, es gebe keinen Grund, über Probleme zu reden. Gewisse Dinge solle man ruhen lassen. Sich überhaupt nicht mit ihnen befassen.

Aber seine Mutter muss ihren Mann sehr geliebt haben. Über seinen Tod ist sie niemals hinweggekommen. Und es hatte nie ein Zweifel daran geherrscht, dass Björn seinem Vater ähnelte: beide blond und blauäugig, Familienväter, die einer ordentlichen Arbeit nachgingen. Björn war beim Tod seines Vaters zudem schon alt genug gewesen, dass er sich an ihn erinnern und diese Erinnerungen mit ihrer Mutter teilen konnte.

```
Ich war nie wie sie. Ich war immer seltsam, habe
seltsame Musik gehört. Ich habe mir die Haare
gefärbt und nur schwarze Klamotten getragen.
Mama hoffte wohl immer, dass aus mir und meiner
besten Freundin Nina ein Paar werden würde. Wenn
das nur geklappt hätte, dann hätte sich darüber
niemand mehr gefreut als ich. Meine Mutter und
ich haben natürlich nie darüber geredet. Wir ha-
ben genau genommen nie über irgendetwas geredet.
Sie hat nie gesagt, dass sie mich liebt, und ich
weiß nicht einmal, wie ich dann reagiert hätte.
```

Joel starrt auf den Abschnitt. Was treibt er hier bloß? Er löscht den Text. Steckt sich eine Kippe an. Der Rauch scheint an seiner feuchten Gesichtshaut kleben zu bleiben. Der Cursor blinkt. Das Eis klirrt.

```
Björn lebt heute in Jönköping und ist mit Sofia
verheiratet. Sie haben zwei Kinder, Wiggo und
```

Joels Finger schweben über der abgenutzten Tastatur des Laptops. Ihm will nicht einfallen, wie Björns zweiter Sohn heißt. Joel drückt die Backspace-Taste, löscht auch Wiggos Namen. Er hat keinen blassen Schimmer, was das Personal des Heims über seine Mutter wissen möchte, was ihnen helfen kann, ihr zu helfen.

```
Seit ihrem Herzinfarkt, der bei meiner Mutter
eine Demenz ausgelöst hat, spricht sie häufig da-
von, eine Nahtoderfahrung gemacht zu haben und
dass mein Vater »im Jenseits« auf sie warten
würde. Manchmal sagt sie, dass er mit ihr zu-
rückgekehrt sei, es ihm jedoch schwerfiele, sich
```

zu äußern. Manchmal scheint sie völlig vergessen zu haben, dass mein Vater verstorben ist.

Ein Schaben lässt Joel vom Bildschirm aufsehen. Er hört es noch einmal, dann wird ihm klar, dass es nur die Schwalben sind, die unterm Dach nisten. Trotzdem wallt eine kindische Angst vor der Dunkelheit in ihm auf.

Was, wenn seine Mutter nun die ganze Zeit über recht gehabt hat? Wenn nun sein Vater hier im Haus ist und nach ihr sucht?

Joel schüttelt über sich selbst den Kopf. Trinkt noch einen Schluck Glögg.

Nach dem Herzinfarkt war meine Mutter operiert worden, und danach besuchten wir sie im Krankenhaus. Es war ein Schock zu sehen, in welch schlechter Verfassung sie war, aber wir dachten, dass es ihr nach der Reha wieder bessergehen würde. Björn war auch da, als sie wieder nach Hause kam, und mit dem häuslichen Pflegedienst schien alles gut zu laufen. Als meine Mutter mitten in der Nacht weglief und ein Autofahrer sie halb erfroren aufgabelte, wurde uns klar, wie schlecht es tatsächlich um sie stand. Ich bin nach Hause gekommen und habe schnell eingesehen, dass es keine andere Alternative gab, als bei ihr zu bleiben, bis sie in eine Einrichtung wie das Nebelfenn einziehen konnte.

Der Gestank vollgepinkelter Unterhosen, die auf den Heizkörpern zum Trocknen hingen. Schubladen mit unzähligen Rechnungen, die seine Mutter ungeöffnet darin hatte liegen lassen.

Joel wurde zu ihrem Vormund bestimmt und bemühte sich angestrengt darum, für sie einen Platz in einem Pflegeheim für Demenzkranke zu finden. Telefongespräche, Termine mit dem medizinischen Dienst und Arzttermine folgten, bei denen seine Mutter immer munterer zu werden schien, erfreut über die ihr zuteilwerdende Aufmerksamkeit. Als man sie fragte, ob sie aus ihrem Haus ausziehen wolle, antwortete sie entschieden mit Nein. Natürlich tat sie das. Sie hatte eine entsetzliche Angst vor Veränderungen, nachdem selbst das ihr Wohlvertraute ihr nun unbegreiflich und erschreckend vorkam. Joel hatte auch nie ganz begriffen, warum sie das seine Mutter überhaupt gefragt hatten. Sie konnte nicht länger selbst über ihr Leben bestimmen, genau das war ja gerade das Problem.

Aber das gehört nicht in dieses Schreiben. Und es sagt auch nichts über seine Mutter aus.

Joel versucht, sich zu konzentrieren, aber kein Gedanke lässt sich festhalten. Sie gleiten nur auf der Oberfläche dahin. Abermals schenkt er sich nach. Die Eiswürfel sind inzwischen geschmolzen, und der lauwarme Glögg ist so süß, dass ihm der Hals davon brennt.

Der Cursor blinkt weiter. Was soll er noch über seine Mutter erzählen? Was gefiel ihr eigentlich? Welche Interessen hatte sie? Enge Freunde besaß sie nicht. Viele waren schon aus ihrem Leben verschwunden, als sein Vater krank geworden war. Zu ihren Kollegen hatte sie nach der Pensionierung auch keinen Kontakt mehr gepflegt. Die Nachbarn waren verstorben, und Verwandte von ihnen lebten nicht mehr in der Gegend. Womit war sie tagsüber eigentlich beschäftigt gewesen, so ganz allein im Haus? Hatte sie die ganze Zeit seinem Vater nachgetrauert? Hatte sie darauf gewartet, dass Björn oder Joel anrufen würden?

Sie musste schrecklich einsam gewesen sein.

Das zumindest hatten er und sie gemeinsam.

Joel seufzt laut auf. Sein Selbstmitleid ist ein sicheres Zeichen dafür, dass er zu viel getrunken hat.

Zigarettenasche fällt auf die Tastatur des Laptops. Er pustet sie weg. Drückt die Kippe aus. Ihm fällt ein, dass Frau Sandberg gefragt hatte, ob seine Mutter ein Lieblingsessen habe. Noch nicht einmal das weiß er.

Er hätte seine Mutter häufiger anrufen sollen. Und wenn er mit ihr sprach, hätte er mehr Geduld mit ihr haben müssen. Er hätte sie mehr Dinge fragen und ihren Antworten Gehör schenken müssen.

Joel schließt das Textdokument und zieht es auf das Papierkorb-Symbol. Dann klappt er den Laptop zu.

NINA

Monika musste über das Bettgitter geklettert sein. Sie steht mitten im Zimmer. Hat sich ihren Mantel über das Nachthemd gezogen. Sieht Nina verstört an, als sie hereinkommt.

Nina ist im Laufe der Jahre schon unzählige Male den Blicken demenzkranker Menschen begegnet. Hat diese Leere in ihrem Blick wahrgenommen. Aber sie hat ihn noch nie bei jemandem gesehen, der ihr so nahegestanden hat wie Monika. Das ist etwas ganz anderes. Und beinahe unerträglich.

Nina sieht zum Bett hinüber. Schärft sich ein, Elisabeth von diesem Vorfall zu berichten. Alte Leute, die über das Gitter klettern können, laufen Gefahr, daran hängen zu bleiben oder zu fallen und sich dabei zu verletzen.

»Können Sie mir bitte behilflich sein, nach Hause zu kommen?«, sagt Monika. »Ich muss nach Hause.«

Nina tritt einen Schritt näher an sie heran. Nimmt den unmissverständlichen Geruch nasser Windeln wahr. Sie wird Monika eine frische anlegen müssen.

Der stolzen Monika, die sich nie hatte schwach zeigen wollen, nie um Hilfe gebeten hatte.

»Kommen Sie«, sagt Nina. »Wir setzen uns einen Moment hin und unterhalten uns ein bisschen, wir beide.«

»Ich will mich nicht setzen!«, erklärt Monika. »Warum hört mir denn niemand zu? Ich will einfach nur nach Hause, ist das denn so schwer zu verstehen?«

Nina legt einen Arm um sie, aber Monika rückt von ihr ab.

»Jemand muss herkommen und mich abholen. Ich kann die Autoschlüssel nicht finden.«

»Es wäre besser, wenn Sie jetzt schlafen würden, Monika.«

»Ich will nicht schlafen! Ich will heim!«

Ihre Unterlippe beginnt zu zittern.

»Ich darf nicht hier sein«, schluchzt sie.

»Morgen werden Sie sich hier schon viel wohler fühlen, Sie werden schon sehen.«

Etwas in Monikas Blick ändert sich, etwas in ihren Augen blitzt flüchtig auf, und Nina hält den Atem an.

Ob sie mich wiedererkennt?

Aber das, was da in ihren Augen aufgeglommen ist, erlischt wieder.

»Sie verstehen das nicht«, sagt Monika. »Niemand versteht mich. Alles ist die ganze Zeit über so seltsam, und niemand hört mir zu.«

»Ich höre Ihnen zu«, sagt Nina. »Wollen wir uns nicht setzen? Dann können Sie mir alles erzählen.«

Monika seufzt tief, kommt aber mit zum Bett, ohne erneut zu protestieren. Dass Nina ihr den Mantel auszieht und ihn über einen Stuhl hängt, scheint sie nicht zu bemerken.

»Mein Mann … er hieß Nils«, sagt Monika und deutet mit einem zittrigen Finger auf ihr Hochzeitsfoto.

Nina nickt und klappt das Bettgitter herunter.

»Er wird mich hier nicht finden«, fährt Monika fort und lässt sich schwer auf die Bettkante fallen. »Und ich habe jetzt schreckliche Angst, dass er glaubt, dass ich nichts mehr von ihm wissen will.«

Monika schüttelt bekümmert den Kopf.

»Ich muss einfach nach Hause.«

Nina streichelt ihr über den Rücken. Muss die Tränen zurückhalten. Darf nicht zeigen, was in ihrem Inneren vorgeht. Darf Monika nicht beunruhigen.

»Sie werden sehen, alles wird gut«, sagt sie. »Ich werde mich um Sie kümmern.«
So wie du dich um mich gekümmert hast.

JOEL

Er hat es aufgegeben, einschlafen zu wollen, und steht jetzt mit einem schwarzen Müllsack vor dem Kühlschrank. Wirft Gläser mit eingelegtem Hering hinein, die er nicht zu öffnen wagt, mit Schimmel bedeckte Oliven, Plastikdosen mit inzwischen undefinierbarem Inhalt. Die Glasböden sind übersät von eingetrockneten Klecksen und ganz schmierig vor Fett. Er hätte sich schon viel früher darum kümmern müssen. Er besprüht sie mit Reinigungsmittel, scheuert und schrubbt. Macht mit dem Vorratsschrank weiter, wirft Sirupflaschen mit Tropfspuren weg. Backpulver in Dosen ohne Deckel. Mandelgebäck aus dem letzten Jahrzehnt. Er steigt auf einen Stuhl, um auf den obersten Regalbrettern bis ganz nach hinten reichen zu können. Tastet sie ab und spürt ein vertrautes Kunststoffteil mit abgerundeten Ecken unter seinen Fingern.

Als er seinen alten Walkman hervorzieht, geht ein Regen von Kokosflocken und Paniermehl auf ihn herab.

Joel weiß, dass es keinen Zweck hat, verstehen zu wollen, warum seine Mutter ihn zuoberst in den Vorratsschrank gelegt hat. Er wischt ihn an seinem T-Shirt ab. Lächelt, als er das vertraute Gewicht in der Hand spürt. Er hatte ihn damals im Versandhandel gekauft, denn er hat ein eingebautes Mikrophon. Joel hatte ihn überallhin mitgenommen, hatte immer ein zweites Band in der Tasche, damit er Songideen aufnehmen konnte.

Er öffnet das Kassettenfach. Nimmt die Kassette heraus. Mustert das BASF-Logo, seine kindliche Schrift aus Teenagerzeiten auf einem Gefrierbeuteletikett. NINA UND JOEL GEMISCHTES HERBST '94.

Joel setzt sich auf den Stuhl. Wischt sich den Schweiß von der Stirn und steckt sich eine Zigarette an. Bisher hat er es vermieden, sich Musik aus jener Zeit anzuhören. Es hat ihn zu sehr an das Leben erinnert, das er sich gewünscht hatte, aber aus dem nie etwas geworden war, obwohl es zum Greifen nah gewesen war.

Am Ende gewinnt seine Neugier die Oberhand. Er legt das Band ein und drückt auf Play, doch nichts tut sich. Die Batterien sind leer, oder aber der Kassettenspieler funktioniert nicht mehr. Er nimmt die Kassette wieder heraus. Klopft sie gegen seine Handfläche. Dass die Aufnahme aus dem Herbst 1994 stammt, besagt eigentlich gar nichts. Nina und er hatten damals Katja kennengelernt, die in Kungälv einen Plattenladen hatte. Mehr als ein paar Alben im Monat zu kaufen, konnten sie sich nicht leisten, aber Katja lieh ihnen etwas aus ihrer Privatsammlung und brachte ihnen außerdem mehr über ihre Lieblingsmusik und Popmusik im Allgemeinen bei. Später hatte Katja sie in ihr Haus im Wald bei Gullbringa eingeladen. Dort hatte sie ein einfaches Tonstudio im Keller, wo Nina und er Demos einspielen durften. Katja hatte ihnen auch geholfen, preiswert an ihre ersten eigenen Gitarren zu kommen. Eine naturfarbene, gebrauchte Ibanez für Nina, eine kirschrote Telecaster-Kopie für Joel.

Und schließlich hatte Katja sie noch mit anderen Dingen in Berührung gebracht. Hatte ihm noch ganz andere Dinge gezeigt. Dass man sich mit Ecstasy von allen Zwängen befreien konnte, zum Beispiel. Dass Speed half, den Alltag zu überstehen, und dass Kokain mutig machte.

Joel wirft die Kippe in die Spüle und steht auf. Nimmt die

Glöggflasche mit in sein Zimmer und kniet sich vor die Stereoanlage. Öffnet ein Kassettenfach und legt das Band ein. Überlegt erst, es zurückzuspulen, drückt dann aber sofort auf Play.

Die angeschlagenen Akkorde, die aus den Lautsprechern hallen, sind weich, träumerisch, beinahe unheimlich. Joel erkennt sie sofort. Das ist der Anfang von *Song to the Siren*. Jetzt kommt Elizabeth Frasers Stimme, füllt das Zimmer, erfüllt ihn. Er schließt die Augen, während sich eine Gänsehaut auf seinen Armen bildet und bis in den Nacken ausbreitet. Gleichzeitig steigt eine Erinnerung in ihm auf: Nina, die mit Stift und Papier hier vor den Lautsprechern sitzt und versucht, die Worte zu verstehen, ihre *Bedeutung*, ihren *Sinn*. Aber Joel muss sie nicht analysieren. Die Stimme allein sagt schon alles aus. Aus allem Schmerz entspringt etwas Schönes, so schön, dass es wehtut.

Als das Lied zu Ende ist, öffnet er wieder die Augen. Jesus and Mary Chain folgen. *Just like honey.* Joel raucht eine Zigarette nach der anderen, während er weiterhört. Sonic Youth. Hole. Echo & the Bunnymen. Skunk Anansie und Smashing Pumpkins. In der Mitte von Björks *Play dead* ist das Band zu Ende.

Der Glögg ist leer. Der Himmel ist inzwischen hell geworden. Die Sonnenstrahlen berühren schon die Baumwipfel oben auf der Bergkuppe. Joel geht zum Fenster. Früher hatte er sich nachts auf diesem Weg hinausgeschlichen. War über das kleine Vordach über der Haustür gestiegen und auf den Rasen hinuntergeklettert. Wenn Nina nicht bei ihm gewesen war, hatte sie unten an der Bushaltestelle auf ihn gewartet.

Wo Nina jetzt wohl ist? Und was für ein Mensch sie ist? Ob sie wohl noch manchmal an ihn denkt?

Sie hatten das alles gemeinsam hinter sich lassen wollen, die beengten Verhältnisse, die einem die Luft abschnürten.

Wir gegen den Rest der Welt. Aber Nina war nicht mitgegangen. Hatte sich gegen ihn entschieden und für das, was sie angeblich verabscheute.

Wenn er doch nur jemanden zum Reden hätte. Jemanden, der die Stimme seiner Gedanken übertönen könnte, die seinen Schädel ausfüllt und dort herumspukt. Aber es gibt niemanden.

Diese Erkenntnis trifft ihn mit voller Wucht. Er ist ganz allein.

In seinem Leben gibt es keine Nina mehr. Und als er clean wurde, verschwanden mit den Drogen auch seine einzigen Freunde in Stockholm. Außer dem Drogenkonsum hatten sie nichts gemeinsam gehabt.

Es gibt niemanden mehr, der ihn kennt, jedenfalls nicht richtig. Nur oberflächliche Bekannte, One-Night-Stands, vorübergehende Arbeitskollegen. Seit dem Morgen, als er mit den Drogen Schluss machte, ist er umhergeirrt wie ein Gespenst. Als wäre er es gewesen, der in jener Nacht gestorben war.

Sechs Jahre und zwei Monate.

Was damals geschehen war, hatte alles verändert. Hatte ihm eine solche Angst eingejagt, dass allein die Erinnerung daran genügte, ihn von allen Versuchungen fernzuhalten. Aber jetzt, in diesem Augenblick, würde er sich alles Mögliche reinziehen, nur um es nicht mit sich selbst aushalten zu müssen.

NEBELFENN

Nina sitzt im Personalraum von Station D und schreibt ihre Berichte über die Nachtschicht. Sie summt *Song to the Siren*. Verstummt jäh, als sie sich selbst dabei ertappt. Lässt den Stift sinken. Wundert sich, dass sie immer noch den Text kennt.

Bald wird das Personal der Frühschicht mit den gewohnten Routinen beginnen, aber jetzt ist es noch ruhig auf der Station. Fast alle alten Menschen schlafen. Vera ist in Dagmars Bett gekrochen und schmiegt sich unter der Decke an sie. Wiborg umklammert ihre Kuschelkatze, lässt sich von ihr die pfeifende Brust wärmen. Petrus läuft in seinen Träumen auf starken, jungen Beinen umher. Bodil hat, solange es ging, gegen ihre Müdigkeit angekämpft, den Blick unaufhörlich auf das Fenster gerichtet, schläft nun aber auch tief und fest.

Nur Monika ist wach. Sie liegt in ihrem Bett und lächelt glücklich. Tränen rinnen ihr übers Gesicht. Das Licht ihrer Nachttischlampe flackert, glänzt auf einem Fettfleck an der Wand neben ihrem Bett. Monika schnieft. Streicht sich eine Haarsträhne hinters Ohr.

»Wenn ich doch nur ein hübscherer Anblick wäre«, sagt sie.

Als sie die Antwort vernimmt, lacht sie. Das Licht flackert erneut auf, und sie lauscht aufmerksam. Die Schatten dehnen sich aus und schrumpfen wieder.

»Ich versprech's«, sagt sie. Wischt sich die Tränen von den Wangen. »Dass du mich gefunden hast! Dass wir wieder zusammen sein können!«

JOEL

Es ist zwölf Uhr mittags, und die Sonne knallt auf den Parkplatz des Heims herunter. Verfolgt ihn, als er auf die Eingangstüren zugeht. Er ist erst vor einer Stunde aufgewacht. Hat das Gefühl, mehr als nur einen Kater zu haben. Fühlt sich vergiftet. Aber er hat geduscht, sich rasiert und sich ordentlich gekämmt. Hat Zeitschriften gekauft. All das, um zu beweisen, dass er ein gewissenhafter und fürsorglicher Sohn ist, der jetzt an der Tür von Station D klingelt. Ein ganz normaler Mensch eben.

Diesmal ist es Sucdi, die ihm öffnet.

»Hej. Kommen Sie herein.«

»Danke.«

Er wirft ihr einen Seitenblick zu, während sie zusammen den Korridor entlanggehen.

»Ich muss gestern einen merkwürdigen Eindruck hinterlassen haben«, tastet er sich vor. »Meine Mutter hierherzubringen war so schwer für mich, dass ich ein Beruhigungsmittel genommen hatte, aber … es war stärker, als ich dachte. Ich möchte nur, dass Sie und Ihre Kolleginnen wissen, dass ich normalerweise nicht so bin.«

Nicht mehr.

»Ich weiß, dass es nicht leicht ist«, sagt Sucdi. »Aber es war richtig von Ihnen, sie zu uns zu bringen.«

Joel nickt. Wenn er das nur auch glauben könnte.

Eine ältere Frau in der blauen Arbeitskleidung des Heims

kommt zu ihnen und stellt sich als Rita Sandström vor. Sie hat einen grauen Pagenkopf und die hier an der Westküste so typische tiefbraune, wettergegerbte Haut. Sicher wird sie bald in Rente gehen. Wie es wohl ist, mit demenzkranken Menschen zu arbeiten, die nicht viel älter sind als man selbst? Nachdem sie sich die Hand gereicht haben, geht Rita in einen Aufenthaltsraum, wo sie einer alten Dame eine Schnabeltasse reicht.

»Wie ist es meiner Mutter heute Nacht ergangen?«, fragt Joel und dreht sich wieder zu Sucdi um. »Wissen Sie irgendetwas?«

»Ich habe im Bericht gelesen, dass sie etwas unruhig war, aber das ist normal. Und heute Morgen wirkte sie richtig ausgelassen.«

Er lässt die Worte auf sich wirken.

Ausgelassen?

Seine Mutter ist ausgelassen gewesen?

Als er eine riesige Erleichterung verspürt, wird ihm erst bewusst, wie sehr er auf eine weitere Katastrophe eingestellt gewesen war und wie gering seine Kraftreserven noch sind.

Aus dem Aufenthaltsraum kommt eine alte Dame. Sie trägt braune Hosen mit gesteppter Bügelfalte, eine funkelnde Brosche auf dem Pulli. Eine rote Baskenmütze sitzt schief auf ihrem Kopf.

»Wo wohne ich jetzt noch mal, können Sie mir das sagen?«, fragt sie.

»Hallo, Anna«, sagt Sucdi und deutet den Flur hinunter. »Sie wohnen in dieser Richtung. In Apartment D7. Ich kann Sie dorthin begleiten.«

»Dass sie aber auch ständig die Straßennamen umbenennen«, sagt Anna und schüttelt gutmütig den Kopf. »Es ist nicht einfach, wieder nach Hause zu finden, wenn die am Werk gewesen sind.«

»Ja, das stimmt«, pflichtet Sucdi ihr bei.

Kein verschwörerisches Blinzeln in seine Richtung. Kein unterdrücktes Lachen.

»Es ist kalt draußen«, sagt Anna.

»Ach ja? Ich bin schon seit heute früh nicht mehr draußen gewesen«, sagt Sucdi.

Joel sieht sie beide an. Hier im Nebelfenn wird seine Mutter von Menschen umgeben sein, die all das kennen, was für ihn so unbegreiflich ist. Sie sind Profis. Dies hier ist Routine für sie.

Joel merkt, dass Anna ihn neugierig mustert.

»Sie sind mir aber mal ein fescher Kerl«, bemerkt sie. »Geben Sie bloß acht, dass Bodil Sie nicht in die Finger kriegt.«

»Sie dürfen ihn nicht verschrecken, Anna«, sagt Sucdi fröhlich.

Joel lächelt. Wer Bodil wohl ist, und warum er sich vor ihr in Acht nehmen soll?

»Haben Sie ein Klavier daheim?«, will Anna wissen, bevor er nachfragen kann. »Man muss sich in diesem Leben schließlich auch mal was gönnen.«

»Nein, aber ich werde darüber nachdenken«, sagt Joel.

»Denken Sie nur nicht so viel, spielen Sie lieber einfach drauflos.«

Sie gehen zusammen in Richtung der Wohnungen, während Anna weiter plaudert.

Da kommt die Schwangere aus der D1. Diesmal bemüht er sich, sie richtig anzusehen und freundlich zu grüßen. Sie lächelt zurück. Stützt sich mit einer Hand das Kreuz. Ihre Mascara ist verlaufen.

Vor der Tür von Apartment D6 bleibt Joel stehen. Überlegt, ob er anklopfen soll. Falls seine Mutter gerade schläft, will er sie nicht wecken.

»Und da sind wir, Anna«, sagt Sucdi, als sie die D7 erreicht haben. »Soll ich mit Ihnen reingehen?«

»Ja, das ist sicher besser. Ich glaube, der Apfel ist wieder rausgeflutscht«, sagt sie. »Aber ich kann Ihnen leider keinen Kaffee anbieten.«

»Das macht nichts«, sagt Sucdi.

Joel winkt ihnen zum Abschied und öffnet die Tür zur Wohnung seiner Mutter. Die Gardinen flattern vor dem geöffneten Fenster. Seine Mutter sitzt am Tisch. Strahlt ihn an.

Er hat das Gefühl, in irgendetwas hineingeplatzt zu sein. Als ob gerade ein Gespräch verstummt wäre. Als ob die Worte noch in der Luft hingen.

»Joel! Endlich!«, ruft seine Mutter aus. »Jetzt muss ich dir aber was erzählen!«

Ihr Blick ist klar, sie lächelt aufgeregt. Wenn er sie so sieht, wäre es leicht, sich einzureden, dass sie wieder gesund ist. Dass alles nur ein Missverständnis war, etwas Vorübergehendes, das nun wieder vorbei ist.

Sie kann wieder nach Hause, und ich kann zurück nach Stockholm fahren, aber diesmal habe ich meine Lektion gelernt und werde mich öfter bei ihr melden und ...

Joel ruft sich ins Gedächtnis, dass dies nur kindliches Wunschdenken ist. Er setzt sich ihr gegenüber. Legt die Zeitschriften auf den Tisch, aber seine Mutter würdigt sie noch nicht einmal eines Blickes.

»Nils hat mich gefunden. Er ist hier!«

»Ach ja?«, ist alles, was ihm dazu einfällt.

Seine Mutter nickt eifrig. Ihr Lächeln wird noch breiter, geradezu manisch.

»Hast du ihn denn beim Hereinkommen nicht gesehen?«, sagt sie.

Joel muss den Blick abwenden. Er schaut aus dem Fenster, wo ihr Auto auf dem Parkplatz steht. Versucht, sich darüber klarzuwerden, was das hier bedeutet.

Soll er sich für seine Mutter freuen? Ist das jetzt gut oder schlecht? Soll er auf ihre Phantasievorstellung eingehen oder versuchen, sie auf den Boden der Tatsachen zurückzuholen? Er weiß nur, dass er nichts Falsches sagen will. Er möchte den Zauber nicht brechen, möchte sie nicht wieder traurig oder wütend machen oder ihr Angst einjagen.

Sie lacht und deutet auf etwas hinter ihm.

»Jetzt könnt ihr euch endlich kennenlernen«, sagt sie. »Dein Vater ist so stolz auf dich, das sollst du wissen, Joel.«

Joel lächelt, fühlt sich aber völlig kraftlos. Sein Vater war Arbeiter gewesen, hatte immer schwer geschuftet und sicher eher traditionelle Ansichten gehabt. Joel bezweifelt, dass er sonderlich stolz auf ihn, Joel, gewesen wäre.

Seine Mutter legt die Stirn in Falten. Sie blickt in den Flur der Wohnung und wieder zu Joel. Sieht ihn eindringlich an.

»Nils sagt, dass du mir nicht glaubst.«

Die Gardinen flattern. Joel zögert.

»Aber das tust du doch, oder?«, sagt seine Mutter. »Du siehst ihn doch auch? Er steht direkt hinter dir.«

Aus ihren Augen spricht eine solche Hoffnung, dass es Joel die Kehle zuschnürt.

»Aber so sieh ihn doch wenigstens an«, bittet sie ihn.

Joel dreht sich um. Meint, einen Schatten vor der Eingangstür zu sehen, aber da baumelt nur der Mantel am Garderobenhaken. Da ist niemand. Selbstverständlich nicht.

Und dennoch ist ihm, als würde ihn etwas anschauen. Vom Fenster her streift ein Lufthauch seinen Nacken.

Ich werde noch genauso verrückt wie sie. Sie müssen mir ein Zustellbett besorgen.

Joel dreht sich wieder zu seiner Mutter um. Begegnet ihrem Blick, der gespannte Erwartung ausdrückt.

Wenn seine Mutter in diesem Moment glaubt, dass sein Vater wieder bei ihr ist, muss das ein Geschenk für sie sein. Es wäre grausam, es ihr wegzunehmen.

»Ja. Natürlich glaube ich dir.«

NINA

Nina steigt auf dem nahezu leeren Parkplatz von Skredsby aus dem Wagen. Ein paar Teenager, die auf ihren Mofas herumlümmeln, mustern sie prüfend, als sie zum Lebensmittelgeschäft geht. Sie beschleunigt ihre Schritte. Weiß, dass die Jugendlichen nach einer dummen Bemerkung suchen, nach irgendetwas, das die Langeweile für ein paar Sekunden vertreiben kann. Teenageransammlungen machen sie immer noch nervös. Selbst als ihr eigener Sohn in diesem Alter war, hatte es passieren können, dass sie Beklemmungen bekam. Wenn sie damals nach Hause gekommen war und im Flur einen Haufen nach Schweiß stinkender Sportschuhe gesehen hatte und Stimmen im Stimmbruch das Haus erfüllten, wollte sie nichts lieber als auf dem Absatz kehrtmachen und die Flucht antreten.

Als die Kühle des Supermarkts sie umgibt, wird ihre Atmung wieder leichter. Sie holt einen Einkaufswagen, geht zwischen den Regalen und Kühltruhen umher, füllt den Wagen mit den üblichen Dingen. Wie sie sich eingestehen muss, rechnet sie die ganze Zeit damit, dass Joel ihr über den Weg laufen wird. Vorhin hat sie Sucdi unter einem Vorwand angerufen, hat gesagt, dass sie ihre Brieftasche vergessen hätte. So hat sie erfahren, dass Joel auch heute wieder im Heim gewesen war.

Vielleicht sollte ich mich für ein paar Wochen krankschreiben lassen. Nur so lange, bis Joel wieder abgereist ist.

Das ist natürlich Unsinn. Sie kann sich eine Krankschreibung nicht leisten. Aber sie kann ihre Arbeitstage auch kaum ausschließlich im Lagerraum zubringen.

Während sie an der Kasse zahlt, steigt Wut in Nina auf. Sie denkt gar nicht daran, sich vor Joel zu fürchten! Sie muss sich für nichts schämen. Allein sie entscheidet über ihr Leben. Das Schlimmste ist das Warten. Aber dagegen kann sie etwas tun.

Plötzlich hat Nina es eilig. Packt hastig ihre Lebensmittel in die Einkaufstüten. Geht wieder zum Parkplatz. Lässt die Teenager nicht aus den Augen, während sie den Kofferraum öffnet. Zwingt sich dazu, sich klarzumachen, wie jung und harmlos sie doch sind.

Sie fährt zu schnell, ist sich bewusst, dass sie unnötige Risiken eingeht. Die Erkenntnis, dass sie es selbst in der Hand hat, beflügelt sie, aber sie weiß auch, dass diese herrliche Seifenblase nur zu leicht platzen kann.

An der Abzweigung nach Lyckered bremst sie kaum ab, bevor sie abbiegt. Zum ersten Mal seit Joels Wegzug fährt sie wieder den Hang hinauf. Einige Einfamilienhäuser entlang der Straße haben neue Anbauten erhalten, wurden neu gestrichen, aber fast alles wirkt schaurigerweise noch immer so wie damals. Sie nimmt die letzte Kurve, und das Haus mit den grauen Eternitplatten kommt in Sichtweite.

Es sieht noch genauso aus wie früher. Nur etwas kleiner, als sei es geschrumpft.

Auf der Auffahrt oder in der offenen Scheune steht kein Auto, aber natürlich kann Joel trotzdem zu Hause sein. Der Kies knirscht unter den Reifen, als Nina auf den Hof fährt. Sie zieht den Zündschlüssel aus dem Schloss und steigt ohne zu zögern aus. Blickt zu Joels Zimmerfenster hinauf, sieht aber nur den blauen Himmel, der sich in der Scheibe spiegelt.

Bevor sie es bereuen kann, geht Nina die Treppe zum Haus hoch und drückt auf die Türklingel. Aus dem Inneren des Hauses ertönt der ihr vertraute Klang, ein Widerhall von den

Hunderten Malen, die sie hier atemlos gestanden hatte. Aber nichts rührt sich hinter der Tür aus grünen, buckligen Glassteinen.

Sie hört das Säuseln der Gräser. Den schwachen Wind, der durch die Kiefern oben auf dem Berg streicht. Im Haus aber bleibt es still.

JOEL

Ein silberner Volvo neueren Baujahrs steht in der Auffahrt. Joel sieht flüchtig einen blonden Haarschopf, eine leicht gedrungene Gestalt, die auf der Treppe wartet.

Was tut Ninas Mutter hier?

Aber sie war ja tot. Nur ein paar Jahre, nachdem er nach Stockholm gezogen war, hatte seine Mutter ihm von der Todesanzeige in der *Kungälvs-Posten* berichtet. Letztlich musste der Alkohol sie das Leben gekostet haben. Joel war ihr nur wenige Male begegnet, Nina hatte das immer um jeden Preis verhindern wollen.

Er parkt neben dem fremden Auto und steigt aus. Hat es eigentlich schon längst begriffen, trotzdem ist er geschockt, als er sie sieht.

Nina.

Sie steht auf. Klopft sich den Hosenboden ab.

»Es tut mir leid, dass ich einfach ohne Vorwarnung hier auftauche«, sagt sie, und Joel kommt es so vor, als hätte sie eine kleine Rede einstudiert. »Ich dachte, ich könnte genauso gut herkommen, damit wir uns einmal in aller Ruhe unterhalten können. Früher oder später werden wir uns ja sowieso über den Weg laufen.«

In aller Ruhe? Joel klopft das Herz bis zum Hals. Er ist froh, dass er seine Sonnenbrille aufhat. Seine Augen würden ihn verraten.

»Ich arbeite im Nebelfenn«, sagt Nina.

»Aha«, bringt Joel nur hervor. Es dauert eine Sekunde, bis er eins und eins zusammenzählt. »Dann warst du das also gestern Abend am Telefon?«

»Ja.«

»Ich habe deine Stimme gar nicht wiedererkannt. Hast du gewusst, dass ich es war? Das musst du doch, oder hatte ich meinen Namen nicht genannt?«

»Doch. Ich hätte etwas sagen sollen, aber ich wusste nicht ...« Nina verliert den Faden. »Es ist einfach eine komische Situation.«

Joel muss lachen. »Ja, das ist es.«

Nina sieht ihn unsicher an. In dem gealterten Gesicht scheint noch etwas von der früheren Teenager-Nina durch. Weiter als bis hier hat ihr vorbereitetes Drehbuch wohl nicht gereicht.

»Kann ich dir einen Kaffee anbieten?«, fragt Joel.

Beinahe muss er wieder lachen. Was für eine spießige Frage! So höflich.

»Nicht nötig, danke«, erwidert Nina.

»Ein Wasser vielleicht?«

Sie schüttelt den Kopf.

»Du rauchst wohl nicht mehr, oder?«, fragt Joel und zieht seine Schachtel aus der Hosentasche seiner Jeansshorts.

»Nein«, sagt Nina. »Nicht mehr seit ...«

Sie verstummt, aber Joel weiß es trotzdem.

Nicht mehr seit ihrer Schwangerschaft.

Er steckt sich eine Zigarette an. Geht vor Nina her zu der Sitzgruppe auf der Terrasse und nimmt sich einen Gartenstuhl. Hier ist es vollkommen windstill. Die Luft, die er einatmet, ist genauso warm wie der Zigarettenrauch.

»Ich habe als Pflegehelferin im Nebelfenn angefangen«, sagt Nina. »Aber vor ein paar Jahren habe ich mich zur Altenpflegerin ausbilden lassen.«

»Hat meine Mutter dich wiedererkannt?«, fragt er.

Nina schüttelt den Kopf. Wirkt aufrichtig bekümmert. Und Joel verspürt einen Stich von Mitgefühl. Seine Mutter hat Nina viel bedeutet. Rückblickend kann er ihr damaliges Bedürfnis nach einem Vorbild besser verstehen.

»Es ist mal so und mal so mit ihr«, sagt Joel. »Vielleicht ja beim nächsten Mal.«

»Vielleicht«, sagt Nina. »Wie geht es dir?«

Joel nimmt einen Zug. Gute Frage. Die Antwortmöglichkeiten sind schier unendlich. Er beschließt, bei dem zu bleiben, was seine Mutter und das Nebelfenn betrifft.

»Mir geht's gut. Es fällt mir schwer, sie so verwirrt zu sehen. Ich nehme mal an, dass es in ihren Augen alle anderen sind, die sich seltsam aufführen.«

Nina lächelt matt.

»Aber heute war sie gut gelaunt«, sagt Joel.

»Schön«, bemerkt Nina. »Mach dir keine Sorgen, wenn es anfangs etwas auf und ab geht. Du musst ihr ein bisschen Zeit lassen, sich an alles zu gewöhnen.«

»Ja, das hab ich schon gehört.«

Sie sieht auf die Tischplatte herunter. Fegt ein paar Brotkrümel weg, die noch auf dem Wachstuch gelegen haben.

»Und du?«, fragt Joel. »Was machst du, wenn du nicht im Heim bist?«

»Markus und ich wohnen in Tofta«, sagt Nina. »Draußen auf der Landzunge hinter dem Gutshof.«

Joel schiebt die Sonnenbrille hoch, die auf seinem Nasenrücken heruntergerutscht ist.

»Im Ernst?«, entfährt es ihm.

Das ist eine gute Wohngegend. Gut und teuer.

Er weiß nicht, was er gedacht hat, was Nina heutzutage machte, aber er hätte nie geglaubt, dass sie bei Markus bleiben würde. Dem gesichtslosen Langweiler Markus mit seiner vorgezeichneten Zukunft im Eisenwarengeschäft seines Vaters in Kungälv. Wie hält sie das bloß aus?

»Uns gefällt es«, sagt Nina. »Wir haben Blick auf die Bucht.«

»Und euer Kind?«, fragt Joel. »Obwohl es heute wohl kaum mehr ein Kind ist.«

Nina lächelt. »Daniel ist jetzt neunzehn.«

Das erscheint ihm vollkommen unvorstellbar. Aber die Arithmetik stimmt.

Wie kann es sein, dass wir schon so alt sind, Nina? Wie kannst du jemanden großgezogen haben, der erwachsen ist, während ich mich noch nicht mal selbst erwachsen fühle?

»Er studiert ab Herbst an der Technischen Hochschule in Göteborg«, fügt Nina mit einem stolzen Funkeln in den Augen hinzu.

Ihr Lächeln wird strahlender.

Sie hat sich verändert. Oder aber er nimmt sie jetzt genauer wahr.

Vielleicht fällt es Nina ja gar nicht schwer, ihr Leben zu ertragen. Dieses Leben ist vielleicht genau das, was sie sich immer erträumt hatte.

Nina war immer ein Mädchen, das tüchtig gewesen war, immer besessen von Ordnung und Normalität und davon, nicht wie ihre Mutter zu werden. Nur mit ihm zusammen hatte sie manchmal vorgeben können, jemand anderes zu sein.

Ihre Zukunftsträume, die Musik, selbst ihre Freundschaft, vielleicht war das *alles* nur eine Illusion gewesen. Eine schöne Illusion. Nie die Realität.

Erstaunlich stark steigt wieder die alte Wut in Joel hoch. So als hätten die vergangenen zwanzig Jahre nie existiert. Nina hat überhaupt nichts kapiert. Sonst würde sie nicht so lächeln.

»Und du?«, fragt sie. »Was machst du inzwischen?«

Joel beugt sich vor und wirft die Zigarette ins Einmachglas. Setzt sich auf dem Stuhl zurecht.

»Ich arbeite in einem Restaurant«, sagt er.

Nina scheint auf noch mehr zu warten, aber Joel hat dem nichts hinzuzufügen. Er hat nicht vor, ihr von der seelenlosen Touristenfalle in Gamla Stan zu berichten oder von seiner neuesten Wohnung, die er nur zur Zwischenmiete bewohnt, ohne zu wissen, wie lange er dort bleiben kann.

Er sehnt sich bereits nach einer weiteren Kippe, aber Nina weiß, dass sein Kettenrauchen schon immer ein Anzeichen von Nervosität und Wut gewesen war.

»Aha«, sagt Nina. »Und, machst du immer noch Musik?«

Im selben Moment, als sie das ausgesprochen hat, scheint sie es schon zu bereuen. Sie nähern sich dem großen Unaussprechlichen hinter der Fassade der Höflichkeit. Nina hofft vermutlich, dass Joel sie beide davon verschont.

Aber das will er nicht, kann es nicht. Er spürt, wie die Wut in ihm zu brodeln beginnt.

»Nein«, sagt er ruhig. »Ich mache keine Musik.«

Eine Schwalbe kratzt mit ihren Krallen am Fallrohr.

»Joel ...«, beginnt Nina nervös.

»Ich habe es versucht, aber sie wollten *uns* haben. Rechneten mit *uns*. *Unseren* Songs.«

»Wer weiß, ob überhaupt etwas daraus geworden wäre«, sagt sie.

Joel lacht. Ein böses, bitteres Lachen, das Nina einen Schrecken einjagt.

»Das hast du dir also eingeredet, dass sowieso nichts daraus geworden wäre?«, sagt er. »Verdammt, wir hatten einen Plattenvertrag. Aber du hast alles kaputtgemacht, und das weißt du auch.«

Nina schüttelt den Kopf.

»Wie ist das damals eigentlich abgelaufen?«, fragt er. »Ich

wusste nicht mal, dass ihr euch getroffen habt, Markus und du.«

»Ich will nicht darüber reden. Das ist jetzt so lange her. Es spielt keine Rolle mehr.«

»Für dich vielleicht nicht. Du hast ja auch dein entzückendes Leben mit *Markus* und dem Blick auf die Bucht.«

Nina sagt lange nichts.

Ob sie wohl auch an den Morgen denkt, als er zu dem Mietshaus, in dem sie mit ihrer Mutter wohnte, gekommen war, um sie abzuholen? Er hatte von dem kleinen Erbe, das er mit achtzehn aus dem Nachlass seines Vaters erhalten hatte, einen Gebrauchtwagen gekauft. Die Koffer lagen auf der Rückbank. Er hatte Kassetten mit Unmengen von Songs aufgenommen, die den weiten Weg bis Stockholm reichen sollten. Dort wartete ein Zimmer auf sie beide, sie hätten bei einer alten Dame zur Untermiete wohnen können, immerhin in einer schicken Altbauwohnung in Östermalm.

Aber als Nina in der Haustür erschien, mit verheulten Augen und Klamotten, die aussahen, als hätte sie darin geschlafen, da hatte er es *gewusst*.

»Du hattest es versprochen«, sagt Joel. »Wir waren schon so gut wie unterwegs. Du musst es schon lange vorher gewusst haben ... und du hast mir nie eine Erklärung gegeben.«

»Ich war schwanger! Was hätte ich denn tun sollen?«

Joel sieht sie durch die Gläser seiner Sonnenbrille an. Seine unausgesprochene Antwort bewirkt, dass Nina vom Stuhl aufspringt.

»Ich glaube, dass du absichtlich schwanger geworden bist«, sagt Joel. »Du hast gekniffen, wusstest aber nicht, wie du es mir beibringen solltest. Also hast du dir die weltbeste Ausrede beschafft, um hierzubleiben.«

Nina scheint mit den Tränen zu kämpfen. Joel bereut seine Worte. Will sofort wieder alles zurücknehmen.

»Du kannst mir nicht die Schuld dafür geben, dass dein Leben nicht so geworden ist, wie du es dir vorgestellt hast«, sagt sie.

»Was weißt du schon von meinem Leben.«

»Ich weiß, dass du betrunken oder mit irgendwas zugedröhnt warst, als du Monika ins Nebelfenn gebracht hast.«

Er hat das Gefühl zu fallen. Bleibt aber sitzen, ohne einen Muskel zu rühren. Sein Gesicht ist wie erstarrt.

»Das sagt doch alles, oder?«, fährt Nina fort. »Du kannst von Markus halten, was du willst. Du kannst auch glauben, dass ich dich seinetwegen im Stich gelassen habe. Aber so war es nicht. In Wahrheit hat er mich vor dir gerettet.«

Joel zwingt sich zu atmen.

»Fahr doch zur Hölle!«, sagt er.

Und Nina geht ohne ein Wort.

Als Joel den Kies unter den Autoreifen aufspritzen hört, sitzt er immer noch vollkommen reglos da.

NINA

Nina drosselt das Tempo, nachdem sie am Stall des Gutshofs vorbeigefahren ist. Sie zittert am ganzen Leib.

Sie kann noch nicht nach Hause fahren. Wenn Markus wie üblich mit dem Laptop auf dem Sofa liegt, wird sie ihn mit Joels Augen sehen. Die Art, wie er *Markus* gesagt hatte, klingt ihr noch in den Ohren. Sie muss sich erst sammeln. Wieder sie selbst werden.

Sie schlägt das Lenkrad ein und biegt auf den schmalen Schotterweg beim Getreidespeicher ab. Dort nehmen Mitglieder der Theatertruppe, die dort jeden Sommer Stücke inszeniert, gerade draußen auf dem Rasen ihren Mittagsimbiss ein. Nina fährt weiter in den Wald hinein. Ihr Wagen hinterlässt eine Staubwolke, rumpelt geräuschvoll über die Schlaglöcher auf dem Weg. Sie kommt an einem Golfplatz vorbei, an Weideflächen mit verkrüppelten Bäumen. Sie nimmt sie kaum wahr. Sieht immer nur Joel vor sich. Mager, aber sehnig. Breitschultrig, aber mit derselben schlechten Haltung wie eh und je. Er ist immer noch derselbe. Als hätten die Drogen ihn konserviert statt vernichtet.

Zum Glück stehen nur wenige andere Autos auf dem Parkplatz des Naturreservats. Hier unten weht wie immer ein kräftiger Wind. Sowie sie aus dem Auto steigt, zerrt er an ihren Haaren, und als sie hinaus auf die Klippen geht, nimmt er noch an Stärke zu. Sie blickt über den Strand, die Wiese mit weidenden Pferden. Die Sonne steht tief, wärmt trotz des

Windes ihren Rücken. In der Ferne erahnt sie Stimmen, sieht weiter unten an der Felswand flüchtig eine gelbe Windjacke aufleuchten, aber niemand kann sie, Nina, sehen.

absichtlich schwanger
die weltbeste Ausrede, um hierzubleiben

Sie hatte die Schwangerschaft nicht geplant. Jedes junge Mädchen vergaß doch wohl manchmal, die Pille zu nehmen?

In der Tat war Daniel ein Wunschkind gewesen. Sie hatte Angst gehabt, natürlich hatte sie das. Aber er war erwünscht. Nina hatte immer ein Kind haben wollen. Vielleicht noch nicht gerade da und auf diese Weise

ausgerechnet mit Markus

aber sie hatte es behalten wollen. Und sie ist froh, das getan zu haben.

Ziellos streift Nina auf den Klippen umher. In einer Sache hatte Joel recht: Die Schwangerschaft *war* ein Ausweg gewesen. Sonst hätte sie Joel gegenüber kein Argument in der Hand gehabt, das ihre Entscheidung hätte rechtfertigen können.

Sie hatte Joel geliebt. Sie hatte auch von hier fortgewollt. Aber es hatte einen Augenblick gegeben, der alles verändert und die Geschichte von Joel und ihr in ein Davor und ein Danach geteilt hatte. Es war nicht so, wie er glaubte. Es war nicht an dem Morgen, als er kam, um sie abzuholen. Nicht, als sie schwanger wurde. Es war früher.

Sie hatte im Zug gesessen, auf dem Rückweg nach Göteborg, und auf den leeren Sitzplatz neben sich gestarrt. Das war in den Weihnachtsferien gewesen, und aus dem Augenwinkel hatte sie vor dem Fenster die schneebedeckte Landschaft vorbeirauschen sehen.

Sie waren in Stockholm gewesen, ihr Demotape hatte ihnen einen Auftritt in einem Club namens »Studio« beschert. Sie war vor dem Auftritt so nervös gewesen, dass sie sich hinter der Bühne mehrmals übergeben hatte. Joel konnte sie nicht beruhigen. Sein Gesicht war leichenblass. Er zog eine Line Koks nach der anderen. Als sie hinaus ins Scheinwerferlicht traten, war er phantastisch, aber unmittelbar nach dem Auftritt fiel er völlig in sich zusammen. Als sie versuchte, ihn dazu zu bewegen, mit ihr zurück in die Jugendherberge zu fahren, nannte er sie eine *blöde Spießerin* und ging mit ein paar fremden Leuten auf eine Aftershowparty. Nina lag die ganze Nacht wach, aber er kam nicht wieder. Sie war sich noch nicht einmal sicher, ob er noch lebte. Damals hatten sie noch keine Handys. Und als sie auf dem Heimweg im Zug saß, den leeren Sitzplatz neben sich, da hatte sie es *gewusst*: Sie konnte nach dem Abi nicht mit Joel weggehen. Der Tag in Stockholm war nur ein Vorgeschmack dessen gewesen, was sie später dort erwarten würde, und sie gelobte sich, sich nie mehr derselben Angst auszusetzen.

Als Joel schließlich auch nach Hause kam, entschuldigte er sich bei ihr. Es tat ihm bestimmt auch ehrlich leid. Aber gegen Ende ihrer Schulzeit war er sogar während des Unterrichts high gewesen. Deshalb hatte er wohl auch nicht gemerkt, dass Markus und sie sich Blicke zuwarfen. Und sie wollte Joel nicht davon erzählen. Wusste genau, was er von den Spießern mit ihren Segelschuhen und Polohemden hielt, die in den Einfamilienhäusern am Meer wohnten.

Sie konnte nicht mit Joel nach Stockholm gehen. Aber es ihm sagen konnte sie auch nicht. Sie wollte ihn nicht verletzen und versuchte, ihr schlechtes Gewissen zu kompensieren, indem sie sich begeisterter als jemals zuvor zeigte. Sorgfältig verbarg sie, wie sehr es ihr zuwider war, in Katjas Haus zu sein, verbarg, wie sehr sie all die Junkies hasste, die dort ein- und ausgingen, und die dicken Rauchschwaden im Erdgeschoss. Wie Nina es hasste, dort allein gelassen zu werden, während Joel irgendeinen der Typen vögelte, mit denen Katja sich umgab, allesamt Möchtegern-Popstars mit sorgfältig gestylten Frisuren. Und wie sie die Drogen hasste, die zunehmend auch *ihr* Leben bestimmten.

Also, ja: Joel hat recht. Die Schwangerschaft hatte alle Probleme gelöst.

Und Markus war für sie da gewesen. Der linkische Teenager, der sie in Marstrand ins Restaurant einlud, in seiner schweißnassen Hand einen Verlobungsring, und sie bat, zu bleiben. Das Kind zu behalten.

Mit achtzehn schien alles nur schwarzweiß zu sein. Man konnte sich noch leicht häuten. Ein Leben gegen ein anderes eintauschen. Ganz in diesem neuen Leben aufgehen.

Aber diese Lektion hatte Nina natürlich schon früh lernen müssen. Das war vielleicht die einzige, die ihre Mutter sie gelehrt hatte: weiterzugehen, ohne zurückzublicken.

Markus bot ihr Sicherheit und Geborgenheit. Er liebte sie. Und er verabscheute Joel. Mit Markus würde sie nicht, wie so viele Kinder von Alkoholikern, auch als Partner einen suchtkranken Menschen wählen. Um ihn musste sie sich keine Sorgen machen, ihn musste sie nicht heilen. Sie würde Besessenheit nicht mit Liebe verwechseln. Nicht im Chaos nach Sicherheit suchen, weil es das war, was sie kannte.

Für all das hatte sie ja schon Joel. Und sie wollte den Kreislauf durchbrechen.

Nina steht reglos auf dem Felsen.

Sie hatte die richtige Entscheidung getroffen. Es gibt nichts zu bereuen.

Fahr doch wieder von hier weg, Joel! Hau einfach ab! Lass mich in Ruhe mein Leben führen. Ich kann mich um Monika kümmern. Du hast sowieso nie gewusst, was du an ihr hattest.

Sie geht zurück zum Auto. Als sie am Getreidespeicher vorbeifährt, sind die Theaterleute nicht mehr da.

»Wie lange warst du eigentlich einkaufen?«, sagt Markus und sieht von seinem Handy auf, als sie in die Küche kommt.

Sie bringt nicht die Kraft auf, ihm von Joel zu erzählen. Schafft es noch nicht einmal, an ihn zu denken.

»Kannst du mich mal in den Arm nehmen?«, bittet sie.

Markus wirkt so erstaunt, dass es ihr einen Stich versetzt. Wann haben sie eigentlich damit aufgehört, einander anzufassen?

Er legt die Arme um sie, und sie lehnt den Kopf an seinen Brustkorb, inhaliert seinen Geruch. Es dauert einige Atemzüge, bis sie sich in seiner Umarmung entspannen kann.

Es wird schon alles wieder werden. Sie gehören zusammen. Das tun sie. In allen Beziehungen gibt es doch gute und schlechte Phasen, oder nicht?

Aber Markus lässt sie viel zu schnell wieder los.

»Ist irgendwas passiert?«, fragt er.

Nina streckt sich, um ihn küssen zu können. Öffnet seinen Mund mit ihrer Zunge. Nimmt sie da einen Widerstand, ein Zögern bei ihm wahr?

»Ich hatte bloß Sehnsucht nach dir«, sagt sie.

»Wir sehen uns doch jeden Tag.«

»Du weißt, was ich meine.« Sie presst sich an ihn. »Ich will hier nur kurz ein wenig Ordnung schaffen. Kannst du nicht schon mal duschen?«

Prüfend fährt sie mit ihrer Hand über seine Jeans. Zieht sie enttäuscht zurück, als sie merkt, dass er nicht hart wird.

»Müssen wir denn immer duschen, bevor wir …«, setzt er an.

»Bitte«, sagt sie. »Ich weiß ja, dass das albern ist.«

Markus seufzt, und Nina küsst ihn erneut, bevor er protestieren kann.

Sie räumt die Spülmaschine ein und hört im Badezimmer das Wasser rauschen. Als sie an der Reihe ist, duscht sie sich nur hastig ab, nachdem sie ihren ganzen Körper eingeseift hat. Als sie sich neben Markus ins Bett legt, ist ihr Körper noch feucht. Der Wind, der durch das geöffnete Fenster hereinstreicht, ist lau, obwohl es schon Abend ist.

Es fällt ihm schwer, in die Gänge zu kommen, aber sie arbeitet geduldig und konzentriert. Weiß, wie sie es anstellen muss, damit er sich nicht unter Druck gesetzt fühlt. Als er schließlich in ihr kommt, gelingt es ihr, die Welt für einen Moment auszublenden. Danach schläft sie als Erste ein.

Um Mitternacht wacht sie auf. Das Bett neben ihr ist leer, sie hört Markus im Erdgeschoss umhergehen.

Ein Gedanke will sie nicht in Ruhe lassen.

Du wolltest doch immer alles unter Kontrolle haben, konntest du da wirklich vergessen, die Pille zu nehmen?

Sie liegt lange wach. Starrt an die Decke. Ihr fällt plötzlich ein, dass die Einkäufe noch im Auto liegen. Nach diesem heißen Nachmittag werden sie verdorben sein.

Joel ist wieder da, und schon zeigen sich die ersten Risse in ihrem geordneten Dasein. Das Chaos, das er stets mit sich bringt, droht in ihr Leben einzubrechen.

NEBELFENN

Es ist Nacht, und Johanna sitzt gerade auf der Personaltoilette von Station D, als der Alarm losgeht. *Noch nicht mal in Ruhe pinkeln kann man.* Sie sendet Stoßgebete, dass der Alarm nicht aus Petrus' Wohnung kommt. Als sie fertig ist und auf den stickig-heißen Flur tritt, sieht sie, dass das Pfeifen aus der D8 kommt. Zwar ist es nicht Petrus, aber viel besser ist es auch nicht. Sie verabscheut Dagmar und Vera und ihre unheimliche Art, immer die Gedanken der anderen lesen zu können. Schweißflecken bilden sich auf dem Rücken ihres Arbeitskittels, als Johanna auf das Zimmer am Ende des Korridors zugeht.

Wiborg hört Johanna an ihrer Wohnung vorbeigehen, registriert es aber kaum. Sie sitzt in der D1 aufrecht in ihrem Bett. Lauscht eindringlich der Stimme im Telefonhörer. *Die Nummer, die Sie gewählt haben, ist nicht vergeben. Die Nummer, die Sie gewählt haben, ist nicht vergeben. Die Nummer, die Sie gewählt haben, ist nicht vergeben.*

Wiborg schüttelt den Kopf. »Warum können Sie mir nicht helfen?«, fragt sie. »Nun seien Sie doch endlich mal still, und helfen Sie mir!«

Johanna beschleunigt widerwillig ihre Schritte, als sie den Lärm aus Apartment D8 hört. Sie schließt die Tür auf und schaltet den Alarm aus. Vera steht nackt im Zimmer und kreischt.

Johanna geht zu ihr, will diesen alten Körper am liebsten

gar nicht anfassen, legt aber eine Hand auf Veras Schulter. »Was tun Sie denn da?«, fragt sie.

Dagmar lacht aufgekratzt in ihrem Bett. Vera schreit weiter, ohne auch nur einmal zwischendurch Luft zu holen, und deutet auf das Badezimmer. Johanna versucht, sie zu beruhigen, dringt aber nicht zu ihr durch. Zuletzt kapituliert Johanna. Geht zur Badezimmertür, die einen Spaltbreit offen steht. Drinnen brennt Licht. Sie versucht sich einzureden, dass noch nicht mal ein irrer Messerstecher in ein Heim für Demente würde einbrechen wollen.

Aber einer von den alten Leuten kann zufällig hier reingekommen und auf der Toilette gestorben sein oder in irgendeiner verdrehten Haltung und mit starrenden Augen und offen stehendem Mund tot auf dem Boden liegen oder ...

Johanna will sich nie mehr von ihrem Freund dazu überreden lassen, Horrorfilme anzugucken. Jäh verstummt Veras Schrei hinter ihr. Dagmars Lachen schwächt sich zu einem gedämpften Glucksen ab. Mit jedem Atemzug rasselt Schleim in ihrem Rachen. Johanna öffnet die Badezimmertür und

niemand da

atmet auf. Das Badezimmer sieht aus wie immer. Als sie sich umdreht, steht Vera unmittelbar hinter ihr. Sieht mit ängstlichen Augen hinein.

»Da ist jemand gewesen«, sagt sie. »Da hat jemand gestanden und mich angestarrt, als ich reingegangen bin.«

Johanna seufzt. Bringt sie zurück zum Bett. »Kapieren Sie denn nicht, dass das nur Ihr eigenes Spiegelbild war? Alles ist in Ordnung.«

Angeekelt springt sie zur Seite, als sie ein Plätschern auf dem Boden hört. Vera scheint nicht zu bemerken, dass sie pinkelt, während sie auf das Bett zustolpert. *Das hier geht nicht*, denkt Johanna. *Das hier geht gar nicht.* Dagmar lacht erneut.

In Apartment D5 träumt Lillemor von einem Engel, der über ihrem Bett schwebt. Sein Gewand schimmert perlmuttfarben, schlägt Wellen, als würde es unter Wasser dahinströmen. Das blonde Haar lockt sich um ein blasses Gesicht mit androgynen Zügen. Ein sanftes Lächeln erscheint darin. Eine Hand wird ausgestreckt. Die schlafende Lillemor setzt sich in der Dunkelheit auf, um sie zu ergreifen. Ein kleiner Fettfleck glänzt an der Wand oberhalb ihres Bettes.

Johanna geht durch den Flur in Richtung Besenkammer. Sie hat den Fußboden in Apartment D8 gewischt, das Schmutzwasser schwappt gegen die Innenwände des Eimers. Sein Gewicht sorgt dafür, dass ihr schon wieder der Schweiß ausbricht. *Die Klimaanlage muss eine Störung haben. Ich hasse diesen Ort.* Als die Neonröhren über ihrem Kopf mit einem Zischen erlöschen, hält sie abrupt inne. Der Eimerinhalt schwappt über den Rand, spritzt auf den Boden und auf Johannas Schuhe. Angewidert schreit sie auf. Der Alarm auf dem Flur beginnt erneut zu piepen. Die Lampe über der Tür neben ihr blinkt. Die neue Alte in Zimmer D6 jammert lautstark dort drinnen. Johanna überlegt, trotzdem weiterzugehen.

Aber wenn etwas passiert ist, können sie mich wegen Verletzung der Sorgfaltspflicht drankriegen, und ich muss sowieso rein, um den verdammten Alarm auszuschalten.

Sie stellt den Eimer an der Tür ab. Lehnt den Stiel des Mopps an die Wand und betritt die D6. Tastet nach dem Alarmknopf, bis sie ihn findet und es aufhört zu piepen. Sie schaltet die Flurlampe ein. Wimmernde Laute sind zu hören, wie von einem verletzten Tier. Johanna wäscht sich hastig die Hände im Vorraum und desinfiziert sie. Versucht, nicht daran zu denken, dass ihr Hosenbein an der Wade klebt. Dass in dem Wasser Veras Pisse war. *Das hier geht wirklich gar nicht.* Johanna zwingt sich, ins Wohnzimmer zu gehen und die Deckenlampe einzuschalten. Sie schreit laut auf, als Monikas Augen sie direkt anstarren. Monika sitzt aufrecht im Bett. Das alte Gesicht ist zu einer Grimasse verzogen. Ihr Mund ist weit geöffnet. Die Halssehnen sind so gespannt wie Drahtseile. Ihre Hände umklammern das Bettgitter. Ein leises metallisches Klirren erklingt, und Johanna erkennt, dass das ganze Bett bebt. *Das kann doch nicht sein!* Johanna geht näher ans Bett heran, und es kommt ihr vor, als würde die Luft dicker, als würde sich eine undurchdringliche Wand gegen ihre Haut pressen. *Hallo*, sagt sie. *Hallo, hören Sie mich?* Das Herz hämmert Johanna in der Brust. Sie streckt eine Hand aus. Zieht sie rasch zurück, als Monika ein langgezogenes, tief aus der Brust kommendes Stöhnen von sich gibt. *Ich muss jemanden zu Hilfe holen. Hoffentlich hat Adrian Dienst.* Johanna dreht sich um und will bereits gehen, als der tiefe Laut in undeutlich gesprochene Worte übergeht, die zuerst schwer, dann immer deutlicher zu verstehen sind: »Ich weiß, was du getan hast. Ich weiß, was du getan hast, und er wird es auch herausfinden!«

Johanna dreht sich erst wieder um, nachdem sie schon beinahe im Flur steht. Sie weiß, was das Weibsstück meint, aber das kann nicht sein. *Sie kann es nicht wissen. Niemand weiß es.* Auf dem Gesicht der Alten zeichnet sich jetzt ein Lächeln ab. *O doch*, sagt es. *Ich weiß es genau. Und jetzt kannst du dich auf etwas gefasst machen!*

NINA

Das Gewitter kam in den frühen Morgenstunden, und mit ihm der Regen. Nach dem kurzen Spurt vom Auto zur Eingangshalle des Heims ist Nina schon vollkommen durchnässt.

Als sie in den Umkleideraum kommt, steht Adrian von Station B mit nacktem Oberkörper vor einem Spind. Ein Schlüsselbund klirrt in seiner Hosentasche, nun streift er sich auch die Jeans ab. Als die Tür hinter Nina ins Schloss fällt, dreht er sich um und lächelt mit müden Augen. Anscheinend macht es ihm rein gar nichts aus, nur in Unterhosen vor ihr zu stehen.

»Hej«, sagt er und streicht sich eine Haarsträhne seines blonden Kurt-Cobain-Schopfs hinter das Ohr.

Ob er überhaupt schon geboren war, als Nirvanas Frontman starb? Adrian ist jedenfalls nur um wenige Jahre älter als ihr Sohn. Nina sucht sich einen Spind, der so weit wie möglich von seinem entfernt liegt. Am liebsten würde sie mit dem Umziehen warten, bis er gegangen ist, aber was soll sie so lange tun? Ihn anstarren?

»Und, wie geht's?«, fragt er, während er sich den Arbeitskittel anzieht.

»Gut, und selbst?«, erwidert Nina die Frage.

»Weiß nicht«, sagt er mit einem Grinsen. »Frag mich noch mal, wenn ich wach bin.«

Sie nickt und lächelt, als Adrian von seinem Konzert in

Göteborg erzählt, in einem Club, der ihr kein Begriff ist. Seine Band war Vorgruppe von irgendeiner Hardcore-Punkband gewesen, deren Name ihr ebenfalls nichts sagt.

Nina zieht im Schutz der geöffneten Spindtür Jeansjacke und T-Shirt aus. Beeilt sich, sich den Kittel über den Kopf zu ziehen. Obwohl sie nicht glaubt, dass Adrian sich die Mühe machen würde, zu spannen.

Was würde er wohl sagen, wenn sie ihm erzählte, dass sie auch einmal in einer Band gewesen war?

Sie streift ihre Hose ab, zieht die Arbeitshose und die Crocs an. Drückt die Spindtür zu.

»Shit, ich würde jetzt gern einfach pennen gehen«, sagt Adrian, während er seine Tür ebenfalls schließt.

»Tja, dieses Wetter macht einen auch nicht unbedingt munterer.«

Gemeinsam gehen sie hinaus in den Kellergang.

»Du wirst doch heute noch bei uns spielen, oder?«, fragt sie und schaltet die Deckenlampe ein.

»Ja«, sagt Adrian. »Nur gut, dass man hier im Nebelfenn so ein treues Publikum hat. Es mangelt einem nur an Groupies.«

»Sag das nicht, du hast doch Bodil.«

Er lacht so sehr, dass es im ganzen Treppenhaus widerhallt, das sie gerade betreten. Im Foyer verabschieden sie sich voneinander, und Nina geht auf Station D. Hier ist alles still und leer. Die Luft kommt ihr stickig vor und wie elektrisch aufgeladen. Weiter hinten bei den Apartmenttüren sieht sie einen Putzeimer samt Wischmopp an der Wand lehnen.

Sie wirft im Vorbeigehen einen Blick in den Gemeinschaftsbereich. Der Regen prasselt gegen die Scheiben. Die Möbel sind im Dunkeln nur als verschwommene Umrisse erkennbar. Das diffus-graue Licht, das durch das Glasdach fällt, spiegelt sich im schwarzen Fernsehbildschirm.

Als Nina auf halbem Weg zum Personalraum ist, hört sie ein

metallisches Schaben an der Decke. Sie hält inne. Da, noch mal. Sie folgt dem Geräusch bis zu einer Belüftungsöffnung, stellt sich auf die Zehenspitzen und berührt die Verkleidung. Klopft vorsichtig dagegen. Schwarze, ascheähnliche Flocken rieseln aus dem dahinterliegenden Rohr. Wieder ein Schaben, diesmal weiter hinten im Gang. Es klingt, als würden Klauen gegen Metall schaben. Ob sich vielleicht ein Vogel in die Klimaanlage verirrt hat? Ob die Luft deshalb so stickig ist?

Nina geht in den Personalraum. Niemand da. Sonst hüpft Johanna doch immer schon ungeduldig auf und ab, wenn das Frühpersonal zur Ablösung kommt. Auf dem Tisch ein schmutziger Teller und eine halbvolle Kaffeetasse, daneben ein aufgeschlagenes Klatschblatt. Nina sieht zum Aufenthaltsraum hinüber. Auch dort ist niemand. Sie nimmt die Pflegedokumentationsmappe hervor, aber sie enthält keine Berichte von dieser Nacht. Nina geht wieder auf den Gang.

»Johanna?«

Keine Antwort. Sie geht den Korridor entlang, am Gemeinschaftsraum vorbei, wo der Regen auf das Glasdach trommelt.

Der Putzeimer steht vor Monikas Zimmer. Nina will gerade hineingehen, in der Hoffnung, Johanna dort zu finden, als sie aus Apartment D8 leises Weinen hört.

Als Nina die Wohnung der Schwestern betritt, schlägt ihr der Gestank von Urin und Reinigungsmittel entgegen. Vera sitzt aufrecht im Bett und sieht Nina unglücklich an.

»Guten Morgen. Alles in Ordnung, Vera?«, fragt sie.

Als sie sich dem Bett nähert, merkt sie, dass der Boden an manchen Stellen immer noch leicht feucht ist. Johanna muss in aller Eile hier durchgewischt haben.

»Was, wenn er nun wiederkommt?«, sagt Vera im Flüsterton.

»Wer?«

»Na, der, der im Badezimmer gewesen ist.«

»Das war sicher nur Johanna«, sagt Nina beruhigend. »Sie arbeitet hier.«

»Nein. Sie hat ihn auch nicht gesehen.«

Vera zittert so stark, dass sie eine Diazepam gebrauchen könnte. Nina fragt sich, wie lange dieser Angstzustand wohl schon anhält.

Und wo zum Teufel Johanna ist!

»Er ist böse«, sagt Vera. »Zutiefst böse. Er darf nicht hier sein.«

»Keine Sorge«, sagt Nina und wirft einen Blick in das Badezimmer. »Da ist niemand.«

»Aber er will doch Dagmar entführen!«, flüstert Vera und schaut zu dem Bett hinüber, in dem ihre Schwester immer noch schläft.

Wachsendes Unbehagen macht sich in Nina breit. Manchmal können die alten Leute so überzeugend klingen. Der Eindringling im Nebelfenn existiert natürlich nur in Veras Einbildung, ihre Angst aber ist außerordentlich real.

»Dann bekommt er es mit mir zu tun, versprochen«, sagt Nina und lächelt Vera aufmunternd zu. »Versuchen Sie, sich ein wenig auszuruhen, ich komme gleich mit dem Frühstück wieder. Und dann bringe ich Ihnen auch etwas zur Beruhigung mit.«

Als sie sich umdreht, um zu gehen, hat sich auch Dagmar im Bett aufgesetzt. Ihre Augen glitzern im Dunkeln. Ihr Blick folgt Nina stillschweigend, während sie das Zimmer verlässt.

Nina meint, ein röchelndes Lachen wahrzunehmen, als sie die Tür schließt. Sie geht weiter den Gang entlang. Ruft verhalten nach Johanna, aber niemand antwortet. Hält vor der D6 inne, wo immer noch der Putzeimer steht. So leise sie kann, geht Nina in Monikas Zimmer, doch die schläft schon nicht mehr, sondern liegt bei brennender Nachttischlampe im Bett, ein Kreuzworträtsel auf dem Schoß. Als Nina hereinkommt, wendet Monika sich ihr zu.

»Hallo, Herzchen«, sagt sie.

Nina setzt sich in den Sessel. Mustert sie. Versucht, sich nicht zu viel zu erhoffen.

»Hallo. Erinnerst du dich noch an mich?«, fragt sie.

Monika lacht auf und legt den Stift beiseite, schlägt das Rätselmagazin zu.

»Na, und ob ich das tue! Du bist doch die kleine Nina. Auch wenn du inzwischen natürlich längst groß geworden bist.«

Nina nickt. Tränen brennen ihr in den Augenwinkeln.

»Das bin ich wohl.«

Monika legt den Kopf schief. Lächelt freundlich. Sie ist wieder ganz die alte Monika.

So wird es jedoch nicht bleiben. So bleibt es nie für die Menschen, die so krank sind, dass sie ins Nebelfenn kommen. Aber im Moment ist Monika mit all ihren Sinnen gegenwärtig.

»Wie ich mich freue, dich zu sehen!«, sagt Monika. »Es ist schon so lange her, dass du mich besucht hast.«

»Ja«, muss Nina ihr zustimmen.

»Komm doch näher, damit ich dich mal richtig anschauen kann.«

Nina erhebt sich aus dem Sessel. Monika sucht tastend nach ihrer Hand, Nina ergreift sie. Drückt sie vorsichtig.

Vor Rührung kullern Nina Tränen über die Wangen. Sie wischt sie hastig weg.

»Nicht weinen, Herzchen«, sagt Monika.

»Verzeih, dass ich mich in den ganzen Jahren nicht bei dir gemeldet habe«, sagt Nina.

»Du hattest doch alle Hände voll mit deiner eigenen Familie zu tun«, sagt Monika. »Das verstehe ich doch.«

»Aber ich ...«

»Du hast mehr als genug für uns getan. Warst immer so lieb und tüchtig. Und du hast Joel so gutgetan. Wenn er mit dir unterwegs war, habe ich mir nie Sorgen gemacht.«

Nina versucht ein Lächeln, aber es quellen neue Tränen hervor.

»Mein Mädchen«, sagt Monika und erweckt beinahe den Eindruck, als würde sie selbst auch gleich anfangen zu weinen. »Warum bist du so traurig? Ist etwas passiert?«

Nina schüttelt den Kopf.

»Ich glaube einfach, dass mir erst jetzt bewusst wird, wie sehr ich dich vermisst habe«, sagt sie.

Das Schamgefühl erdrückt sie fast, wenn sie an all die Male denkt, als sie Monika von weitem gesehen hat und ihr ausgewichen ist.

»Verzeih«, sagt sie noch einmal.

»Du musst dich für nichts entschuldigen. Was du getan hast, musstest du tun«, sagt Monika entschieden.

Sie tätschelt Ninas Hand, bevor sie sie loslässt.

»Ich wollte gerade aufstehen und Frühstück machen«, sagt Monika. »Was darf ich dir anbieten?«

Sie macht Anstalten, sich zu erheben, betrachtet dann verwirrt das Bettgitter.

»Bleib du nur liegen, ich kümmere mich darum«, sagt Nina.

»Das ist lieb von dir, ich bin auf einmal so müde.« Monika lehnt sich in die Kissen zurück und schließt die Augen.

»Ich bin gleich wieder da«, sagt Nina.

Aber Monika antwortet nicht mehr. Sie ist schon eingeschlafen.

Nina bleibt noch einen Augenblick stehen. Tupft sich sorgfältig die Augenpartie trocken und sammelt sich, bis sie sich in der Lage fühlt, die Wohnung zu verlassen. Als sie sich umdreht, um zu gehen, sieht sie aus dem Augenwinkel etwas schimmern: einen fettigen Fleck an der Wand am Kopfteil des Bettes, daneben ein paar Tropfen und schwache, schmutziggraue Schlieren.

Nina geht aus dem Zimmer, nimmt den Putzeimer mit zum Besenschrank und holt einen Lappen und Reinigungsmittel. Sie ist wieder auf dem Weg zur D6, als sie im Personalraum aus dem Augenwinkel eine blau gekleidete Gestalt sieht.

»Johanna?«, fragt sie und geht dorthin.

Doch es ist Sucdi, die gerade herzhaft gähnt, als Nina hereinkommt. Sie schlägt sich die Hand vor den Mund. Lächelt flüchtig.

»Guten Morgen. Entschuldige, dass ich etwas zu spät bin«, sagt sie.

Die Kaffeemaschine gluckert und zischt.

»Kein Problem«, sagt Nina. »Hast du Johanna gesehen?«

»Nein, aber ich habe gerade mit Faisal gesprochen. Er hat gesagt, dass Johanna um vier Uhr früh hier abgehauen ist.«

Nina starrt sie ungläubig an. Sucdi nickt.

»Johanna hat ihn noch gebeten, auch ein Auge auf unsere Station zu haben. Dann ist sie einfach gegangen.«

Wut steigt in Nina auf. Elisabeth sollte diese vielen unerfahrenen jungen Frauen nicht als Pflegeassistentinnen einsetzen. Sie durften nachts wirklich nicht mit den alten Menschen allein gelassen werden. Denen war überhaupt nicht klar, welche Verantwortung sie hier trugen. Aber sie waren natürlich die Einzigen, die sich bewarben und sich damit zufriedengaben, für so wenig Geld zu arbeiten.

»Und welchen Grund hat sie diesmal vorgeschoben?«

»Gar keinen«, sagt Sucdi.

»Na, das ist ja immerhin mal was Neues. Aber selbst sie müsste kapiert haben, dass es dafür keine Entschuldigung gibt.«

»Faisal sagte, dass sie wie Espenlaub gezittert hat. Sie hat sich noch nicht mal mehr umgezogen, bevor sie davongerauscht ist.«

Nina schnaubt. Sie weiß, dass es hier im Heim nachts manchmal unheimlich sein kann, aber die Alten

Monika!

einfach so alleinzulassen, das war unverzeihlich.

»Petrus ist heute mit Duschen dran«, sagt Sucdi und dreht sich zur Kaffeemaschine. »Hast du Ohrstöpsel dabei?«

JOEL

Regen prasselt auf das Autodach, als Joel die Mail seines Bruders auf dem Smartphone liest. Björn hat ihm eine Liste mit Dingen geschickt, die er gern aus dem Haus behalten würde. Die Kristallgläser, die ein Hochzeitsgeschenk an ihre Eltern gewesen waren. Das elegante Teeservice, auf das sie jahrelang gespart hatten. Die silbernen Kannen von den Großeltern mütterlicherseits.

Das sind Sachen, die zu Papas Lebzeiten immer noch in Gebrauch waren, deshalb hänge ich daran. Und du gibst wahrscheinlich nur selten mal ein Abendessen für zwölf Gäste?

Da hatte er recht, und das Service, die Gläser und all das sind Joel auch vollkommen schnuppe, aber ihm entgeht nicht, dass Björn nur an den Dingen hängt, die auch einen Geldwert haben.

Joel steckt das Handy in die Tasche, öffnet die Autotür und setzt einen Fuß auf den Parkplatz des Heims. Ein schwerer, durchdringender Geruch nach feuchtem Asphalt hängt in der Luft. Seine Jeans ist innerhalb von Sekunden durchnässt. Dicke Tropfen rinnen ihm unter den Kragen seines Sweatshirts. Am Fuß der Treppe hechtet er über eine große Pfütze und sobald die Türen aufgleiten, mit dem Kopf voran in das Foyer. Er betätigt die Klingel von Station D.

»Wir kümmern uns jetzt mal um Ihre Zugangskarte, damit Sie nicht jedes Mal klingeln müssen«, sagt Elisabeth, sobald sie ihm die Tür geöffnet hat.

Um ihren lächelnden Mund liegt ein Zug kaum sichtbarer Anspannung.
Damit du nicht ständig klingelst und uns störst.
Von irgendwoher in der Ferne erklingt Musik, eine akustische Gitarre. Ein chaotischer Chor gealterter Stimmen.

Die feuchten Sohlen seiner Converse-Schuhe machen Quietschgeräusche auf dem PVC-Boden. Joel zieht sich das Sweatshirt aus, während er Elisabeth in das Büro folgt, wo er ihr das erste Mal begegnet war. In den niedrigen Bücherregalen steht ein Aktenordner neben dem anderen. Als einziger Wandschmuck dient ein Micky-Maus-Plakat von Lasse Åberg. Die Besucherstühle sind mit einem kratzigen grünen Stoff bezogen.

Joel werden eine weiße Plastikkarte und ein Stift gereicht, und Elisabeth deutet auf die Stelle, wo er seine Unterschrift tätigen soll.

»Danke«, sagt Joel. »Ich hätte mich schon gleich am ersten Tag darum kümmern sollen. Es ist einfach nur alles ... es war alles ein bisschen viel.«

»Natürlich«, sagt Elisabeth. »Haben Sie schon das Schreiben über Ihre Mutter aufgesetzt?«

»Nein, ich bedaure.«

Jetzt ist Elisabeths Missfallen ziemlich offensichtlich. Joel bedankt sich noch einmal, kehrt zurück auf den Gang von Station D. Nähert sich dem Gemeinschaftsbereich, der Gesang ist zunehmend deutlicher hörbar.

Joel guckt hinein und sieht vorne im Lichthof einen Mann auf einem Schemel sitzen. Zottelige blonde Haare verbergen sein Gesicht, als er auf die Seiten der Gitarre herunterschaut. Seine Finger sind lang und schmal, seine Unterarme von der Sonne gebräunt. Der Raum ist nahezu bis auf den letzten Platz besetzt. Ein Meer von weißhaarigen Köpfen. Sämtliche Bewohner müssen hier anwesend sein. Joel bemerkt Lillemors seliges Lächeln. Die Hände vor dem Brustkorb gefaltet, macht sie Schunkelbewegungen.

Joel bleibt im Flur stehen. Er hält nach seiner Mutter Ausschau. Sein Blick schweift zu dem Mann mit der Gitarre zurück. Zu den Händen mit den langen, schmalen Fingern.

Es ist so lange her, dass ihn etwas berührt hat. Es würde ihm vielleicht wieder festere Konturen verleihen, ihn als Persönlichkeit greifbarer machen. Dieses Gefühl der Unwirklichkeit vertreiben.

Jetzt entdeckt er seine Mutter, sie sitzt an einem Tisch. Sie und Nina lachen, die Köpfe dicht zusammengesteckt. Joel verspürt irgendetwas zwischen Eifersucht und Melancholie. Es ist ihm von früher her vertraut. Nina hatte mit seiner Mutter immer auf eine Art reden können, zu der er nicht fähig war. Als hätten die beiden dieselbe Muttersprache, während seine Mutter und er sich in einer Sprache versuchten, die weder ihm noch ihr besonders lag.

Ninas Augenfarbe ist identisch mit der ihrer Arbeitskleidung. Nina wirkt heute jünger als gestern. Die Anspannung ist aus ihren Zügen und ihrer Haltung gewichen.

Joel überlegt, in der Wohnung seiner Mutter zu warten, doch das wäre wohl etwas albern. Er bahnt sich einen Weg in den Gemeinschaftsraum. Sieht zahnlose Münder singen. Körper, die in Rollstühlen vor- und zurückschaukeln. Ein paar alte Menschen klatschen im Takt. Der junge Mann mit der Gitarre hat, ohne dass Joel es bemerkt hat, ein anderes Lied angestimmt,. Joel hat den Eindruck, als hätte das Publikum lange darauf gewartet, ebendieses Lied zu hören. Nur eine Zuhörerin macht einen unglücklichen Eindruck. Er hat noch nie eine so kleine Frau wie sie gesehen, sie wirkt ganz zart und zerbrechlich, wie ein Vögelchen. Sie presst ein abgewetztes Kuscheltier an ihre Brust. Scheint in eine stille Unterhaltung mit ihm vertieft.

Nina sieht auf, als Joel an ihren Tisch tritt. Ihr Blick ist eisig und trifft ihn hart. Geschockt erkennt er, dass sie ihn wirklich zu hassen scheint.

Er hatte immer gedacht, dass sie sich schämen würde, wenn sie sich wiedersähen. Dass sie ihn um Verzeihung bitten würde. In ihrer Geschichtsschreibung aber ist er der Bösewicht.

Er hat mich vor dir gerettet.

»Joel!«, ruft seine Mutter freudig aus.

»Ich kann später wiederkommen, falls du gerade anderweitig beschäftigt bist«, sagt er mit einem kurzen Seitenblick zu Nina.

»Von wegen«, erwidert seine Mutter. »Wir gehen zu mir, hier ist zu viel los.«

Nina verzieht keine Miene. Seine Mutter tätschelt ihr die Hand und steht auf. Joel geht vor ihr aus dem Raum und fragt sich währenddessen die ganze Zeit, ob Nina ihm wohl nachschaut.

Der Refrain wird wiederholt. Der Mann sieht von seiner Gitarre auf und lächelt seinem begeistertem Publikum zu. Er ist viel jünger, als Joel gedacht hatte. Viel zu jung.

Wieder im Gang zu stehen ist eine Erleichterung.

»Soll ich die Tür hinter mir schließen?«, fragt er seine Mutter, als sie in ihre Wohnung gehen.

»Nein, nein. Es ist doch ganz nett, noch ein wenig zuhören zu können.«

Joel setzt sich auf das Sofa, sucht verzweifelt nach einem Gesprächsthema.

»Hast du heute Nacht gut geschlafen?«

»Ich glaube schon. Ich kann mich an nichts erinnern, also habe ich das wohl.«

Sie lächelt. Aus dem Flur erklingen die Anfangsakkorde eines neuen Liedes, das er gerade nicht einordnen kann.

»Seitdem ich weiß, dass Nils wieder da ist, schlafe ich gut«, sagt seine Mutter.

Joel wirft einen Blick zur Diele.

»Ist Papa jetzt gerade hier?«, fragt er.

»Nein. Siehst du das etwa nicht?«

»Doch, doch.« Joel nickt.

Seine Mutter scheint es ihm nicht übelgenommen zu haben. Auf ihrem Gesicht liegt ein sanfter, verträumter Ausdruck. Sie wirkt zufrieden.

»Wo ist er eigentlich? Wenn er nicht hier ist, meine ich?«, fragt Joel.

Seine Mutter scheint darüber nachzudenken.

»Er schläft«, sagt sie. »Er hat noch nicht so viel Kraft. Er muss sie sich einteilen.«

Joel fragt sich, was wohl als Nächstes käme, wenn sie seinen Vater weiterhin so präsentieren würde, als sei er real? Würden sie sich bald zu dritt zum Teetrinken treffen? Ihm einen Teller mit Kuchen hinstellen?

Joel unterdrückt ein nervöses Lachen. Konzentriert sich stattdessen lieber auf das Lied, das nun den Gang herunterschallt. Jetzt fällt es ihm wieder ein, es ist ein alter Schlager aus seiner Teenagerzeit. *Wie Fieber in meinem Herzen, so heiß ist deine Liebe. Du machst mich krank, doch ohne Schmerzen, sorgst dafür, dass ich auf Fieberwolken liege.* Die alten Leute singen mit, wenn auch mit weniger Begeisterung als zuvor.

Joel mustert die Schnitzereien auf der Rückenlehne des Sofas, sie gleichen denen an dem Bett seiner Mutter in ihrem Haus. Seine Gedanken wandern zu seinem Großvater, den er auch nie kennengelernt hat. Seine Mutter hatte innerhalb eines Jahres sowohl ihren Ehemann als auch ihren Vater verloren. Blieb allein mit zwei kleinen Kindern zurück.

Plötzlich wird ihm klar, wie schwer das für sie gewesen sein musste. Rein verstandesmäßig hatte er das natürlich immer gewusst, aber nun kann er es zum ersten Mal wirklich nachempfinden.

Seine Mutter sieht, wie Joel mit den Augen die Schnitzereien nachzeichnet.

»Am Ende hat es ihm gesundheitlich viel abverlangt, seinen Tischlerarbeiten nachzugehen«, sagt sie. »Du hättest mal seine Finger sehen sollen!«

Sie krümmt ihre Finger, um ihm zu demonstrieren, was sie meint.

»Ich habe mir immer Sorgen gemacht, dass ihr seine schlechten Gelenke erben würdet«, sagt sie nachdenklich. »Aber heutzutage sieht die Sache ja anders aus. Es gibt für alles Medikamente. Weißt du, was sie ihm angetan haben, als er noch oben in Ångermanland lebte? Damals war er als Waldarbeiter beschäftigt, da gab es so etwas wie Krankschreibung noch nicht. Er musste den ganzen Weg vom Hocksjön bis zum Hospital nach Östersund mit ausgerenkten Gelenken mit dem Fahrrad fahren, und erst da wurden sie ihm wieder eingerenkt.«

Von dieser Geschichte hatte Joel noch nie etwas gehört. Als er sich konkret vorstellt, was sein Großvater erleiden musste, wird ihm beinahe übel.

»Und dann musste er den ganzen Weg wieder zurückradeln«, beendet seine Mutter mit einem Seufzen die Anekdote.

»Ist das wahr?«, hört Joel sich fragen.

Seine Mutter wirft ihm einen ungeduldigen Blick zu.

»Glaubst du etwa, ich würde mir so was ausdenken? Vater war damals etwas über dreißig. Danach beschlossen er und Mutter, in den Süden zu ziehen.«

Sie schüttelt den Kopf.

»Dort oben gab es nichts zum Leben, die Gegend war so arm. Die ausgelaugten Äcker brachten keinen Ertrag. Stell dir nur vor, als sie herkamen, hatten sie noch kein fließend Wasser im Haus gekannt. Unglaublich, oder?«

Jetzt befinden sie sich wieder auf vertrautem Terrain. Die Armut seiner Großeltern mütterlicherseits war schon immer ein Teil von Joels Leben gewesen, ein ständig wiederkehrendes Motiv, wann immer seine Mutter ihn ermahnt hatte, ja kein Essen wegzuwerfen, nicht zu jammern, nicht zu vergessen, dass man sich glücklich schätzen durfte.

Plötzlich zuckt seine Mutter zusammen. Sieht zur Diele hinüber. Ein Lächeln erscheint auf ihren Lippen.

»Das werde ich«, sagt sie lebhaft und sieht wieder Joel an. »Dein Vater ist jetzt da.«

Joel wartet ab. Hört, wie das Lied draußen endet. Hört den Regen gegen die Fensterscheibe prasseln.

»Nils möchte dir danken«, sagt seine Mutter.

Joel sieht sie verunsichert an.

»Wofür?«

»Nils freut sich so darüber, dass wir hierhergezogen sind. Er fand, dass es im Haus zu einsam geworden war.«

Joel spürt, wie eine leise Hoffnung in ihm keimt. Er weiß, dass seine Mutter da im Grunde von sich selbst spricht, auch wenn sie es nicht weiß. Der imaginäre Nils funktioniert wie ein Spiegel von Monikas eigenen Gefühlen. Sie spricht durch ihn.

»Ehrlich?«

Seine Mutter nickt entschieden. »Ihm gefällt es, die anderen Bewohner hier besuchen zu können. Er hat schon ein paar neue Freundschaften geschlossen.«

Joel blickt in den Vorraum. Lächelt die dort hängenden Mäntel an.

»Wie schön, das freut mich!«

NINA

»Sie müssen mir dabei helfen, meine Eltern anzurufen. Sie müssen mich abholen. Ich versuche ständig, sie zu erreichen, aber es nimmt niemand ab!«

Wiborg streichelt ihr Therapiestofftier immer krampfhafter. Hält es sich vor den Mund und spricht so gedämpft, dass Nina sich zu ihr hinunterbeugen muss, um sie bei dem lauten Gesang um sie herum zu verstehen. Adrian hat angefangen, einen beliebten Oldie zu schmettern, und nähert sich allmählich dem großen Finale.

Nina wirft einen verstohlenen Blick Richtung Gang D. Nach ihrer erneuten Begegnung mit Joel ist sie immer noch ganz zittrig.

»Ich fühl mich so allein. Alle außer mir haben Spaß.«

Ein Zittern liegt in der erstickten Stimme.

»Du bist nicht allein, Wiborg. Du hast doch eine Enkelin. Sie heißt Fredrika. Sie kommt dich fast jeden Tag besuchen.«

Wiborg sieht Nina aus tränenfeuchten Augen ungläubig an.

»Tut sie das?«

»Ja.«

Wiborgs Hand verharrt mitten in der Bewegung.

»Ich habe eine Enkelin?«

»Ja. Und sie hat gesagt, dass sie heute ebenfalls kommen wird.«

»Aber ich habe ja gar nichts da, das ich ihr anbieten kann!«, sagt Wiborg erschrocken. »Was soll sie da von mir denken?«

»Das findet sich schon«, sagt Nina. »Fredrika bringt doch immer etwas mit. Sie ist so lieb zu dir. Man merkt, dass du ihr viel bedeutest.«

Damit beruhigt Wiborg sich vorübergehend wieder. Nina tätschelt ihre Schulter und sieht erneut Richtung Gang D. Von Joel ist nichts zu sehen.

Das Lied ist zu Ende. Adrian verbeugt sich tief.

»Vielen Dank«, sagt er.

Bodil setzt sich in ihrem Rollstuhl in Pose. Betastet ihren Notfallknopf am Hals, als wäre er ein kostbares Schmuckstück.

»Ist er nicht fesch?«, sagt sie zu Lillemor. »Ich finde, er ist noch fescher als Elvis.«

Adrian stellt die Gitarre beiseite und ist einer alten Dame von Station B dabei behilflich, wieder zurück zu ihrem Gang zu finden. Bodil sieht ihm schmachtend nach. Ein erneuter Regenguss geht auf das Glasdach des Atriums nieder. Die Schatten der Tropfen zeichnen Muster an die Wände.

Nina ist von glücklichen Gesichtern umgeben. Für die meisten Heimbewohner ist die Musikstunde der Höhepunkt der ganzen Woche. Erinnerungen daran, wer sie einmal waren, werden wieder zum Leben erweckt, und diese Wirkung hält häufig noch mehrere Stunden an. Der Nachmittag stellt auch für Nina einen Höhepunkt im Arbeitsalltag dar. Aber jetzt hat Joel ihn zunichtegemacht.

Sie hält den Gedanken nicht aus, nun immer damit rechnen zu müssen, dass sie sich über den Weg laufen. Das geht einfach nicht! Im nächsten Moment wird ihr bewusst, dass es tatsächlich eine Lösung für dieses Problem gibt. Vielleicht hat Johanna ihr trotz allem einen Dienst erwiesen.

Nina verlässt den Gemeinschaftsraum. Wirft noch einen letzten Blick zur Tür von Apartment D7, bevor sie sich in die andere Richtung abwendet.

Da kommt Anna in ihrer roten Baskenmütze auf sie zu. Winkt eifrig.

»Ist das heute kalt draußen!«, keucht sie.

»Finden Sie?«, erwidert Nina automatisch.

»Ja. Aber man darf sich die Gelegenheit, einen Blick auf Königin Silvia zu erhaschen, ja nicht entgehen lassen, wenn sie schon einmal da ist. Und sie ist gar nicht so hochmütig, wie man glauben könnte.«

»Wie schön!«

»Ja, es hat die Königin gefreut, dass so viele gekommen sind.«

Nina blickt ungeduldig den Gang hinunter.

»Obwohl sie aufgebrochen ist, als sie gemerkt hat, dass es hier spukt«, sagt Anna. »Ich habe versucht, ihr zu erklären, dass es nicht weiter seltsam ist, dass wir hier Geister haben, wo hier doch so viele sterben. Aber der Neue, der hier eingezogen ist, ist anders. Er gehört nicht hierher.«

»Aha«, brummt Nina.

»Haben Sie das nicht auch gemerkt?«

Im Gemeinschaftsraum werden Stühle gerückt. Nina muss sich beeilen, damit Sucdi nicht zu lange mit den alten Leuten allein ist.

»Das wird schon wieder«, sagt Nina etwas abwesend.

Anna nickt, wirkt nachdenklich.

»Ich habe immer gesagt, dass man jemanden mit Humor heiraten soll. Ich hoffe, dass sie und der König Spaß miteinander haben. Das ist doch wichtig, finden Sie nicht?«

Nina schiebt den Gedanken an Markus beiseite. Wann hatten sie zuletzt zusammen gelacht? Wann hatte sie selbst überhaupt zuletzt gelacht?

So wie ich mit Joel habe lachen können.

»Ich muss jetzt weiter«, sagt sie.

»Ja, wir haben alle viel zu tun«, sagt Anna und winkt zum Abschied. »Geben Sie auf sich Acht.«

Nina verspricht es ihr. Sie eilt den Gang hinunter und biegt nach links ab. Klopft an die Tür der Stationsleitung, bevor sie das Büro von Elisabeth betritt.

Elisabeth nickt ihr knapp zu und widmet sich dann wieder dem Papierstoß vor ihr, setzt rasch ihre Unterschrift auf einen Bogen nach dem anderen. Nina lässt sich auf einen Besucherstuhl sinken. Wartet, bis Elisabeth den Kugelschreiber zur Seite gelegt und die Papiere umständlich zu einem adretten Stapel geschichtet hat, bevor sie aufsieht.

»Was kann ich für dich tun?«

»Mir ist zu Ohren gekommen, dass Johanna heute Nacht einfach so gegangen ist«, sagt Nina. »Ich weiß, dass es schwer ist, Personal zu finden, aber es geht wirklich nicht, wenn eine Angestellte …«

Sie verstummt, als Elisabeth eine abwehrende Geste macht.

»Johanna kommt nicht mehr wieder.«

»Nicht?«

Lächerlicherweise ist Nina auf einmal enttäuscht, wo sie doch mit fliegenden Fahnen hierhergestürmt ist, um für ihre Sache einzutreten.

»Dann ist es ja gut«, sagt sie. »Faisal kann nämlich nicht zwei Stationen allein betreuen, Johanna hat ihn da wirklich ganz übel hängenlassen. Es hätte ja sonst was passieren können!«

Sie klingt viel zu hitzig.

»Wir brauchen uns darüber jetzt jedenfalls keine Gedanken mehr zu machen«, sagt Elisabeth. »Johanna hat heute Morgen eine SMS geschickt, dass sie hier nicht mehr länger arbeiten kann.«

Also war es doch Johannas Entscheidung gewesen.

»Jetzt muss ich nur noch einen Ersatz für sie finden«, sagt Elisabeth mit einem Seufzen.

»Deshalb bin ich hier. Ich kann die kommenden Nachtschichten übernehmen. Du hast ja schon genügend damit zu tun, Leute für die Tagschichten zu finden.«

Elisabeth schüttelt den Kopf.

»Ich kann nicht begründen, einer examinierten Altenpflegerin so viele Extraschichten zu bezahlen«, sagt sie. »Ich wollte Sucdi fragen, ob sie nicht die Nachtschichten übernehmen kann, bis wir eine neue Zeitarbeitskraft finden.«

»Sie und Faisal haben die Kinder. Dann wird dir jemand verlorengehen, der nachts auf Station B arbeiten kann.«

Elisabeth runzelt die Stirn. Sie wirkt unentschlossen.

»Du hattest übrigens recht neulich«, sagt Nina, obwohl es ihr widerstrebt. »Wir brauchen das Geld, jetzt, wo Markus arbeitslos ist. Einen so großen Unterschied wird es für das Heim schon nicht machen, was das Finanzielle betrifft, es ist ja nur so lange, bis du jemand Neuen hast. Aber für uns macht es einen großen Unterschied. Wir können uns nicht mal mehr einen Urlaub leisten.«

Elisabeths Züge werden sanfter. Sie liebt es, sich wie eine Wohltäterin zu fühlen.

»Es ist jetzt im Sommer wirklich schwer, Personal zu finden, das Nachtschichten arbeiten will«, bekennt sie. »Und noch dazu fängt jetzt die Urlaubssaison an.«

Nina wartet geduldig ab.

»Könntest du schon gleich heute Nacht anfangen?«

JOEL

Eine weitere schlaflose Nacht. Aber das ist ausnahmsweise okay. Dass seine Mutter sich im Nebelfenn derart gut eingelebt hat, verleiht ihm neue Energie. Er hat schon einmal grob den Keller ausgemistet. Das Auto ist voll mit Gerümpel, das er morgen zum Wertstoffhof bringen wird. Jetzt steht er vor dem Sekretär im Wohnzimmer. Als seine Mutter noch überall Ordnung gehalten hatte, war nur in den Schubladen des Sekretärs ein gewisses Durcheinander erlaubt gewesen. Hier landete alles, mit dem sie nichts anzufangen wusste. Joel zieht eine Schublade nach der anderen heraus, füllt einen Müllbeutel mit Linealen, Gummibändern, eingetrockneten Klebestiften, losen Heftklammern, längst abgelaufenen Rabattcoupons sowie Oster- und Weihnachtskarten, die nie mehr versendet werden.

Vor der untersten Schublade geht Joel in die Hocke, zieht sie heraus. Sein Blick fällt auf einen zerknitterten braunen Umschlag mit seinem Namen.

Er öffnet ihn und holt den Inhalt heraus. Zuoberst liegt ein vergilbter Zeitungsausschnitt, den er sofort wiedererkennt. Ninas und sein Auftritt im »Studio« hatte Platz zwei auf Linda Norrmans Hitliste belegt. Nina und ihm war zu Ohren gekommen, dass sie im Publikum sein sollte, und er war deshalb so aufgeregt gewesen, dass er sich alles Mögliche reingepfiffen hatte, was er von Katja gekauft hatte. Der Rest jener Nacht ist in seinem Kopf wie ausgelöscht. Es war sein großer Moment im Rampenlicht gewesen, und er hatte einen Filmriss. Joel starrt auf die paar Zeilen. Als Nina und er damals die Zeitung aufschlugen, hatten sie vor Freude aufgeschrien.

War Nina damals ebenso glücklich wie er gewesen, oder war das alles nur gespielt?

Und wie war es, als die Plattenfirma angerufen hatte?

Als sie über ihre gemeinsame Zukunft als Musiker sprachen, hatte er keinerlei Zögern bei ihr bemerkt. Im Gegenteil. Im Nachhinein fragt er sich jedoch, ob gerade das vielleicht ein Warnsignal war, hatte Nina sich doch sonst immer über alles Mögliche Sorgen gemacht.

Joel legt den Zeitungsausschnitt zur Seite, zieht einen anderen aus einem Musikmagazin aus dem Umschlag, in dem ihr Demo erwähnt wird, und einen sorgsam gefalteten Artikel aus der Abendzeitung *Expressen*, in dem Linda etwas über ihren Song *Grand Guignol* geschrieben hatte.

Und dann ihr Demo-Tape, aufgenommen in Katjas kleinem Homestudio. Joel hatte Kopien davon auf dem Doppelkassettendeck der Stereoanlage gemacht. Er hatte das Booklet aus den Kopien gebastelt, die Nina heimlich im Sekretariat des Schulrektors gezogen hatte. BABYDUST steht in großen Lettern auf der Vorderseite des Kassettendeckels. Nina und er wirken todernst auf dem Foto, das sie mitten in der Nacht auf Skräddarön mit dem Selbstauslöser aufgenommen hatten. Durch den Blitz sind ihre Gesichter völlig überbelichtet. Übrig sind nur noch kajalumrandete Augen, Nasenlöcher, Andeutungen der Wangenknochen. Sie beide sind weiß blondiert. Ninas Locken sind zerzaust, die Lippen dunkel geschminkt, die Augenbrauen streng gezupft. Sie ist Courtney Love, sie ist Patricia Arquette aus *True Romance*. Ein Filmstar aus alten Tagen, der in der Gosse gelandet ist. Er hat eine Kippe im Mundwinkel, blinzelt in den Rauch. Seine Klamotten sind wie immer schwarz, sein Gesicht scheint im Dunkeln zu schweben.

Joel nimmt die Kassette heraus, betrachtet die Rückseite des Booklets. Er hatte die Buchstaben aus diversen Zeitungen ausgeschnitten, so dass die Songtitel wie Zeilen aus einem Erpresserschreiben aussahen. *I Will Take You Home. Watershed. At the Foot of His Bed. Grand Guignol.*

Joel steckt die Kassette zurück in die Hülle. Zieht noch nicht mal in Betracht, sich das Demo anzuhören. Seine eigenen Kopien hat er schon vor langer Zeit weggeworfen. Er sieht die Unterlagen aus dem Umschlag weiter durch. Ein Interview aus der *Kungälvs-Posten* sticht ins Auge, das dafür gesorgt hatte, dass ihre Schulkameraden nur noch schlechter über sie geredet hatten. Auf dem Foto blickt Joel in sein eigenes Teenager-Gegenüber. Er hält eine glühende Zigarette in der Hand. Seine Pupillen sind so geweitet, dass die Augen schwarz wirken. Nina sieht ihn mit einem Lachen an. Damals hasste sie dieses Bild. Aber Nina hatte es schon immer gehasst, sich selbst auf Fotos zu sehen.

Joel stößt auf noch mehr lose Blätter, ausgerissen aus verschiedenen Fanzines, an die sie ihre Demos geschickt hatten. Auf Flyer, die ihren Auftritt im Studio ankündigten. Als er den ganzen Stapel durchgeblättert hat, bleibt er noch einen Moment auf dem Boden sitzen.

Seine Mutter hatte ihre Musik nie kommentiert und über die Zeitungsausschnitte, die er ihr gegeben hatte, nie ein Wort verloren. Aber sie hatte sie all die Jahre hindurch aufbewahrt.

NINA

In einer halben Stunde ist Ninas Nachtschicht zu Ende. Sie hat gerade die letzte Inspektionsrunde gedreht und schreibt nun an den Berichten für die Frühschicht. Hebt hervor, dass Anna Husten bekommen hat und Petrus ein beginnendes Druckgeschwür an der rechten Pobacke. Nina tut immer noch die Kopfhaut an den Schläfen weh, wenn sie mit den Fingerspitzen darübertastet. Petrus hatte sich bei dem Versuch, sie zu sich ins Bett zu ziehen, in ihre Haare verkrallt.

Nina lässt die Hand wieder sinken. Schreibt weiter. Vera hat wieder eine Pilzinfektion. Sie traut sich immer noch nicht ins Badezimmer, weil sie glaubt, dass sich jemand darin versteckt hält. Dagmar hat ihre Nährstofflösung verweigert, und Nina hegt den Verdacht, dass die Demenz so weit vorangeschritten ist, dass ihr das Schlucken schwerfällt.

Auf einmal meint Nina, ein Schaben aus dem Gang zu hören. Ihr Stift verharrt über dem Papier. Nina sieht auf. Horcht angespannt. Hört aber nur den Regen auf das Glasdach des Gemeinschaftsraumes prasseln. Sie schreibt weiter. Lillemor konnte nicht einschlafen, sie spricht aufgekratzt davon, dass ein Schutzengel ins Nebelfenn gekommen sei. Monika hat die ganze Nacht durchgeschlafen. Bodil hat versucht, das Fenster zu öffnen, damit ihr Bewunderer hereinkommen konnte. Nina hat ihr Diazepam verabreicht.

Wieder ein Schaben. Diesmal ist sich Nina sicher. Gerade als sie aufsieht, zieht am Türrahmen ein Schatten vorbei.

»Hallo?«

Keine Antwort.

Entschlossen steht Nina auf. Tritt auf den Korridor hinaus. Sieht die Leuchtstoffröhren flimmern, die den Eindruck erwecken, dass Schatten an den Wänden entlangziehen.

Das Unwetter führt anscheinend wieder zu Stromschwankungen. Nina guckt so lange zu dem flackernden Licht hoch, bis sie Kopfschmerzen bekommt. Sie geht zum Atrium. Im Gang der Station B auf der gegenüberliegenden Seite scheint mit den Lampen alles in Ordnung zu sein. Sie kann Faisal sehen, aber er bemerkt ihr Winken nicht.

Gerade als Nina wieder zurück in den Personalraum gehen will, hört sie ein Schluchzen aus der D1. Wiborg sitzt zusammengekauert am Kopfende des Bettes und umklammert den Telefonhörer.

»Wie geht es Ihnen, Wiborg?«

Wiborg blickt auf. Ihre untere Gesichtshälfte ist in sich zusammengesunken. Ihre dritten Zähne liegen im Wasserglas auf dem Nachttisch.

»Ich rufe die ganze Zeit meine Eltern an, aber sie nehmen nie ab.« Ihre Stimme ist heiser und ihr Mund trocken. »Und ich habe solche Angst, dass …«

Nina reicht ihr die Schnabeltasse mit verdünnter Preiselbeerlimonade. Drängt sie dazu, etwas zu trinken. Aber Wiborg schüttelt den Kopf. Starrt auf den Hörer in ihren Händen.

»Wie alt bin ich eigentlich?«, fragt sie.

Nina streichelt ihr über die Schulter.

»Sie sind fünfundneunzig.«

Wiborg schaut unglücklich drein.

»Sie haben bald Geburtstag«, sagt Nina und hofft, dass es ihr gelingen wird, Wiborg abzulenken. »In diesem Jahr ist er am Mittsommerabend, das müssen wir ganz besonders feiern.«

»Fünfundneunzig. Bin ich wirklich schon so alt? Aber in

dem Fall wären Mama und Papa ja …«Wiborg beginnt, an den Fingern abzuzählen. »Nein. Das kann doch nicht sein. Dann sind sie doch schon tot, oder? Dann sind sie doch schon tot? Melden sie sich deshalb nicht?«

Nina nickt sanft. Wiborgs Gesicht verzieht sich, verzweifelt fängt sie an zu weinen.

»Aber warum hat mir das niemand gesagt?«

Etwas Speichel rinnt aus ihrem zahnlosen Mund.

Morgen wird Wiborg diesen Moment wieder vergessen haben. Aber sie wird sich erneut daran erinnern. Und es wird jedes Mal so für sie sein, als bekäme sie die Nachricht vom Tod ihrer Eltern zum allerersten Mal.

»Aber Fredrika ist beinahe jeden Tag hier«, wendet Nina ein. »Ihr Enkelkind.«

»Ich habe ein Enkelkind?«

»Ja. Und sie ist schwanger. Sie trägt schon einen großen Bauch vor sich her«, sagt Nina und hofft, dass das vielleicht Erinnerungen an früher weckt. »Sie werden Urgroßmutter.«

Wiborg schüttelt den Kopf.

»Warum erzählt mir hier denn nie jemand etwas?«

Nina holt ein Papiertuch und hilft Wiborg dabei, sich zu schnäuzen.

»Am besten schlafen Sie jetzt ein bisschen. Fredrika wird morgen kommen. Da wollen Sie doch bestimmt frisch und munter sein?«

Nina windet den Telefonhörer aus Wiborgs Händen und schafft es, ihr die Schnabeltasse in die Hand zu drücken. Während Wiborg trinkt, schüttelt Nina ihre Kissen auf.

»Hätte ich gewusst, dass ich Besuch bekomme, hätte ich doch backen können«, grummelt Wiborg und streckt sich aus. »Bleiben Sie bei mir, bis ich eingeschlafen bin?«

Nina verspricht es ihr, glücklicherweise ist es eine ruhige Nacht.

Sie bleibt so lange an Wiborgs Bett sitzen, bis sie selbst beinahe einnickt. Als Wiborgs Kinn heruntersackt, geht Nina wieder zurück auf den Flur, der in grelles Neonlicht getaucht ist. Mit dem Strom scheint nun wieder alles in Ordnung zu sein. Sie wirft einen Blick auf die Armbanduhr. Jeden Augenblick muss das Personal der Frühschicht eintreffen.

Als sie den Personalraum fast erreicht hat, fällt ihr auf, dass dort das Licht ausgeschaltet ist.

Es ist sonst nie aus. Die Birnen müssen durchgebrannt sein. Sie streckt sich nach dem Lichtschalter, den sie noch nie betätigt hat, drückt ihn probeweise herunter. Ihr Herz bleibt stehen, als das Licht wieder angeht und sie jemand anstarrt.

Am Tisch sitzt Monika.

Ninas Herz klopft wild, als wollte es den Aussetzer kompensieren. Monika hat den Mund zu einem schiefen Grinsen verzogen, ein Grinsen, wie es Nina noch nie auf ihrem Gesicht gesehen hat.

»Ja, ist das nicht die kleine Nina?«, sagt sie.

Der Sensor. Warum ist der Bewegungsmelder nicht losgegangen, als sie aus dem Bett gestiegen ist?

»Komm«, sagt Nina und streckt ihr eine Hand entgegen. »Wir gehen am besten wieder zu dir nach Hause.«

Die Stromschwankungen. Dadurch wurde offenbar der Sensor gestört. Das muss ich in meinem Bericht vermerken.

Monika sieht aus dem Augenwinkel auf Ninas ausgestreckte Hand. Ein verächtlicher, amüsierter Ausdruck blitzt in ihren Augen auf.

»Nach Hause?«, sagt sie. »Ich weiß noch, dass du jeden Tag bei uns zu Hause warst. So wie du hat mir noch nie jemand am Rockzipfel gehangen, noch nicht mal meine eigenen Kinder.«

Nina lässt die Hand sinken. Monikas Stimme klingt völlig fremd. Sie ist dunkler als gewöhnlich, scheint von einem Ort tief in ihrem Innern zu kommen, als wäre sie hohl.

»Du warst so erpicht darauf, dass ich dich mochte«, fährt Monika mit einem heiseren Lachen fort. »Du warst wie ein Hundewelpe, der mit dem Schwanz gewedelt hat, du hast fast angefangen zu sabbern, wenn du helfen durftest ... Wir konnten kaum eine Mahlzeit beenden, schon bist du aufgesprungen und wolltest den Abwasch erledigen ...«

Beim Reden wird Monikas Stimme immer tiefer.

»Du warst ein richtiger Quälgeist«, sagt sie. »Ein Kuckuckskind, das versucht hat, sich in unser Nest zu schmuggeln.«

Nina überläuft es eiskalt.

Das ist nicht die richtige Monika, die da spricht. Es ist ihre Demenz. Sie weiß nicht, was sie redet.

Monika hebt eine Augenbraue, als hätte sie Ninas Gedanken gelesen.

»Ob deine Mutter vielleicht nur deshalb so gesoffen hat, um es mit dir aushalten zu können?«, sagt sie. »Ich weiß alles. Ich habe mit ihr gesprochen. Hier drinnen.«

Monika klopft sich an die Schläfe.

»Sie ist nicht gut auf dich zu sprechen, kann ich dir versichern.«

Ninas Mutter ist schon vor langer Zeit verstorben. Zu Asche verbrannt. Beerdigt auf dem Friedhof von Lycke. Nina legt jedes Weihnachten und jeden Geburtstag, jeden Muttertag und an Allerheiligen Blumen am Grab nieder. Steckt eine Kerze an und betet das Vaterunser, obwohl sie nicht glaubt, dass ihr jemand zuhört. Aber sie traut sich auch nicht, es bleibenzulassen.

Monika hat Ninas Mutter nie gekannt. Und sie haben jetzt definitiv nicht miteinander gesprochen.

»Komm, lass uns gehen, ich bring dich wieder ins Bett«, presst Nina hervor.

Monika blinzelt, als wäre sie gerade aus einem Traum erwacht. Sie blickt in Richtung Flur.

»Guten Morgen!«, ruft Rita, die in diesem Moment den Raum betritt. »Na, haltet ihr hier ein Plauderstündchen?«

Nina kann nur stumm nicken, sie bekommt kein Wort heraus.

Monika betrachtet sie mit leerem Blick, ist anwesend und doch ganz woanders.

»Ist alles in Ordnung?«, erkundigt sich Rita und sieht Nina stirnrunzelnd an.

Nina ringt sich ein verkrampftes Lächeln ab. Räuspert sich.

»Vielleicht kannst du Monika wieder zurück in ihr Bett helfen?«

Rita sieht zur Wanduhr. Die Frühschicht hat vor wenigen Minuten begonnen. Das ist jetzt ihre, nicht Ninas Aufgabe.

»Selbstverständlich. Auch wenn mir vorher eine Tasse Kaffee ganz gelegen gekommen wäre«, sagt sie und geht zu Monika, die sich bereitwillig erhebt.

Nina mustert sie.

Es ist die Demenz. Das ist nichts weiter Seltsames.

Sie weiß, was sie sagen würde, um einen Angehörigen zu trösten. Was da unter der Demenz zutage tritt, muss gar nichts damit zu tun haben, wie der Kranke sich wirklich fühlt. Es ist nur ein Mythos, dass sich dann sein wahres Ich zeigt.

Aber wenn man selbst betroffen ist, fällt es schwerer, sich das einzureden. *Ein Kuckuckskind.* Hat Monika wirklich immer so von ihr gedacht? Oder hat Joel ihr diese Vorstellung in den Kopf gesetzt? Sind sie über sie hergezogen, haben sie über sie gelacht?

Monika dreht sich noch einmal im Türrahmen um. Sieht Nina an und verzieht den Mund wieder zu jenem boshaften Lächeln, bevor sie Rita in den Flur folgt.

JOEL

Vor dem Spirituosengeschäft steht ein Bettler und klappert mit den Münzen in seinem Pappbecher. Joel durchsucht seine Hosentaschen, findet aber kein Bargeld. Er hebt entschuldigend die Schultern, vermeidet es aber, dem Bettler in die Augen zu sehen.

Während er im Geschäft die Regalreihen entlanggeht, weicht er den Blicken der anderen Kunden aus. Will nicht das Risiko eingehen, mit jemandem reden zu müssen, den er kennt. Jemanden aus der Schule oder alte Bekannte seiner Mutter. *Wie geht es ihr inzwischen? Im Nebelfenn? Nein, ist das wahr?!* Joel muss sich nicht lange umsehen, um die Weinkartons mit Zapfhahn zu finden. Er war schon oft genug hier, um zu wissen, wo sie stehen.

Als er sich nach einem Karton Riesling streckt, stellt sich jemand ganz dicht neben ihn. Er nimmt den Geruch von Zigarettenrauch und feuchten Haaren wahr, das Knarzen einer Lederjacke. Eine Hand mit abgeblättertem, blutrotem Nagellack berührt seinen Ellenbogen.

»Du bist also wieder in der Stadt?«

Widerstrebend dreht er sich zur Seite. Betrachtet das ihm zugewandte Gesicht. Katja reicht ihm kaum bis zur Brust.

»So sieht's aus. Wie geht's dir?«

»Läuft.«

Sie ist älter geworden. Auf ihrer Oberlippe haben sich Fältchen gebildet, die durch das Rauchen sicher noch verstärkt wurden. Sonst scheint sie ganz die Alte zu sein. Benutzt noch denselben knallroten Lippenstift.

»Hätte nicht gedacht, dass ich dich noch mal zu Gesicht kriege«, sagt sie.

»Ich bin hier, um mein Elternhaus zu verkaufen. Meine Mutter ist ins Nebelfenn gekommen.«

»Shit.«

»Ja. Heute Nachmittag kommt eine Maklerin.«

Einige Sekunden lang herrscht Schweigen zwischen ihnen.

»Ich hab einen Kumpel, der schon mit fünfzig im Fenn gelandet ist«, sagt Katja. »Es lag am Alkohol. Ich glaub, es heißt ›Kosacken-Syndrom‹.«

Joel macht sich nicht die Mühe, sie zu verbessern. Will nicht in eine Diskussion geraten, die ihm die Einzelheiten des Korsakow-Syndroms in Erinnerung ruft. Vor allem nicht hier im Schnapsladen. *Eine besondere Form von Demenz, die fast immer auf jahrelangem missbräuchlichem Alkoholkonsum beruht.* Joel hatte einen Link dazu auf der Wikipediaseite gesehen, als er versucht hatte, sich ein Bild davon zu machen, was man überhaupt unter Demenz verstand.

»Schön, dich getroffen zu haben«, sagt er und nimmt einen Karton aus dem Regal.

»Du wirkst fitter als letztes Mal«, sagt Katja.

Zuerst glaubt er, dass sie sich nur über ihn lustig macht. Aber als sie sich zuletzt gesehen hatten, war er zum fünfundsechzigsten Geburtstag seiner Mutter nach Hause gekommen. Er hatte einen glattrasierten Schädel gehabt und Ausschlag am ganzen Körper. Hatte noch weniger gewogen als zu seinen Gymnasialzeiten. Seine Mutter war bei seinem Anblick in Tränen ausgebrochen. Joel hatte sich fest vorgenommen, während seines Aufenthaltes zu Hause clean zu bleiben, aber noch bevor die Feier seiner Mutter zu Ende gewesen war, hatte er schon bei Katja auf der Matte gestanden.

»Hast du mit dem Partymachen aufgehört?«, fragt sie.
Er weiß genau, was sie mit *Partymachen* meint.
»Ja«, sagt er und steuert auf die Kassen zu.
»Schade«, sagt sie und folgt ihm, nimmt im Vorbeigehen ein paar Flaschen Gin aus dem Regal.

Als sie wieder draußen sind, zünden sie sich beide eine Zigarette an. Katja fischt einen zerknitterten Schein für den Bettler aus der Hosentasche. Dann deutet sie auf die Seitenstraße, wo früher ihr Plattenladen gelegen hatte.

»Inzwischen hat da so ein beschissenes Raw-Food-Café aufgemacht. Genau das, wovon die Welt noch mehr braucht, was?« Wütend zieht Katja an ihrer Zigarette. »Ist aber auch kein Wunder. Wenn man bedenkt, was heute so im Radio gespielt wird, bin ich froh, den Mist nicht mehr verticken zu müssen.«

Joel kann sich ein Grinsen nicht verkneifen.

»Du hast schon in den Neunzigern alles scheiße gefunden, was im Radio lief«, erinnert er sie.

»Heute ist es schlimmer«, schnaubt Katja.

»Schlimmer als Rednex?«

Sie erwidert sein Grinsen und schnipst mit dem Daumennagel gegen den Zigarettenfilter. Asche rieselt auf den Gehsteig.

»Sogar noch schlimmer als dieses verfickte *I will always love you.*«

Joel muss lachen. Aber auf einmal wirkt Katja ganz ernst.

»Damals gab es zumindest Alternativen. Zum Beispiel die Sachen, die ihr gehört habt, Nina und du. Aber welche Alternative haben die Kids denn heute?«

Sie verzieht das Gesicht zu einer Grimasse. Joel zweifelt nicht daran, dass die Welt voll von toller neuer Musik ist, aber er kennt sie nicht. Als er einen Account bei einem Streaminganbieter eingerichtet hatte, war er viel zu überwältigt von dem Angebot gewesen, um noch zu wissen, wo er mit dem Musikhören anfangen sollte.

Für einen Moment schweigen sie beide. Joel lässt seine halbgerauchte Kippe zu Boden fallen und tritt sie aus. Nimmt den Weinkarton in die andere Hand.

»Es war schön, dich wiederzusehen. Ich muss jetzt los.«

»Gib mir mal dein Handy, dann kriegst du meine neue Nummer.«

Joel kann es ihr nicht abschlagen. Er muss sie später eben wieder löschen. Katja greift nach seinem Telefon, macht ein Selfie, als sie Rauchringe in Richtung Display pustet. Grinst und gibt konzentriert die Ziffern ein.

»Bitte sehr. Falls du es dir irgendwann anders überlegen solltest«, sagt sie und gibt ihm das Smartphone wieder.

Joel sieht ihr nach, während sie mit ihrer klirrenden Tüte die Anhöhe hinuntergeht.

Er will die Kontaktdaten schon löschen, zögert dann aber und lässt das Telefon einfach in die Tasche gleiten.

Falls du es dir irgendwann anders überlegen solltest.

NEBELFENN

Im Nebelfenn ist gleich das Mittagessen vorbei. Der Gemeinschaftsraum hat sich nahezu geleert. Wiborg isst immer noch. Spießt winzig kleine Bissen auf die Gabel. Kaut nur mit den Vorderzähnen. Wütend starrt Rita sie an. *Na los doch!,* denkt sie. *Mach schon, damit ich mir noch eine Zigarette genehmigen kann.* Umständlich pult Wiborg ein kleines Stückchen Kartoffel aus dem matschigen Kartoffelsalat. Zerteilt es. Rita würde sie am liebsten erwürgen.

Vera müht sich damit ab, Dagmar überhaupt für das Essen zu interessieren. Hält den Löffel vor ihren zusammengekniffenen Mund, aber Dagmar gibt nur ein wütendes Grunzen von sich.

»Ich weiß«, sagt Vera. »Salz soll schädlich sein, heißt es heutzutage, aber so schmeckt das Essen zumindest nicht ganz so fade. Versuch es doch mal!«

Monika und Anna sitzen am anderen Ende des langen Tisches, zwischen ihnen eine Schachtel Stifte. Anna malt eine Prinzessin mit langen gelben Haaren, die von einem Turm herunterwinkt. Monikas rosafarbenes Papier ist immer noch leer. Daraus soll ein Namensschild für ihre Wohnungstür werden. Krampfhaft umfasst sie den blauen Wachsmalstift. Ihre Hand zittert. Ab und zu sieht Anna zu ihr hoch. Lächelt ermutigend.

Lillemor fängt in ihrer Wohnung an zu singen. Ihre Tür steht offen, und ihre schrille Stimme hallt den Flur herunter.

Hosianna Davids Sohn! Gesegnet sei Gott, unser Herr! Sie geht zwischen ihren Engeln umher. Streichelt ihre runden Wangen mit den Fingerspitzen. Hier und da ist die Farbe durch die vielen Berührungen verblasst. Lillemors Gedanken wandern zu dem Engel, der hierhergekommen ist und über sie alle wacht. Ihre Gebete und Lobgesänge haben ihn hergelockt. *Gesegnet sei Davids Sohn, der da kommt im Namen des Herrn!*

Rita lauscht dem Lied aus dem Gemeinschaftsraum. Es ruft bei ihr Erinnerungen wach an die Zeit, als ihre Söhne die Kinderstunde in der Kirche von Lycke besuchten. Sie assoziiert den Geruch von Kerzenwachs und Holzbänken mit der Melodie.

Petrus wird in seinem Rollstuhl vor dem Fernseher im Aufenthaltsraum wach. Blickt sich wütend um, aber da ist niemand. »Halt die Klappe!«, schreit er. »Halt die Klappe, du verfluchte Schlampe!«

Monika setzt den Stift aufs Papier. Ihre Buchstaben sind groß, krakelig. Ihre Hand vollführt immer raschere Bewegungen. Sie hat es eilig.

Anna sieht sie an. Sieht auf das Blatt. Versucht, sich einen Reim darauf zu machen, was da steht. »Das ist falsch«, sagt sie. »Sie sollen Ihren Namen schreiben.«

Lillemor schließt die Augen. Lässt sich vom Licht des Herrn erfüllen, das ihre Stimmbänder in eine güldene Trompete verwandelt. *Hosianna in der Höh', Hosianna, Hosianna!*

Plötzlich lächelt Dagmar. Öffnet den Mund und schließt ihre runzligen Lippen um den Löffel. Kaut und schmatzt.

»Prima, Dagmar«, sagt Vera. »Du musst essen.«

Da lacht Dagmar lautlos und spuckt das Essen wieder aus; es rinnt in die Auffangtasche ihres Lätzchens.

Wiborg wendet den Blick ab, legt das Besteck beiseite. »Verzeihen Sie, Fräulein, aber ich kann nicht mehr essen«, sagt sie mit kaum hörbarer Stimme.

Jäh steht Rita auf und nimmt ihren Teller. Sie will jetzt eine rauchen.

Dagmars Lachen geht in Husten über. Sie ist zu schwach, um richtig husten zu können, bringt stattdessen nur ein lautes Stöhnen heraus.

Lillemor singt das Kirchenlied noch einmal, noch lauter diesmal. Gerade, als Petrus wieder etwas schreien will, ist vom Fernseher ein Knistern zu hören. Das Bild wird verzerrt, zeigt ein schwarzweißes Rastermuster. Petrus glaubt plötzlich, eine nackte Frau zu erkennen, die ihm zulächelt. Er vergisst Lillemors Gesang. Beugt sich so weit in seinem Rollstuhl vor, wie der Sicherheitsgurt es zulässt. Kneift die Augen zusammen.

Monika schleudert den Wachsmalstift quer durch den Raum. Lässt die flache Hand auf das Blatt heruntersausen und knüllt es zusammen. Der Knall lässt Anna so zusammenzucken, dass der fröhliche Mund der Prinzessin neben dem Gesicht landet. Monika reißt ein Stückchen Papier mit den Zähnen ab. Kaut rasch, schluckt und reißt ein weiteres Stück ab. Rosafarbene, speichelgetränkte Papiermasse füllt ihren Mund, bis sie alles mit großer Mühe heruntergeschluckt hat. Sie schiebt sich das restliche Blatt in den Mund. Ihre Wangen treten hervor. Sie bemüht sich, durch die Nase zu atmen, während ihr Kiefer mahlt.

Lillemor ist verstummt. Blickt sich um. *Er ist jetzt hier. Ich habe ihn durch meinen Gesang hierhergelockt.*

Sucdi kommt in den Gemeinschaftsraum und sieht, dass Monika kurz vor dem Ersticken ist. Sie rennt zu ihr. Während sie in den kauenden Mund fasst, wird sie von Monikas fuchtelnden Fäusten bearbeitet.

Anna sieht nervös zu. »Jetzt ist er wütend«, sagt sie.

Sucdi holt den letzten Papierklumpen heraus. Monika starrt sie zornig an, dann wird sie ruhig. Ihr Blick ist leer und ausdruckslos. Der Mund schlaff. Das geht so schnell, als hätte jemand plötzlich die Batterien aus einem hüpfenden Duracell-Kaninchen herausgenommen.

Dagmar wiegt sich in ihrem Rollstuhl hin und her.

Während Sucdi sie zu ihrem Apartment geleitet, geht Monika wie schlafwandlerisch neben ihr her.

Lillemor steckt den Kopf aus ihrer Tür, als sie sich nähern. »Der Engel ist wieder da«, sagt sie. »Ich habe ihn durch meinen Gesang hierhergeführt. Merkt ihr das? Ihm gefällt es gut hier.«

Sucdi nickt. »Das kann ich verstehen«, sagt sie.

Monika dreht sich zu ihr um, nun wieder mit wachem Blick. »Aber für deinen Vater ist das nichts«, sagt sie. »Er würde lieber wieder in seine Heimat zurückkehren, als hier zu landen.«

Sucdi sieht sie an. »Woher wissen Sie das?«, entschlüpft es ihr, bevor sie sich besinnen kann.

Doch von Monika kommt nur ein Grinsen als Antwort. Es ist ein Grinsen, bei dem Sucdi am liebsten Monikas mageren Arm loslassen und zurückweichen, so viel Distanz wie möglich zu Monikas Gesicht schaffen würde.

Anna steht auf. Sieht zum Glasdach hoch. Heute wird ein schöner Tag, aber sie will jetzt nach Hause. Der Geist ist wieder da. Unsicher schweift ihr Blick über die Flure, die den Gemeinschaftsraum einrahmen. Paris ist schön, aber an diesem Ort gibt es so viele Gassen. *Sie haben schon wieder alle Straßen umbenannt.* Anna schlägt aufs Geratewohl eine Richtung ein. Es ist nicht so ausschlaggebend, irgendjemand zeigt ihr für gewöhnlich immer den richtigen Weg.

»Du riechst schon wieder nach Pipi«, sagt sie heiter, als sie an Wiborg vorbeigeht. Wiborg beginnt zu weinen, still und leise.

Sucdi findet Rita im Personalraum. Sagt Bescheid, dass sie kurz Pause macht.

Rita nickt gereizt, sie weiß, was Sucdi jetzt tun wird. »Vielleicht sollte ich mir auch eine Religion zulegen«, brummt sie. »Ich selbst komm ja kaum dazu, mal vor der Tür eine zu rauchen.«

Sucdi sieht sie an. »Und was hast du gerade gemacht, als Monika beinahe erstickt wäre? Ich dachte, du solltest dort die Aufsicht führen.« Eine Erwiderung wartet sie nicht mehr ab. Geht zu den Umkleiden im Keller. Schiebt jeden Gedanken an Rita beiseite und bemüht sich, den Hunger auszublenden, denn es ist Ramadan, und seit Sonnenaufgang hat sie nichts mehr zu sich genommen. Sie wäscht sich hastig und zieht ihre Gebetskleidung an. Versucht, auch das auszublenden, was Monika über ihren Vater gesagt hat. *Woher konnte sie das nur wissen?* Während Sucdi den Gebetsteppich auf dem Boden ausrollt, versucht sie, sämtliche Gedanken, die mit dem Nebelfenn zu tun haben, loszulassen, für ein paar Minuten nur.

NINA

Der Regen hat aufgehört, aber unter der Wolkendecke ist die Luft noch immer drückend schwül. Nina sitzt im Garten vor dem Haus und trinkt ihren Kaffee. Markus hat den Rasen immer noch nicht gemäht.

Als Nina heute früh aus dem Nebelfenn nach Hause gekommen war, hatte sie einen so leichten Schlaf gehabt, dass der Regen sich in ihren Traum geschlichen hatte.

Daniel hatte in seinem Zimmer so laut geschrien, als würde er in Stücke gerissen. Er war wieder klein. Brauchte sie. Sie versuchte, die Treppe hochzurennen, aber die Beine wollten ihr nicht gehorchen, sie waren kraftlos, bewegungsunfähig, sie konnte kaum die Füße vom Boden heben. Und das Schreien wurde immer lauter. Irgendwie gelangte sie in sein Zimmer. Der Regen schlug gegen die Scheiben, sie knipste das Licht an. Daniel reagierte nicht. Seine Augen waren geweitet, aber wie blind. Er fuchtelte mit seinen kleinen Händen, kämpfte um sein Leben, kämpfte gegen irgendetwas Unsichtbares an. Seine Schreie kamen stoßweise, seine Atmung war abgehackt. Nina umklammerte ihn, hielt seine Arme fest. Flüsterte ihm tröstende Worte ins Ohr, damit er wieder zu sich kam. Küsste seine feuchten, blonden Locken, bis sie selbst wach wurde.

Die kristallklare Heftigkeit ihres Traumes war der Beweis dafür, dass sie jene Nächte niemals wird vergessen können. Die Ärzte hatten sie davon überzeugen wollen, dass es nichts Schlimmes sei. Sie hatten einen Begriff dafür – *Nachtschreck*.

Mit Albträumen hatte das nichts zu tun, doch niemand wusste eigentlich, was genau es war. Daniel selbst konnte nicht erzählen, was er in diesem Zustand erlebte, konnte sich im Nachhinein an nichts davon mehr erinnern. Dafür konnte sie abends nicht mehr schlafen, weil sie dalag und seiner Schreie harrte. Sein Nachtschreck machte auch ihre Nächte zu einem schrecklichen Erlebnis.

Ein Klingeln in der Tasche ihres Morgenrocks, Nina reißt das Telefon heraus. Sieht enttäuscht, dass es sich bei dem Anrufer nur um Elisabeth handelt. Die Stationsleiterin teilt ihr mit, dass sie eine neue Zeitarbeitskraft gefunden hat, die vielleicht schon nach Mittsommer anfangen kann. Bis dahin kann Nina weiterhin die Nachtschichten übernehmen.

Sie beenden das Gespräch. Nina blinzelt in die Sonne. Noch eine Woche bis Mittsommer. Bis dahin würde Joel hoffentlich auch wieder fort sein und alles wieder so wie immer.

Sie sollte schon einmal das Mittsommeressen planen, To-do-Listen aufstellen. Ihrem Kopf etwas Sinnvolles zu tun geben.

Das Telefon klingelt erneut. Daniels Name erscheint auf dem Display. Endlich!

»Hej, mein Schätzchen!«, ruft sie viel zu enthusiastisch aus.

Sie kann im Geiste vor sich sehen, wie er die Augen verdreht.

»Ist was passiert?«, fragt er. »Ich hatte zig verpasste Anrufe auf meinem Handy.«

Nina überlegt, ihm von ihrem Traum zu erzählen, aber dann würde Daniel sicher denken, sie hätte nicht alle Tassen im Schrank.

»Nein, nein, ich wollte nur mal hören, wie es dir so geht. Ist alles okay?«

»Kann man so sagen.«

»Was machst du gerade?«

»Mit dir sprechen.«

Sie unterdrückt einen Seufzer. Warum musste er es ihnen beiden so schwer machen?

»Du weißt, was ich meine«, sagt sie und räuspert sich, um ihren anklagenden Tonfall abzuschütteln. »Wie läuft's im Café?«

»Ganz gut. Nicht so viel zu tun. Aber ich hatte schon schlimmere Sommerjobs.«

»Papa und ich haben vor, dich nächste Woche einen Tag zu besuchen.«

»Okay.«

»Wie ist das Wetter in Göteborg?«

»Heiß.«

Dem Tonfall nach zu urteilen verlangt es ihm große Anstrengungen ab, diese kurze Antwort zu geben. Er würde Monika wohl zustimmen. *Ein richtiger Quälgeist.*

»Hier auch. Obwohl es geregnet hat.«

Nina versucht, ein Gesprächsthema zu finden, das ihn mehr interessieren könnte als das Wetter.

Ihre Gedanken schweifen wieder zurück zu der Zeit, als Daniel jede Nacht geschrien hatte und sie vor lauter Schlafmangel verrückt zu werden drohte. Damals hatte sie zum ersten Mal gefürchtet, einen schrecklichen Fehler damit begangen zu haben, Kinder zu wollen. Wie sollte sie ihrer Mutterrolle gerecht werden? Wo sie doch selbst nie eine verlässliche Mutter gehabt hatte? Sie kannte die Regeln nicht, hatte nicht dieselbe Gebrauchsanweisung mitbekommen wie alle anderen. Das schreiende kleine Wesen in ihren Armen war ihr mehr als fremd, es war etwas *Befremdliches.* Gewissermaßen war Daniel das bis heute.

In manchen Momenten wollte sie allem einfach nur entfliehen.

»Ich habe eine Bekannte, die ins Nebelfenn eingewiesen

wurde«, sagt sie. »Ihr Sohn und ich waren auf dem Gymnasium miteinander befreundet.«

»Aha.« Pause. »Ist mit Papa alles in Ordnung?«

»Ja, so wie immer.«

Sie hört selbst, wie falsch ihr heiterer Tonfall klingt. Wie verachtenswert.

Eine Hundewelpe, der gemocht werden will.

du hast fast gesabbert

»Keine neue Stelle in Sicht oder so?«

»Nein, noch nicht. Aber das wird sich nach dem Sommer schon finden.«

»Okay. Ich muss jetzt los.«

Ihr einziger Trost – und der ist schändlich – ist es, dass Daniel zu Markus einen ebenso schlechten Draht hat wie zu ihr. Vielleicht stimmt also auch mit ihm etwas nicht.

»Lieben Dank, dass du dich gemeldet hast.«

Viel zu gluckenhaft klingt sie.

»Klar doch«, sagt Daniel. Er scheint noch etwas loswerden zu wollen. »Ach, übrigens ...«

»Ja?«

»Nimm es mir nicht übel, ja, aber es wäre praktischer, wenn du mir simsen würdest, statt Nachrichten auf meiner Mobilbox zu hinterlassen. Es dauert so lange, die abzuhören.«

JOEL

»Möchten Sie einen Kaffee? Oder ein Glas Wasser?«, fragt Joel, aber die Maklerin lehnt mit einem flüchtigen Lächeln ab, öffnet ihre Aktentasche und legt eine Mappe auf den Küchentisch.

Joel nimmt ihr gegenüber Platz. Stellt fest, dass er ihren Namen vergessen hat. Er versucht, sich ihre Mailadresse in Erinnerung zu rufen, aber es gelingt ihm nicht. Die Maklerin ist in den Fünfzigern. Ist trotz der Hitze in ein makelloses marineblaues Kostüm gekleidet. Sie scheint nicht der Typ zu sein, der jemals schwitzt.

Der neue Ventilator, den er in Kungälv gekauft hat, surrt leise auf der Anrichte. Dreht sich langsam hin und her, lässt die Papiere, die die Frau auf dem Tisch ausbreitet, im Luftzug flattern.

Sie zeigt ihm vergleichbare Objekte in der Umgebung, die sie verkauft hat. Ihm wird klar, dass sie damit beabsichtigt, ihm zu imponieren, er ist aber ehrlicherweise eher geschockt.

»Für diesen Preis bekommt man in Stockholm noch nicht mal eine Einzimmerwohnung«, sagt er und versucht, scherzhaft zu klingen.

»Nein, natürlich nicht«, sagt sie auf eine Art, die durchblicken lässt, dass Joel auf sie wie ein typischer hochnäsiger Hauptstädter klingt.

»Ich wusste ja, dass hier viele Häuser leerstehen, aber ich

dachte ... es ist ja trotz allem ein großes Grundstück. Zweitausend Quadratmeter sind doch ziemlich viel?«

»Doch, doch«, sagt sie zögerlich. »Wenn Sie Glück haben, findet sich bald jemand, der Interesse bekundet, auch wenn er das Haus nicht behalten will.«

Es dauert einen Moment, bis er begreift.

»Sie meinen, jemand, der es abreißen lassen würde?«

Als er noch hier gewohnt hatte, wollte er nichts lieber als weg von all dem hier. Dennoch stimmt ihn die Vorstellung traurig.

»Wäre das ein Problem für Sie?«, fragt die Maklerin. »Wenn ich ehrlich sein soll, hoffe ich, einen Käufer zu finden, der ein Grundstück für ein Sommerhaus sucht. Hier hat sich kürzlich eine entsprechende Entwicklung abgezeichnet. Deshalb ist der Zeitpunkt für einen Verkauf auch gut gewählt. Viele Leute sind gerade auf der Suche.«

Joel schüttelt den Kopf. »Ich ... nein, das ist schon in Ordnung.«

»Gut, gut«, erwidert sie, und er fragt sich, ob er diesbezüglich überhaupt ein Veto hatte, oder ob sie nur froh ist, es nicht mit Sentimentalitäten zu tun zu haben.

Sie befeuchtet einen Finger und blättert ihre Mappe durch.

»Ich habe die Informationen vom Katasteramt erhalten«, sagt sie und reicht Joel ein Blatt nach dem anderen.

Worte wie *Eigentumsrecht*, *Hypothek* und *steuerpflichtiger Wert* ziehen an seinem Auge vorbei.

Er kennt sich mit dergleichen nicht aus und sollte Fragen stellen, sitzt aber nur da und nickt, als ob ihm alles klar wäre.

»Die Scheune wird heute nur noch als Lagerraum genutzt?«, erkundigt sich die Maklerin.

»Ja.«

»Gut, dann stimmt es, dass Haus und Grundstück nach einem normalen Einfamilienhaustarif zu versteuern sind.«

Sie schiebt die Visitenkarte eines Sachverständigen über den Tisch, falls Joel ein Gutachten über den baulichen Zustand des Hauses einholen will. Eine Liste von Auktionshäusern aus Göteborg, die sich um den Hausstand kümmern könnten. Sie ruft die Kalenderfunktion ihres Smartphones auf, und sie kommen überein, dass ein Fotograf am Montag nach Mittsommer Aufnahmen vom Haus machen soll.

»Aber in dieser Hinsicht ist es hier noch nicht wie in Stockholm. Gott sei Dank, muss ich sagen. Von Homestyling und dergleichen ist man hier weit entfernt. Es reicht, wenn Sie einfach etwas aufräumen, so als würden Sie Besuch erwarten.«

Joel nickt abermals.

»Und wie ist das mit meiner Mutter?«, fragt er. »Sie kann den Verkauf nicht irgendwie aufhalten, oder?«

»Nein, nein. Sie als Ihr Vormund dürfen den Vermittlungsvertrag unterzeichnen, und beim Verkauf brauchen wir nur das Einverständnis des Vormundschaftsgerichts. Das bringt keine Probleme mit sich.«

»Und mein Bruder? Muss er bei dieser Sache irgendwie mit einbezogen werden?«

»Wenn Sie ihr Vormund sind, nicht.«

»Er wäre sicher viel kompetenter, was diese Dinge betrifft. Er hätte sich um diesen Part kümmern sollen«, sagt Joel.

Die Maklerin schenkt ihm ein nichtssagendes Lächeln. Joel wirft einen Blick auf den Vermittlungsvertrag, den sie zuoberst auf den Stapel gelegt hat. Sie hat ihn schon unterzeichnet, und jetzt sieht er zumindest ihren Namen. Lena Nordin. Ob er vielleicht noch andere Makler herbestellen sollte, um einen Vergleich zu haben? Aber wie groß kann der Unterschied ausfallen, wenn die Preise so niedrig sind? Er will nicht noch mehr Zeit verschwenden. Will nur, dass das alles bald vorbei ist. Will wieder sein Leben zurückhaben.

Er unterschreibt.

»Gut, das war wohl alles«, sagt Lena Nordin. »Sollen wir uns jetzt noch einmal umschauen?«

Sie gehen durch das Haus. Gucken in Zimmer, die seltsam leblos wirken. Wie ein Körper ohne Seele.

»Mein Mann und ich wohnen jetzt auf der anderen Seite des Gutshofs«, sagt die Maklerin, als sie die Treppe hochgehen. »Unsere Kinder gehen in die Ytterby-Schule, tja, man wird allmählich alt ...«

Sie kommen in sein Zimmer. Sie blickt sich um.

»Aha, hier sind Sie also aufgewachsen. Was für ein schöner Ausblick auf den Berg, das ist gut.«

Sie mustert seine Plakate. Ihr Blick schweift über die Bücherregale, auf denen immer noch die Ausgaben von Stephen King und Dean R. Koontz aus den achtziger Jahren stehen.

»Meine Mutter hat hier drinnen nichts verändert, wie Sie sehen«, sagt Joel.

»Es ist richtig interessant, das mal zu sehen«, sagt die Maklerin. »Ich war immer neugierig, wie es wohl bei Leuten aus meiner Klasse zu Hause aussah.«

»Wie meinen Sie das?«, fragt Joel.

Dann geht ihm ein Licht auf. Er sieht genauer hin. Erkennt, dass er ihr Alter falsch eingeschätzt hat. Er und sie könnten durchaus gleichaltrig und ehemalige Klassenkameraden sein. Aber er erkennt sie nicht wieder. Gar nicht.

»Ja, damals steckte wohl auch schon eine kleine Maklerin in mir«, sagt sie und dreht sich zu ihm um.

Und dann geht auch ihr ein Licht auf.

»Es ist sicher nicht so leicht, mich wiederzuerkennen«, sagt sie kurz angebunden. »Ich war nicht gerade der Typ, der Aufmerksamkeit auf sich gezogen hat.«

Im Gegensatz zu mir?

Er gräbt in seinem Gedächtnis.

»Verzeihung«, sagt er. »Ich habe ja nicht gerade regelmäßig am Unterricht teilgenommen ...«

Sie hatte von »ihrem Mann« gesprochen, also war sie vermutlich verheiratet.

»Und damals haben Sie wahrscheinlich auch noch nicht Nordin geheißen, oder?«, fügt er hinzu.

»Nein. Jonsson. Lena Jonsson.«

Sie spricht ihren Namen aus wie ein einen Vorwurf. Aber jetzt weiß Joel zumindest, wer sie ist. Lena Jonsson. Sie hatten die Oberstufe zusammen besucht. Sie war eine Teenager-Prinzessin mit Vorliebe für Rüschenkleider gewesen und hatte immer damit angegeben, dass sie in Göteborg auf offener Straße von einem Model-Scout angesprochen worden war. Sie hatte Kevin Costner in *Der mit dem Wolf tanzt* verehrt und ansonsten viel mit ihren Freundinnen zusammengegluckt. Die Mädels in ihrer Clique hatten sich gegenseitig laut aus irgendwelchen Klatschblättern vorgelesen und dann ihre »Jeanshintern« miteinander verglichen. Nina und er hatten sie hier, in ebendiesem Zimmer, immer nachgeäfft.

»Es tut mir leid, aber ich habe keine besonders deutlichen Erinnerungen mehr an diese Jahre«, sagt Joel.

»Das kann ich mir vorstellen.«

Lena sieht ihn kalt an. Auf einmal kann er nicht fassen, dass er sie nicht sofort erkannt hat.

NINA

Annas Husten hat sich seit gestern Nacht verschlechtert, aber sie hat zumindest kein Fieber.

»Meinen Sie, dass Sie jetzt schlafen können?«, fragt Nina.

Anna hustet erneut. Nickt schwach.

»Und dabei bin ich sonst doch nie krank«, sagt sie. »Ich habe mich bestimmt draußen beim Spazierengehen verkühlt. In Paris war so ein starker Wind.«

»Daran wird es liegen. Aber Sie werden sehen, morgen sind Sie wieder frisch und munter und werden wieder spazieren gehen können.«

»Wenn Gott will und meine Füße weitergehen.«

»Genau.«

Nina deckt sie mit einer weiteren Decke zu. Streckt sich, um die Nachttischlampe auszuschalten.

»Nein, lassen Sie sie an«, sagt Anna. »Wenn es hell ist, kommt er nicht so nahe.«

Ninas Hand verharrt mitten in der Bewegung.

»Wer denn?«

»Der neue Geist. Er versucht, einem Angst einzujagen.«

Nina mustert das faltige Gesicht auf dem Kissen. Anna hat eigentlich immer ein sonniges Gemüt. Jetzt aber rinnt ihr eine Träne die Wange hinab.

»Anna? Was ist denn? Möchten Sie darüber reden?«

Anna sieht sich im Zimmer um. Schüttelt den Kopf.

»Bitte erzählen Sie keinem, dass ich hier liege und flenne.«

»Ich versprech's.«

»Solche Frauenzimmer kann niemand leiden, wissen Sie.«

Besorgt sieht Nina sie an.

»Wollen Sie mir nicht sagen, was vorgefallen ist?«

»Ich kann nicht. Er würde dann böse werden. Sie hätten mal sehen sollen, wie böse er in Paris geworden ist, als die Neue diesen Brief geschrieben hat.«

»Na gut, in dem Fall lassen wir die Lampe an«, sagt Nina.

»Dann wagt er es sicher nicht, zu kommen und mich zu holen«, sagt Anna und macht die Augen zu.

»Wenn er es versucht, drücken Sie auf den Notfallknopf, dann komme ich schnurstracks her. Sie tragen ihn um den Hals, wissen Sie noch?«

Anna tastet nach dem Notfallalarm.

»Prima. Gute Nacht, Anna.«

Doch als Antwort erklingt nur noch ein ohrenbetäubendes Schnarchen.

Nina geht hinaus auf den Flur. Alles ist ruhig und still. Monika hatte schon geschlafen, als sie ihren Dienst angetreten hatte. Seit heute früh haben sie nicht mehr miteinander gesprochen.

Ein richtiger Quälgeist
Kuckuckskind

Nina sieht zu Apartment D6 hinüber. Die Tür hat immer noch kein Namensschild. In Sucdis Bericht hat sie gelesen, dass Monika versucht hat, das Papier zu verspeisen.

Ihr Zustand verschlechtert sich. Ihre Äußerungen sind ein Teil des Krankheitsbildes.

Nina macht einen Satz, als sie ein lautes Klirren vom Ende des Flurs hört. Ein wenig später das Geräusch nackter Füße auf dem PVC-Boden.

Es kommt aus dem Aufenthaltsraum.

Nina rennt hin. Sieht Monikas Silhouette vor dem Fenster,

umgeben von dem schwachen, giftig gelben Schein der Straßenlaternen vom Parkplatz. Die Glasscheibe einer Schranktür ist zerbrochen. Zerkrümelte Strohblumen übersäen den Boden.

Wie ist sie bloß hierhergekommen?

Monika dreht sich zu ihr um. Ihre Augen wirken riesig. Nina stellt fest, wie dünn sie innerhalb von ein paar Tagen geworden ist. Monikas Mund öffnet und schließt sich.

»Was ist los, Monika?«, fragt Nina mit festerer Stimme, als sie zu hoffen gewagt hat. »Brauchst du Hilfe?«

Monikas Mund öffnet und schließt sich wieder, unentwegt. Ihre Kiefergelenke knacken.

»Möchtest du ein bisschen Wasser trinken?«

Monika schüttelt den Kopf. Die Halssehnen arbeiten heftig unter ihrer Haut.

»Nach Hause«, sagt sie und kommt näher. »Ich muss nach Hause.«

»Es ist mitten in der Nacht«, sagt Nina. »Komm, ich bring dich ins Bett.«

Monikas magere Finger packen Nina an den Schultern. Ein Gurgeln dringt aus ihrer Kehle.

»Hilf. Mir«, stöhnt sie. »Hilf … mir. Fort von hier.«

Die spröden Lippen bewegen sich, aber ihre Stimme scheint versagt zu haben. Ein leises Röcheln ist zu hören.

»Bekommst du keine Luft?«, fragt Nina.

»Nein. Ich muss nur *fort von hier* …«

Monikas Gesichtsmuskeln verziehen sich zu einer Miene, die Nina noch nie zuvor gesehen hat. Es ist fast so, als könne sie ein anderes Gesicht unter der Oberfläche erahnen. Ein ungeduldiges, hasserfülltes. Monikas Finger krallen sich tiefer in Ninas Schultern.

»Monika! Hör mir zu, Monika! Ich gebe dir ein Schlafmittel. Morgen sieht die Welt wieder ganz anders aus, versprochen.«

Monika lehnt ihre Stirn an Ninas Schlüsselbein. Ein Schluchzer lässt ihren Körper erbeben.

»Hilf mir.«

»Ich helfe dir. Komm, lass uns in dein Zimmer gehen. Ich bringe dich ins Bett, und dann ...«

»Du verstehst nicht!«, schreit Monika. Dann beginnt sie, hemmungslos zu schluchzen.

Nina streicht ihr über den Rücken. Spürt durch das Nachthemd jede einzelne Rippe.

»Ich kann nicht mehr«, sagt Monika.

Die Finger, die sich in Ninas Schultern gebohrt haben, scheinen sämtliche Kraft einzubüßen.

Monika schwankt, Nina umfasst sie fester.

»Alles wird gut«, sagt sie.

Sie führt Monika den Flur entlang in ihre Wohnung. Stützt den Körper der älteren Frau, als sie schwer auf das Bett sinkt. Monikas Nachthemd ist völlig durchgeschwitzt.

Monika zittert am ganzen Leib. Als Nina ihr hilft, sich hinzulegen, beginnt sie zu hyperventilieren.

Ein Panikanfall. Es muss ein Panikanfall sein.

»Alles wird gut. Alles wird gut«, sagt Nina beschwörend, nicht nur zu Monika, sondern auch zu sich selbst.

Sie befühlt Monikas schweißnasse Stirn, spürt ihren Puls. Ihr Herz schlägt schnell, jedoch noch nicht beunruhigend schnell. Wenn es sich um einen Panikanfall handelt, ist das der Grund für die erhöhte Pulsfrequenz. Nina holt Diazepam. Hebt Monikas Nacken an, um ihr dabei zu helfen, die Tablette zu schlucken.

Aber Monika will nicht.

»Lass mich«, sagt sie und beißt eisern die Zähne zusammen.

»Wenn du diese Medizin nimmst, wird es dir bessergehen«, sagt Nina.

Monika scheint sie nicht zu hören. Sie reißt die Augen auf, doch ihr Blick ist nach innen gekehrt.

als würde sie in sich hineinsehen

»Du solltest nicht hier sein«, faucht sie.

»Sieh mich an, Monika. Nimm jetzt die Medizin!«

Monikas Hand schießt blitzschnell hoch, sie fährt sich damit übers Gesicht, und bevor Nina begreift, was geschieht, hat Monika schon vier leuchtend rote Kratzer auf ihrer eigenen Wange hinterlassen. Blut quillt hervor.

»Hau ab!«, stöhnt Monika mit plötzlich grabestiefer Stimme. »Hau ab, hau ab! Raus mit dir!«

Nina kann ihre Hand ergreifen, bevor sie sich erneut kratzen kann.

Ihr Blick fällt auf Monikas kurze Nägel.

Ich muss sie glattfeilen, wenn sie eingeschlafen ist.

Sie hält Monikas Hände in sanftem, aber festem Griff. Streichelt sie behutsam.

Wendet ihren Blick Monikas wütendem Gesicht zu.

»Ich gehe nirgendwohin, bevor du nicht eingeschlafen bist«, sagt sie. »Da kannst du protestieren, so viel du willst.«

JOEL

Ich war gerade bei meiner Mutter. Ihre Wange ist von Kratzwunden übersät.«

»Ja«, sagt Elisabeth Sandberg und faltet ihre Hände auf dem Schreibtisch. »Sie hatte heute Nacht eine Episode.«

Die Moderatorin aus dem Kinderkanal ist wieder da.

»Eine Episode?«, hakt Joel nach.

»Sie hatte einen Panikanfall und hat sich selbst das Gesicht zerkratzt. Aber die Wunden sind nicht tief. Es sieht schlimmer aus, als es ist.«

Er mustert sie. Rutscht auf dem unbequemen Besucherstuhl herum.

»Sie hat ein Beruhigungsmittel bekommen, und heute morgen scheint schon wieder alles vergessen zu sein«, fährt Elisabeth fort. »Ich habe sie selbst beim Frühstück gesehen.«

Sie legt den Kopf schief. Ihr Blick wird noch inniger als jemals zuvor, aber er nimmt ihn ihr nicht einen Moment lang ab.

»So ist das bedauerlicherweise bei Demenz«, sagt sie. »Das Befinden kann stetig schwanken.«

»Aber langfristig gesehen verschlechtert sich ihr Zustand, oder?«, fragt Joel. »Letztlich geht es doch bergab.«

»Ich bedaure das. Aber Ihre Mutter hat es gut hier. So gut, wie es nur möglich ist.«

Joel erinnert sich noch daran, wie er hier war, um den Pflegevertrag zu unterschreiben. Er war so erleichtert gewesen: Endlich würde er die Verantwortung für seine Mutter los sein. Es schien so einfach.

»Hatte meine Mutter schon mehrere solcher *Episoden*?«

Elisabeth guckt auf ihren Schreibtisch hinunter. Trommelt mit einem Stift auf einen Ordner, der geschlossen vor ihr liegt.

»Monika hat kürzlich versucht, Papier zu essen«, sagt sie. »Aber wir konnten sie daran hindern.«

»Papier? Was für Papier?«

»Malpapier. Sie sollte ein Namensschild für ihre Tür malen. Und heute Nacht hat sie die Glasscheibe eines Schrankes im Aufenthaltsraum zerschlagen.«

Joel schluckt.

Seine Mutter braucht ihn weiterhin. Er kann sich der Verantwortung für sie nicht entledigen, nur weil sie hier ist.

»Ich finde, dass sie so dünn geworden ist«, sagt er. »Isst sie denn auch genügend? Etwas anderes als Papier, meine ich?«

Das war ein lahmer Scherz, aber Elisabeth lächelt höflich.

»Seien Sie nicht beunruhigt. Wir haben alles, was rein- und rausgeht unter Kontrolle. Sie bekommt ausreichend Nahrung.«

Alles, was rein- und rausgeht. Darauf ist seine Mutter nun reduziert worden.

»Verstehe«, erwidert er und merkt, dass ihm beinahe die Stimme versagt.

Er bedankt sich, geht hinaus auf den Flur. Wo der Korridor von Station D beginnt, steht Edit tief über ihren Rollator gebeugt.

»Guten Tag«, sagt sie. »Mein Name ist Edit Andersson, ich bin Sekretärin von Direktor Palm.«

»Guten Tag«, sagt Joel. »Ich glaube, meine Mutter ist drauf und dran, genauso verrückt zu werden wie Sie.«

Die trüben Augen werden schmal. Die schlanken Hände umklammern den Handgriff des Rollators, so dass die Knöchel weiß werden. Aber Sekunden später ist ihr Gesicht schon wieder ausdruckslos.

»Guten Tag. Mein Name ist Edit Andersson, ich bin Sekretärin von Direktor Palm.«

Joel geht weiter zur Wohnung seiner Mutter.

Sie liegt ganz still in ihrem Bett, scheint sich nicht bewegt zu haben, seit er in Elisabeth Sandbergs Büro gegangen war. Die Sonne scheint durch die Fenster, ein grelles, blendendes Licht, das alle Kontraste scharf überzeichnet.

Ihre Kratzwunden schimmern, wurden wohl mit einer Salbe eingeschmiert. Ihre Augen sind, von dunklen Schatten umrandet, in die Augenhöhlen gesunken. Ihr Mund steht halboffen. In dem abgemagerten Gesicht nehmen sich ihre Zähne größer aus. Joel blickt auf ihren Brustkorb hinunter, um sich zu vergewissern, dass sie noch atmet.

Er tritt näher. Sieht den Puls an ihrer Kehle klopfen. Jeder Schlag dort ist ein Echo ihres Herzschlags.

Nach dem Infarkt war er auf dem Operationstisch mehrmals zum Erliegen gekommen. Jetzt pumpt das Herz wieder Blut durch den Körper, als sei nichts geschehen.

Vor vierzig Jahren war er Teil dieses Körpers gewesen. Sie hatten denselben Blutkreislauf geteilt. Da hatte ihr Herz für ihn mitgepumpt.

Joel nimmt ein paar Illustrierte und einen Stift vom Nachttisch. Holt sich vom Servierwagen im Flur eine Tasse Kaffee und guckt in den Aufenthaltsraum, stellt fest, dass er leer ist. Wirft einen Blick zur Schranktür, der eine Scheibe fehlt. Zögert kurz, bevor er an sich an einen Tisch setzt, Hähnchenrezepte und Anzeigen für Omega-3-Kapseln überblättert, ein Interview mit einer Mutter von neun Kindern, Ratgeberspalten von Ärzten und Kurzgeschichten mit grellbunten Illustrationen.

Der Teil mit den Kreuzworträtseln ist auf matterem Papier

gedruckt. Die Versalien seiner Mutter füllen die Kästchen. Anfangs deutlich, dann zunehmend krakeliger, zittriger. Unsicherer. Er versucht, nicht daran zu denken, als er auf der Suche nach einem ungelösten Kreuzworträtsel weiterblättert. Sein Blick verharrt auf einem Eintrag, wo die Buchstaben seiner Mutter überhaupt kein Wort mehr ergeben. Joel starrt herunter auf die Kästchen.

nur … Buchstabensalat

Er stellt sich vor, wie seine Mutter mit der Zeitschrift gegen die aufgestützten Knie gelehnt im Bett gelegen hat. Ob sie wohl gründlich nachgedacht hat, bevor sie geschrieben hat, geglaubt hat, das Rätsel gelöst zu haben? Oder war es nur noch eine mechanische Handbewegung gewesen, abgekoppelt vom Gehirn?

»Entschuldigen Sie die Störung«, sagt da jemand. »Ich wollte mich nur mal erkundigen, wie es Ihnen geht.«

Joel sieht auf. Die hochschwangere Frau steht mit einer Tasse Tee im Türrahmen. Sie sieht ihn besorgt an, er schlägt die Zeitschrift zu. Reißt sich zusammen.

»Alles in Ordnung, danke«, sagt er. »Es ist heute nur alles ein bisschen viel.«

»Ich weiß, wie das ist«, erwidert sie und kommt in den Aufenthaltsraum.

Schwerfällig nimmt sie gegenüber von ihm Platz. Joel fängt sofort an, nach einem Ausweg, einer Entschuldigung, zu suchen, weshalb er aufbrechen muss. *Ich wollte gerade wieder zurück zu meiner Mutter gehen.* Aber als er den freundlichen Blick der Frau sieht, entspannt er sich ein wenig.

Sie tupft sich die Stirn mit Ärmel ab. Rührt ihren Tee um.

»Es scheint ja bald so weit zu sein«, bemerkt er mit einem Blick auf ihren Babybauch.

»Ja, jetzt kann er gern mal rauskommen. Der Geburtstermin ist schon um über eine Woche überschritten.«

Joel steht auf und streckt ihr seine Hand entgegen. Sie stellt sich als Fredrika vor.

»Unglaublich, dass Sie es in Ihrem Zustand schaffen, jeden Tag hierherzukommen«, sagt er und setzt sich wieder.

»Langsam ist es richtig anstrengend, das stimmt. Aber wissen Sie, was am schlimmsten ist? Ich glaube, Sie sind der Einzige, der meinen Bauch noch nicht angefasst hat. Die alten Damen stürzen sich darauf, sowie sie mich sehen. Und das Personal ist auch nicht viel besser.«

»Ich verspreche, Distanz zu wahren«, sagt Joel mit einem Lächeln. »Ist das Ihr erstes Kind?«

»Nein. Ich habe schon einen fünfjährigen Sohn. Aber er ist nicht gerne hier, und ich will ihn nicht dazu zwingen.«

»Ich kann ihn verstehen.«

Fredrika nippt vorsichtig an ihrem Tee.

»Ja, hier kann ganz schön was los sein«, sagt sie. »Petrus hat ihm einmal einen gehörigen Schrecken versetzt.«

»Petrus?«

»Der Mann mit den amputierten Beinen«, erklärt sie. »Als wir das erste Mal hier waren, hat er hier gesessen und irgendwas über Schlampen und Fotzen gebrüllt.«

Fredrika nippt wieder an ihrem Tee. Schüttelt den Kopf. »Ein richtiger Charmeur, dieser Mann.«

»Wäre ich fünf Jahre alt gewesen, hätte mir das auch Angst gemacht«, sagt Joel.

»Selbst ich habe eine Heidenangst vor ihm. Meine Großmutter ist seine Nachbarin, und wenn er loslegt, kann man ihn sogar durch die Wand hören.«

»Meine Mutter ist die Nachbarin von Lillemor«, sagt er. »Der alten Dame mit den Engeln.«

»Glückwunsch! Dann werden Sie viele Kirchenlieder zu hören kriegen.«

»Bisher ist es noch recht ruhig gewesen.«

»Warten Sie's nur ab!«

Sie müssen beide lachen. Er nimmt einen Schluck von seinem Kaffee.

»Ist Ihre Großmutter schon lange hier?«

»Bald zwei Jahre.«

»Und, gefällt es ihr hier?«

»Ich weiß nicht. Sie hat Angst vor den Menschen, die sie nicht wiedererkennt, aber es gibt ja keine Alternative zum Heim.«

Fredrika lächelt erneut, diesmal traurig. »Am Anfang war es schwerer. Da hatte sie immer noch klare Momente und wusste, was da gerade mit ihr geschah. Das muss ein Albtraum für sie gewesen sein.«

Fredrika schüttelt sich. Joel fragt sich zum ersten Mal, ob seine Mutter wohl jemals begriffen hat, dass sie dement ist. Ihm wird bewusst, wie wenig er eigentlich darüber weiß, wie sie selbst die Krankheit erlebt. Er hat sie immer nur von außen betrachtet, aus seiner eigenen Perspektive, welche Auswirkungen sie auf ihn hat. Vermutlich ist er ein Egoist.

»Wann wurde Ihnen klar, dass Ihre Mutter krank war?«, fragt Fredrika.

»Sie wurde nach einem Herzinfarkt dement. Ihr Gehirn bekam zu wenig Sauerstoff und … und irgendwie … bestand nie ein Zweifel. Obwohl es eine Weile gedauert hat, bis uns klarwurde, wie schlimm es ist. Sie sagt, sie habe eine Nahtoderfahrung gehabt und … es ist fast so, als sei ein Teil von ihr auf dem OP-Tisch gestorben.«

Er verstummt, überrascht, wie viel er geredet hat. Er muss seine eigenen Worte erst einmal verdauen.

»Und Ihre Großmutter?«, fragt er. »Wie haben Sie gemerkt, dass sie erkrankte?«

»Zuerst waren es nur Kleinigkeiten. Sie hat Namen durcheinandergebracht. Aber das hat sie an und für sich schon immer getan – und das passiert mir auch oft. Aber nach einiger Zeit wurde mir bewusst, dass sie manchmal nicht mehr wusste, wer ich war. Dann wurde sie immer verwirrter und glaubte, andere hätten sie bestohlen, wenn sie in Wahrheit selbst Dinge verlegt hatte. Sie hat sich geweigert, den häuslichen Pflegedienst hereinzulassen, und hat mich mehrmals angezeigt. Hat behauptet, ich hätte ihr Schmuck und Geld gestohlen, sogar einen Hund namens Jago. Diesen Hund hat sie gehabt, als sie klein war.«

Joel nickt. Ihm kommt der letzte Morgen seiner Mutter im alten Haus in den Sinn.

Ruf die Polizei, hier ist eingebrochen worden.

»Am Ende war es die Polizei leid, so oft von ihr angerufen zu werden, und hat gesagt, dass ich ihr Telefon ausstöpseln sollte«, fährt Fredrika fort. »Aber das ging doch nicht, ich musste sie schließlich erreichen können.«

Sie schüttelt den Kopf. Leert ihre Teetasse.

»Andere Menschen, die so etwas nie am eigenen Leib erfahren haben, wissen gar nicht, wie das ist.« Sie senkt die Stimme. »Wie diese Elisabeth Sandberg. Meine Güte, was für eine falsche Person! Haben Sie das auch schon bemerkt?«

»Ja.«

»*Ich lieeebe alte Menschen*«, sagt Fredrika mit affektierter Stimme.

Es ist eine beeindruckend treffsichere Imitation. Sie lachen.

»Man sollte verlangen, zumindest einen nahen Angehörigen mit Demenz zu haben, um so eine Einrichtung leiten zu dürfen«, sagt Fredrika.

Joel ist froh, dass Fredrika sich zu ihm in den Aufenthaltsraum gesetzt hat, froh, dass er geblieben ist.

Er sieht sich um. Ihm fällt auf, dass die Strohblumen, die auf dem Schrank lagen, nicht mehr da sind. Sein Blick bleibt an den Marcus-Larson-Reproduktionen hängen.

»Sind die nicht schrecklich?«, sagt Fredrika. »Es ist jedenfalls schon bizarr, sie hier aufzuhängen. Ich stelle mir meine Großmutter immer vor wie eines dieser Schiffe, das führerlos im Sturm umhertreibt.«

»Man hätte etwas Heitereres aussuchen können«, sagt er.

Für einen Moment schweigen sie.

»Manchmal wünschte ich mir, dass alle hier meine Großmutter hätten kennenlernen können, als sie noch gesund war«, sagt Fredrika. »Sie konnte so lustig sein. Und sie hatte vor nichts und niemandem Angst. Heute ist sie das genaue Gegenteil.«

Er nickt verständnisvoll. Sieht die kleine Frau mit dem Kuscheltier vor sich.

»Ich frage mich, wie jemand wie Lillemor wohl als junger Mensch gewesen ist«, sagt er.

»Ihr Mann hat sie, als er noch lebte, ziemlich häufig hier besucht. Er hat gesagt, dass sie kein bisschen gläubig war, bevor sie an der Demenz erkrankte.«

Überrascht sieht Joel Fredrika an. Ihm kommen die Engel in Lillemors Wohnung in den Sinn, und die schnörkeligen Sinnsprüche.

»Ach, und kennen Sie die Schwestern Vera und Dagmar?«, fährt Fredrika fort. »Vera strickt meistens. Dagmar ist die Frau im Rollstuhl, die immer ihr Essen ausspuckt.«

Joel nickt, er weiß genau, von wem die Rede ist.

»Dagmar war *Ärztin*«, sagt Fredrika.

Joel versucht, sich das wütende, spuckende Wesen in einem weißen Kittel vorzustellen. Es gelingt ihm nicht. Jegliches Wissen, das jemals in ihrem Kopf existiert hat, scheint jetzt wie ausgelöscht.

Man muss ihm seine Gedanken ansehen, denn Fredrika lacht amüsiert.

»Ja. Ihr Sohn hat sie hergebracht. Er sagt, dass sie eine der ersten Ärztinnen hier in der Gegend war. Und Petrus war Seemann ...«

Plötzlich verstummt sie. »Verzeihung. Rede ich zu viel?«

»Nein«, sagt er. »Ich fühle mich das erste Mal nicht mehr so allein mit dieser Situation.«

NEBELFENN

Die Hitze hält sich den Rest der Woche. Erst in den Tagen vor Mittsommer weht endlich wieder ein kühlerer Wind, und die Temperaturen sinken. Anna liegt in ihrem Bett in Apartment D7. Sie hat sich die Baskenmütze aufgesetzt, umklammert ihre Handtasche vor der Brust, ist sich aber unschlüssig, ob sie heute spazieren gehen soll. Sie will dem neuen Geist nicht begegnen, und der kann jederzeit und überall auftauchen. Er ist böse auf Anna, weil sie nicht nach seiner Pfeife tanzt. *Ganz egal, was Lillemor sagt – er ist kein Engel.* Anna hat gesehen, was Monika mit den Wachsmalstiften geschrieben hatte, bevor er sie aufgehalten hatte. *Hilf mir*, hatte da gestanden. Immer wieder. *Ich muss mit Monika sprechen,* denkt Anna. Sagt es immer wieder still vor sich hin, damit sie es nicht vergisst. Aber das ist gefährlich. Wenn er davon Wind bekäme, würde er noch böser. *Und er bewacht Monika ja auch immerzu.*

»Anscheinend schere nur ich mich darum«, sagt Rita in der Personalbesprechung im Atrium. »Aber wir müssen etwas wegen der Klimaanlage auf Station D unternehmen.« Auffordernd sieht sie Elisabeth an.

»Es ist nicht leicht, im Moment jemanden dafür zu bekommen, alle haben Urlaub«, sagt die Stationsleiterin. »Und das Wetter ist jetzt ja, Gott sei Dank, kühler geworden.«

Rita schnaubt. »Es ist ein Wunder, dass die Alten hier noch nicht gestorben sind wie die Fliegen«, sagt sie.

Sie hat schon viele Stationsleitungen kommen und gehen gesehen. Alle wollten nur Kosten sparen und redeten die Probleme klein. Aber Rita weiß, dass sich die Dinge nicht von allein lösen. *Du hättest diese Leitungsstelle nie bekommen dürfen*, denkt sie und sieht Elisabeth an. *Mich hätten sie fragen sollen. Aber ich bin wohl zu gut in meinem Job. Das ist also der Dank dafür, dass man seine Arbeit ordentlich macht, da möchten sie einen ein Leben lang auf diesem Posten halten.*

Wiborg liegt in ihrem Bett. Presst den Telefonhörer ans Ohr. Begreift nicht, warum die Frau in der Leitung ihr nicht helfen will. »Mutti«, schluchzt Wiborg. »Vati. Antwortet doch! Warum nehmt ihr nie ab, wenn ich anrufe? Ich will nach Hause.«

Elisabeth beendet die morgendliche Besprechung damit, dass sie mitteilt, einen Ersatz für Johanna gefunden zu haben. Diesmal eine erfahrene Frau, die ihr ganzes Berufsleben als Pflegehelferin gearbeitet hat.

»Dass sie sich gemeldet hat, war ein Gottesgeschenk. Sie kann gleich nach Mittsommer hier anfangen.«

Rita lacht auf und leert ihre Tasse. »Gottesgeschenk«, brummt sie und erhebt sich. »Das wird sich zeigen. Wäre sie ein echtes Gottesgeschenk gewesen, hätte sie schon an Mittsommer angefangen, so dass andere mal freigehabt hätten.« Elisabeth schlägt ihren Ordner zu und starrt wütend auf Ritas kerzengeraden Rücken.

»Ich finde es hier zu Mittsommer eigentlich ganz nett«, sagt Sucdi.

Rita sieht sie höhnisch an. »Das kannst du natürlich leicht behaupten. Ihr feiert ja wohl kein Mittsommer?«

Sucdi hält ihrem Blick stand. Sie hat keine Lust auf diese Diskussion, kann aber nicht den Mund halten. »Ich wohne hier schon mein ganzes Leben«, sagt sie. »Und überhaupt, seit wann hat Mittsommer denn etwas mit Religion zu tun?«

Rita schürzt nur verächtlich die Lippen.

Du Biest, denkt Sucdi und geht auf den Flur hinaus. Sieht zur Tür von Apartment D6. Und fasst einen Entschluss.

Anna starrt an die Decke. Dort oben breitet sich ein seltsamer Fettfleck aus. Sonderlich groß ist er nicht, aber er glänzt, wenn die Sonne darauf scheint. Sie hört, wie die Tür zu Monikas Wohnung geöffnet und geschlossen wird. *Über irgendetwas wollte ich mit ihr reden. Etwas über einen Brief in Paris. Über etwas, das mit dem Geist zu tun hat.* Sie hat es vergessen.

Sucdi tritt ans Bett, wo Monika soeben die Augen öffnet. »Verzeihung, ich wollte Sie nicht wecken«, sagt Sucdi und setzt sich auf einen Stuhl. »Es ist bald Zeit für das Mittagessen.«

Monika schmatzt mit trockenem Mund. Sucdi schenkt ihr Wasser aus der Kanne auf dem Tisch ein. Mustert Monika beim Trinken. Die Kratzwunden auf der Wange sind verblasst. Verglichen mit den anderen Bewohnern des Heims ist Monika noch verhältnismäßig jung. Sie hat noch gutes Heilfleisch.

»Ich muss Sie etwas fragen«, sagt Sucdi. »Kennen Sie womöglich meinen Vater?«

Monika blinzelt verwirrt.

»Sie haben erwähnt, dass das Nebelfenn nichts für ihn wäre«, fährt Sucdi fort. »Erinnern Sie sich noch daran?«

In Apartment D1 wählt Wiborg die Nummer ihres Elternhauses. Kneift die Augen zusammen, um die Ziffern auf den Tasten besser erkennen zu können. Aber es meldet sich nur wieder dieselbe Frau, die sie verspottet.

Monika blinzelt erneut. Ihr Blick klärt sich. »Ihr Vater will hier nicht sterben«, sagt sie, und Sucdi fragt sie, woher sie das wissen kann.

»Er kehrt nach Somalia zurück, um ja niemals an einen solchen Ort zu geraten.«

Sucdi verspürt ein unangenehmes Ziehen im Bauch, Monika nickt. »Er hat Sie und Ihre Schwester nie gefragt, was Sie davon halten würden«, fährt sie fort. »Hätte er das nicht tun sollen, wenn ihm an Ihnen gelegen wäre?«

Diese Worte treffen Sucdi wie ein Schlag in die Magengrube. »Woher wissen Sie das?«, fragt sie, aber Monika antwortet nicht. Leckt sich nur die Lippen. Mit schnellen Schritten verlässt Sucdi die Wohnung. Monikas schwere Atemzüge scheinen ihr bis in den Flur zu folgen.

JOEL

Der Regen prasselt gegen die Scheiben seines Zimmers. Der Wind hat im Lauf des Abends an Stärke zugenommen. Er tost um das Haus, lässt es schauerlich knacken und seufzen. Als Joel die Augen schließt, dreht sich alles um ihn. Sein Magen ist voll von Weißwein, er steigt beißend und kalt in seinem Rachen auf. Joel will seinem Körper entfliehen, sich in den Schlaf flüchten, aber sein Geist ist immer noch hellwach.

Wenn ich nur ein Mittel hätte, das mich schlafen ließe! Ein paar Nächte würden mir schon genügen, um wieder in die Spur zu kommen. Von ein paar Malen werde ich nicht gleich abhängig. Gar nicht zu schlafen ist schlimmer, als ein paar Tabletten zu schlucken.

Seinem Junkie-Hirn fällt es leicht, Argumente zu finden.

Das Kassettenband aus seinem alten Walkman läuft in der Stereoanlage. Depeche Mode. The Cure. Sinéad O'Connor singt von Troy, und der Text scheint von Nina und ihm zu handeln.

Joel verlässt das Bett, übergibt sich auf der Toilette im Obergeschoss, stolpert zurück. Auf dem Laken prangt ein großer schweißnasser Fleck, beinahe ein exakter Abdruck seines Körpers. Er legt sich ganz dicht an die Wand, wo das Laken noch trocken ist. Wendet die Bettdecke. Schließt probehalber die Augen. Die Welt dreht sich nicht länger. Sein Körper ist rein und hohl. Er sinkt durch die Matratze in eine allumfassende, angenehme Dunkelheit. Irgendwo in der Ferne klickt das Kassettendeck mit Autoreverse-Funktion, als das Tape auf die andere Seite springt. Eine Windbö heult um die Mauer, wo Joel an die Wand gepresst liegt, der Regen schlägt härter gegen die Scheiben. Er konzentriert sich auf die Musik. PJ Harvey. Siouxsie and the Banshees. The Clash, die ihren Klassenkameraden nur dank der Levi's-Werbung ein Begriff gewesen waren. Zu Nirvanas *All Apologies* von der *Unplugged*-Platte nickt er ein.

Als er aufwacht, weiß er nicht, wie lange er geschlafen hat. Sein Herz klopft so stark, dass das Bett mit jedem Schlag zu erbeben scheint. Er setzt sich auf. Der Regen hat aufgehört. Bis auf das statische Rauschen aus den Lautsprechern ist alles still.

Die Stimme seiner Mutter. Er ist sich sicher, die Stimme seiner Mutter gehört zu haben.

Joel steht auf. Der Fußboden ist kalt unter seinen Fußsohlen. Ein Schaben ertönt aus den Lautsprechern, dann hört er nur wieder das hypnotisch-eintönige Rauschen. Ein Geräusch, das er mit alten Fernsehapparaten verbindet, wenn der Bildschirm mal wieder nur Schnee zeigte.

Er öffnet die Zimmertür.

»Hallo?«

Die Schmetterlinge auf der Tapete im Treppenhaus scheinen abwechselnd größer oder kleiner zu werden. Er sieht aus dem Fenster. Die Bäume oben auf dem Berg schwanken hin und her wie riesige Leiber, die im selben Rhythmus schwingen. In seinem verwirrten Geist wird aus dem Lautsprecherrauschen das Brausen des Windes, das durch die schweren, nadelbesetzten Äste geht.

»Hallo?«, ruft er erneut.

Die Antwort kommt sofort – aus seinem Zimmer.

»Hallo?«, erwidert seine Mutter flüsternd. »Bist du da?«

Joel dreht sich im Türrahmen um. Schwankt und sucht Halt am Türpfosten. Aber das Zimmer ist leer.

»Hallo?«, flüstert seine Mutter erneut. »Kannst du mir antworten?«

Ihre Stimme klingt flehend. Ängstlich.

Sie kommt aus den Lautsprechern.

Joel schluckt.

Wenn sie nun tot ist. Wenn sie nun auf diese Weise mit mir in Verbindung treten will.

Das ist ein lächerlicher Gedanke, aber er löst ein Prickeln in seinem ganzen Körper aus.

»Hallo?«, spricht seine Mutter auf dem Tonband, etwas lauter jetzt. »Bist du da? Nils, sag etwas, wenn du da bist.«

Ein Schluchzer erklingt aus den Lautsprechern. Dann wieder ein schabendes Geräusch, seine Mutter brummelt etwas. Sie scheint sich unsicher zu sein, ob sie die richtigen Tasten betätigt hat.

Das Rauschen hat sich verändert. Es ist immer noch eintönig, aber es hat sich gewissermaßen verdichtet. Aus dem Schnee ist ein Schneegestöber geworden. Die akustische Analogie weißer, miteinander verschmelzender Punkte.

Joels Herz hämmert wie verrückt.

»Nils?«, sagt seine Mutter atemlos. »Sag doch etwas. Sonst werden sie mir nicht glauben.«

Joel geht vor einem Lautsprecher in die Knie. Lauscht dem Rauschen und den Atemzügen seiner Mutter.

Hört er da ein Flüstern?

Ein leises, leises »K«, von jemandem, der seine Mutter mit *Monika* anspricht?

Joel streckt die Hand aus. Dreht den Lautstärkeregler an der Stereoanlage höher.

Ein lautes Krachen dröhnt aus den Boxen, Joel bleibt fast das Herz stehen.

Seine Mutter flucht, Joel wird klar, dass sie den Walkman fallen gelassen hat. Wieder ist ein Schaben zu hören, gefolgt von einem resignierten Seufzer, dann ein Klicken, als seine Mutter das Tonband ausschaltet. Das träumerische Intro von *Song to the Siren* erklingt.

Joels Hand zittert, als er die Stop-Taste drückt, dann die Rewind-Taste. Jetzt Play.

»Nils?« Pause. »Sag doch etwas. Sonst werden sie mir nicht glauben.«

Joel dreht die Lautstärke noch mehr auf. Diesmal hört er keine Antwort hinter dem Rauschen.

Alles nur Einbildung.

Er stellt das Band aus, bevor seine Mutter wieder den Walkman fallen lassen kann.

NINA

Es ist fünf Uhr früh. Heute ist Mittsommer. Nina schreibt im Personalraum Berichte. Ab und zu sieht sie hoch zu Wiborg, die Zutaten für einen Tortenboden in eine Schüssel gibt. Ihr Therapiestofftier liegt neben Nina auf einem Stuhl, ist vorübergehend vergessen. Wiborg misst Weizenmehl ab. Singt leise vor sich hin. Bewegt sich selbstsicher. Die Erinnerungen an das Backen sind ihr in Fleisch und Blut übergegangen.

Als Nina bemerkt hatte, dass Wiborg weinend in ihrem Bett lag, hatte sie sie aufstehen lassen. Nina hatte sowieso vorgehabt, irgendwann während der Nachtschicht Wiborgs Geburtstagskuchen zu backen, hatte gestern Abend Erdbeeren und Geburtstagskerzen besorgt.

»Gut machen Sie das«, lobt Nina sie, als Wiborg den Teig in eine Backform gibt, die Wiborg zuvor mit Ninas Hilfe eingefettet und mit Paniermehl bestäubt hat.

Schüchtern und zahnlos lächelt Wiborg sie an. Nina steht auf und öffnet die kindersichere Backofentür.

»Sollen wir einen Kaffee trinken, während wir warten, dass er fertig wird?«, fragt Nina und stellt die Form in den Ofen.

»Das ist sicherlich das Beste, wenn wir anschließend genügend Kraft haben sollen, um die Sahne zu schlagen«, sagt Wiborg.

Nina lacht. »Da haben Sie recht!«

Sie stellt die Kaffeemaschine an und blickt durch die Glasscheibe zum Gemeinschaftsbereich. Der Regen hat aufgehört. Der Himmel über dem Glasdach ist hellblau und wolkenlos.

Nina schielt zu den Berichten hinüber, die sie gerade beendet hat. Sie hofft, dass es Anna im Lauf des Tages wieder bessergehen wird. Heute Nacht hatte sie Nina kaum wiedererkannt. Hatte nur an die Decke gestarrt. Nicht auf Ansprache reagiert. Und als Nina nach ihrer Hand gefasst hatte, war diese eiskalt gewesen.

Ein paar Tage vor ihrem baldigen Tod war es häufig so, als würden sich die alten Leute in sich selbst zurückziehen, sich vor dem Antritt ihrer Reise noch einmal sammeln. Manche bekamen dann ganz kühle Haut, so als ob sich der Körper ebenfalls auf das Ende vorbereiten würde. Nina kennt die Anzeichen. Aber es erstaunt sie, dass es sich ausgerechnet um Anna handelt. Es ist so schnell gegangen. Anna war doch immer so fröhlich und munter. Ihre Demenz schien ihr alle Sorgen geraubt zu haben. Sie hatte beinahe jeden Tag im Atrium ihren vermeintlichen Frischluftspaziergang gemacht.

Wenn sich das schöne Wetter hält, werden die alten Menschen ihre Mittsommer-Mittagsmahlzeit heute auf der Terrasse des Heims serviert bekommen. Es wäre eine traurige Ironie, wenn ausgerechnet Anna die erste Gelegenheit seit langem, wirklich an der frischen Luft zu sein, verpassen würde.

Nina versucht, den Kloß in ihrem Hals herunterzuschlucken. Die Kaffeemaschine gurgelt, Nina holt Tassen aus dem Schrank. Füllt Wiborgs Tasse zur Hälfte mit Kaffeesahne, bevor sie das heiße Getränk einschenkt. Schweigend trinken sie, während sich der Geruch von frisch gebackenem Kuchen in der Küche ausbreitet. Wiborg scheint zufrieden zu sein. Schließt bei jedem Schluck genießerisch die Augen.

Das hitzige Klingeln des Personaltelefons lässt sie beide zusammenfahren.

»Vielleicht ist das für mich«, sagt Wiborg.

»Mal sehen«, erwidert Nina und nimmt das Telefon von der Arbeitsplatte.

Hoffnungsvoll sieht Wiborg sie an, als Nina sich meldet.

»Ich habe leider schlechte Neuigkeiten«, spricht eine offenbar noch recht verschlafene Elisabeth in den Hörer. »Rita hat sich krankgemeldet.«

Wiborg nimmt ihr Therapiestofftier auf den Schoß.

»Ist das Gespräch für mich?«, fragt sie, und als Nina den Kopf schüttelt, scheint es, als würde Wiborg völlig der Mut verlassen.

Nina setzt sich neben sie, streicht ihr tröstend über den Rücken. Elisabeth sagt, dass sie niemand anderen erreicht habe, dass Nina zusammen mit Sucdi die Frühschicht übernehmen müsse. Sie, Elisabeth, bedaure das natürlich ganz schrecklich, aber andererseits gebe es an Mittsommer ja viel Feiertagszulage, und das sei doch nur gut für Nina, wenn auch nicht fürs Budget.

Elisabeth redet noch weiter, aber Nina lauscht nur ihren eigenen Gedanken. Sieht ihre To-do-Listen vor ihrem geistigen Auge an sich vorbeiziehen.

... um zwei zu Hause, ich kann ein paar Stunden schlafen, bis die Gäste kommen, ach, verflucht, ich hab gar keine Lust, können wir das nicht noch absagen, nein, das geht nicht, ach, es ist schon okay, ist alles halb so schlimm, es wird schon gehen, das Essen muss nicht gekocht werden, es gibt nur Meeresfrüchte und Brot und ein paar kalte Soßen, und die Quiche muss man nur aufwärmen, und Markus muss nur staubsaugen und das Gästebad putzen und neue Handtücher aufhängen, das reicht schon, und vielleicht kommt Joel heute nicht mal ins Nebelfenn, heute ist schließlich Mittsommer, das begeht er bestimmt, indem er sich zudröhnt ...

»In Ordnung«, sagt sie, als die Eieruhr klingelt. »Ich muss jetzt Schluss machen.«

Nina öffnet die Backofentür und pikst mit einem Zahnstocher in die Mitte des Tortenbodens.

»Er ist fertig«, sagt sie und streift sich die Backhandschuhe über. »Jetzt muss er nur noch einen Moment abkühlen, dann können wir ihn belegen.«

Wiborg schaut sie schweigend mit tränenfeuchten Augen an.

Glaub mir, denkt Nina. *Hätte es in meiner Macht gestanden, wäre der Anruf für dich gewesen.*

NEBELFENN

Die Angestellten aller vier Stationen haben geholfen, die zusammenklappbaren Tische auf die Terrasse zu stellen, die sich auf der Rückseite des Gebäudes befindet. Haben Wachstuchtischdecken ausgerollt, Wiesenblumen in kleinen Vasen hingestellt, den Tisch mit Papptellern und Servietten, die die schwedische Flaggen zieren, gedeckt. Gut zwanzig von dreiunddreißig Bewohnern und eine Handvoll Angehörige nehmen am Mittagessen teil. Sie essen eingelegten Hering und Frühkartoffeln, dazu Brot mit Kräuterkäse. Manche haben ein Bier und einen kleinen Schnaps vor sich stehen. Der Geschmack erweckt Erinnerungen wieder zum Leben. Sogar Dagmar schmatzt zufrieden, als Vera sie füttert, auch wenn das meiste danach wieder ausgespuckt wird.

Adrian holt seine Gitarre. Edit dreht sich zu ihm um. »Guten Tag«, sagt sie. »Mein Name ist Edit Andersson, ich bin Sekretärin von Direktor Palm.«

Adrian nickt ihr herzlich zu und lässt seinen Blick über die Tische schweifen. »Was sollen wir jetzt singen? *Die Fröschelein*?«

»Nein!«, flüstert Wiborg und hält sich die Ohren zu. »Brrr, das ist so abstoßend.«

»*Hej Weihnachtswichtel*«, sagt Petrus, und seine Frau lässt ein nervöses Lachen hören. »Das ist doch ein Weihnachtslied«, sagt sie und tätschelt seine Schulter. Petrus schlägt mit der Faust auf den Tisch, so dass alle um ihn herum einen Satz machen. »Ich will aber die *Weihnachtswichtel* hören, du verfluchte Schlampe!«

Seine Frau zieht ihre Hand zurück, aber Adrian lächelt unbekümmert. »Gut, dann singen wir *Hej Weihnachtswichtel*!«

Lillemors durchdringende Stimme erhebt sich über alle anderen. Sie kehrt ihr Gesicht gen Himmel, als würde sie sich mit ihrem Gesang unmittelbar an die Engel wenden.

Nina bewegt tonlos die Lippen, bringt es nicht über sich, richtig mitzusingen. Das ist mit jener anderen Zeit in ihrem Leben verknüpft. Sie betrachtet Monika, die sich eine ganze Kartoffel in den Mund stopft und kaum zu kauen scheint, bevor sie schluckt.

Sucdi beugt sich zu ihr hinunter. »Machen Sie lieber etwas langsamer, damit Ihnen das Essen auch bekommt.«

Monika erwidert nichts, leckt sich nur mit der Zunge über die Zähne und spießt sich eine neue Kartoffel auf die Gabel.

Bodil starrt Adrian hingerissen an. Sie hat ihn unter der Heerschar von Männern erspäht, die einen Blick auf ihren nackten Körper erhaschen wollen. Sie zwinkert ihm zu. Genießt den Gedanken, dass ihre Freundinnen alle ganz scharf auf ihn sind, er aber vor ihrem Fenster steht. *Wenn die wüssten! Die Kerle sind verrückt nach mir!*

»Guten Tag. Mein Name ist Edit Andersson, ich bin Sekretärin von Direktor Palm.« Edit wedelt mit ihrer knochigen Hand vor Petrus' Gesicht herum.

»Halt die Klappe!«, schreit der. »Du verdirbst alles, du verdammtes Luder!« Petrus' Frau versucht ihn zu beruhigen, aber er sieht Edit wütend an.

Sie erwidert den Blick mit leerem Gesichtsausdruck. Blinzelt. »Guten Tag. Mein Name ist Edit Andersson, ich bin Sekretärin von Direktor Palm.«

Petrus macht Anstalten, sich auf sie zu stürzen, ist aber

auf dem Rollstuhl angeschnallt und kann nicht an sie heranreichen. Vor Wut brüllt er auf. Seine Frau blickt sich nervös um. Verscheucht eine Wespe, die sich auf seinen Beinstumpf gesetzt hat. Monika bricht in lautes Gelächter aus.

»Guten Tag«, wiederholt Edit zum x-ten Mal. »Mein Name ist Edit Andersson, ich bin Sekretärin von Direktor Palm.«

Monika lacht nur noch lauter. Vera hört auf, Dagmar zu füttern. Der Löffel bleibt in der Luft stehen. Sie starrt Monika an. *Er ist es, er, den ich im Spiegel gesehen habe. Er ist jetzt hier. Am helllichten Tage.*

Wiborg beginnt haltlos zu schluchzen. »Darf ich mich jetzt hinlegen?«, fragt sie und hält nach jemandem Ausschau, der ihr behilflich sein könnte.

Nina legt ihr beruhigend eine Hand auf die Schulter. »Sollen wir stattdessen reingehen und Ihre Torte dekorieren?«

Wiborg blickt sie nervös an. Versucht, sich einen Reim darauf zu machen, was Nina damit meint.

»Wir, Sie und ich, haben doch angefangen, eine Torte zu machen«, sagt Nina. Wiborg kann sich nicht daran erinnern. Es ist schwer, alles mitzubekommen, wenn so ein lautes Durcheinander herrscht.

»Kommen Sie«, sagt Nina. »Wir gehen und bereiten Ihren Kuchen vor, während die anderen fertigessen.«

Wiborg begreift immer noch nicht, aber sie möchte von hier fort, also nutzt sie die Gelegenheit und geht mit der freundlichen jungen Frau mit. Sie wollen gerade durch eine Tür hineingehen, als ein Mann herauskommt. Für einen Moment befürchtet Wiborg, er wäre es, der Neue, Schreckliche, der hier an diesem Ort erschienen ist. Die Frau, die ihre Hand hält, erstarrt ebenfalls, als würde auch sie sich vor ihm fürchten. Wiborg beobachtet, wie sie sich begrüßen.

»Können wir uns mal kurz unterhalten, hast du Zeit?«, fragt er.

»Jetzt nicht.« Sie deutet zu den Tischen. »Monika ist da draußen.«

Sie tauschen kaum einen Blick. Wiborg ist erleichtert, als die Frau und sie den leeren Gang betreten.

In Apartment D7 hört Anna sie an ihrer Tür vorbeigehen. Sie will um Hilfe rufen, bekommt aber keine Luft. Diese Panik ist zu viel für ihr altes Herz. Anna bemüht sich einzuatmen, scheint aber plötzlich vergessen zu haben, wie das geht. Ihr Mund steht weit offen, aber das hilft nichts. Sie tastet nach dem Notfallknopf, bekommt ihn auch beinahe zu fassen. Doch da werden ihre Hände auf die Matratze heruntergedrückt. Ihre Lippen laufen langsam blau an. Anna starrt hinauf zur Decke. Sieht ihn an. Jetzt wird ihr alles klar. Lillemor und sie haben sich geirrt. *Das ist weder ein Engel noch ein Geist. Das ist etwas vollkommen anderes.*

JOEL

Er schämt sich, dass er immerzu seinen Blick von den Heimbewohnern abwendet. Von den geöffneten Mündern, den geifernden Kinnladen, den gealterten Zungen mit Sahne und feingehackten Erdbeeren. Muss an Windeln und *rein- und rausgeht* denken. Er hatte es kaum fertiggebracht, sich um seine Mutter zu kümmern, wenn ihr wieder einmal ein Malheur passiert war. Was nicht nur an dem ganzen Siff und Gestank lag, sondern mehr noch daran, dass es sich viel zu intim anfühlte.

Er schielt zu Nina hinüber. Wie schafft sie es nur, hier tagein, tagaus zu arbeiten? Windeln zu wechseln, ständig von Körperflüssigkeiten, Gerüchen, Krankheiten und Hilflosigkeit umgeben zu sein, von Verwirrtheit und Angst, die in Wut umschlagen kann?

Aber er weiß natürlich nicht, was sie damals zu Hause mitgemacht hatte, mit ihrer alkoholabhängigen Mutter. Hatte sie sich auch um sie kümmern müssen? Wie unappetitlich war das wohl gewesen? Selbst als sie miteinander eng befreundet gewesen waren, hatten sie darüber nicht sprechen können. Sie wollte oder konnte nichts darüber sagen. Und er war viel zu jung gewesen, um zu wissen, wie er sich danach erkundigen sollte.

Jetzt aber weiß er, was es heißt, wenn sich die Rollen umkehren und man seiner eigenen Mutter gegenübersteht wie einem hilflosen Kind. Und er wird kaum damit fertig, obwohl er längst erwachsen ist. Nina unterhält sich mit Wiborg, der Großmutter von Fredrika. Fredrika selbst ist nirgends zu sehen. Wiborg starrt eindringlich die Kerzen auf der Torte an. Sie haben die Form einer neun und einer fünf und stehen immer noch in der Sahne. Als Wiborg sie ausgeblasen hatte, war ein dünner Sprühregen aus Speichel über die gesamte Torte niedergegangen. Er hatte abgelehnt, als ihm ein Stück davon angeboten worden war.

Fünfundneunzig Jahre. Das Geburtstagskind streichelt sein Kuscheltier, während Joel sich auszumalen versucht, dass Wiborg eine Heranwachsende gewesen sein musste, als der Zweite Weltkrieg in Europa wütete. Während ihres Lebens hatte sich die Welt so unfassbar stark verändert. Die Menschheit scheint sich jedoch kein Stück zum Besseren verändert zu haben.

Er dreht sich zu seiner Mutter um. Dreiundzwanzig Jahre jünger als Wiborg, viel zu jung ist sie, um hier zu landen. Es ist einfach nicht fair.

»Mama«, spricht er sie an.

Sie reagiert nicht. Schaufelt sich nur noch mehr Torte in den Mund. Schluckt gierig. Er hofft, dass das ein Zeichen dafür ist, dass es ihr bessergeht, dass sie ihren Appetit wiedergewonnen hat. Aber die Ringe unter ihren Augen sind noch dunkler geworden. Die Wangenknochen scheinen sich bald durch die Haut zu bohren.

»Ich bin weiter damit beschäftigt, im Haus aufzuräumen«, fährt er an sie gewandt fort. »Ich habe die alten Zeitungsausschnitte gefunden, die ich dir vor langer Zeit einmal gegeben habe. Erinnerst du dich noch daran? An die Zeitungsartikel über Nina und mich?«

Sie hört auf zu kauen.

»Ich wusste gar nicht, dass du sie aufbewahrt hattest«, sagt er. »Ich habe sie schon jahrelang nicht mehr gesehen.«

»Nina«, sagt seine Mutter. »Ich erinnere mich an sie. Sie war oft bei uns zu Besuch.«

Joel merkt, dass Nina sie ansieht. Ob sie sie wohl hören kann?

»Ja, sie arbeitet jetzt hier. Sie sitzt da drüben.«

Seine Mutter wirkt beunruhigt. Legt den Löffel beiseite.

»Kannst du sie bitten wegzugehen? Nils hat mir erzählt, dass sie sich sehr gemein benommen hat.«

Der Mann mit der Gitarre intoniert nun ein bekanntes religiöses Volkslied, und Lillemor steht auf, schunkelt beim Singen mit dem ganzen Körper. In ihren Augen liegt ein seliger Ausdruck. Andere Stimmen fallen in das Lied mit ein. Alte Stimmen, raue. Irgendjemand singt ein ganz anderes Lied, scheint nach der richtigen Melodie zu suchen.

»Sie ist nicht gemein«, sagt Joel leise. »Sie gehört zu denen, die sich um dich kümmern.«

»Sie hat ihre Mutter umgebracht.«

»Nein«, erwidert Joel. »Ihre Mutter ist an den Folgen ihres Alkoholismus gestorben. Deshalb war Nina auch so häufig bei uns.«

Seine Mutter schüttelt eigensinnig den Kopf. »Nils würde in dieser Sache nicht lügen.«

Joel sieht aus dem Augenwinkel zu Nina herüber. Hofft, dass das meiste ihrer Unterhaltung im Lied untergeht.

»Sie ist böse«, sagt seine Mutter.

Joel sucht nach einer Erwiderung, aber vielleicht ist es auch besser, das einfach unkommentiert zu lassen. Seine Mutter abzulenken, bevor dieses neue Hirngespinst Fuß fassen kann.

»Björn und Sofia lassen ausrichten, dass sie dir ein schönes Mittsommerfest wünschen«, sagt er und holt sein Handy heraus, ruft die betreffende E-Mail auf und hält seiner Mutter das Display hin. Björn hat einige Urlaubsfotos aus Torremolinos geschickt.

»Ist das Björn?«, fragt sie.

»Ja.«

»Er möchte mich so gerne besuchen kommen, aber Joel lässt ihn nicht«, behauptet seine Mutter.

Joel betrachtet das Foto. Sein Bruder steht mit seiner Familie vor einer Strandbar. Sie sind immer noch blass verglichen mit den Menschen im Hintergrund. Björns Söhne tragen gelbblaue Fußballshirts, Sofia einen gehäkelten Bikini und einen Strohhut. Björn hat einen Arm um ihre Taille geschlungen. Sie sehen glücklich aus. Als hätten sie sich bereits erholt.

»Ja, es scheint wirklich, als wünschten sie sich nichts sehnlicher, als hier zu sein«, bemerkt Joel.

Seine Mutter nickt. Joel zeigt ihr weitere Aufnahmen. Wie die Kinder hingerissen vor einer riesigen Eistheke stehen. Polizisten, die mit Segways die Promenade entlangfahren. Ausladende Platten mit Meeresfrüchten. Björn, der einen Sonnenbrand auf der Nase hat.

»Meine Jungs sind nie gut miteinander ausgekommen«, sagt seine Mutter. »Ich weiß nicht, was ich tun soll.«

Joel steckt das Telefon wieder in die Tasche.

Eine der alten Damen starrt ihn an. Sie schürzt die Lippen und wirft ihm, als sich ihre Blicke kreuzen, kokett eine Kusshand zu. Tastet nach dem Notfallknopf aus Plastik um ihren Hals.

»Guten Tag«, sagt Edit, die auf der anderen Seite neben Joel sitzt und an seinem Hemd zupft. »Mein Name ist Edit Andersson, ich bin Sekretärin von Direktor Palm.«

Er muss weg von hier, will aber auch nicht zurück in das leere Haus fahren. Nach Stockholm will er auch nicht mehr, denn was wartet dort eigentlich auf ihn? Im Gegensatz zu seiner Mutter kann er theoretisch überall hinfahren, trotzdem weiß er nicht, wohin mit sich.

Er steht auf, sagt seiner Mutter, dass er mal kurz verschwinden muss. Geistesabwesend nickt sie.

Nach dem Durcheinander da draußen ist es eine Wohltat, den stillen Flur der Station D zu betreten. Joel geht an der Tür seiner Mutter vorbei, sieht, dass sie jetzt ein Namensschild hat. Die Handschrift auf dem Schild stammt von jemand anderem. Ihm kommt wieder der Buchstabensalat im Kreuzworträtsel in den Sinn. Ob sie wohl versucht hatte, ihren Namen zu schreiben, und daran gescheitert war? Ob sie deshalb das Papier aufgegessen hatte, aus Frustration oder Scham darüber, dass ihr die Buchstaben nicht mehr gehorchen wollten?

Wie es wohl sein mochte, nicht mal mehr seinen eigenen Namen schreiben zu können?

Sucdi kommt mit zwei Pumpthermoskannen aus dem Personalraum und lächelt ihn freundlich an.

»Na, alles in Ordnung da draußen?«

»So eine Mittsommerfeier habe ich jedenfalls noch nie erlebt«, sagt er. »Kann ich Ihnen mit denen da behilflich sein?«

»Danke«, sagt sie und reicht ihm eine Kanne. »Übrigens, darf ich Sie einmal etwas fragen? Könnte es sein, dass Monika meinen Vater kannte?«

»Ihren Vater?«

»Er heißt Khalid und ist fast in ihrem Alter. Er hat in der Keksfabrik gearbeitet.«

Joel schüttelt den Kopf. »Ich glaube nicht. Sie hat in der letzten Zeit kaum noch Umgang mit anderen gepflegt, soweit ich weiß.«

Sucdi scheint zu zögern.

»Es ist nur so, dass … es klang, als wüsste sie Dinge über ihn.«

»Gerade eben hat sie noch gesagt, Nina hätte ihre Mutter umgebracht. Man kann sich also nicht wirklich auf den Wahrheitsgehalt dessen verlassen, was sie sagt«, sagt Joel und lacht auf.

Auch Sucdi muss lächeln.

»Ging es um etwas Spezielles?«, fragt er.

»Nein. Ich habe mich das nur gefragt.«

Sucdi bleibt vor der D7 stehen, der Tür neben der Wohnung seiner Mutter. Hier wohnt die alte Dame mit der Baskenmütze, ANNA steht auf dem Türschild. Etwas, das womöglich einen Schmetterling darstellen soll, schwebt über den Buchstaben.

»Wissen Sie was? Könnten Sie die auch nehmen?«, bittet Sucdi ihn und reicht ihm die zweite Thermoskanne. »Ich will nur mal kurz nach ihr schauen.«

»Natürlich, wir sehen uns draußen«, sagt er und geht weiter.

Die Tür hinter ihm wird geöffnet. Er hört gerade noch, wie Sucdi »Anna?« sagt, als die Tür schon wieder ins Schloss fällt.

Während er den Gang hinuntergeht, werden die Stimmen von der Terrasse immer lauter. Als er wieder auf der Rückseite des Gebäudes herauskommt, scheinen sie ihm ohrenbetäubend.

Er stellt die Thermoskannen vor Nina auf den Tisch. Zögert.

»Hast du jetzt einen Moment Zeit zum Reden?«

»Das hängt davon ab, worum es geht. Ich bin bei der Arbeit«, erwidert sie, ohne ihn anzusehen.

»Ja, das ist mir klar. Ich möchte mich nur dafür entschuldigen, wie das neulich gelaufen ist.«

»Schon in Ordnung«, sagt sie.

»Ich meine damit ja gar nicht, dass wir wieder dicke Freunde werden müssen. Ich möchte nur nicht, dass es zwischen uns so bleibt, wie es jetzt gerade ist.«

Sie seufzt, weicht jetzt aber zumindest nicht mehr seinem Blick aus. »Ist schon okay.«

»Sicher?«

»Ja, sicher. Du bist es doch, der offenbar ein Problem damit hat.« Ihr Blick ist eiskalt. »Ich bin erwachsen geworden und habe mich weiterentwickelt. Vielleicht solltest du das auch mal versuchen?«

Mit diesen Worten steht sie auf und geht. Lässt ihn einfach stehen.

Wut erfüllt ihn, eine Wut, die wie aus dem Nichts kommt. Er hat es zumindest versucht. Hat um Entschuldigung gebeten. Etwas, das sie niemals tun würde. Nicht für das, was sie sich neulich an den Kopf geworfen hatten, und auch nicht für das, was vor zwanzig Jahren geschehen war.

Du hast alles kaputtgemacht. Ich hoffe, dass es das wert war. Dass du jetzt verdammt nochmal glücklich bist.

Da bricht Wiborg auf einmal in Tränen aus. Sie starrt immer noch auf die Überreste der Geburtstagstorte und schüttelt den Kopf.

»Bin ich wirklich schon so alt?«, fragt sie ungläubig. »Bin ich fünfundneunzig?«

Der Mann an der Gitarre lässt sich neben ihr nieder, tupft ihr behutsam mit einer Serviette die Wangen ab.

»Ja. Stellen Sie sich vor, Sie sind schon so alt, und trotzdem noch so gesund und wohlauf.«

»Aber dann ... dann müssen meine Eltern ja uralt sein. Sie können aber doch nicht weit über hundert sein? Und mein Mann, wie kann er ...«

Ihre Stimme bricht, als die Tränen sie nun gänzlich übermannen. Ihren Kummer mit ansehen zu müssen ist unerträglich. Aber von den anderen alten Leuten scheint niemand darauf zu reagieren.

Joel sucht Blickkontakt zu seiner Mutter, aber Monikas Interesse richtet sich auf etwas ganz anderes. Er folgt ihrem Blick. Nina steht an der Tür zum Flur D. Sucdi spricht gedämpft mit ihr, es scheint irgendetwas vorgefallen zu sein.

NINA

Sie hat das Fenster in Annas Wohnung geöffnet, um frische Luft hereinzulassen. Hat sie behutsam gewaschen und ihr eine Windel angelegt. Ihr die dünnen Haare gekämmt und ihr das dunkelblaue Kleid mit den weißen Palmblättern angezogen, in dem Anna sich, wie Nina weiß, immer so hübsch gefühlt hat.

Von der Straße hinter dem Parkplatz dringt schon betrunkenes Grölen herauf. Die Mittsommerfeierlichkeiten haben begonnen, obwohl es erst kurz nach drei am Nachmittag ist. Nina ist jetzt seit über vierundzwanzig Stunden auf den Beinen, möchte aber noch hier bei Anna sitzen bleiben, bis der Arzt kommt, um den Totenschein auszustellen, und ihr Leichnam abgeholt wird. Sie soll nicht allein sein müssen. Falls Annas Seele noch auf irgendeine Weise im Zimmer umherschwebt, soll Anna wissen, dass jemand um ihr Wohl besorgt ist.

Nina hat eine Kerze auf dem Nachttisch angezündet. Hat alle Listen von den Wänden genommen, alles, was an Krankheit erinnert, falls wider Erwarten doch einer von Annas Angehörigen herkommen sollte.

Vor ihrer Arbeit im Nebelfenn hatte sie noch nie eine Leiche gesehen. Der Tod war etwas Fremdes und Erschreckendes für sie gewesen. Hier aber wurde er schnell ein Teil ihres Alltags. Inzwischen hat Nina schon über hundert Menschen sterben sehen, viele davon in ebendiesem Zimmer. Hat die Lippen der Sterbenden mit einem nassen Wattebausch befeuchtet, während sie über sie gewacht hat. Sie hat den Tod relativ plötzlich kommen sehen, so wie jetzt, aber auch langsam und unerbittlich. Es ist vorgekommen, dass sie beim Wachen über einen Sterbenden nicht die Tränen hat zurückhalten können und von ihnen getröstet worden war. *Sie dürfen meinetwegen nicht traurig sein, Mädchen.* Andere Male wiederum hat sie versucht, die Sterbenden zu trösten, hat ihre Hand gehalten, während sie ins Jenseits gegangen waren, voller Angst, was sie dort erwarten würde.

Seit Nina über einen Mann namens Benkt gewacht hatte, hat der Tod jeden Schrecken für sie verloren. Damals hatte sie auf Station C gearbeitet. Es war tief in der Nacht, und sie war allein auf Station. Seine Atemzüge waren immer schwächer geworden, die Pausen dazwischen immer länger. Schließlich hatte er ganz aufgehört zu atmen. Sie hatte seinen Puls gefühlt, doch er war zum Erliegen gekommen. Nina hatte gerade seine Lider schließen wollen, als er auffuhr und sie ansah. »Es ist so schön da drüben«, sagte er erstaunt. »Darum erfahren wir das also nicht. Wenn wir das wüssten, würden wir nicht mehr hier auf der Erde weilen wollen.«

Nun streichelt Nina Anna über die Wange. Hofft, dass Benkt recht behalten hatte. Dass sie jetzt an einem schönen Ort war.

»Ich werde Sie vermissen«, sagt Nina mit gedämpfter Stimme. »Ich habe Sie so gerngehabt. Wir alle haben das.«

Ein Auto hält auf dem Parkplatz, sie erkennt das Motorengeräusch. Sie sind gekommen, um Anna zu holen.

Jetzt muss die Wohnung geräumt und gereinigt werden, das Bett desinfiziert. Elisabeth wird die nächste Person auf der Warteliste herbestellen. Doch für einen kleinen Moment noch ist dies Annas Zuhause.

Nina ergreift Annas kalte Hand. Bleibt sitzen, bis an der Tür ein Klopfen zu hören ist. Da steht sie auf und gibt Anna einen leichten Kuss auf die Stirn. Als sie sich aufrichtet, tropft etwas auf ihre Wange. Ninas Finger wandern automatisch dorthin, während sie aufsieht.

Ein glänzender Fleck prangt an der Decke über Annas Bett. Er ist etwas größer als ein Kopf.

Ob der schon die ganze Zeit da gewesen ist?

Nina reibt die Finger aneinander. Das Zeug, das ihr ins Gesicht getropft ist, fühlt sich irgendwie schmierig an, fettig. Es ist geruchlos und farblos.

Wie der Fleck an der Wand in Monikas Zimmer. Dieser aber ist ... frisch.

Nina streicht sich fest mit dem Handrücken über die Wange, um das schmalzige Gefühl loszuwerden.

Erst die marode Klimaanlage, dann die flackernden Leuchtstoffröhren – und jetzt das. Es kommt ihr vor, als ob das gesamte Nebelfenn im Begriff ist, in sich zusammenzufallen. Als würden sich die Risse, die dem Chaos Einlass gewähren, nun auch hier zeigen.

JOEL

Bald ist Mitternacht. Mittsommer. Reglos liegt er im Wohnzimmer auf der Couch. Lauscht dem Geräusch der Nachtfalter, die gegen das Mückennetz prallen, dem Brummen des Kühlschranks.

Er hält es nicht mehr aus.

Seit er wieder hier ist, hat sich alles nur um Krankheit und Verfall gedreht. Alles hat in ihm Erinnerungen an kaputte Beziehungen und an längst vergangene Träume geweckt, die nie in Erfüllung gegangen waren, an die lange Reihe von Fehlern, die ihn in diese Sackgasse geführt haben.

Er braucht jetzt etwas anderes. Ein Mal nur. Braucht Raum zum Atmen. Eine Pause. Er wird jetzt wieder einen Fehler begehen. Er weiß es, doch es ist ihm egal.

Joel setzt sich auf dem Sofa auf. Greift nach dem Handy. Verschickt eine SMS. Die Antwort kommt umgehend.

ICH HATTE MICH GERADE GEFRAGT, WANN DU
DICH MELDEN WÜRDEST. LG K.

NEBELFENN

Bodil sieht zu den Männern vor dem Fenster hinüber. Ihre Hand unter der Decke bewegt sich rasch und zielstrebig. Sie macht die Kerle ganz wild, sie halten es kaum aus. Es sind starke, erwachsene Mannsbilder, trotzdem sind sie völlig hilflos. Sie würden alles dafür geben, hier mit ihr in die Kiste zu hüpfen, sie mit ihren großen, warmen Händen zu betatschen. Sie mit ihrer Haut zu bedecken, sich an ihr zu reiben. Sie sind ihr mit Haut und Haar verfallen. Jetzt presst ein Mann seinen nackten, erregten Körper gegen die Fensterscheibe.

»Komm doch rein«, sagt Bodil glucksend.

Die Dankbarkeit, die in seinem Blick liegt, lässt sie laut auflachen. Jetzt steht er an ihrem Bett, während die anderen sich weiterhin gierig gegen die Scheibe drücken. Bodils Hand bewegt sich immer schneller. Die Nachttischlampe flackert.

In der Nachbarwohnung steht Lillemor an der Wand und presst ihr Ohr dagegen. Lauscht aufgebracht dem Stöhnen von nebenan. *Diese vulgäre Person wird noch dafür sorgen, dass sich die Engel von uns abwenden.* Lillemor legt eine Hand hinter das Ohr, um besser hören zu können.

Monika liegt in Apartment D6 mit einem aufgeschlagenen Kreuzworträtsel im Bett. Sie schreibt fieberhaft, ja, so energisch, dass sich der Stift durch das Papier drückt. Es eilt. Er ist ständig in der Nähe. Und er wird zusehends stärker. Auf irgendeine seltsame Weise ist das ihre Schuld, sie weiß nur nicht, wie das alles zusammenhängt.

Die Wohnung D7 ist leer. Das Fenster ist geschlossen. Annas letzte Atemzüge sind schon vor vielen Stunden hinausgeweht. Die meisten Bewohner der Station D haben längst vergessen, dass sie jemals existiert hat.

Aber Gorana erinnert sich an sie. Sie sitzt im Personalraum und ruft sich ihren ersten Tag im Nebelfenn in Erinnerung. Das war vor eineinhalb Jahren, mitten im Winter. Sie besaß keine Ausbildung, keine Erfahrung, und wusste nicht, ob sie die Arbeit würde bewältigen können. Anna brachte sie dazu, daran zu glauben, dass alles schon gutgehen würde. Anna, die nur herzlich gelacht hatte, als es Gorana nicht gelungen war, den Applikator mit einem Antimykotikum in ihre Scheide einzuführen. *Hoppla, Sie sind ja ganz aufgeregt.* Heute ist Gorana das erste Mal in der Nachtschicht und kann nicht darauf hoffen, dass Anna einen Moment aufwacht, so dass sie einen kleinen Schwatz miteinander halten können.

Jetzt fangen die Leuchtstoffröhren auf dem Gang vor der D6 an zu flackern.

Monika schleudert die Illustrierte von sich, sie landet mit einem leisen Rascheln in dem kleinen Flur. Der Bewegungsalarm wird ausgelöst. Draußen auf dem Gang ertönt ein Piepen. Monika kämpft darum, Luft zu bekommen. Ihr ganzer Körper verkrampft sich in dem Versuch, sich einen Atemzug abzuringen. Aus ihrem Rachen dringt ein Röcheln. Die Sekunden vergehen.

In Apartment D8 klappern Veras Stricknadeln gegeneinander. Ab und zu hebt sie den Kopf und blickt zur Badezimmertür. Sie hat den Spiegel dort drinnen mit einem Handtuch verhängt. Aber heute Nacht ist ihre Angst nicht mehr so groß wie neulich; sie ist zu Dagmar ins Bett gekrochen. Dagmars regelmäßige Atemzüge haben eine beruhigende Wirkung auf sie.

Gorana öffnet die Tür von Apartment D6. Aus der Wohnung kommt ein metallisches Klirren. Sie beeilt sich hineinzugehen. Rutscht beinahe auf der Illustrierten aus. Monika sitzt vor dem Bett auf dem Fußboden. Der Kopf ist ihr auf die Brust gesunken. Sie atmet schwer durch ihre zusammengebissenen Zähne. Ihre linke Hand krallt sich an das Bettgitter, lässt es erzittern. Monika sieht auf. Ein Glitzern liegt in ihren Augen.

»Verschwinde!«, sagt sie mit tiefer, heiserer Stimme.

Für einen Moment ist Gorana wie erstarrt. »Ich bin hier, um Ihnen zu helfen«, entgegnet sie.

Monikas spröde Lippen ziehen sich zurück, sie bleckt ihr Gebiss. Mit dem rechten Arm schlägt sie hart gegen das Bettgestell. Eine Wölbung am Unterarm lässt Gorana erkennen, dass Monikas Arm gebrochen ist. Endlich kommt wieder Bewegung in sie. Sie geht in die Hocke, packt Monika an den Schultern, aber die alte Frau ist erstaunlich stark, windet sich aus ihrem Griff. Schlägt erneut gegen das Bettgestell, und diesmal hört Gorana, wie in Monikas Arm die Knochen gegeneinander schaben.

NINA

»Skål miteinander. Wir gehen dunkleren Zeiten entgegen«, sagt Håkan zum dritten Mal an diesem Abend.

Die anderen lachen und heben ihre Schnapsgläser, doch Nina kann nur pflichtschuldig den Mund verziehen. Die Müdigkeit erfüllt ihren Kopf mit einem dumpfen, monotonen Summen. Sie nimmt einen Schluck Moosbeerensaft und registriert den schwachen Geruch der Schalentiere vom Abendessen an ihren Fingern. Bald ist es spät genug, damit sie ins Bett gehen kann, ohne unhöflich zu erscheinen. Sie hat sich die Rechtfertigungen, das entschuldigende Lächeln schon zurechtgelegt.

Während die anderen immer betrunkener geworden sind, hat sie bloß still dagesessen. Keiner wundert sich darüber. Sie hat schon zu Beginn des Abends erklärt, dass sie nach einer Krise an ihrem Arbeitsplatz Doppelschichten schieben musste. Keiner hatte sie gefragt, was passiert war. Niemand wollte wissen, wie es in Heimen wie dem Nebelfenn zuging.

Natürlich hatte sie sich nicht ausruhen können, als sie nach Hause gekommen war. Markus hatte noch nicht einmal angefangen zu putzen, und die Gäste sollten schon in wenigen Stunden kommen. Aber zumindest war der Rasen gemäht. Nina hat unter dem Gartentisch die Schuhe ausgezogen und streicht mit den Zehen durch die kühlen, gleichmäßig gewachsenen Halme.

Der Hund von Håkan und Lena ist endlich eingeschlafen.

Ingo ist eine amerikanische Bulldogge, die keuchend hin und her rennt und um Leckereien und Streicheleinheiten bettelt. Es ist unmöglich, eine Beziehung zu ihm aufzubauen, da man genug damit zu tun hat, ihn auf Abstand zu halten.

»Ich hab übrigens Joel Edlund getroffen«, sagt Lena unvermittelt und zündet sich eine Zigarette an. »Ich soll das Haus seiner Mutter verkaufen. Sie ist offenbar im Nebelfenn untergebracht?«

Nina blickt auf. Lena pafft und sieht sie erwartungsvoll an.

»Wer ist Joel Edlund?«, fragt Håkan.

»Er war Ninas bester Freund, als wir Teenager waren«, sagt Lena. »Sie hatten zusammen eine Band.«

Markus macht ein verkniffenes Gesicht.

»Du warst in einer Band?« Håkan lacht auf. »Ich fass es nicht. Davon hatte ich ja keine Ahnung.«

»Doch, doch, sie waren richtige Lokalmatadore«, sagt Lena. »Jedenfalls haben sie sich wohl selbst dafür gehalten.« Sie kichert.

Håkan betrachtet Nina weiter neugierig. Wartet auf eine Erklärung.

Sie räuspert sich. »Das war bloß so ein Ding auf dem Gymnasium«, sagt sie.

»Aber welches Instrument hast du gespielt?«, fragt Håkan perplex und versucht offensichtlich, sie sich in einer Band vorzustellen.

»Gitarre.« Nina bemüht sich, unbekümmert zu klingen. »Akustische Gitarre.«

»Ich fass es nicht«, sagt Håkan wieder.

»Außerdem hat sie Songs geschrieben«, sagt Markus. »Die habe ich allerdings nie zu hören bekommen.«

Er schlägt nach einer Mücke. Hat immer noch keine Miene verzogen.

»Da hast du nichts verpasst«, sagt Nina.

»Was war das denn für Musik?«, fragt Håkan.

Nina zuckt mit den Schultern. Will jetzt über etwas anderes reden, etwas, das nichts mit ihr zu tun hat.

»Sie sind in Stockholm aufgetreten und in die Zeitung gekommen und so weiter«, sagt Lena. »Ihr hattet doch auch einen Plattenvertrag, oder? Also, bevor du schwanger wurdest.«

»Ja.«

»Es war wahrscheinlich das Beste, dass nie etwas daraus geworden ist«, sagt Lena.

»Wieso?«, fragt Håkan. »Wäre doch genial gewesen, einen Popstar zu kennen!«

»Joel war ziemlich am Ende. Er hat Drogen genommen. Das tut er immer noch«, sagt Markus.

Nina wirft ihm einen flehenden Blick zu, aber entweder versteht er sie nicht, oder er ignoriert sie absichtlich.

»Ja, er ist nicht gerade das blühende Leben«, sagt Lena und leert ihr Glas, indem sie den Kopf in den Nacken wirft.

Zum ersten Mal seit langem denkt Nina daran, wie Joel und sie Lena immer nachgeäfft haben. Lena Jonsson, die Supermodel werden wollte und ständig mit der Plastiktüte von Harrod's herumlief, die sie von ihrer Sprachreise mitgebracht hatte. Mit leerem Blick, ausdruckslosem Gesicht und hoher, nasaler Stimme hatten sie sie imitiert. Sie hatten natürlich übertrieben, aber nicht besonders stark, das war nicht nötig gewesen. *Bah, auf MTV wird nur noch Negermusik gespielt. Und dann dieser Nick Cave, der davon singt, Leute zu ermorden. Gott sei Dank gibt es Idde Schultz. Ich finde* Fiskarna i haven *so zauberhaft. Es ist schon etwas Besonderes, wenn sie auf Schwedisch singen. Das berührt einen irgendwie mehr.*

Nina merkt, dass sie gleich kichern muss, wenn sie nicht aufpasst. Sie ist jetzt gefährlich müde.

»Er war klapperdürr«, sagt Lena und schenkt sich Wein

nach. »Und außerdem hat er den schlimmsten Hauptstadt-Dialekt drauf.«

»Tja, da muss er ja wohl Drogen nehmen, wo er doch Stockholmerisch spricht«, hört Nina sich sagen.

Die anderen starren sie an. Sie schafft es, unschuldig zu lächeln, als hätte sie einfach bloß einen Witz gemacht.

»Bist du ihm denn schon begegnet?«, fragt Lena.

Nina nickt.

»Und, wie war das?«

»Als er seine Mutter dort hingebracht hat, war er high«, sagt Markus.

Nina sieht ihn wieder an. Jetzt weiß sie, dass er es mit Absicht macht. Sie dafür bestraft, dass Joel wieder da ist.

»Shit. Das ist ja schon irgendwie tragisch«, sagt Lena.

»Ich kann darüber nicht sprechen. Ich habe Schweigepflicht.«

»Natürlich«, sagt Lena. »Aber wenn du schon mit Markus geredet hast, kannst du es uns ja wohl auch erzählen, oder?«

Nina schüttelt den Kopf.

»Ich fass es nicht, dass du in einer Band warst«, sagt Håkan.

»Soll ich noch Kaffee holen? Oder Whisky?«

Alle schütteln die Köpfe und beteuern, sie hätten genug.

»Ich hoffe, dass er nicht krank ist«, sagt Lena. »Ich meine, es gab ja schon früher Gerüchte. Er ist so schrecklich dünn.«

Nina sieht sie nicht an. Sie weiß genau, auf welche Gerüchte Lena anspielt. Damals dachte man bei Schwulen nur an eines.

Es waren allerdings auch andere Gerüchte über Joel im Umlauf gewesen. Zum Beispiel, dass in Wahrheit er Daniels Vater sei. Sie weiß nicht, ob Markus noch an diese Gerüchte denkt, ob er jemals zweifelt.

Nina kann jetzt nicht schlafen gehen, nicht gleich nach diesem Gespräch. Lena und Markus würden sonst glauben, dass sie verärgert ist. Und noch schlimmer: Sie würden ohne sie – über sie – weiterreden.

Sie denkt daran, wie sie Joel verraten hat, nachdem er weggezogen war. Wie sie eingestimmt hat, als die anderen über ihn herzogen. Das war ihre Abbitte für die Freundschaft mit ihm gewesen, für die Jahre mit zu groß geratenen Träumen.

Und nun sitzt sie hier.

JOEL

Bunte Lampions hängen an der falunroten Hauswand, an der Regenrinne unter der Terrassenüberdachung, in den Zweigen des Apfelbaums. Auf einem Fensterbrett balancieren Lautsprecher. Auf dem Boden davor dreht sich eine Schallplatte auf einem Plattenspieler.

Joel liegt in einer Hollywoodschaukel, einen Fuß im Gras, mit dem er sich Schwung gibt. Ein Windstoß, der seine nackten Arme streichelt, lässt ihn vor Wonne erschauern.

Der Wein hatte bitter, beinahe metallisch geschmeckt, nachdem Katja die weißen MDMA-Kristalle zerstoßen und wie Schneeflocken ins Glas hatte rieseln lassen. Sie hatte ihm die Uhrzeit aufs Handgelenk geschrieben, damit er wusste, wann es Zeit war nachzulegen. Nun ist es fast drei Stunden her, seit die Welt schön wurde.

Es ist so einfach.

Er kennt das Gefühl von Ecstasy und kennt es auch wieder nicht. Er muss sich nicht bewegen. Er muss gar nichts. Sogar die Luft schmeckt gut. Er ist völlig ruhig. Genau das hat er mit dem Trinken zu erreichen versucht, aber er spürt nichts von der Abstumpfung, die dem Alkoholkonsum folgt. Alle Gedanken sind klar und deutlich. Er versteht, wie sie zusammenhängen. Wie *alles* zusammenhängt. Das Gras unter seinem Fuß ist kühl von der Nachtluft. Dasselbe Gras, auf dem Katja mit ihren alten Junkie-Kumpels tanzt. Sie singen die gleichen Pink-Floyd-Songs mit, die Joel hier früher schon gehört hat.

Als Katja sein Geld genommen hatte, hatte sie daran geschnüffelt. »Riecht gar nicht mehr nach Chlor«, hatte sie mit einem Grinsen gesagt. Als er in der Oberstufe war, hatte er nebenher im Kiosk des örtlichen Schwimmbads gejobbt. Viele der von nassen Kinderhänden aufgeweichten Scheine waren direkt in seiner Tasche gelandet. Und danach in Katjas.

Seine Mutter schien nie etwas davon bemerkt zu haben. Erst als er nach Stockholm zog, bekam sie Angst, dass er anfangen könnte, Drogen zu nehmen. Sie hatte in der Boulevardpresse von all den Gefahren gelesen, die in der Hauptstadt lauerten. Wenn sie geahnt hätte, wie viele Drogen in den Wäldern um sie herum kursierten!

Er sieht ein paar Mädchen, die in gelbe, mit Lachgas gefüllte Ballons atmen – Ballons, die wachsen und schrumpfen wie kleine Sonnen. Die Lippen der Mädchen sind durch den Sauerstoffmangel blau. Sie sind so jung und schön. Warme Wellen durchfluten ihn, während er sie beobachtet. Er streicht sich mit den Fingerspitzen über den Arm, erschauert am ganzen Körper. Es kommt ihm vor wie ein Wunder, dass er sich selbst so guttun kann. Morgen wird er es bereuen, das weiß er, aber dieser Gedanke kann ihm hier nichts anhaben. Unter dem endlosen Sternenhimmel sind seine Probleme so klein. Es liegt Freiheit darin, unbedeutend zu sein. Morgen wird er sich daran erinnern. Das wird das Aushalten leichter machen.

Jemand wechselt die Schallplatte. *Love Will Tear Us Apart.* Einer der ersten Songs, die er Nina zu spielen beigebracht hatte. Seine Mutter war damals einmal mit einem Wäschekorb im Arm in sein Zimmer gekommen. *Kein Wunder, dass du deprimiert wirst, wenn du dir solche Musik anhörst. Kannst du nicht mehr von den Sachen hören, die Björn mag?* Sie hatte nie begriffen, dass es umgekehrt war. Dass es die muntere Tanzmusik war, die ihn deprimierte, weil sie von einer einfachen und sorgenfreien Welt handelte, zu der er keinen Zugang hatte. Joel lacht auf. Björn, der immer Bemerkungen über seine schwarzen Klamotten gemacht hatte. *Gehst du zu einer Beerdigung?* Natürlich konnten sie ihn nicht verstehen. Wie sollten sie auch? Er war nicht wie sie.

Als er nach Stockholm zog, hielt er sich für etwas Besonderes. Er versuchte, alle seine und Ninas Träume im Alleingang zu erfüllen. Doch Stockholm war voll von Leuten wie ihm, die ebenfalls mit Träumen und leidlichem Talent dorthin gekommen waren, und mit einem Schallplattenvertrag, der kurz vor dem Abschluss stand. Er erkannte sich in ihren verzweifelten Blicken in Hannas Keller, im Gino und im Studio wieder. Und die ganze Zeit über fehlte ihm Nina. Er verstand nicht, warum sie ihn verlassen hatte. Aber er versuchte nicht, zu verstehen. Versuchte nur, zu vergessen.

Jetzt begreift er endlich: Nina hatte nicht mit ihm kommen können. Er hatte alles kaputtgemacht. Auch sie hatte er kaputtgemacht. Markus hatte sie vor ihm gerettet, genau wie sie gesagt hatte. Es war richtig, dass sie geblieben war. Er darf nicht vergessen, Nina das zu sagen. Plötzlich vermisst er sie. Es ist wundervoll, jemanden vermissen zu können. Jemanden so sehr zu mögen, dass man sich nach ihm sehnt. Er wird ihr erzählen, dass das, was passiert ist, keine Rolle mehr spielt. Davor hatten sie ja ihre Zeit gehabt.

»Darf man sich setzen?«

Joel zieht seine Beine an, um dem Typen Platz zu machen, der am Fußende der Hollywoodschaukel steht. Sie kippt ein wenig, als er sich darauf niederlässt.

»Du kannst die Beine über meine Knie ausstrecken«, sagt er, und das tut Joel.

Der Körperkontakt ist wie ein Schock. Sein ganzer Körper ist ein Sternenhimmel, an dem Lichtpunkte aufflammen, verlöschen und wieder aufflammen.

Der andere scheint das zu merken, denn er grinst. Er zieht eines von Joels Hosenbeinen bis zur Mitte der Wade hoch und lässt seine Fingerspitzen über die Haut gleiten. Jedes einzelne Haar, das sie berühren, richtet sich auf. Es ist völlig asexuell und trotzdem besser als Orgasmen.

»Das magst du also?«, fragt der andere.

Erst jetzt betrachtet Joel ihn genauer. Er hat schmale Lippen und große Augen. Eine gut gestylte Rockabillyfrisur. Vielleicht sieht er einen Tick *zu* geschniegelt aus, zu perfekt, aber das spielt keine Rolle. Joel kann in seine *Seele* blicken.

»Katja sagt, dass es dein erstes Mal ist«, sagt der Typ.

Seine Hand verharrt. Das ist auf andere Art angenehm. Wärme pulsiert aus seinen Fingerspitzen durch Joel hindurch. Füllt ihn mit Energie, die Blitze aussendet.

Joel will mehr, doch es gibt keine Eile, keine Angst, es nicht zu bekommen. Alles ist vollkommen, so, wie es ist. Es ist perfekt.

»Ich hab das hier einfach gebraucht«, sagt Joel.

»Das merke ich. Es scheint dir ziemlich gutzugehen.«

Er stellt sich als Diego vor, und als Joel seine Hand ergreift, will er sie gar nicht wieder loslassen. Diego lacht. Schaut auf die Uhrzeit, die auf Joels Handgelenk geschrieben steht. Nickt.

»Bist du sicher, dass du nicht allein sein willst?«, fragt er.

Joel schüttelt den Kopf. Streichelt mit seinen Fingern die unbekannte Handfläche.

»Das bin ich schon lange genug gewesen«, sagt er. »Ich habe genug von mir selbst. Deswegen bin ich hierhergekommen.«

Diego nickt. Er versteht. Sie sind zwei Menschen, die einander verstehen. Das ist eigentlich gar nicht so schwer. In ihrem Innersten, auf das es ankommt, sind alle gleich. Niemand ist jemals einsam. Alles gehört zusammen.

»Weißt du«, sagt Joel, »ich habe keine von den Weihnachtspostkarten aufgehoben, die ich von meiner Mutter bekommen habe. Sie hat jedes Jahr eine geschickt. Ist das nicht traurig? Und trotzdem schön?«

»Doch«, sagt Diego. »Warum hast du sie nicht aufgehoben?«

»Ich bin gar nicht auf die Idee gekommen. Aber ich kann ihre Handschrift vor mir sehen. Die war sehr … akkurat. Und jetzt ist sie verloren – sie kann nicht mehr schreiben.«

Diego streichelt wieder mit den Fingern über Joels Bein. Beugt sich vor und sieht ihn neugierig an.

»Erzähl mehr«, sagt er. »Es interessiert mich.«

»Ich habe auch keins von den Weihnachtsgeschenken mehr, die sie geschickt hat«, sagt Joel. »Oder von den Geburtstagsgeschenken. Ich musste mich immer erst überwinden, sie von der Post zu holen, denn es war jedes Mal dasselbe, sie waren immer so falsch.«

»Was war falsch daran?«

Joel denkt einen Augenblick über die Frage nach. Und plötzlich sieht er klar. Als ob er die Perspektive der Sterne am Himmel eingenommen hätte. Er sieht alles von oben, sieht, wie einfach es ist.

»Klamotten und Nippes und praktische Dinge, von denen sie meinte, dass ich sie bräuchte. Wie eine Nudelmaschine. Dabei koche ich nicht mal. Ich dachte immer, dass sie mich überhaupt nicht kennt. Ich dachte, dass sie sich nicht für mich interessiert. Aber im tiefsten Innern wusste ich, dass sie diese Dinge wirklich mit Bedacht ausgewählt hatte. Verstehst du? Dass sie sie sich in Läden angesehen oder im Katalog bestellt und gedacht hatte, *das, ja, das könnte etwas für Joel sein.* Vielleicht war sie zuerst unsicher, und dann überzeugte sie sich selbst, *ja, doch, das ist das Richtige.* Sie hat es hoffnungsvoll in Geschenkpapier eingepackt. Und dann war es trotzdem total falsch. Wenn ich mir das selbst eingestanden hätte, hätte ich zugeben müssen, dass es auch mein Fehler war. Ich habe ihr nie die Chance gegeben, mich kennenzulernen. Und ich dachte nie, dass sie Interesse daran hätte, aber dann fand ich eine Menge Sachen, die sie aufgehoben hatte, und da begriff ich, dass sie sich doch die ganze Zeit Gedanken um mich gemacht hat. Sie wusste nur nicht, wie sie mit mir darüber sprechen sollte. Weil ich sie nie dazu eingeladen habe. Aber sie hat mein komplettes Jugendzimmer so gelassen, wie es war, wie ein Museum. Das bedeutet doch was, oder? Sie hat vielleicht nie gesagt, dass sie mich liebt, aber sie hat es mir ja ständig gezeigt. Und ich dachte, dass es zu spät wäre, ihr auf halbem Wege entgegenzukommen, jetzt, wo sie so krank ist, aber vielleicht spürt sie es ja trotzdem. Irgendwie. Ich muss es zumindest versuchen.«

Joel weiß nicht, wie lange er so redet. Diego lauscht wie gebannt. Die Welt um sie herum verblasst. Es gibt nur ihre Berührung und die Worte und dieses Glücksgefühl, das ihn erfüllt, so ungewohnt, obwohl es die ganze Zeit da gewesen sein muss, denn dies ist der natürliche Zustand.

»Willst du mehr haben?«, fragt Diego. »Oder willst du etwas Special K?«

Er holt einen winzigen Silberlöffel hervor, der ihm unter dem Hemd um seinen Hals hängt.

»Ich weiß nicht«, sagt Joel. »Will ich das?«

»Hast du das auch noch nie ausprobiert?«, fragt Diego, und seine Miene erhellt sich. »Du wirst es lieben. Die Erfahrungen, die du jetzt gerade machst, werden noch eindringlicher. Kurz, aber *intensiv*.«

Joel zögert. Er will morgen nicht völlig neben sich stehen. Er muss sich an all das Phantastische, das er jetzt erlebt, erinnern. Es mit sich nehmen.

»Stell es dir wie eine neue Ebene vor«, sagt Diego und löffelt Pulver aus einem Plastiktütchen. »Die Aussicht ist phantastisch.«

Er hält ihm den Löffel hin, der immer noch um seinen Hals hängt. Joel setzt sich in der Hollywoodschaukel auf. Beugt sich vor. Spürt die Körperwärme, die Diego ausstrahlt, die er selbst ausstrahlt, wie sie beide sich in der Luft treffen. Er snieft. Wischt sich die Nase ab, während Diego seine eigene Portion vorbereitet.

»Es dauert ein bisschen«, sagt er. »Mach mal Platz.«

Sie legen sich dicht nebeneinander. Zwei Körper, die verschmelzen, schwerelos in der Hollywoodschaukel. Die Hitzewellen werden immer stärker. Zeit und Raum verschwimmen. Umarmen sie.

NINA

Der Montagmorgen kommt mit grell-weißem Licht und Sturzregen. Die Scheibenwischer arbeiten energisch, aber vergeblich gegen die riesigen Tropfen an, die die Sicht behindern und ganze Seen auf der Landstraße bilden. Nina parkt so nah beim Heim, wie es geht, und läuft zum Eingang, während der Wind an ihrem Regenschirm zerrt.

Sie zieht sich im Keller um, begegnet danach Adrian im Foyer. Er erzählt von einem Fest in der alten Mühle auf der Landzunge hinter der Kirche von Lycke. Offenbar wohnen einige der Schauspieler aus der Theatertruppe dort. Nächtliches Bad und Sonnenaufgang. Grillen und Fummeleien.

»Und bei dir?«, fragt er.

»Ach, ganz unspektakulär. Wir hatten ein paar Freunde zum Abendessen da.«

Adrian scheint noch auf etwas zu warten, aber mehr gibt es nicht zu erzählen. Sie möchte nicht an das Abendessen denken. Die eigenartige Stimmung hat das ganze Wochenende über zwischen ihr und Markus gehangen.

»Wir haben ziemlich viel Wein getrunken«, sagt sie.

»Klar.« Adrian grinst. »Apropos Mittsommer. Ich habe gesehen, wie du am Mittsommertag mit diesem Typen geredet hast. Mit dem neuen Angehörigen bei euch. Du kennst ihn von früher, oder?«

»Joel?«, sagt Nina und merkt, wie ihr Lächeln angestrengt wird. »Ja.«

»Was ist das mit euch? Wart ihr mal zusammen?«

Ihr schrilles kleines Lachen prallt von den Wänden zurück.

»Wie kommst du denn darauf?«

Adrian zuckt mit den Schultern. »Du hast so gereizt gewirkt, dass ich dachte, dass ihr mal zusammen gewesen sein müsstet.«

»Wir ... nein. Echt nicht.«

Sie schüttelt den Kopf, murmelt, dass sie es etwas eilig habe. Während sie ihre Zugangskarte einliest, betet sie, dass Joel am Mittsommerwochenende abgereist sein möge.

Gorana liegt mit dem Oberkörper auf dem Tisch im Personalraum. Sie hebt nicht einmal den Kopf von ihren gekreuzten Armen, als sie Nina erblickt.

»Guten Morgen«, sagt sie und gähnt. »Hattest du ein schönes Mittsommerwochenende?«

»Ganz okay«, sagt Nina. »Und wie war es hier?«

Gorana verdreht die Augen. »Hier war richtig was los. Monika aus der D6 hat sich den Arm gebrochen, also habe ich mit ihr in der Notaufnahme gesessen. Und das am Mittsommerabend, das war echt die Krönung, kann ich dir sagen. Da ist ein Typ blutüberströmt und mit einem Messer in der Schulter rumgelaufen und hat gebrüllt, dass er was zu rauchen braucht, und ein anderer ...«

»Wie ist das passiert?«, unterbricht Nina sie. »Das mit dem Armbruch?«

»Sie war aus dem Bett geklettert. Als ich reinkam, saß sie auf dem Fußboden und hämmerte wie bekloppt mit dem Arm gegen das Bettgestell. Total übergeschnappt. Faisal hat mir helfen müssen, damit wir den Krankenwagen rufen konnten. Sie haben sie mit Beruhigungsmitteln vollgepumpt.«

»Und wie geht es ihr jetzt?«

»Seit wir zurück sind, hat sie die meiste Zeit geschlafen. Ich habe ihr Bett so weit wie möglich abgesenkt, für den Fall, dass diese wahnsinnige alte Schachtel noch mal über das Gitter klettert.«

Gorana scheint zu merken, dass Nina erschüttert ist, denn ihre Gesichtszüge werden weicher.

»Entschuldige. Ich hatte vergessen, dass ihr euch schon von früher kennt.«

»Auch wenn wir uns nicht kennen würden, solltest du nicht so reden. Hat jemand mit Joel gesprochen?«

»Er ist das ganze Wochenende nicht ans Telefon gegangen«, sagt Gorana.

Nina hat es gewusst. Er ist sicher immer noch high. Vielleicht ist er sogar bei Katja gewesen.

»Versuch es weiter«, sagt sie und geht auf den Flur.

Monika sitzt in ihrem Bett und schaut aus dem Fenster, als Nina Apartment D6 betritt. Ihr rechter Unterarm ist bis zu den Fingerspitzen eingegipst. Das weiße Licht auf ihrem Gesicht lässt ihre grauen Augen noch blasser erscheinen. Sie scheint weiter abgenommen zu haben. Der Kopf wirkt zu groß, als dass der dünne Hals ihn tragen könnte. Ihr Nachthemd ist ein Stück heruntergerutscht, das Schlüsselbein zeichnet sich deutlich unter der Haut ab.

Als ob sie etwas von innen heraus aufzehrt.

»Monika?« Keine Reaktion. Nur Ninas Atem ist zu hören, und der Regen, der gegen die Scheibe peitscht. Der PVC-Boden, der ein schwaches, schmatzendes Geräusch macht, als sie einen Schritt auf das Bett zugeht.

»Darf ich mich ein bisschen zu dir setzen?«

Monika seufzt tief, antwortet aber nicht. Nina zögert, ehe sie sich einen Stuhl heranzieht und sich setzt. Wartet.

Schließlich wendet Monika sich ihr zu. Die grauen Augen starren ins Leere.

»Was ist passiert?«, fragt Nina. »Wie hast du dir den Arm gebrochen?«

Keine Antwort.

»Du Ärmste. Ich hoffe, du hast keine Schmerzen.«

Monika legt den Kopf schief. Schaut den Gips an, als sähe sie ihn zum ersten Mal. Dann blickt sie wieder Nina an.

Etwas in ihren Augen hat sich verändert. Der Demenzblick ist verschwunden. Aber sie ist auch nicht sie selbst.

Es ist nicht sie, es ist nicht Monika …

Nina weiß nicht, woher der Gedanke kommt, aber ihr wird bewusst, dass sie Angst hat.

Es ist Monika, selbstverständlich ist es Monika.

»Was ist passiert?«, fragt Nina noch einmal.

»Monika ist eine kleine Sau«, sagt Monika heiser. »Aber jetzt weiß sie, wer hier das Sagen hat.«

JOEL

Seine Brust zieht sich schon beim ersten wachen Atemzug zusammen. Er schlägt die Augen auf und sieht ein Wandbild. Eine viel zu grüne Landschaft unter einem viel zu blauen Himmel. Im Vordergrund Steine. Ein sprudelnder Brunnen und dramatische Wolken.

Er hat keine Ahnung, wo er ist, aber diese Angst ist ihm wohlvertraut. Ein chemischer Prozess, der jede Synapse im Gehirn einen einzigen Gedanken, ein einziges Wort senden lässt.

nein nein nein nein

Joel setzt sich vorsichtig in dem fremden Bett auf. Bemerkt, dass er nackt ist. Er spürt einen Druck hinter den Augen, Schmerzen und Hämmern im Kopf.

In den zerwühlten Laken liegt jemand neben ihm. Der Rockabilly-Typ von gestern Abend.

Diego? Hieß er nicht so?

Joel setzt einen Fuß auf den Boden und spürt einen Teppich.

atmen, atmen, einfach nur atmen

Seine Jeans liegen hingeworfen da, die Unterhosen stecken noch darin. Als er die Bettdecke zurückschlägt, um ganz aufzustehen, findet er sein Unterhemd. Es stinkt nach kaltem Rauch. Als er sich vorbeugt, um seine Hose aufzuheben, ist es, als würde sein Schädel in tausend Stücke zerspringen. Einen Augenblick lang fürchtet er, dass er in der Nacht einen

Schlag abbekommen haben könnte. Er hebt die Hand und betastet seinen Kopf. Stellt fest, dass der Schädel noch heil ist.

Die Jalousien sind herabgelassen, doch draußen vor dem Fenster hört man die Geräusche der Stadt. Eine Autohupe. Absätze, die über Asphalt klappern. Irgendwann in der Nacht müssen sie Katjas Haus im Wald verlassen haben. Er durchforstet sein Gedächtnis, findet aber nach der Hollywoodschaukel und dem kleinen Löffel mit Ketamin nichts mehr.

Joel betrachtet wieder den Typ im Bett. Er liegt still. Viel zu still. Eine erneute Welle der Angst schnürt Joels Brustkorb zusammen, als würde er implodieren. Er geht um das Bett herum, rüttelt vorsichtig an einer sommersprossigen Schulter. Hält den Atem an.

Diego murmelt etwas im Schlaf und rollt sich auf die andere Seite. Joel kann wieder atmen. Er holt sein Handy aus der Tasche seiner Jeans. Starrt auf den Bildschirm.

Es ist Montagmorgen.

Zweieinhalb Tage sind verschwunden. Und er hat elf verpasste Anrufe aus dem Nebelfenn. Drei Sprachnachrichten.

atmen. atmen, einfach nur atmen

Er stolpert aus dem Schlafzimmer. Kommt in einen Salon mit goldfarbenen Wänden und einem schwarzen Flügel. Menschen in Trauben auf einem gigantischen Sofa. Eine von ihnen ist Katja, sie hat sich zu einem Ball zusammengerollt. Manche sind davor auf dem Fußboden eingeschlafen. Es stinkt nach Schnaps und kaltem Rauch. Aschenbecher und Flaschen überall, leere Tütchen mit Resten von weißem Pulver. Wie viel hat er selbst sich davon reingezogen? Beim Anblick von herumliegenden Injektionsnadeln muss er sich beinahe übergeben. Er streicht sich mit den Fingern über seine Armbeugen und untersucht sie gründlich im Halbdunkel.

Schau mal, Mama, keine Einstiche!

Joel tappt vorsichtig zum Tisch, steigt über eine schlafende

Frau hinweg. Er angelt sich ein ungeöffnetes kleines Tütchen und hofft, dass es Speed enthält. Um diesen Tag überstehen zu können, braucht er einen Rettungsring.

Er findet das Badezimmer und trinkt Wasser, über ein edles Waschbecken aus Marmor gebeugt. Begegnet, als er sich den Mund abwischt, seinen wild stierenden Augen im Spiegel. Sieht hastig weg. Schüttet das weiße Pulver auf ein Blatt Toilettenpapier und knüllt es zu einem Ball zusammen, den er sofort hinunterschluckt.

Er bahnt sich einen Weg durch Räume mit extravaganten Möbeln und Stuckdecken, geschmacklosen Gemälden und Glaskunst, die an Gedärme und Korallen erinnert. Schließlich findet er einen Flur, wo seine Converse-Schuhe mitten in der ganzen Unordnung erstaunlich ordentlich nebeneinanderstehen.

Mit einer Hand am Geländer geht Joel die Treppen hinunter. Als er die Haustür aufstößt, stechen die Sonnenstrahlen ihm messerscharf in die Augen. Er kneift die Lider zusammen und erblickt am Ende der Straße einen Platz, es muss der Järntorget sein. Er ist in Göteborg. Er streicht mit den Händen über die Taschen seiner Jeans und fühlt erleichtert, dass Brieftasche, Schlüssel und Handy noch da sind. Es fällt ihm schwer, seine Gedanken zu ordnen, aber zumindest gelingt es ihm, in Stichpunkten einen Plan zu formulieren: Schmerztabletten kaufen. Zum Busbahnhof fahren. Den Schnellbus nach Marstrand nehmen. Vom Bus aus im Nebelfenn anrufen. Und dann nach Hause.

Nach Hause. Montag.

Joel reißt sein Handy aus der Tasche und blickt aufs Display. Es ist halb acht. In ein paar Stunden kommt der Fotograf vom Maklerbüro.

Er starrt immer noch auf das Telefon, als es zu klingeln beginnt. Angezeigt wird die Nummer des Nebelfenn.

NINA

Dienstbesprechung im Atrium. Elisabeth erzählt, was in der Mittsommernacht in Apartment D6 passiert ist. Nina hat schon den ganzen Bericht gelesen, fasst sich aber trotzdem instinktiv an den Unterarm, wie um ihn zu schützen. Monika hat eine Radiusfraktur erlitten, die häufigste Verletzung bei den Alten, wenn sie aus dem Bett fallen. Die Fraktur war aber zusätzlich durch die Schläge gegen das Bettgestell disloziert, so dass der Knochen gerichtet werden musste.

»Sie hat Beruhigungsmittel und eine lokale Betäubung erhalten«, sagt Elisabeth. »Glücklicherweise scheint sie sich nicht an die Ereignisse zu erinnern.«

Monika ist eine kleine Sau. Aber jetzt weiß sie, wer hier das Sagen hat.

»Sie erinnert sich«, sagt Nina.

Elisabeth wirft ihr einen schiefen Blick zu.

»Wenn nichts Unvorhergesehenes passiert, ist sie bald wieder hergestellt«, fährt sie fort. »Ich habe sie auf Diazepam gesetzt und hoffe, dass sie das ruhigstellt, bis der Bruch verheilt ist.«

»Hoffentlich gehört ihr Sohn nicht zu denen, die glauben, dass wir gegen die Sorgfaltspflicht verstoßen«, sagt Rita.

»Ja«, sagt Elisabeth. »Gorana hat ihn heute Morgen erreicht, er kommt später vorbei. Überlegt euch, was ihr über die Ereignisse erzählt. Denkt daran, dass niemand von uns sich etwas hat zuschulden kommen lassen.«

Nina sieht sie misstrauisch an. Kein Wort darüber, wie es Monika eigentlich geht.

»Sie ist auch vorher schon einmal über das Bettgitter geklettert«, wendet sie ein. »Ich hatte dich gebeten, bei der Zentrale nachzufragen, ob das Risiko in diesem Fall nicht den Nutzen übersteigt. Hast du das gemacht?«

Elisabeth lächelt gezwungen.

»Es kann dauern, bis von dort eine Antwort kommt, wie du weißt. Wir haben das Bett bis auf weiteres abgesenkt.«

Sie schaut in ihre Aufzeichnungen, will zum nächsten Punkt übergehen.

»Wir sollten Monika untersuchen«, beharrt Nina. »Sie nimmt zu viel ab. Und sie ... hat sich verändert.«

Elisabeth blickt wieder auf, und dieses Mal macht sie keine Anstalten, ihren Unmut zu verbergen.

»Dies ist ein Heim für Demente. Was glaubst du, warum sie hier ist?«

»Sie ist noch nie aggressiv gewesen. Es könnte ein medizinisches Problem sein oder ...«

»Du kennst sie von früher«, unterbricht Elisabeth sie.

»Und?«

»Deswegen ist es schwierig für dich, sie mit der notwendigen Distanz zu betrachten. Solche Dinge passieren einfach, und das weißt du sehr gut.«

»Und was ist mit ihrem Gewicht? Sie könnte Verdauungsprobleme haben, von denen wir nichts wissen, oder irgendeine Mangelerscheinung, oder es könnten Würmer sein ...«

»Das hätten wir bemerkt«, sagt Elisabeth.

»Das ist nicht gesagt.«

»Es wäre sicher gut, einige Untersuchungen machen zu lassen, schon wegen des Sohns«, sagt Adrian. »Wenn er sich Sorgen macht, könnte ihn das beruhigen.«

Elisabeth seufzt tief auf. Sie hört selten auf jemand anderen als Adrian, und Nina fragt sich, ob das daran liegt, dass er ein Mann ist oder dass er gut aussieht. Womöglich beides. Auf jeden Fall ist sie für seine Unterstützung dankbar. Als Elisabeth sich wieder ihren Unterlagen zuwendet, zwinkert Adrian ihr zu.

»In Ordnung, ich werde daran denken«, sagt Elisabeth. »Und jetzt würde ich gerne fortfahren.«

Rita nickt zustimmend.

»Ich bin anscheinend die Einzige, die es interessiert, dass wir bald mit dem Mittagessen anfangen müssen«, sagt sie und sieht Nina grimmig an.

Adrian und eine der Pflegerinnen von Station C tauschen einen vielsagenden Blick. Sie verabscheuen Rita auf eine Weise, die Nina sich nicht erlauben kann. Sonst würde sie es nicht ertragen, mit ihr zusammenzuarbeiten.

Da betritt jemand das Atrium, alle Köpfe wenden sich der Person zu. Es ist eine Frau in Ninas Alter. Brille. Ein dünner Nasenring aus geflochtenem Gold. Das Haar zu einem lässigen Knoten hochgesteckt.

»Entschuldigen Sie die Verspätung«, sagt sie.

»Ach ja!«, sagt Elisabeth und schlägt die Hände zusammen. »Das hätte ich beinahe vergessen!«

Sie hat auf ihre überschwänglichste Stimme umgeschaltet. Die Stimme, die für neue Angehörige und Angestellte reserviert ist. Bevor diese unangenehme Fragen und lästige Forderungen stellen.

»Das ist Nahal Ghanbari, unsere neue Zeitarbeitskraft auf Station D. Sie fängt mit der Nachtschicht an, aber ich habe sie gebeten, zur Besprechung zu kommen, damit wir sie begrüßen können. Sie ist gerade von Uddevalla hierhergezogen.«

»Das ist ja eine richtige Metropole im Vergleich zu Skredsby«, sagt Adrian. »Was hat dich hierher verschlagen?«

Nahal lacht. Errötet, wie so viele Frauen, wenn sie Adrian begegnen.

»Ich habe übers Internet einen Mann kennengelernt«, sagt sie und wedelt mit ihrem Handy. »Dem Wunder der Technik sei Dank, stimmt's?«

»Nahal hat lange als Pflegehelferin in Uddevalla gearbeitet«, sagt Elisabeth.

»Im Vergleich mit dem Nebelfenn war das die reinste Fabrik«, sagt Nahal. »Fünf Etagen mit jeweils drei Abteilungen. Ich musste aufhören, weil es so deprimierend war. Wir hatten nie für irgendwas wirklich Zeit. Dagegen ist dieses Heim ja fast eine Puppenstube, geradezu niedlich.«

»Apropos niedlich«, sagt Elisabeth. »Du nimmst irgendwann einen vierbeinigen kleinen Freund mit zur Arbeit, richtig?«

»Ja. Ich bilde meinen Hund gerade zum Therapiehund aus. Er macht bald seine Prüfung, deshalb dachte ich mir, er könnte hier sein Praktikum ableisten.«

Elisabeth lacht ein wenig zu laut.

»Das klingt großartig«, sagt sie. »Wie ihr wisst, hat der Kontakt zu Tieren eine sehr positive Wirkung auf demente Personen. Rita, vielleicht könntest du Nahal ein wenig herumführen.«

»Natürlich«, sagt Rita. »Falls diese Besprechung irgendwann einmal zu Ende sein sollte.«

JOEL

Das Amphetamin hatte ihm die Energie verliehen, das ganze Haus innerhalb weniger Stunden auf Vordermann zu bringen. Zielgerichtet, gut organisiert, effektiv. Er hat keine Ahnung, wann er zuletzt etwas gegessen hat, aber er verspürt keinen Hunger. Nachdem der Fotograf gegangen war, hatte er sich unter die Dusche gestellt, sich von Kopf bis Fuß geschrubbt und war dort geblieben, bis das warme Wasser verbraucht gewesen war. Seine Haut glüht immer noch, fühlt sich von außen wie von innen ausgetrocknet an. Er ist dabei, abzustürzen, und wünscht sich, er hätte ein paar der kleinen Plastiktütchen mitgenommen. Nur um den Rest dieses Tages zu überstehen.

Er parkt vor dem Nebelfenn. Als der Motor verstummt, kehrt sofort sein Panikgefühl zurück. Es trommelt unter seinem Schädelknochen. Da drinnen scheint es zu kochen.

Nur noch ein kleines bisschen, oder, Joel?

Er lächelt höhnisch über sich selbst und steigt aus dem Auto. Er sollte den Leiter seiner damaligen Selbsthilfegruppe anrufen und ihm von dem Rückfall erzählen, aber sie haben seit Jahren nicht mehr miteinander gesprochen. Und er will nicht zugeben, dass er wieder trinkt. Er steuert Flur D an. Nimmt die wohlbekannten Gerüche von PVC und Reinigungsmitteln, Urin und Essensdünsten wahr. Sie scheinen in ihn einzudringen, ein Teil von ihm zu werden.

Lillemor sitzt im Aufenthaltsraum vor dem Fernseher und

schaut sich einen Schwarzweißfilm an. Als sie ihn erblickt, schält sie sich mühsam aus ihrem Sessel.

»Wollen Sie Monika besuchen?«, ruft sie. »Grüßen Sie sie von mir.«

»Das tue ich«, sagt er und geht weiter.

Doch Lillemor kommt hinaus auf den Gang und folgt ihm mit schweren Schritten.

»Ist es nicht wunderbar, dass ein Schutzengel zu uns gekommen ist?«, ruft sie.

Joel dreht sich um.

»Ich bin mir nicht sicher, ob er seinen Job auch wirklich erledigt«, sagt er. »Meine Mutter hat sich schließlich den Arm gebrochen.«

Lillemor lächelt ihn geduldig an, als wäre er ein Kind, das etwas schwer von Begriff ist.

»Das war zu ihrem eigenen Besten«, sagt sie. »Das verstehen Sie sicher?«

»Nein, das tue ich nicht.«

»Sie wollte sich einem Gesandten des Herrn widersetzen.«

Fast beneidet er Lillemor. Ihr Dasein musste so einfach sein. Keine Zweifel. Sie braucht keine Drogen. Stattdessen hat sie ihre Engel, die ihr helfen, die Welt zu ertragen.

Joel geht weiter.

»Der Herr findet immer einen Weg in unsere Herzen!«, ruft Lillemor ihm hinterher.

Er geht am Gemeinschaftsbereich vorbei. Schaut schnell weg, als er sieht, dass Nina dort drinnen das Mittagessen abräumt. Er ist sich unsicher, ob er vor ihr verbergen könnte, dass er high ist. Möchte nicht noch Wasser auf die Mühle ihrer Selbstgerechtigkeit gießen. Er geht weiter den Flur hinunter. Hört ein schwaches … *Name ist Edit* …, als er an einer offenen Wohnungstür vorbeikommt.

Vor Apartment D6 bleibt er stehen. Lillemor steht immer

noch im Flur und beobachtet ihn, als er tief einatmet und hineingeht.

Seine Mutter sitzt im Bett und schaut aus dem Fenster. Ist in den paar Tagen noch magerer geworden. Er sieht ihren Gips und möchte heulen. Sie ist so zerbrechlich.

Lillemors Schutzengel soll sich zum Teufel scheren!

Die perspektivischen Verhältnisse im Zimmer kommen ihm schief vor, und ihm wird bewusst, dass das Bett abgesenkt wurde, so dass der Lattenrost fast den Fußboden berührt.

»Mama?«

Er betrachtet ihr Profil. Der Kiefer tritt deutlich hervor, bildet eine messerscharfe Linie.

»Mama? Wie geht es dir?«

Sie dreht sich zu ihm. Ihre Augen sind tiefer in den Schädel gesunken. Ihr Blick durchbohrt ihn. Kehrt sein Innerstes nach außen. Er zuckt zurück.

Hör auf, dir Dinge einzubilden, Joel.

Er bemüht sich wegzuschauen, aber ihr Blick hält seinen gefangen. Unter seiner Haut kribbelt es. Die Kopfhaut juckt. Er räuspert sich. Sinkt in den Sessel. Ein Mundwinkel seiner Mutter verzieht sich zu einem schiefen Lächeln.

Sie hat nicht geblinzelt. Kein einziges Mal.

»Soll ich das Fenster öffnen?«, fragt er. »Hier drinnen ist es ein bisschen stickig.«

Sie lacht auf. Ein tiefes Husten aus ihrer Brust.

»Ich weiß, was du getan hast«, sagt sie. »Du erinnerst dich nicht einmal daran, aber ich kann alles von hier aus sehen.«

Ihre Stimme ist so kratzig, dass sie auseinanderzudriften scheint, wie zwei Stimmen gleichzeitig klingt, wie zwei Paar Stimmbänder, die gegeneinander schwingen.

Das Kribbeln kriecht seinen Nacken hinunter und über seinen Rücken.

»Was meinst du damit?«, fragt er.

»Du wirst nie damit aufhören können. Du bist so *schwach*.«

Kann sie sehen, dass er high ist? Das konnte sie früher nie. Oder hatte sie es damals schon bemerkt und nur so getan, als ob nichts wäre?

Er will aufstehen, will gehen, aber seine Beine würden ihn nicht tragen.

Und sie hat immer noch nicht geblinzelt ...

»Mama ...«

»*Maaaa-ma*«, ahmt sie ihn nach. »Ich bin nicht deine Mama. Nicht mehr. Gott sei Dank. Du hast mich angeekelt, seit du aus diesem Körper gekommen bist. War dir das nicht klar? *So* gut habe ich das doch wohl nicht verbergen können?«

Sie redet schneller und schneller. Speichelblasen bilden sich und zerplatzen auf ihren Lippen.

»Hör auf«, sagt Joel, aber sie reagiert nicht.

»Ich wusste wohl schon immer, was einmal aus dir werden würde. Ich habe gesehen, wie du Männer angeschaut hast. Begreifst du, wie ich mich geschämt habe?«

Er steht auf. Hält sich am Bettgitter fest, um nicht zu fallen.

»Hör auf«, sagt er wieder.

»Ich kann seinen Schmutz in deinem Atem riechen.«

Er schüttelt den Kopf. Weicht einige Schritte zurück. Wirft einen Stuhl um; der Knall klingt unnatürlich laut in dem kleinen Zimmer.

Joel dreht sich um. Fühlt, wie sich ihr Blick in seinen Nacken bohrt. Aus Augen, die nicht blinzeln.

»Du musstest wohl nachschauen, ob er noch am Leben war, was?«, sagt sie, und jetzt könnte er schwören, dass es mehrere Stimmen sind.

Er hat plötzlich das Gefühl, zu fallen. Schneller und schneller. Ins Bodenlose.

Er geht zur Diele. Hört den fauchenden Atem seiner Mutter, immer näher, als ob sie direkt hinter ihm ist, die Hand ausstreckt, um ihn an seinem Pullover zu packen. Panik wütet in ihm, als er die Tür aufstößt.

Der Flur ist verstörend in seiner Alltäglichkeit. Als er einen Blick über die Schulter wirft, ist die kleine Diele hinter ihm menschenleer. Natürlich. Nur ein Mantel und die Jacken hängen schlaff an ihren Haken. Von hier aus kann er das Bett nicht sehen, aber er kann den Atem seiner Mutter immer noch hören. Joel schließt die Tür.

NINA

Schnipp. Kicher. Schnipp. Kicher. Schnipp. Kicher.
»Passen Sie auf, damit ich Ihnen nicht wehtue«, sagt Nina und drückt den bleichen, von Adern durchzogenen Fuß auf die Matratze.

»Das kitzelt aber!«, sagt Vera.

Doch sie presst die Lippen zusammen und nickt tapfer. Der Fuß hält still.

Schnipp.

Das abgeschnittene Stückchen Nagel, hart und gelb, schießt über das Laken. Vera zuckt mit dem Fuß und kichert wieder. Sieht schuldbewusst aus, als Nina zu ihr hinaufspäht.

»Die Hälfte hätten wir«, sagt Nina und nimmt das Stück Nagel fort, bevor sie vorsichtig den anderen Fuß ergreift.

Aber sowie sie den großen Zeh berührt, quietscht Vera und strampelt.

»Das halte ich nicht aus!«, gluckst sie.

Nina lacht. Dagmar gibt drüben in ihrem Bett ein Grunzen von sich, und als Nina sie anschaut, begegnet sie einem zahnlosen Grinsen.

»Gleich müssen Sie mir helfen, Ihre Schwester festzuhalten«, sagt sie.

Dagmars Grinsen wird noch breiter. Nina wendet sich wieder Vera zu.

»Sind Sie bereit?«, fragt sie und Vera nickt.

Nina öffnet die Klingen der Nagelschere und schiebt den

Nagel des großen Zehs in den geöffneten Schnabel aus Stahl. Als sie gerade schneiden will, hört sie einen gellenden Schrei aus dem Flur. Wortlos, gequält, kaum menschlich. Vera sieht sie beunruhigt an.

»Ich bin gleich wieder da«, sagt Nina und steht auf.

Dagmar grunzt in ihrem Bett. Sieht sie belustigt an. Und einen Augenblick lang ist Nina sich sicher, dass Dagmar *weiß*, was passiert ist.

Der Schrei verstummt, kommt dann aber mit größerer Intensität wieder. Klingt jetzt wie von zwei Personen. Nina folgt den Stimmen zu Apartment D6.

Monika.

Die Lampen in der Wohnung sind ausgeschaltet, aber das trübe Nachmittagslicht strömt durch das Fenster hinein.

»Hallo? Was ist passiert?«, fragt sie und betritt das Zimmer.

Monika steht auf allen vieren im Bett. Ihr Rücken ist gekrümmt, ihr Kopf in die Kissen gebohrt. Das fliederfarbene Nachthemd bedeckt ihre Oberschenkel nur zur Hälfte. Die lose hängende Haut ist schrumpelig.

Nina wirft einen schnellen Blick zur geöffneten Badezimmertür. Dort ist niemand.

Sie war sich sicher, dass es zwei Stimmen waren.

Monika blickt auf. Ihr Gesicht um den weitgeöffneten Mund hat sich zu einer Grimasse verzogen.

Als sie Ninas Blick begegnet, beginnt sie zu weinen. Alle Kraft scheint sie zu verlassen. Sie sinkt in sich zusammen, rollt sich auf die Seite. Verbirgt ihr Gesicht hinter dem nicht eingegipsten Arm.

»Was ist los?«, fragt Nina, so sanft sie kann.

Sie ergreift vorsichtig Monikas Arm und zieht ihn herab. Das Gesicht dahinter ist rot und nass von Tränen.

»Ich will nicht mehr«, sagt Monika. »Ich kann nicht mehr.«

»Was meinst du?«, fragt Nina. »Tut dir etwas weh?«

Monika schüttelt den Kopf.

»Sag es mir. Was kannst du nicht mehr?«

»Ich will nur in Frieden gelassen werden«, sagt Monika. »Aber er lässt mich nicht.«

Gänsehaut breitet sich auf Ninas Armen aus. Die Stimmen. Hier drinnen waren mindestens zwei Stimmen. Oder?

»Wer?«, fragt sie.

Sie sieht sich im Zimmer um, obwohl sie weiß, dass man sich hier nirgends verstecken kann.

Monika hebt langsam den Blick. Ihre schiefergrauen Augen sind so hell, als hätten die Tränen jegliche Farbe ausgewaschen. Nina streckt die Hand aus, um ihre Wange zu berühren. Monika schlägt sie blitzschnell beiseite.

Nina fühlt sich auf kindliche Weise verletzt. Aber auch Monika sieht unglücklich aus.

»Geh«, sagt sie. »Geh weg.«

Nina schüttelt den Kopf und Monika seufzt frustriert.

»Du musst«, sagt sie. »Bevor …«

Ihre Augenbrauen ziehen sich zusammen. Sie schließt den Mund.

»Bevor was?«

Monika blickt nach unten. Streicht mit der Hand über den Gips.

»Bevor er wiederkommt.«

Das erinnert an die Angst, die Anna zum Schluss empfunden hatte. Nina schluckt. Sie darf sich nicht mit hineinziehen lassen. Sich Dinge einbilden. Aber sie muss wissen, was in Monika vorgeht, um ihr helfen zu können.

»Wer ist er?«, fragt sie.

»Lass mich in Ruhe. Bitte, Nina.«

»Kannst du es mir nicht sagen?«

Nina begreift nicht, warum sie darauf besteht. Sie zwingt Monika, tiefer in ihre paranoiden Phantasien einzutauchen.

Es sind nur Phantasien.

Als Monika wieder aufsieht, brennen ihre Augen vor Ungeduld.

»Verschwinde!«, ruft sie. »Verschwinde!«

Nina wird bewusst, dass sie nur um ihrer selbst willen noch bleibt. Sie macht Monika wütend, aus welchen Gründen auch immer.

»Wenn du das wirklich willst …«, sagt sie.

»Raus hier!«, schreit Monika. »Hau ab, und sei anderswo das brave Mädchen, ich will dich nie mehr sehen!«

Nina läuft mit klopfendem Herzen auf den Gang hinaus. Sieht Sucdi durch die Tür der Eingangshalle kommen. Ihre Schicht fängt jetzt an, Ninas ist gleich zu Ende.

Sie begegnen sich vor dem Personalraum.

»Ist irgendwas vorgefallen?«, fragt Sucdi und sieht sie forschend an.

Nina schüttelt den Kopf.

»Monika geht es nicht gut. Könntest du heute Abend etwas häufiger nach ihr sehen?«

Sie wirft einen Blick in den Personalraum. Rita sitzt mit einer Zeitschrift am Tisch und trinkt Kaffee, wartet auf die Übergabe. Gorana, die für die Abendschicht mit Sucdi eingesprungen ist, ist nirgends zu sehen.

»Darf ich dich übrigens wegen Monika mal etwas fragen?«, sagt Sucdi leise und bedeutet Nina, sich mit ihr einige Schritte von der Tür zu entfernen.

Sie sieht aus, als ob ihr etwas unangenehm wäre, und Nina möchte nichts hören. Keine weiteren beunruhigenden Mitteilungen über Monika, nicht nach dem, was eben geschehen ist.

»Natürlich«, sagt sie.

Wie ein braves Mädchen.

»Es ist eigentlich albern«, sagt Sucdi. »Aber da gibt es etwas, das ich nicht verstehe. Ich habe dir wohl noch nichts von meinem Vater erzählt?«

Nina sieht sie verständnislos an.

»Von deinem Vater? Nein. Ich glaube nicht.«

Sie braucht nicht zu überlegen. Sucdi ist die Einzige im Nebelfenn, die genauso viel Wert auf ihre Privatsphäre legt wie sie selbst. Die Einzige, die nicht alle Details über Ehemänner, außereheliche Affären, unmögliche Eltern und undankbare Kinder ausbreitet.

»Er will im Herbst nach Somalia zurückkehren. Bevor er zu alt ist«, sagt Sucdi, und ein Anflug von Trauer zieht über ihr Gesicht. »Er will nicht auf die schwedische Altenpflege angewiesen sein, wenn er allein nicht mehr zurechtkommt.«

»Leben dort noch weitere Familienmitglieder?«

»Er hat Großcousins, bei denen er wohnen kann«, sagt Sucdi. »Sie sind sich nur ein paarmal begegnet, aber dort ist es anders. Dort kümmert man sich um seine Alten.«

»Aber … ist es dort unten denn jetzt auch sicher?«, fragt Nina und schämt sich, weil sie keine Ahnung hat.

»Das sagt er jedenfalls. Ich bin nie dort gewesen. Ich weiß es nicht.«

Sucdi versucht, ihre Beunruhigung zu verbergen, aber es gelingt ihr nicht ganz. Und Nina wird klar, dass Sucdi dies schon lange mit sich herumgetragen hat, ohne dass sie, Nina, etwas davon bemerkt hätte.

»Mein Vater sagt, dass er sich dort sicherer fühlen würde als in Schweden«, fährt sie fort. »In den letzten Jahren hat sich die Stimmung hier irgendwie verändert.«

Nina kann nur nicken. Es ist so unfassbar. Sie weiß natürlich, was im Internet los ist, aber dabei scheint es sich nie um Menschen zu handeln, die wirklich existieren. Zumindest nicht in *ihrer* Realität. Aber im Frühjahr haben drei Asylbewerberheime gebrannt.

Und sie erinnert sich an die neunziger Jahre. Was in der Schule geredet worden war. Damals waren es die Jugoslawen, die wieder nach Hause geschickt werden sollten, weil sie anderenfalls ihren Krieg auf schwedischem Boden weiterführen würden. Und sie weiß, was die Leute über Joel gesagt hatten. Dass solche wie er die ganze Bevölkerung mit Aids auslöschen würden.

»Wie auch immer«, sagt Sucdi. »Monika wusste davon, ich begreife nur nicht, woher. Ich dachte, ich hätte dir vielleicht etwas davon erzählt und es später wieder vergessen.«

»Nein«, sagt Nina. »Könnte es Faisal gewesen sein? In der Nacht, als er hier war und für Johanna eingesprungen ist?«

»Er hat gesagt, dass er Monika nie von meinem Vater erzählt hat. Und ich weiß auch nicht, welchen Grund er dazu gehabt haben sollte.«

Sucdis Stimme erstirbt. Ein offensichtlich angestrengtes Lächeln liegt auf ihren Lippen.

»Es spielt keine Rolle«, sagt sie. »Vergessen wir es einfach, okay?«

Ein entschlossenes Funkeln tritt in ihre Augen. Das war nicht als Frage gemeint.

Sie gehen gemeinsam in den Personalraum.

»Ich habe nicht vor, hier zu warten, bis Gorana sich bequemt aufzutauchen«, verkündet Rita und blättert demonstrativ in ihrer Zeitschrift. »Ich habe wirklich anderes zu tun, auch wenn das einigen hier herzlich egal zu sein scheint.«

Sucdi verdreht hinter Ritas Rücken die Augen und schenkt Kaffee in zwei Tassen. Reicht eine davon Nina, die sich damit an den Tisch setzt.

Alles ist wie immer. Zumindest sieht es so aus. Daran versucht Nina sich festzuhalten.

Als sie aber die Mappe öffnet und mit der Übergabe beginnt, bemerkt sie, dass Sucdi mit den Gedanken ganz woanders ist.

Wenn Monika Dinge über Sucdis Vater weiß, die sie nicht wissen sollte ... könnte dann das, was sie über Ninas Mutter behauptet, nicht auch stimmen?

Sie ist nicht gut auf dich zu sprechen, kann ich dir versichern.

JOEL

Er sitzt immer noch im Auto auf dem Parkplatz des Heims. Sieht zum Fenster seiner Mutter hinauf. Vor einer Weile hat er Nina dort drinnen erkennen können.

Worüber sie wohl gesprochen haben? Hatte seine Mutter ihr auch davon erzählt?

Woher konnte seine Mutter überhaupt davon wissen?

Hör auf, darüber nachzudenken, Joel. Du bist mitten im Absturz. Du kommst zu keiner Lösung. Kriegst nur noch mehr Angst.

Natürlich weiß sie nichts. Das bildest du dir nur ein.

Joel schließt die Augen und reibt sie fest. Sieht eine Wolke bunter Punkte vor schwarzem Hintergrund. Sie werden herangeschwemmt, ändern ihre Form, kommen auf ihn zu und ziehen sich wieder zurück.

Er bleibt sitzen. Kämpft gegen den Wunsch an, Katja eine SMS zu schicken.

Ein lautes Klopfen an die Seitenscheibe lässt ihn aufschrecken. Eine der jungen Frauen, die im Nebelfenn arbeiten, schaut ernst zu ihm herein, vornübergelehnt mit einem Arm auf dem Autodach. Die Punkte tanzen weiter durch sein Gesichtsfeld, transparent im gleißenden Tageslicht.

Er kurbelt die Scheibe herunter. In seinem überhitzten Gehirn gehen die Gedanken durch, jetzt in eine andere Richtung.

Es ist etwas passiert, irgendwas mit Mama.

»Entschuldigen Sie die Störung«, sagt sie. »Ich wollte nur fragen, ob Sie vielleicht eine Zigarette für mich hätten? Ich habe meine zu Hause vergessen und schaffe es nicht mehr, mir welche zu kaufen, bevor meine Schicht beginnt.«

»Klar«, sagt er.

Er steigt aus dem Auto, holt das Paket aus seiner Hosentasche und fischt zwei krumme Zigaretten heraus. Sie lächelt ihn an und streicht die Kippe glatt, die er ihr reicht. Das Lächeln verändert ihr ganzes Gesicht. Die harten Züge werden plötzlich weich. Erinnern ihn an Nina, als sie jung war.

»Und warum sitzen Sie hier?«, fragt sie, nachdem sie den ersten Zug genommen hat.

Ihm fällt keine gute Erwiderung ein, deshalb entscheidet er sich für die Wahrheit.

»Heute ist ein schlechter Tag.«

»Davon gibt es hier viele«, sagt sie und lehnt sich mit dem Rücken ans Auto.

Joel lacht und zündet seine eigene Zigarette an.

»Das kann ich mir vorstellen«, sagt er.

Sie rauchen schweigend. Sie ist definitiv nicht der Typ, der sich einschmeichelt, aber irgendwie mag er sie.

»Meine Mutter hat sich am Mittsommerabend den Arm gebrochen«, sagt er. »Und ich war das ganze Wochenende nicht zu erreichen.«

»Ich weiß. Das ist während meiner Schicht passiert, ich bin mit ihr in die Notaufnahme gefahren. Wir beide haben heute Morgen miteinander telefoniert.«

Er betrachtet sie aus dem Augenwinkel. Fragt sich, ob er überhaupt vollständige Sätze zustande gebracht hatte, als er das Gespräch annahm.

»Stimmt. Danke für Ihren Anruf.«

»Keine Ursache, dafür werde ich bezahlt. Aber es tut mir leid, dass ich so traurige Nachrichten überbringen musste.

Sie klangen, als ob Sie sowieso schon genug Schwierigkeiten hätten.«

Er wendet den Blick ab.

»Dass Sie mich ausgerechnet dieses Wochenende die ganze Zeit nicht erreichen konnten, das ist wirklich ...«

»Machen Sie sich keine Gedanken«, unterbricht sie ihn. »Sie kommen doch beinahe jeden Tag her. Wissen Sie, wie viele von den Omis hier niemals Besuch bekommen?«

»Ich habe aber sonst nicht viel zu tun.«

»Trotzdem. Den Leuten sind ihre Alten egal. Wussten Sie, dass vor ein paar Jahren die Vorschriften zur Durchführung von Beerdigungen geändert wurden?«

Er schüttelt den Kopf.

»Man sah sich dazu genötigt. Jetzt müssen die Verstorbenen innerhalb eines Monats beerdigt werden. Früher ließen die Leute ihre Angehörigen ewig in den Kühlräumen liegen, weil eine Beerdigung ihnen gerade nicht so gut in den Kram passte.«

Joel weiß nicht, was er dazu sagen soll, aber sie erwartet auch keine Reaktion.

»So was erleben wir ständig. Die Leute pfeifen schon vor deren Tod auf ihre Angehörigen. Es ist nicht gerade ein Vergnügen, hier zu sein, das verstehe ich. Ich will da auch niemanden verurteilen. Aber *irgendwann* müssten sie doch mal kommen können. Das bedeutet den Alten so viel. Das Wichtige ist doch, dass Sie jetzt hier sind.«

»Ich hab einiges aufzuholen. Ich hätte meine Mutter öfter besuchen sollen, als sie noch gesund war.«

Sie zuckt mit den Schultern.

»Daran lässt sich jetzt nichts mehr ändern. Seien Sie nicht zu hart gegen sich selbst.«

Dann drückt sie die Zigarette an ihrer Schuhsohle aus und verabschiedet sich. Lässt ihn am Auto stehen.

»Ich weiß nicht mal, wie Sie heißen!«, ruft er ihr nach.
»Gorana.«
»Joel.«
»Ich weiß. Danke für die Zigarette.«

Sie wirft die Kippe in den Aschenbecher an der Wand und verschwindet durch die Eingangstüren.

NEBELFENN

Am Montagabend bringt ein Blumenbote Rosen für Monika. GUTE BESSERUNG, MAMA / SCHWIEGERMAMA / OMA, LIEBE GRÜSSE VON BJÖRN MIT FAMILIE steht auf der Karte.

Den seltsamen fetten Fleck an der Decke von Apartment D7 hat man abgewaschen. Am Dienstag zieht der neue Kunde ein. Olof ist erst neunundsechzig und hat Alzheimer. Dünnes schlohweißes Haar bildet einen Kranz um eine Glatze voller Pigmentflecken. Seine Tochter liefert ihn im Nebelfenn ab. Während Elisabeth beide herumführt, schaut sie sich um. Versucht Dagmar zu begrüßen, die aus tränenden Augen zurückstarrt. Im Zimmer neben Olofs schreit Monika. Die Tochter befürchtet, dass sie selbst an der gleichen Krankheit leiden könnte wie ihr Vater. Sie hat so viel Angst, dass sie es nicht wagt, die Untersuchungen machen zu lassen, die sein Arzt ihr angeboten hat. Sie hat die Röntgenbilder von Olofs Gehirn gesehen. Die abgestorbenen Nervenzellen, Millionen und Abermillionen; sie erinnern an einen dunklen Schmetterling, der seine Flügel ausbreitet. Stück für Stück verschatten sie alles, was Olofs Persönlichkeit einmal ausgemacht hat. Es ist schnell gegangen, trotz der Antidementiva. Und doch nicht schnell genug. Olof hat immer noch Augenblicke, in denen er sich seines eigenen Verfalls bewusst ist. Später, wenn er nichts mehr begreift, wird es leichter für ihn sein. Zumindest redet seine Tochter sich das ein. Doch jetzt weint

Olof, und Elisabeth legt ihren Kopf schief und tätschelt ihm die Schulter.

»Das wird schon, Sie werden sehen«, sagt sie, aber sie schaut dabei nicht ihn an, sondern seine Tochter.

Am Mittwoch bemerkt Petrus, dass ein weiterer Mann auf der Station ist, und wird so wütend, dass er das Essen verweigert.

Am Freitagabend findet Nahal Lillemor in ihrer Wohnung vor, wie sie auf dem Boden kniet, die gefalteten Hände zur Decke gereckt. Sie spricht schluchzend mit ihrem Engel, bittet ihn, sich ihr wieder zu zeigen, zu beweisen, dass er sie nicht verlassen hat.

Aus Juni wird Juli, trister Alltag kehrt ein. Die Rosen in Monikas Wohnung verwelken und werden weggeworfen. Die Mappe des Personals füllt sich mit immer mehr Berichten über gewalttätige Ausbrüche. Sie spuckt, kratzt und beißt. Eines Nachmittags kann sie sich von ihrem Gips befreien und schlägt ihren Arm gegen das Fensterbrett. Der Knochen, der zu heilen begonnen hatte, bricht wieder, und dieses Mal fährt Rita mit ihr zum Krankenhaus. *Sie ist nicht mal zehn Jahre älter als ich*, denkt Rita, während sie auf den Fahrdienst wartet. *Hoffentlich erschießt mich jemand, falls ich so werde wie sie.*

JOEL

Joel sitzt reglos im Sessel neben seiner Mutter. Versucht, die Stimme nicht zu hören, die gar nicht mehr wie ihre eigene klingt.

Elisabeth hat ihm von weiteren »Episoden« berichtet. Es ist so schwer, sich vorzustellen, dass von seiner Mutter die Rede ist.

Er vermisst sie. Die alte Frau im Bett ist nicht sie.

»Warte nur ab, dann wirst du schon sehen«, zischt sie. »Du wirst auch einmal an einem Ort wie diesem enden. Es dauert nicht mehr lange.«

Sie grinst ihn an. Ihre Zähne sehen in dem bleichen Gesicht gelb aus.

»Das weißt du doch, oder? Du kannst es ja schon kaum mehr erwarten.«

Mama, komm zurück. Bitte, Mama.

Sie befingert den neuen Gips an ihrem Arm. Wenn sie den Mund öffnet, die trockenen Lippen, kommt ihre graue, belegte Zunge zum Vorschein. Ein alter Muskel, der sich in seiner Höhle bewegt.

»Deine Mutter ist nicht hier. Die Sau hat endlich aufgegeben. Das solltest du auch tun.«

Die Stimme geht in ein Summen über. Joel sieht zum Fenster. Das Licht lässt seine Augen tränen. Da draußen geht das Leben weiter, als wäre nichts geschehen. Die Touristensaison hat begonnen, seit Mittsommer kann man von der Landstraße her mehr Autos hören. Vom Glück begünstigte Menschen, die ein Ziel kennen, lassen das Nebelfenn links liegen, müssen sich niemals Gedanken über Orte wie diesen machen.

»Warum haust du nicht einfach ab?«, sagt seine Mutter. »Du hast dich doch nie für sie interessiert.«

Sie lacht heiser. Freudlos.

»Arme Monika. Ganz allein in dem großen Haus. Sie hatte nur ihre Erinnerungen. Kein Wunder, dass sie mich reingelassen hat.«

Ein Stöhnen entweicht ihrem Brustkorb. Joel dreht sich zum Bett. Ihr Körper ist unter der Decke ganz steif geworden. Ihr Blick geht starr zur Zimmerdecke.

»Mama?«, sagt er. »Mama? Was ist mit dir?«

Sie keucht schwer durch die Nase. Beißt sich auf die aufgesprungene Unterlippe. Blut quillt hervor.

Joel steht hastig auf.

»Ich hole jemanden«, sagt er.

Seine Mutter öffnet den Mund, als wollte sie etwas sagen. Ihre Augen weiten sich.

Mama, was soll ich tun? Was willst du?

Es knackt unter der Decke, als Knochen und Gelenke sich bewegen. Der Kopf ist jetzt so weit zurückgebogen, dass die Schädeldecke auf der Matratze liegt und der dünne, nackte Hals zur Decke zeigt, die Sehnen treten deutlich hervor. Der Mund öffnet sich zu einem stummen Schrei, als der ganze Körper sich wie ein Bogen spannt und zu zucken anfängt. Die Metallteile des Bettes klirren.

Panik überwältigt ihn. Es fühlt sich an, als ob sein Herz Eiswasser pumpen würde.

Die Finger seiner Mutter krümmen sich zu Klauen, tasten über die Decke und reißen sie weg. Jetzt sieht er, dass sich nur noch ihre Fersen in die Matratze bohren. Ihre Hüftknochen zeichnen sich deutlich unter dem Nachthemd ab.

Joel rennt hinaus auf den Flur.

Dort steht Wiborg, als hätte sie auf ihn gewartet. Sie drückt sich ihr verfilztes Kuscheltier an die Brust. Er ignoriert sie. Schaut den Flur entlang, sieht aber nur Edit über ihren Rollator gebeugt.

»Hallo?«, ruft er. »Hallo, wir brauchen Hilfe!«

Wiborg legt einen trockenen, knochigen Finger an die Lippen und schüttelt den Kopf. Einen Moment hat Joel den Eindruck, als ob sie etwas wüsste, als verstünde sie, was passiert. Aber dann fällt sein Blick auf die hellblauen Glasaugen der Katze, und er begreift, dass wohl eher er es ist, der gerade verrückt wird.

Sucdi kommt aus dem Gemeinschaftsraum angelaufen, Nahal dicht auf den Fersen.

»Mit meiner Mutter stimmt etwas nicht«, schreit er. »Sie hat einen Anfall!«

Sie folgen ihm in die Wohnung. Seine Mutter liegt auf der Seite, wendet ihnen den Rücken zu. Atmet schwer. Ihre Decke liegt vor dem Bett auf dem Boden. Ihre Beine sind so mager, dass zwischen den Oberschenkeln eine breite Lücke klafft.

»Monika?«, sagt Sucdi. »Wie geht es Ihnen?«

Joel beobachtet den Körper im Bett.

»Monika?«, sagt Sucdi wieder.

Seine Mutter murmelt etwas und dreht sich umständlich um. Schaut sie verschlafen an.

»Ich schlafe«, schimpft sie. »Lassen Sie mich in Ruhe.«

»Eben war sie noch wach«, sagt Joel. »Sie war total verkrampft, ihr Rücken war komplett überdehnt, verdammt nochmal. Sie hat am ganzen Körper gezittert.«

»Was erzählst du da für einen Quatsch?«, sagt seine Mutter.

Nahal wirft ihm einen Blick zu, bevor sie sich hinunterbeugt und die Decke aufhebt. Er fragt sich, was sie von ihm denken. Seine Behauptung klingt sicher völlig unglaubwürdig. Oder?

Ihm wird schwindelig, als er sich plötzlich fragt, ob er sich alles nur eingebildet hat. Könnte er eingeschlafen sein und alles geträumt haben?

»Was machen wir nur mit Ihren Lippen, Monika?«, sagt Sucdi.

Sie nimmt einen Tiegel mit Vaseline vom Nachttisch und cremt sie behutsam mit einem Wattebausch ein. An der Stelle, wo sich direkt vor dem Anfall ein Hautfetzen von der Unterlippe gelöst hat, schimmert es blutig rot.

Es war kein Traum. Er hat es ja miterlebt.

»Ist es Zeit fürs Mittagessen?«, fragt seine Mutter und richtet sich zum Sitzen auf.

»Bald«, sagt Sucdi und legt ihr eine Hand auf die Stirn. »Sie scheinen jedenfalls kein Fieber zu haben.«

»Natürlich habe ich kein Fieber«, sagt seine Mutter. »Darf man hier nicht mal ein Nickerchen machen, ohne dass gleich ein Aufstand gemacht wird?«

»Natürlich dürfen Sie das«, sagt Nahal.

»Immer müssen Sie an mir herumdoktern. Ich kann genauso gut aufstehen.«

Sie rüttelt am Bettgitter. Es scheppert.

»Warten Sie bitte einen Augenblick«, sagt Sucdi, blickt Joel an und nickt stumm in Richtung Tür.

Sie gehen aus dem Zimmer. Er dreht sich ein letztes Mal um und sieht seine Mutter die Zähne blecken, vielleicht zu einem Lächeln, vielleicht zu etwas anderem.

»Ich kann verstehen, wenn Sie mir nicht glauben«, sagt er leise im Flur. »Aber es schien, als hätte sie einen epileptischen Anfall oder so etwas.«

»Wir glauben Ihnen«, sagt Sucdi.

»Wirklich?«

»Selbstverständlich«, sagt sie und sieht ihn seltsam an. »Warum sollten wir nicht?«

»Ich weiß nicht«, sagt Joel und fährt sich mit den Fingern durchs Haar. »Es ist alles so verdammt seltsam.«

Nahals Blick hinter ihrer Brille ist mitleidig.

»Ich muss mit Frau Sandberg reden«, sagt er. »Ist sie da?«

»Ja«, sagt Sucdi. »Ich komme mit. Nahal passt so lange auf Ihre Mutter auf.«

Er nickt dankbar.

Die Leuchtstoffröhren surren an der Decke über ihnen, als er Sucdi den Flur hinunter und um die Ecke folgt. Sie klopft an die Bürotür der Stationsleitung und tritt ein, ohne auf Antwort zu warten.

»Es geht um Monika Edlund in der D6«, sagt sie.

»Sie hatte eben eine Art Anfall«, sagt Joel im Hineingehen.

Die Leuchtstoffröhren hier drinnen verbreiten ein gleichmäßiges Licht.

»Einen Anfall?«, wiederholt Elisabeth und legt den Kopf auf die Seite.

»Es sah aus wie Epilepsie oder so was. Ich war bei ihr.«

»Wann war das?«

»Gerade eben. Ich würde so etwas doch nicht lange für mich behalten.«

»Nein, natürlich nicht.«

Ihre Stimme klingt gelassen, aber als er beschreibt, wie sich Monikas Körper verkrampft und überdehnt hatte, wie sie am ganzen Leib zuckte und die Gelenke knackten, breiten sich rote Flecken an ihrem Hals aus.

»Wie geht es ihr jetzt?«, fragt Elisabeth.

»Jetzt scheint alles wieder in Ordnung zu sein.«

»Dann war es jedenfalls kein epileptischer Anfall«, sagt Elisabeth. »Dann wäre sie völlig ermattet. Das ist für den Körper wie ein Marathonlauf.«

»Sie muss ins Krankenhaus.«

»Ich glaube nicht, dass das nötig ist«, sagt Elisabeth. »Ich verstehe, dass es nicht leicht für Sie ist, so etwas mit anzusehen, aber ein solcher Vorfall ist durchaus nichts Ungewöhnliches. Nicht wahr, Sucdi? Das passiert hin und wieder bei Dementen. Der Auslöser könnte zum Beispiel ein plötzlicher Blutdruckabfall gewesen sein. Ist sie zu schnell aufgestanden?«

»Nein. Sie hat gelegen.«

»Wenn es ihr jetzt gutzugehen scheint, gibt es sicher keinen Grund zu Beunruhigung.«

Joel muss sich zwingen, ruhig zu bleiben.

»Ich möchte wirklich mit ihr ins Krankenhaus. Es geht nicht nur um diesen einen Anfall. Sie ist nicht sie selbst ... ja, ich weiß, dass sie dement ist, aber ihre ganze Persönlichkeit hat sich verändert. Dass sie sich absichtlich den Arm gebrochen hat und gewalttätig geworden ist ... und sie spricht von sich selbst in der dritten Person und sagt, sie ist nicht meine Mutter, und das ... das kann nicht normal sein.«

Elisabeth nickt, doch er weiß, dass sie nicht wirklich zuhört, sondern nur wartet, bis er fertig ist. Das hätte er sich denken können. Er kann ja auch nicht erklären, was los ist, solange er es selbst nicht versteht.

»Vielleicht hat sie einen Hirntumor«, hört er sich zum Schluss sagen.

Erst als er es ausspricht, wird ihm klar, dass der Gedanke schon lange da gewesen ist, dass er sich ihm nur nicht hatte stellen wollen.

Elisabeth runzelt die Stirn.

»Darüber sollten Sie sich keine Sorgen machen. Wie gesagt, ich verstehe, dass es nicht leicht für Sie ist. Für die Angehörigen ist diese Situation nie leicht.«

»Aber darum geht es gar nicht! Ich weiß nicht, wie ich es erklären soll, aber sie ... Sie ist ganz anders als sonst. Sie ist ganz weggetreten, und trotzdem ... provoziert sie.«

Er bereut es noch in derselben Sekunde, in der er es ausspricht.

»Was meinen Sie mit ›provoziert‹?«

Ihr kühler, geduldiger Tonfall hätte ihn vielleicht getäuscht, aber die roten Flecken auf ihrem Hals verraten sie. Elisabeth will ihn nur noch loswerden. Nimmt ihn nicht ernst. Wenn sie wüsste, was er *nicht* sagt!

Sie weiß plötzlich über bestimmte Dinge Bescheid. Es ist, als könnte sie geradewegs in mich hineinsehen. Meine Gedanken lesen.

Elisabeth würde vielleicht die Männer mit den weißen Kitteln anrufen, aber dann kämen sie, um *ihn* abzuholen.

Er sieht Sucdi hilflos an.

»Haben Sie es nicht auch bemerkt?«, fragt er.

Sucdi scheint zu zögern.

»Wir arbeiten mit Ärzten zusammen«, sagt sie. »Vielleicht sollten wir einen von ihnen rufen. Nur zur Sicherheit.«

Elisabeth wirft ihr einen kalten Blick zu.

»Gut. Dann rufe ich jetzt sofort einen Arzt.«

Joel sieht die Stationsleiterin verwundert an. Er fragt sich, was mit all den Alten im Nebelfenn passiert, die keine Angehörigen haben, die für sie eintreten. Wer fordert Hilfe ein für Edit Andersson oder Lillemor oder die seltsamen Schwestern am Ende von Flur D, die niemals Besuch zu bekommen scheinen?

»Gut«, sagt er.

»Wir rufen Sie an, sobald der Arzt hier gewesen ist«, sagt Elisabeth.

»Das ist nicht nötig. Ich möchte dabei sein und Fragen stellen. Ich bleibe hier.«

Elisabeth nickt mürrisch. Als sie die Nummer wählt, kann Joel sein zufriedenes Lächeln kaum verbergen.

Es ist nur ein kleiner Sieg, aber den hat er gebraucht. Er sieht Sucdi an und bedankt sich mit einem Nicken.

NINA

Die Neonröhren im Kellerflur surren leise, als Nina aus dem Umkleideraum kommt. Sie muss zwanghaft daran denken, dass sie auch jeden Moment erlöschen könnten. Nur mit äußerster Kraftanstrengung kann sie sich davon abhalten, zu rennen.

Sie weiß nicht, was mit ihr los ist. Heute Nacht hatte sie von einem Ozean voller Meeresleuchten geträumt, sie hatte in der Dunkelheit zwischen den Tausenden und Abertausenden Lichtpunkten, die sie umspülten, nach irgendetwas gesucht. Es war kein Albtraum gewesen, trotzdem hatte sie beim Aufwachen Angst gehabt. Die hat sie noch immer. Ein Teil von ihr ist in dem kalten Wasser zurückgeblieben. Hält nach etwas Ausschau, das womöglich für immer verloren ist.

Die Neonröhren erlöschen. Der Lichtschalter am Ende des Korridors funkelt wie ein rotes Auge.

Irgendetwas ist mit ihr hier unten.

Dreh dich nicht um. Wenn du dich umdrehst, hast du verloren.

Sie dreht sich um. Der Gang liegt verlassen hinter ihr. Trotzdem kommt es ihr so vor, als würde ein unsichtbares Wesen ihren Blick erwidern. Sie schweigend beobachten, in dem sicheren Wissen, dass sie es nicht sehen kann.

Die Tür zum Umkleideraum steht weit offen.

Hatte ich sie nicht geschlossen?

Nina beschleunigt ihre Schritte, bis sie das Ende des Flurs

erreicht hat. Betätigt den Lichtschalter, nur um das Gefühl loszuwerden, Schatten seien hinter ihr, als sie das Treppenhaus betritt. Die Leuchtstoffröhren hinter ihr gehen mit einem leisen Klirren wieder an; erst jetzt merkt sie, dass sie den Atem angehalten hat.

Sobald sie das Foyer durchquert, beruhigt sich ihr Herzschlag wieder etwas, und als sie den Flur von Station D betritt, kommt es ihr bereits lächerlich vor, wie sie sich so ängstigen konnte.

Vera und Dagmar sitzen dicht nebeneinander im Aufenthaltsraum. Wie gewöhnlich scheint es, als seien sie von einer unsichtbaren Mauer umgeben. Veras Stricknadeln klappern in schnellem Rhythmus gegeneinander, ein langes Etwas aus roter Wolle wächst in ihrem Schoß Masche um Masche an.

Olof aus der D7 sitzt in einem Sessel. Er macht einen unglücklichen Eindruck. Bodil hat sich auf seine Armlehne gesetzt. Hat ein Bein über das andere geschlagen, wippt mit dem Fuß. Aber es gelingt ihr nicht, seine Aufmerksamkeit zu erregen.

Als Nina zu ihnen hereinkommt, verzieht Bodil mürrisch das Gesicht, offenbar wittert sie eine Konkurrentin.

»Hej, Olof«, sagt Nina und geht neben ihm in die Hocke. »Wie geht es Ihnen heute?«

Bodils Fuß hört auf zu wippen.

»Sind Sie hier, um mich abzuholen?«, fragt Olof.

»Warten Sie denn auf jemanden?«

Er seufzt. »Ich weiß es nicht, aber ich muss doch los. Ich muss die Sommerfähre nach Instön fahren, die Sommertouristen kommen doch. Sie wissen ja, wie die sind, die können es gar nicht abwarten, rüberzukommen.«

Nina hat den Brief von Olofs Tochter gelesen. Er hatte mehr als zwanzig Jahre für die Instöfähre gearbeitet. Zu Beginn der neunziger Jahre war dann eine Brücke erbaut worden, womit die Fähre überflüssig geworden war. Joel und sie hatten die Fähre oft auf dem Weg nach Marstrand genommen. Hatten Olof dort vermutlich sogar gesehen. Er war die kurze Strecke unzählige Male gefahren. Die Erinnerung daran musste sich tief in sein Gedächtnis eingebrannt haben, musste zu den Erinnerungen zählen, die zuletzt verblichen.

»Machen Sie sich keine Sorgen, Sie haben gerade Urlaub«, sagt Nina. »Sie müssen jetzt nicht arbeiten.«

»Urlaub!«, ruft er aus. »Wir haben doch Hochsaison! Und überall lassen diese Leute ihre Koffer herumstehen.«

»Die müssen eben warten.«

»Das sagen Sie mal dem Frauenzimmer in dem roten Kleid, das mich die ganze Zeit angafft.«

Nina schielt zu Veras Strickzeug hinüber. Fragt sich, ob die Wolle wohl der Auslöser dafür war, dass Olof eine Frau in einem roten Kleid vor sich sieht.

»Scheren Sie sich nicht um sie«, rät Nina ihm.

»Das kann mich den Job kosten.«

»Jemand anderes wird sich um die Touristen kümmern. Das ist schon geregelt.« Sie tätschelt seinen Handrücken und wendet sich dann an Bodil: »Wollen Sie mich vielleicht einen Moment begleiten?«

»Nein, danke«, sagt Bodil und fängt wieder an, mit dem Fuß zu wippen.

»Nina? Musst du nicht die Übergabe an die Frühschicht machen?«

Elisabeth steht im Türrahmen. Ihr ganzer Hals ist vor Stress mit roten Flecken übersät. Nina wappnet sich innerlich.

»Die Kolleginnen möchten bestimmt gerne Feierabend machen, du fängst jetzt also besser an zu arbeiten«, fährt Elisabeth fort.

Dass es auch zu Ninas Arbeit gehört, mit den alten Menschen zu reden, wird sie nie verstehen.

»Seien Sie nicht so besorgt«, sagt sie zu Olof und steht auf. »Den Touristen geht es gut.«

»Dein ehemaliger Klassenkamerad hat hier einen kleinen Aufstand veranstaltet«, sagt Elisabeth, als Nina den Flur betritt. »Ich musste einen Arzt herbestellen, nur damit er sich wieder beruhigte.«

»Joel? War etwas mit Monika?«

Elisabeth schnaubt. »*Er* zumindest glaubt das. Wenn ich ganz ehrlich sein soll, habe ich nicht ganz begriffen, wovon er da geschwafelt hat, aber nach allem, was vorgefallen ist, dachte ich, es wäre besser, es ihm ein bisschen recht zu machen. Was das betrifft, hat Adrian ganz richtig gelegen.« Nina erkennt an Elisabeths verschwörerischem Blick, dass sie jetzt Zustimmung erwartet. Plötzlich widert es Nina an, wie oft sie in solchen Situationen schon mitgespielt hat. Aber heute kann sie das nicht. Nicht, wenn es um Monika geht.

»Ist der Arzt schon da?«, fragt sie. Elisabeth nickt.

Nina eilt zu Apartment D6. Dass Elisabeth ihr wegen der Übergabe etwas hinterherruft, ist ihr egal.

Als Nina die Wohnung betritt, steht Joel in der Mitte des Zimmers. Seine Arme sind verschränkt, er tritt von einem Bein aufs andere. Starrt zu Monika hinüber, die auf der Bettkante sitzt. Das Bett ist so weit hochgefahren worden, dass ihre Füße in der Luft hängen. Die mageren, blassen Beine wirken leblos.

Sie sieht den Arzt, der vor ihr auf einem Stuhl sitzt, mit einer trägen Neugierde an. Nina erkennt Ulf Hansson schon, bevor er sich umdreht und sie begrüßt.

»Was ist passiert?«, fragt sie.

Erst jetzt scheint Joel ihre Anwesenheit zu bemerken.

»Sie hatte einen Anfall«, sagt er.

»Bislang habe ich nichts finden können, das auf eine neurologische Störung hindeutet«, sagt Hansson. »Ihre Pupillen reagieren normal, auch die Reflexe sind unauffällig.«

Hilflos sieht Joel Nina an.

»Meine Mutter hat total unnatürlich den Rücken durchgebogen und am ganzen Körper gezittert ... Ich fasse nicht, wie alle behaupten können, dass ihr nichts fehlt.«

Nina nickt wortlos.

»Ich will damit nur sagen, dass neurologisch alles in Ordnung ist«, sagt Hansson ruhig. »Ich habe mit Elisabeth gesprochen und um Blut- und Stuhlproben gebeten.«

Hansson ist ein guter Arzt. Immer freundlich und geduldig, sogar Dagmar und Petrus gegenüber.

»Sie hätten sie sehen sollen«, sagt Joel. »Man kann vielleicht nichts finden, indem man ihr auf die Knie klopft, aber wenn Sie gesehen hätten ...«

Seine Stimme erstirbt. Nina sieht aus dem Augenwinkel, dass Hansson mit dem Reflexhammer leicht über Monikas Fußsohle streicht. Zufrieden nickt, als sie die Zehen krümmt.

»Sie ist nicht mehr sie selbst«, sagt Joel, ohne den Blick von Nina abzuwenden. »Es ist, als ob sie jemand anderes wäre.«

Das hat Nina schon unzählige Angehörige sagen hören. Dieselben Worte, in demselben Tonfall.

»Hast du das nicht auch gemerkt, Nina?«, sagt Joel. »Das ist doch nicht nur die Demenz, oder?«

Jetzt sieht auch Hansson sie an. Was soll sie antworten? Sie hat nur so ein Gefühl, und wie soll sie in diesem Fall auf ihre Gefühle vertrauen? Vermutlich hatte Elisabeth recht. Wenn man die alten Menschen von früher her kennt, bevor sie ins Heim gekommen sind, ist das etwas anderes.

»Ich weiß nicht«, sagt sie. Joel wendet enttäuscht den Blick von ihr ab.

Hansson steht auf.

»Ich danke Ihnen«, sagt er zu Monika, bevor er sich an Joel wendet: »Ich glaube nicht, dass es Anlass zur Sorge gibt. Solche Dinge passieren ganz einfach manchmal. Der menschliche Körper ist uns immer noch ein Rätsel, erst recht bei Dementen. Und Ihre Mutter selbst kann ja nichts darüber sagen, weil sie sich an nichts erinnert.«

Nina schielt zu Monika hinüber. Sie scheint sich nicht bewusst zu sein, dass über sie geredet wird.

»Ich werde ihr etwas zur Beruhigung verschreiben«, sagt Hansson.

»Noch mehr von dem Zeug?«, sagt Joel.

Monika lacht auf, es ist ein schauriger, unangemessener Laut.

»Auf der See.«

Nina und Joel starren sie verständnislos an. Sie blinzelt. Kaut auf der Unterlippe herum.

»Wenn sie einen weiteren Anfall erleidet, stelle ich eine Überweisung zur Computertomographie aus«, sagt Hansson. »Wir machen einen Schritt nach dem anderen.«

»Können Sie das nicht sofort tun?«, bittet Joel ihn. Als Hansson nicht sofort etwas erwidert, lächelt er bitter. »Nein, natürlich nicht. Zu kostenintensiv, was?«

Joel wendet sich an Nina.

»Danke für deine großartige Unterstützung!«

JOEL

Das alte Fahrrad seiner Mutter ist schon jahrelang nicht mehr benutzt worden. Als er die steilen Hügel in Richtung Tjuvkil hinabfährt, zittert der Lenker in seinen Händen. Bei den ebenso steilen Anhöhen stellt er sich auf die Pedale. Ab und zu hakt die Kette ein wenig.

Die körperliche Anstrengung hat seinen Gedanken, die sonst unentwegt in seinem Kopf kreisen, die Energie geraubt. Sie kehren jedoch immer wieder an denselben Ort zurück. Zu Katjas Haus.

Ich werde wieder damit aufhören, sobald das hier vorbei ist, sobald ich wieder in Stockholm bin. Aber im Augenblick brauche ich Hilfe. Ich habe schon einmal damit aufgehört, ich werde das wieder schaffen, gar kein Problem.

Aber wann wird das hier überhaupt vorbei sein? Wie soll er nach Stockholm zurückfahren und einfach vergessen können, wie es seiner Mutter im Nebelfenn geht?

In der Abenddämmerung ist die Wolkendecke aufgerissen. Als er nun kräftig in die Pedale tritt, um die letzte Anhöhe zu bewältigen, weht ihm ein warmer Wind entgegen. Von der Jugendherberge mit eigener Räucherei zieht ein Geruch nach frisch geräucherten Garnelen herüber. Die Straße macht eine scharfe Linkskurve und führt danach weiter bis zur Instöbrücke, Joel aber radelt weiter geradeaus zur Spitze der Landzunge von Tjuvkil. Endlich verläuft die Strecke eben. Er setzt sich auf den Sattel und betrachtet die gepflegten Einfamilienhäuser am Straßenrand, während er das letzte Stück Weg im Zuckeltempo zurücklegt.

Das Fahrrad hat keinen Ständer mehr, weshalb er es gegen die Betonabsperrung lehnt, die den Parkplatz am Ende der Straße einfasst. Der hölzerne Badesteg am Meer ist voller Menschen. Es scheinen mehrere Generationen derselben Familie zu sein. Zum Glück kennt er sie nicht. Vielleicht sind sie mit den Booten, die in dem kleinen Hafen vertäut liegen, hergekommen. Eine alte Dame in einem dunkelblauen Badeanzug schenkt aus einer Thermoskanne Kaffee aus. In Folie eingewickelte Butterbrote werden verteilt. Während sie über etwas lacht, das ihr eines der Kinder auf dem Handy zeigt, blitzt ein Goldzahn auf. Sie ist sicher älter als seine Mutter und wirkt doch viel jünger.

Als Joel auf den Steg tritt, kommt er sich wie ein Eindringling vor. Er zieht sein durchgeschwitztes Shirt aus und hängt es über das breite Geländer, legt sein Handy und den Schlüsselbund obendrauf. Seine Beine zittern nach der Fahrradtour, als er die Treppe zum Meer hinuntergeht. Das Holz des Geländers fühlt sich so weich an wie Samt. Er lässt seinen Blick über leuchtend blaue Wellen schweifen, entlegene Klippen, die in den schrägen Strahlen der Sonne zu glühen scheinen. Das Wasser umschließt seine Füße so eiskalt, dass er scharf die Luft einzieht, trotzdem watet er tiefer hinein. Macht von der letzten Treppenstufe einen Kopfsprung, bevor er es sich noch anders überlegen kann.

Die Kälte trifft ihn wie ein Schock. Er zwingt sich, im Wasser zu bleiben, bis sein Körper sich an die Temperatur gewöhnt hat. Bewegt kräftig die Beine. Spürt Salzgeschmack auf den Lippen. Oben auf dem Deck überlagern sich die Stimmen der Familie. Er legt sich auf den Rücken. Wasser füllt seine Ohren. Dämpft alle Geräusche über der Wasseroberfläche.

Er bleibt so lange liegen, bis er vor Kälte zu bibbern anfängt.

Taucht ein letztes Mal mit dem Kopf unter Wasser, schwimmt dann zurück. Tastet mit dem Fuß zwischen den glitschigen Steinen nach der untersten Treppenstufe. Nach der Schwerelosigkeit im Wasser fühlt sich sein Körper auf einmal bleischwer an.

»Ihr Handy hat ganz lange geklingelt«, sagt die alte Dame und lächelt ihm zu, als er die Treppe hochkommt.

Angst erfasst ihn. Er murmelt ein Dankeschön, trocknet sich die Hände schnell an seinem Shirt ab. Aber der Anruf kam nicht aus dem Nebelfenn. Sondern von Björn.

Joel setzt sich ein Stück abseits des Stegs auf eine Betonmauer. Schließt die Augen und lässt sich vom Wind trockenstreicheln.

»Bist du wieder zu Hause?«, fragt er, als Björn sich meldet.

»Ja, seit heute Morgen. Wir hätten schon gestern wieder hier sein sollen, aber der Flug hatte Verspätung, und kein Schwein wusste, warum.«

Joel hört nur mit halbem Ohr zu, während Björn lang und breit von den Qualen erzählt, die seine Familie hat erleiden müssen.

»Mensch, ist das ein Wind bei dir«, sagt sein Bruder schließlich. »Bist du draußen auf dem Meer?«

»Ich bin in Tjuvkil, war gerade schwimmen.«

»Mann, das muss ja eisig kalt sein. Ich glaub kaum, dass man dazu imstande wäre, wenn man gerade erst am Mittelmeer gewesen ist.«

»Nein, wohl nicht. Aber da bin ich ja auch nicht gewesen«, bemerkt Joel.

Für einen kurzen Moment herrscht Schweigen.

»Obwohl die Kinder ja bei jeder Temperatur baden gehen«, sagt Björn. »In dem Alter waren wir bestimmt auch so.«

Das bringt Joel aus dem Konzept. Es ist ungewohnt, Björn von ihnen beiden als einem *wir* sprechen zu hören. Ungewohnt für ihn selbst, so zu denken. Er hat fast vergessen, dass sie einander früher tatsächlich einmal sehr gerngehabt hatten.

»Ich hab mir gerade die Aufnahmen des Maklers im Internet angesehen«, sagt Björn. »Hättest du dir nicht etwas mehr Mühe geben können, sag mal? Die sehen ja fürchterlich aus.«

Auf einmal ist alles wieder wie immer.

Joel versucht, ihm ruhig und besonnen zu erklären, dass es laut Maklerin auf die Fotos letztlich nicht ankommt. Björn scheint nicht nennenswert zu reagieren, als er erfährt, dass das Haus womöglich abgerissen werden könnte.

»Du kannst es vor der Besichtigung morgen doch wohl ein bisschen mehr herrichten, oder?«

»Wenn du dir deshalb solche Sorgen machst, kannst du ja herkommen und helfen!«

»Ich hab da noch etwas bei der Arbeit zu erledigen, aber spätestens in einer Woche kann ich ...«

»Du machst Witze, oder?«, unterbricht ihn Joel.

»Ich habe vor dem Urlaub nicht mehr alles geschafft wie geplant.«

Joel widersteht dem Impuls, das Handy ins Meer zu schleudern.

»Mama glaubt, dass ich es nicht zulasse, dass du herkommst und sie besuchst.«

Björn beginnt zu lachen, als sei das lustig. Vielleicht ist es das auch, mit Abstand betrachtet.

Er verspürt einen bitteren Geschmack im Mund.

»Willst du dich denn gar nicht danach erkundigen, wie es ihr geht?«, fragt Joel.

»Ich habe kürzlich mit ihr telefoniert. Sie hat so geklungen wie immer.«

Na klar.

Joel richtet sich auf. Hat das kindische Gefühl, dass seine

Mutter Björn etwas vormacht, nur um ihn, Joel, zu provozieren.

Er ist einfach schon zu lange hier. Ist im Begriff, jegliche Perspektive zu verlieren.

Er geht auf dem Parkplatz auf und ab, während er versucht, den Anfall ihrer Mutter zu beschreiben. Plötzlich kommt ihm der Gedanke, dass Björn vielleicht wütend auf ihn werden könnte. Er hätte sich gleich bei ihm melden und ihm sofort davon berichten sollen.

»Aber wenn doch alle behaupten, dass das nicht bedenklich sei, dann ist da sicher auch nichts«, sagt Björn. »Diese Leute wissen doch, wovon sie reden. Deshalb muss man sich bestimmt keine Sorgen machen. Ich meine, für sie, die Arme, ist das natürlich traurig. Aber ...«

»Du verstehst das nicht!«, ruft Joel viel zu laut aus. Er merkt, dass die Familie drüben auf dem Steg zu ihm herübersieht, und senkt die Stimme wieder.

»Sie hätte gar nicht zu so solchen Verrenkungen in der Lage sein dürfen. *Ich* wäre es nicht gewesen. Noch dazu mit einem gebrochenen Arm.«

»Aber man hört doch ständig, dass die Leute unglaubliche Kräfte entwickeln können«, wendet Björn ein. »Mütter, die ein ganzes Auto anheben, um ihr Kind zu retten und so, du weißt schon.«

Joel bleibt stehen. Die Kraft, die nötig wäre, um zu widersprechen, verlässt ihn. Es hat keinen Zweck.

»Ja, klar«, sagt er. »Dann machen wir es so: Ich melde mich, wenn Gebote für das Haus eintreffen. Aber du versprichst mir, bald herzukommen, ja?«

»Logisch«, sagt Björn und tut tatsächlich beleidigt. »Glaub ja nicht, dass mir das alles egal ist.«

NINA

Monikas durchdringende Schreie sind in der ganzen Abteilung zu hören. Selbst als sie verstummen, glaubt Nina, noch ein Echo von ihnen zu vernehmen. Sie fühlt sich in die Zeit zurückversetzt, als sie klein war und ihre Mutter und deren Freunde im Rausch randaliert hatten. Betrunkene Stimmen, die seltsam fremd klangen, so als hätten Dämonen von ihnen Besitz ergriffen.

Es ist gerade erst halb sieben, und Nina weiß nicht, wie sie den Rest der Abendschicht überstehen soll.

»Irgendjemand muss dieses Weib dazu bringen, die Klappe zu halten«, sagt Petrus. »Vielleicht fehlt ihr nur mal ein Schwanz, das würde sie garantiert zum Schweigen bringen. Ich kann ihr ja meinen in den Hals stecken.«

»Und wie bringt man Sie zum Schweigen?«

Petrus lacht vergnügt.

Nina gießt den Rest aus seinem Katheterbeutel in die Urinflasche, geht zum Waschbecken in der Diele und leert sie aus. Spült die Flasche gründlich aus, streift sich die Handschuhe ab und geht wieder zurück zu Petrus.

»Brauchen Sie noch etwas?«, fragt sie und zieht die Bettdecke über seinem Brustkorb glatt.

Aus Apartment D6 ertönt ein weiterer markerschütternder Schrei.

»Hat die aus dem Fernsehen heute Nachtdienst?«, fragt Petrus.

»Wer? Nein.«

Bei Monikas Geschrei kann man sich nur schwer konzentrieren.

»Schade. Die ist meine Lieblingsschwester.«

»Schlafen Sie jetzt. Mit ein bisschen Glück träumen Sie von ihr.«

Petrus grinst. In der nächsten Sekunde umklammert seine Hand schon Ninas Unterarm. Sie schreit auf, als sich seine Finger in ihr Fleisch graben und einen Nerv treffen.

»Lassen Sie mich los!«

»Du kannst mir doch bestimmt ein bisschen Gesellschaft leisten?«

Nina zieht und zerrt an ihrem Arm. Versucht, Petrus' Griff zu lösen, ohne ihm wehzutun.

»Du bist bestimmt eine richtige kleine Wildkatze, hab ich recht?«

Es gelingt ihr, sich zu befreien, und sie weicht hastig zurück. Keucht ein wenig. Petrus grinst zufrieden. Aber sein Grinsen erstirbt, als Monika abermals schreit.

»Das Weib soll endlich die Klappe halten!«, brüllt er.

Nina löscht das Licht und lässt die Jalousien herunter, bevor sie hinausgeht.

Im Personalraum findet sie Nahal vor, die gerade eine dicke Schicht Butter auf ein Milchbrötchen schmiert.

»Bodil war hungrig«, sagt sie.

Weitere Schreie aus Apartment D6.

»Ich habe eben erst zu ihr reingeschaut, mit ihr ist alles in Ordnung«, sagt Nahal. »Ich glaube, sie will nur Aufmerksamkeit auf sich ziehen.«

Nina nickt.

»Ich gucke mal nach.«

Nahal legt das Brötchen auf eine Serviette, sieht sie zweifelnd an.

»Bist du dir sicher? Wenn man ihr immer nachgibt, hört sie vielleicht nie damit auf.«

Nina weiß, dass Nahal damit recht hat, aber das ist ihr egal. Sie kann es nicht sein lassen. Ihr kommen wieder die Besäufnisse in der kleinen Wohnung in Ytterby in den Sinn. Ihre Angst, als sie sich aus dem Bett geschlichen hatte, um zu erfahren, was da vor sich ging. Es war schaurig gewesen, aber noch schauriger war es, im Bett liegen zu bleiben und es sich auszumalen.

Nina geht zu Tür D6. Die Schreie verstummen jäh, als sie die Klinke herunterdrückt.

Da hast du's, sie will nur Aufmerksamkeit auf sich ziehen. Du musst nicht reingehen.

Nina geht trotzdem hinein. Die Wohnung liegt im Dunkeln. Nur ein schwaches, gelbliches Licht sickert durch die Jalousien. Nina nimmt Monikas schniefende Atemzüge wahr.

»Monika?«, ruft sie. »Was ist los?«

Keine Antwort.

Nina geht weiter, in das Zimmer hinein. Sieht Monikas Gestalt im Bett sitzen, an die Wand gepresst. Ein Schatten unter vielen.

Sie geht zum Bett und knipst die Nachttischlampe an. Monika hält sich eine Hand vor die Augen. Der Ärmel ihres großen T-Shirts rutscht dabei hoch und entblößt eine behaarte Achselhöhle, ein Netzwerk von blauen Adern zieht sich über die blasse Haut ihres Armes.

»Entschuldige. Ich wollte nur sichergehen, dass mit dir alles in Ordnung ist.«

Ein erneutes Schniefen erklingt, diesmal aber geht es in ein Kichern über.

»Was bist du doch für ein braves Mädchen«, sagt Monika. »Wer in der Woche Ordnung hält, sieht freitags das verdiente Geld.«

Ihre Stimme ist vom vielen Schreien ganz heiser. Monika lässt die Hand sinken. Ihre Augen in den Augenhöhlen glitzern.

»Es ist völlig wurscht, wie viel Essen du in den Kühlschrank stopfst, wie viel du putzt und wäschst und schrubbst. Du wirst immer ein dreckiges kleines Alki-Gör bleiben.«

Das Zimmer außerhalb des Lichtkegels scheint zu schrumpfen, die Schatten rücken näher, bilden eine Wand um sie herum.

»Deine Mutter hat es mir gesagt. Du hast sie umgebracht«, sagt Monika.

Ninas Gesicht wird kreidebleich.

»Hör auf«, sagt sie leise. »Bitte, hör auf.«

»Wie konntest du nur deine eigene Mutter töten?«

»Das habe ich nicht.«

»Dann sag ihr das, wenn du dich traust. Sie steht direkt hinter dir.«

Nina überläuft ein eisiger Schauer.

Dreh dich nicht um. Dreh dich nicht um.

»Von wem hast du das?«, fragt Nina.

Monika lächelt.

»Das hab ich dir doch schon gesagt. Sie sitzt auf dem Sofa und plappert, was das Zeug hält, ich komme ja kaum mit.«

Wer hat ihr diese ganzen Hirngespinste bloß in den Kopf gesetzt? Joel? Nein. Er weiß nicht, was vorgefallen ist. Das weiß noch nicht einmal Markus.

Niemand weiß es. Monika bildet sich das alles nur ein.

»Willst du nicht mit ihr sprechen?«

»Nein.«

Nina weicht zurück, bringt Distanz zwischen sich und das Bett. Sieht nicht zum Sofa, als sie sich umdreht und zur Tür läuft. Aber sie meint, einen schwachen Atemhauch zu erahnen, den erstickenden Geruch von Alkohol.

Mama.

Sie erreicht den Gang und knallt die Tür hinter sich zu.

Nahal steckt den Kopf aus Bodils Wohnung. Sieht Nina fragend an.

Nina bringt keinen Laut heraus. Kann nur den Kopf schütteln. Auf der anderen Seite der Tür setzen die Schreie von neuem ein.

JOEL

Joel hat Lena Nordin allein im Haus zurückgelassen. In ein paar Stunden beginnt die Besichtigung. Fremde werden zwischen den Besitztümern seiner Mutter umhergehen, Türen öffnen und in jeden Winkel schauen, sich ein Urteil über das bilden, was fünfzig Jahre lang ihre ganze Welt gewesen war.

Und sie selbst hat davon keine Ahnung.

Er hält vor dem winzigen Supermarkt im Ortszentrum, kauft eine große Tafel Marabou-Schokolade mit Geschmacksrichtung Orange-Krokant, die Lieblingssorte seiner Mutter.

Als die Türen des Heims vor ihm aufgleiten, kommt es ihm vor, als würde sich ein Schlund öffnen, um ihn zu verschlucken. Auf einmal möchte er am liebsten flüchten. Möchte nicht wissen, welche Facette seiner Mutter ihn heute dort drinnen erwartet. Was sie diesmal sagen wird. Aber er geht trotzdem hinein.

Er findet sie mit Lillemor und Wiborg auf dem Fernsehsofa im Aufenthaltsraum vor, sie sehen sich die Wiederholung eines Open-Air-Schlagerkonzerts an. Die Lautstärke des Fernsehers ist so ohrenbetäubend, dass die Lautsprecher brummen. Lillemor und Wiborg schunkeln beide im selben Rhythmus wie das Publikum auf dem Bildschirm. Seine Mutter dagegen sitzt reglos da, gegen eine Armlehne gepresst, verfolgt aber anscheinend gebannt die Sendung.

»Hallo, Mama«, sagt Joel laut, um die Musik zu übertönen.

Sie nimmt die Schokolade, legt sie sich aber auf den Schoß, ohne sie noch eines weiteren Blickes zu würdigen.

»Soll ich dir mit der Verpackung helfen?«, fragt Joel und deutet auf ihren Gipsarm.

»Nein, danke«, erwidert seine Mutter höflich.

Lillemor hat mit dem Schunkeln aufgehört. Gierig betrachtet sie die Schokoladentafel.

Joel zieht einen Stuhl hervor, nimmt neben dem Sofa Platz. Beugt sich vor, faltet die Hände. Verfolgt einen Moment lang die Sendung. Strahlende Abendsonne, grünende Bäume. Die beiden jungen Frauen auf der Bühne sagen ihm nichts. Vielleicht sind es Nachwuchsstars, die durch eine Castingshow bekanntgeworden sind oder durch die Vorentscheidung zum Grand Prix. Er kennt sich nicht mehr damit aus.

Der Abspann wandert über den Bildschirm. Seine Mutter starrt weiterhin, ohne zu blinzeln, auf den Fernseher. Lillemor aber ist des Wartens überdrüssig geworden. Sie schnappt sich die Schokolade, reißt die Plastikverpackung auf und bricht zwei Riegel ab, stopft sie sich in den Mund und lutscht genießerisch. Im Fernsehen fängt eine Doku-Soap an; sie handelt von Bauern, die einen Traktor-Wettbewerb veranstalten.

»Ja, wen haben wir denn da!«, ruft Sucdi draußen im Flur. Sie kommt in Begleitung von Fredrika in den Aufenthaltsraum, die wiederum einen hellblauen Kinderwagen vor sich herschiebt. Fredrika lächelt Joel fröhlich zu. Er erwidert ihr Lächeln. Greift nach der Fernbedienung auf dem Tisch und schaltet den Fernseher aus. Ein Knistern ertönt von dem schwarzen Bildschirm her. Seine Mutter brummt irgendetwas Unverständliches.

»Hier möchte Ihnen jemand hallo sagen, Wiborg«, bemerkt Sucdi.

Aus dem Kinderwagen ertönt Babygeschrei. Joel sieht flüchtig ein hochrotes, zerknautschtes kleines Gesicht, als Fredrika das Baby hochnimmt.

»Na, bist du jetzt aufgewacht? Vielleicht hast du ja gespürt, dass du jetzt deine Uroma kennenlernen sollst.«

»Kommen Sie, Wiborg, sehen Sie her!«, fordert Sucdi sie auf.

Wiborg steht auf. Schlurft mit kleinen, zögernden Schritten auf Fredrika zu. Lillemor erhebt sich ebenfalls. Scharwenzelt entzückt um das Baby herum.

»Ja, was bist denn du für ein Wonneproppen!«

Wiborg indes ist weitaus zurückhaltender.

»Er soll Sigge heißen, nach Großvater«, erklärt Fredrika.

Wiborg nickt. Scheint nicht zu begreifen.

»Ihr habt am selben Tag Geburtstag, Sigge und du«, fährt Fredrika fort. »Deshalb konnte ich doch auch nicht zu deinem Geburtstag an Mittsommer kommen. Ich war auf der Entbindungsstation.«

Wiborg lächelt sie verunsichert an. Weicht zurück.

Joel geht ebenfalls zu ihnen hinüber. Sieht sich das Baby an, das jetzt aufgehört hat zu schreien. Seine Augen blicken noch unfokussiert ins Leere. Eine unfassbar kleine Hand fährt sich mit gespreizten Fingern über das Gesicht.

»Herzlichen Glückwunsch! Er ist wunderhübsch«, sagt Joel.

Behutsam streicht er über die bloße Kopfhaut des Babys. Erschauert, als er die Fontanelle spürt und daran denkt, wie ungeschützt das Gehirn dahinterliegt.

»Danke«, sagt Fredrika herzlich, aber ihr Blick wandert zu Wiborg. »Willst du ihn denn gar nicht begrüßen, Oma?«

Wiborg schüttelt den Kopf.

»Das kann nicht meins sein, ich bin doch noch nicht mal verheiratet«, sagt sie.

Joel sieht, dass Fredrika das Lächeln auf den Lippen gefriert. Auf einmal kommt ihm der Moment zu intim vor. Sie sollten sie allein lassen. Aber nun drängt sich auch seine Mutter vor und beugt sich über das Baby auf Fredrikas Arm.

Sigge zuckt zusammen, als er ihre Gegenwart wahrnimmt. Er fuchtelt wie wild mit den Händchen.

»Darf ich ihn mal auf den Arm nehmen?«, fragt Joels Mutter. »Es ist so lange her, dass ich einmal einen Säugling im Arm halten durfte. Und sie haben einen so herrlichen Geruch.«

Genießerisch schnuppert sie, die Nase an den Kopf des Babys gepresst.

Fredrika und Joel wechseln einen Blick.

»Das geht nicht, Mama, du hast dir doch den Arm verletzt«, sagt er rasch.

Sie schnaubt.

»Sollen wir jetzt nicht noch einen Moment zu dir gehen, Mama?«, schlägt Joel vor.

»Sei still!«, zischt sie. Hass lodert in ihren Augen, als sie ihn ansieht.

Das Baby fängt wieder an zu schreien.

Seine Mutter lächelt Fredrika flehentlich an, auf eine Art, dass es Joel kalt den Rücken hinunterläuft.

Sie spielt Theater. Spielt eine kinderliebe alte Frau. Aber sie weiß genau, was sie tut.

»Darf ich ihn nicht einmal nehmen, ganz kurz nur?«, bittet seine Mutter.

»Ich glaube nicht«, sagt Fredrika. »Er braucht jetzt seine Milch.«

Die Augen seiner Mutter verengen sich zu Schlitzen, doch dann nickt sie.

»Selbstverständlich. Wenn man so klein ist und einen so großen Appetit hat, muss man schnellstens etwas zu sich nehmen.«

NINA

»Liebling?« Pause. »Liebling?«

Sie öffnet die Augen. Langsam klärt sich ihr Blick, bis sie Markus' Gesicht dicht vor sich erkennt. Die Bartstoppeln, die sich auf seiner sonnengebräunten Haut wie schwarze Punkte ausnehmen. Die trockenen Hautschuppen an den Nasenflügeln.

»Du musst gleich zur Arbeit«, sagt er und gibt ihr einen raschen Kuss auf den Mund. »Hast du schlecht geschlafen?«

Sie nickt, streckt sich. Sie hat die ganze Nacht zwischen Wachsein und Traum verbracht. Irgendwann hatte sie gehört, dass unten im Wohnzimmer der Fernseher lief, hatte Markus wiederholt zum Kühlschrank tapsen gehört. Die vertrauten Geräusche schienen zu einer anderen Welt zu gehören.

Sie hatte von dem Tag im Krankenhaus in Kungälv geträumt. Damals hatte sie vor lauter Schlafmangel kaum noch klar denken können. Nicht nur Daniel war der Grund dafür, dass sie nachts wach war, auch sämtliche Gefühle und Gedanken, die durch ihn an die Oberfläche kamen. Mutter zu werden war so, als wäre sie durch einen Spiegel gegangen und hätte ihre eigene Kindheit wieder vor sich gesehen. Gesehen, was sie selbst nie gehabt hatte.

Im Traum war Ninas Mutter mit ihr im Behandlungszimmer des Arztes gewesen. Das Augenweiß gelblich, die Haut fahl, das Gesicht vorzeitig gealtert. Sie hatte eine Fahne. *Wie konntest du mir das nur antun?*, sagte sie. *Wie konntest du deine eigene Mutter umbringen?* Ihre Stimme klang so angegriffen, dass sie selbst im nüchternen Zustand nicht verhehlen konnte, dass sie Alkoholikerin war.

Jetzt setzt Nina sich im Bett auf und schaut aus dem Fenster. Der Himmel ist blau, kleine Wattewölkchen ziehen vorbei, es sieht aus wie auf einer Kinderzeichnung. Draußen ist alles wie immer. In der Bucht glitzert das Meer. Die Kühe käuen unermüdlich das Gras wieder.

Monika irrt sich. Ich habe meine Mutter nicht getötet. Ihr Alkoholkonsum hat sie schleichend umgebracht. Ich wusste nicht, was ich tat. Ich war zu jung. Es war nicht meine Schuld. Sie hat es sich selbst angetan.

»Wie spät ist es?«, murmelt Nina.

»Gleich halb zwölf«, erwidert Markus. »Komm doch runter in die Küche, wenn du fertig bist, ich muss dir was Tolles erzählen.«

Nina gelingt es, ihm zuzulächeln, bevor sie aufsteht und im Badezimmer verschwindet. Als sie fertig ist, geht sie die Treppe hinunter, setzt sich mit einem Glas Wasser an den Küchentisch und lässt eine Multivitamintablette hineinfallen.

»Du wirst doch nicht krank?«, sagt Markus, als er in die Küche kommt.

Sie schüttelt den Kopf. Sieht auf, als er gegenüber von ihr Platz nimmt.

Was würdest du sagen, wenn du wüsstest, was ich getan habe? Wenn du wüsstest, dass ich dir das all die Jahre hindurch verschwiegen habe?

Ninas Finger flechten sich nervös ineinander, bis ihr klarwird, wie viel diese Geste über ihr Befinden aussagt.

»Was war es, das du mir erzählen wolltest?«, fragt sie und führt das Glas an die Lippen.

Ein künstlicher Ananasgeruch steigt ihr in die Nase. Sie nippt vorsichtig an dem Getränk.

»Lena hat sich kürzlich bei mir gemeldet. Sie hat für mich ein Vorstellungsgespräch in der Autofirma ihres Vaters klargemacht. Es ist schon übermorgen.«

Die Reste der Multivitamintablette geraten in Ninas Mund. Sie lässt sie auf der Zunge zergehen.

»Das ist ja super, wie nett von ihr!«

»Ich kenne ihn sogar ein bisschen, den Job müsste ich also so gut wie in der Tasche haben«, sagt Markus und fasst nach ihrer Hand. »Ich weiß, dass es auch für dich nicht einfach war in der letzten Zeit, aber jetzt wird das anders, du wirst sehen.«

Sie nickt. Schluckt den Rest aus dem Glas herunter. Die letzten Krümel der Brausetablette prickeln noch tief in ihrem Rachen.

NEBELFENN

Die Alten von Station D haben sich im Aufenthaltsraum versammelt, als Nahal mit Dogglas, einem Golden Retriever, hereinkommt. Er geht gehorsam bei Fuß und wedelt mit dem Schwanz. Sieht zu ihr hoch, wartet auf das nächste Kommando.

Als Lillemor den Hund erblickt, stößt sie einen kleinen Freudenschrei aus.

Nahal ist nervös. Vor allem, weil Elisabeth auch da ist. Und Rita und Gorana. Aber Dogglas benimmt sich. Er hechelt aufgeregt, wendet aber nicht den Blick von ihr ab. Widersteht jedem Impuls, auf die alten Menschen zuzustürmen, deren Hände sich ihm entgegenstrecken und deren Körper so starke Gerüche ausdünsten.

Bodil lockt ihn, Vera lacht. Sogar Petrus lächelt. Wiborg hüpft ungeduldig auf ihrem Stuhl auf und ab und ist so aufgeregt, dass ihr die Tränen kommen. Sie möchte den Hund streicheln. Sein Fell unter ihren Fingern spüren.

Nur Monika zeigt keine Reaktion. Sie sitzt etwas abseits von den anderen. Starrt schweigend den Hund an.

Nahal geht neben Dogglas in die Hocke. *Fein, braver Junge*, sagt sie gedämpft. *Jetzt geh und begrüß sie.* Und er strolcht zu den alten Leuten hinüber. Lässt sich geduldig streicheln und umarmen. Die Alten bekommen leuchtende Augen. Erinnerungen an die Hunde, die sie selbst einmal besessen haben, werden wach. Petrus und Olof glucksen, als der Hund Petrus'

Beinstümpfe leckt. Aber am meisten freut sich Wiborg. Sie nennt den Hund Jago und vergräbt das Gesicht in seinem dicken Fell, als er endlich zu ihr kommt.

Nahal entspannt sich zusehends. Elisabeth nickt ihr zufrieden zu. Viele der alten Leute fangen an, sich angeregt miteinander zu unterhalten. Dogglas geht zu Vera und Dagmar, wedelt mit dem Schwanz, legt seinen Kopf auf Dagmars Schoß, so dass sie ihn streicheln kann. Seine braunen Augen sehen geduldig zu ihr auf.

»Ich will ihm Leckerlis geben!«, ruft Wiborg. »Ich will ihm Leckerlis geben, damit er mich am liebsten hat!«

Dogglas hört auf, mit dem Schwanz zu wedeln. Er hat einen neuen Geruch im Raum wahrgenommen. Er wittert. Geht zu Monika, bleibt jedoch stehen, als er ihrem Blick begegnet. Zögert. Leckt sich das Maul. Er ist neugierig auf diesen neuen Geruch, den er noch nie zuvor an einem Menschen gewittert hat. Als Dogglas näher kommt, bleckt Monika ihr Gebiss. Aus ihrem Brustkorb steigt ein dumpfes Grollen.

»Jago!«, ruft Wiborg. »Hierher, Jago!«

Erschrocken verfolgt Nahal, wie Dogglas mit den Vorderpfoten auf Monikas Schoß springt und ihr laut ins Gesicht kläfft. Nahal rennt zu ihm hin, reißt an seinem Halsband. Monika fängt an, ebenfalls zu kläffen. Speichel tropft ihr aus dem Mund. Als Nahal den Hund von ihr wegzerrt, schleifen seine Klauen über den Boden. Er bellt immer lauter. Nahals Wangen röten sich vor Scham, sie wagt es kaum, Elisabeth und ihre neuen Kollegen anzusehen.

»Pfui, Jago!«, ruft Wiborg. »Dummer Wauwau. Dummer Jago.«

In dem ganzen Durcheinander bemerkt niemand, dass Lillemor Monika starr vor Angst ansieht. Sie hat gerade den Engel erblickt. Er steht direkt hinter Monika. Ist beinahe eins mit ihr. Es ist schwer zu erkennen, wo sie endet und er beginnt.

Etwas aber kann Lillemor ganz deutlich erkennen – dass er kein Gesandter Gottes ist. *Wie konnte ich nur so dumm sein? Und ich habe noch Lobgesänge für ihn angestimmt!*

Als Nahal Dogglas wegführt und außer Sichtweite gerät, verstummt Monika. Die Klauen des Hundes klackern auf dem Boden. Er winselt traurig. Sieht mit eingezogenem Schwanz zu Nahal hoch.

NINA

In Apartment D7 riecht es durchdringend nach Kot. Nina hat Olof gerade die Windeln gewechselt. Sie zieht ihre Handschuhe aus und wäscht sich in seiner Diele die Hände.

Der Abend auf Station ist bislang einigermaßen ruhig verlaufen. Sie hat es vermeiden können, mit Monika zu tun zu haben. Nahal hatte ihr im Bett das Abendessen gereicht und sich um ihre Abendtoilette gekümmert. Hatte keine Fragen gestellt, als Nina sie darum gebeten hatte.

Nahal ist heute ungewohnt wortkarg. Nina weiß, dass das Experiment mit dem Pflegehund heute in einem Fiasko geendet hatte, aber sie hatte sich bei Nahal nicht genauer danach erkundigen wollen.

Sie desinfiziert sich die Hände und geht zurück in Olofs Zimmer. Bemerkt, dass er leise vor sich hin weint.

»Was haben Sie?«, fragt sie.

Er wendet sich ab, weicht ihrem Blick aus.

»Es ist nicht leicht, alt zu werden«, sagt er. »Man hat noch so viel zu geben, aber niemanden interessiert das.«

Seine Tochter ist seit seinem Einzug nicht mehr hier gewesen. Und Nina drängt sich die Frage auf, wer sie selbst wohl besuchen würde, wenn sie jemals an einem Ort wie diesem landen würde. Und ob die Betreffenden es aus freien Stücken oder nur aus Pflichtgefühl täten. Hoffentlich wird sie nicht mehr in der Lage sein, einen Unterschied zu bemerken, sollte es einmal so weit kommen.

Sie versucht, Olof zu trösten, aber er reagiert nicht darauf. Will offenbar in Frieden gelassen werden. Nina geht in den Personalraum. Bereitet die Nährstoffgetränke mit viel Sahne und Backpflaumen vor, die Sucdi in der Nacht verteilen kann. Als sie den Stabmixer abgespült und den Wasserhahn ausgestellt hat, meint sie, ein Wehklagen zu hören.

Nina horcht angestrengt, sie ist unsicher, ob sie richtig gehört hat. Sie dreht sich um. Sieht, dass sich im Dunkel hinter der Glasscheibe etwas bewegt.

Sie geht auf den Gang und stellt sich in den Türrahmen des im Dunkeln liegenden Gemeinschaftsbereichs. Schwere Wolken ziehen über den Himmel über dem Glasdach; es ist dunkler als gewöhnlich zu dieser Jahreszeit. Nina entdeckt eine massige Gestalt auf einem Sofa.

Hört ein Schniefen. Gemurmelte Laute. Ein Gebet.

»Lillemor?«, fragt Nina und geht ein paar Schritte ins Zimmer hinein.

Das Murmeln verstummt.

»Ja?«, piepst jemand mit erstaunlich dünner Stimme.

»Können Sie nicht schlafen?«

»Ich kann mich nicht mehr in meiner Wohnung aufhalten.«

»Wie meinen Sie das?«

Ninas Augen gewöhnen sich langsam an die spärlichen Lichtverhältnisse. Sie setzt sich auf den niedrigen Couchtisch. Sieht hinter Lillemor Adrian über den Gang von Station B laufen.

»Soll ich Sie wieder zurückbegleiten?«, fragt sie.

Lillemor schüttelt energisch den Kopf.

»Er ist gerade bei Monika, aber er kann jederzeit wiederkommen.«

»Von wem sprechen Sie?«

Lillemor sieht sich nach allen Seiten um.

»Erzählen Sie«, bittet Nina sie.

»Er ist kein Schutzengel«, flüstert Lillemor. »Ich habe mich die ganze Zeit geirrt. Ich glaube, er kommt aus der Hölle.«

»Es gibt keine Hölle«, sagt Nina. »Daran glauben Sie doch nicht wirklich, oder?«

Aber sicher ist Nina sich nicht. Sie hat ja gesehen, mit welcher Hingabe Lillemor sich mit ihren Engeln beschäftigt, mit ihnen spricht, für sie singt. Es war ihr so unschuldig, ja, kindlich erschienen. Aber vielleicht war es ja immerzu eine Beschwörung gegen etwas anderes gewesen?

»Der Teufel selbst war ein gefallener Engel«, bemerkt Lillemor. »Wie konnte ich nur so dumm sein?«

»Es gibt keinen Teufel, Lillemor.«

»Ja, aber wissen Sie denn nicht, dass ebendas seine größte List ist? Uns glauben zu machen, dass er nicht existiert?«

Nina schüttelt ratlos den Kopf. Sie weiß nicht, was sie darauf erwidern soll.

Was auch immer mit Monika nicht stimmt, so steckt ganz bestimmt nicht der Teufel dahinter. Aber Lillemor glaubt daran. Und das muss schrecklich sein – in einer Welt zu leben, in der Satan und sein Gefolge jederzeit auftauchen können.

»Wenn Sie mir nicht glauben, gehen sie doch zu Monika rein«, sagt Lillemor und beginnt, sich hin und her zu wiegen. »Sie sprechen miteinander. Ich habe sie durch die Wand gehört.«

Unter Lillemors schwerem Körper geben die Kunststoffbezüge der Sofakissen einen leisen Protest von sich.

»Kommen Sie, wir bringen Sie jetzt zu Bett«, sagt Nina. »Ich kann Ihnen eine Schlaftablette geben.«

»Ich will nicht schlafen. Wer weiß, ob ich dann jemals wieder aufwache.« Lillemor schüttelt den Kopf.

»Sie müssen aber irgendwann mal schlafen.«

»Erst, wenn da drinnen wieder Ruhe herrscht.«

»Na gut, ich werde dort mal nach dem Rechten sehen, wenn Sie mir versprechen, danach schlafen zu gehen«, sagt Nina und steht auf.

Sie lässt Lillemor im Aufenthaltsraum zurück und betritt den hell erleuchteten Gang. Nimmt die Tür von Apartment D6 ins Visier.

Sie will nicht zu Monika gehen. Verspürt einen geradezu körperlichen Widerwillen dagegen.

Ich kann Nahal bitten, nach ihr zu sehen.

Aber ebendieser Gedanke bewirkt, dass Nina die D6 mit energischen Schritten ansteuert. Alles andere wäre doch lächerlich.

Es gibt nichts, wovor man Angst haben müsste. Es ist nur Monika. Und Monika braucht meine Hilfe.

Nina hält vor der Tür inne. Hört tatsächlich Stimmen von drinnen. Sie klingen erhitzt, auch wenn sie nicht genau verstehen kann, was gesagt wird.

Schließlich fasst sich Nina ein Herz und drückt die Klinke herunter. Monika steht mitten im Zimmer, als hätte sie auf sie gewartet.

»Ich dachte schon, dass du mit hocherhobenem Kreuz hier reingestürmt kommen würdest«, sagt sie.

Ihr spöttischer Tonfall ist nicht zu überhören. Nina blickt sich in der Wohnung um, während die Furcht schleichend Besitz von ihr ergreift. Aber außer Monika ist hier niemand. Oder?

Nina bemüht sich, einen ungerührten Eindruck zu erwecken, als sie ins Badezimmer späht. Es ist leer. Trotzdem schnürt die Angst ihr beinahe die Kehle zu.

»Wozu brauche ich ein Kreuz?«, presst Nina hervor.

»Woher soll ich das wissen? Frag doch Lillemor, die ist doch die Expertin!«

Wie kann sie das wissen? Hat sie uns belauscht?

»Ich dachte, dass ich hier drinnen Stimmen gehört hätte«, sagt Nina.

Monika breitet in einer Geste der Ahnungslosigkeit die Arme aus und grinst.

»Hier bin nur ich. Wer sonst sollte denn hier sein? Deine Mutter vielleicht?«

Nina schluckt.

»Nein, meine Mutter ist tot. Aber ich mache mir Sorgen um dich, Monika. Dir geht es nicht gut.«

»Ach, scher dich einfach nicht um mich! Das hast du doch sonst auch nie getan.«

Monikas Stimme fällt um eine Oktave, klingt plötzlich verwaschen.

Sie spricht mit Mamas Stimme.

»Du hast mich umgebracht«, lallt sie.

»Nein.«

Ninas Herz hämmert so stark, als wollte es ihr aus der Brust springen.

»O doch«, sagt Monika spöttisch, nun wieder mit klarer Stimme. »Wenn du den Ärzten nicht gesteckt hättest, dass sie wieder mit dem Trinken angefangen hat, hätte sie eine neue Leber bekommen.«

»Wer hat das behauptet?«

»Das weißt du doch. Deine Mutter hat es mir erzählt.«

Nina schüttelt fassungslos den Kopf.

Ob alle davon wissen? Ob sie es die ganze Zeit über gewusst, sich darüber das Maul zerrissen haben?

»Ich wusste nicht, dass die Ärzte dich deshalb gefragt haben, ob du noch trinken würdest«, hört sie sich selbst sagen.

»Du wusstest genau, was du tatest«, beharrt Monika.

Sie kommt einen Schritt näher, und Nina nimmt den alkoholgeschwängerten Geruch wahr, der aus ihrem Mund dringt, aus jeder ihrer Poren dünstet.

»Alles ist deine Schuld«, nuschelt sie. »Warum sollte ich auch mit dem Trinken aufhören, als du mich im Stich gelassen hattest? Ich hatte doch nichts anderes mehr. Ich durfte ja noch nicht mal mein Enkelkind kennenlernen.«

Nina weicht in die dunkle Diele zurück. Fragt sich, weshalb sie beim Hereinkommen nicht das Licht eingeschaltet hat.

Monika folgt ihr. Schwankt plötzlich. Streckt haltsuchend eine Hand nach der Wand aus.

So wie sie es immer getan hat.

»Du hältst dich für so verdammt klug!«, schreit Monika.

Mama.

»Du tust so verdammt fein mit deinem großen Haus und deinem Kühlschrank voller Luxusfutter. Aber du lebst gar nicht richtig. Du könntest genauso gut tot sein!«

Im Dunkel der Diele meint Nina, das aufgedunsene Gesicht ihrer Mutter zu erkennen. Sie streckt die Hand nach Nina aus. Ihre Finger stinken nach Nikotin. Beben so, wie sie es immer getan hatten, bevor sie die erste Flasche Wein des Tages intus gehabt hatte.

»Du kannst ja noch nicht mal deinen armen Mann bumsen, ohne dass er sich vorher von Kopf bis Fuß saubergeschrubbt hat«, zischt Monika. »Es darf ja bloß kein bisschen nach Pisse riechen, eine solche Angst hast du wohl vor allem, was dich an Petrus und die Windeln und den ganzen Scheiß hier denken lässt.«

»Hör auf! Du weißt ja nicht, was du da redest!«, ruft Nina.

Sie spürt die Tür in ihrem Rücken

habe ich sie geschlossen?

und tastet nach der Klinke.

»Ich werde auf dich lauern, wart's nur ab!«, schreit Monika

Mama

Nina geradewegs ins Gesicht.

Monika holt tief Luft. Ninas Hände sind schweißnass, rutschen an der Türklinke ab. Plötzlich ist sie sich sicher, dass sie hier niemals herauskommen, für immer hier gefangen sein wird.

Die Tür öffnet sich. Nina stolpert rückwärts in den Flur. Monika bleibt in der Diele stehen. Aus ihrem Hals dringt ein erstickter Laut. Ein Gurgeln, das tief aus ihrem Rachen aufsteigt.

Nina bleibt stehen. Monikas magere Finger schließen sich um den Türpfosten. Ihr Brustkorb hebt und senkt sich so heftig, dass sich ihre Rippen deutlich unter dem Nachthemd abzeichnen.

Dann bricht Monika zusammen. Ihre Knie schlagen hart auf dem Boden auf, wie eine Marionette, der die Fäden gekappt wurden. Sie beginnt, am ganzen Leib heftig zu beben. Ihr ganzer Körper bäumt sich auf. Die Wirbel knacken.

Nina schreit lauthals nach Nahal.

JOEL

Ein großes rotes Kreuz leuchtet in der Dunkelheit vor ihm auf – endlich hat er die Notaufnahme des Krankenhauses von Kungälv gefunden. Er stellt den Wagen hastig auf dem Parkplatz ab und rennt zum Eingang. Die automatischen Türen öffnen sich viel zu langsam. Er hüpft ungeduldig auf der Stelle, bis er durch sie hindurchschlüpfen kann. Die Frau hinter dem Informationstresen sieht ihn mit freundlichem Blick an, ihre Stimme klingt schleppend. Joel hört sich selbst schneller reden, um Zeit wettzumachen. Seine Welt ist aus den Fugen geraten. Die Frau versichert ihm, dass er gleich mit einem Arzt sprechen kann.

»Setzen Sie sich doch, während Sie warten«, sagt sie.

Aber er kann jetzt nicht stillsitzen. Geht auf dem Flur auf und ab. Überall liegen Patienten auf Pritschen. In einer Ecke stehen zwei Polizisten und unterhalten sich mit zwei Mädchen, die nicht viel älter als fünfzehn sind. Sie halten sich an den Händen. Ihre Augen sind glasig.

Joel denkt, dass er heute Abend zum Glück keinen Wein getrunken hat. In dem Fall hätte er nicht hierherfahren können. Oder aber er wäre trotzdem gefahren, was noch viel schlimmer gewesen wäre.

Da kommt Nina aus einem der Behandlungszimmer. Sie geht auf ihn zu, und für einen flüchtigen Moment scheint es, als würden sie sich gleich in die Arme fallen. Aber er fühlt sich wie gelähmt.

»Was ist passiert?«

»Sie hatte wieder einen Anfall. Wir konnten ihr ein krampflösendes Mittel verabreichen, aber das hat nicht gewirkt. Deshalb haben wir den Krankenwagen gerufen. Ich habe Monika begleitet.«

»Ist jetzt wieder alles in Ordnung mit ihr?«

Nina lächelt beruhigend, aber es ist kein aufrichtiges Lächeln. Sie scheint zu müde zu sein, um ganz die Fassade wahren zu können.

»Man merkt ihr nichts mehr an.«

Nina hat tiefe Augenringe und verströmt einen leichten Schweißgeruch.

»Man hat alle möglichen Proben genommen und Untersuchungen gemacht, die Ergebnisse sind bisher negativ«, fährt Nina fort. »Sie ist gerade zurück von einer Computertomographie, bald wissen die Ärzte also mehr.«

Mit Computertomographien kennt er sich nicht aus. Vor seinem geistigen Auge sieht er Menschen auf Pritschen, die in eine rohrförmige Maschine hineingleiten. Zumindest haben die Leute aus dem Heim den Anfall seiner Mutter diesmal ernst genommen.

»Sie ist wach, du kannst zu ihr, wenn du willst«, sagt Nina.

Joel merkt, dass seine Beine zittern. Sein Adrenalinpegel hat ihn bisher aufrecht gehalten, aber jetzt spürt er, dass er selbst kurz vorm Zusammenbruch steht.

»Ich bin froh, dass du bei ihr warst«, sagt er.

Nina nickt. In ihrem Blick liegt ein merkwürdiger Ausdruck. Woran sie wohl gerade denkt?

»Ich fahre jetzt nach Hause«, sagt sie.

Sie verabschieden sich betreten, und Joel öffnet die Tür zum Behandlungszimmer.

Am Kopf seiner Mutter sind jede Menge Kabel und Schläuche befestigt, sie sehen aus wie die Fäden einer Qualle. Infusionsständer und Monitore stehen neben ihrer Pritsche, Nadeln stecken in ihren Händen. Ein Kabel führt von einer Klammer an ihrem Zeigefinger zu einem der Bildschirme.

Vielleicht gibt es ja eine medizinische Erklärung für all das. Vielleicht finden die Ärzte etwas, das sich mit Pillen oder einer Operation kurieren lässt, so dass sie wieder sie selbst wird. Vielleicht bekomme ich sie so wieder, wie ich sie kannte.

»Du hast mir einen gehörigen Schrecken eingejagt!«, sagt er.

Überrascht sieht seine Mutter ihn an. »Wirklich?«

»Wie geht's dir?«

Sie runzelt die Stirn. Scheint darüber nachzudenken.

»Ich begreife nicht, was ich hier soll.«

»Erinnerst du dich denn an gar nichts mehr?«

»Nur daran, dass ich wach wurde und von einem Haufen Leute umringt war, die mich angestarrt haben.« Sie zupft ihr Nachthemd zurecht und wirkt richtiggehend beleidigt. »Und etwas Ordentliches anzuziehen haben sie mir auch nicht gegeben.«

Joel kann sich ein Lächeln nicht verkneifen.

»Ich möchte nach Hause«, sagt sie, und er fragt sich, ob sie damit ihr Haus oder das Nebelfenn meint.

Ein Klopfen an der Tür, und eine blonde Ärztin tritt ein. Sie schüttelt seine Hand und stellt sich als Emma Svensson vor.

»Ihre Mutter ist ein richtiges Stehaufmännchen«, sagt sie mit einem freundlichen Lächeln.

»Was ist vorgefallen?«, fragt er.

Die Ärztin sieht aus dem Augenwinkel zu Monika hinüber.

»Wir sind uns da noch nicht ganz sicher. Wir haben noch weitere Untersuchungen anberaumt, aber zuerst möchte ich Sie einmal darüber informieren, welche wir bisher vorgenommen haben.«

»Gut.«

»Als sie hier eingeliefert wurde, hatte sie einen Schüttelkrampf, der fast fünfundzwanzig Minuten anhielt.«

Fünfundzwanzig Minuten von dem, was er neulich in ihrem Bett beobachtet hatte? Die Ärztin nickt, als hätte sie seine Gedanken gelesen.

»Das ist sehr lang, vor allem, wenn sie schon im Heim Medizin verabreicht bekommen und der Anfall trotzdem nicht aufgehört hat. Wir haben ihr Sauerstoffgas verabreicht und intravenös Diazepam gegeben. Das hat den Anfall schließlich beendet.«

»Und … was war das für eine Art von Anfall?«

»Etwas Genaues kann ich noch nicht sagen. Wäre es ein epileptischer Anfall gewesen, hätte sie danach postiktal sein müssen. Also schläfrig, desorientiert, erschöpft. Aber sie war klar und munter und konnte auf Fragen antworten.«

Er lacht auf. Wie absurd das alles ist! Seine Mutter ist also immer noch imstande, so zu tun, als würde ihr nichts fehlen, wenn sie mit einem Arzt spricht.

»Ich habe mir gerade die Aufnahmen des Computertomographen angesehen. Weder sie noch die Blutproben zeigen einen pathologischen Befund. Wir haben Atemfrequenz, Sauerstoffgehalt des Blutes und Körpertemperatur überprüft, ein EKG gemacht …«

Die Ärztin zählt alles an den Fingern ab.

»Es gibt keinerlei Anzeichen für einen Schlaganfall, eine traumatische Hirnschädigung oder einen Gehirntumor, da brauchen Sie sich keine Sorgen zu machen. Und auch nicht für eine Infektion, Sauerstoffmangel oder Stoffwechselanomalien. Fakt ist, dass ihr nichts, aber auch gar nichts zu fehlen scheint.«

Sie sieht ihn aufmunternd an, aber er kann keine Erleichterung verspüren. Joel hätte einen handfesten Befund vorgezogen, etwas Konkretes, das ihm eine Antwort darauf gegeben hätte, was mit seiner Mutter los ist. Ein namentlich bekanntes Phänomen und ein Gegenmittel.

»Und was jetzt?«

»Ich möchte sie auf die Neurologie verlegen, um noch ein paar Untersuchungen zu machen und Proben nehmen zu lassen. Ich würde ein EEG und eine Lumbalpunktion befürworten, um eine ZNS-Infektion ausschließen zu können. Dann sehen wir weiter.«

Er öffnet schon den Mund, um zu fragen, was das heißt, aber sein Kopf ist gerade nicht in der Lage, noch mehr aufzunehmen.

»Wie lange wird das dauern?«

»Morgen Nachmittag können wir schon mit ersten Ergebnissen rechnen«, sagt sie. »Wenn ich Sie wäre, würde ich nach Hause fahren und eine Mütze voll Schlaf nehmen. Sie sehen aus, als könnten Sie es brauchen.«

Er schüttelt den Kopf.

»Nein. Ich bleibe solange hier.«

NEBELFENN

Lillemor liegt mit gefalteten Händen im Bett. Auf der anderen Seite der Wand ist es still, aber das schenkt ihr auch nicht mehr Ruhe. *Vater unser im Himmel. Geheiligt werde dein Name.* Ihr Blick wandert über die Gesichter der Engel. Lillemor versucht, Kraft aus ihnen zu schöpfen. *Dein Reich komme. Wie im Himmel, so auch auf Erden. Im Himmel ... werde dein Name.* Ihre Atmung wird schwerer. Die Engel mustern sie kalt. Lillemor hat sich täuschen lassen. Sie hat die Gnade der Engel nicht verdient. Lillemor kneift die Augen zusammen. Wendet sich auf der Suche nach den Worten nach innen, aber das Gebet des Herrn hat sie verlassen. *Vater unser im Himmel. So auch auf Erden. Sondern erlöse uns von dem Bösen, und geheiligt werde, unser tägliches Brot gib uns heute. Hilf mir.* Niemand antwortet. Die Engel bleiben stumm.

Als Bodil auf den Gang hinausschlurft, ist aus Apartment D4 der Bewegungsalarm zu hören. Bodil sucht nach ihrem heimlichen Liebhaber. In ihrem Inneren herrscht Leere, eine schmerzende Leere. Wenn er bei ihr ist, fühlt sie sich wieder jung. Fühlt das, was er fühlt. Sein Erstaunen gegenüber weltlichen Geschmäckern, Gerüchen. Bodils Fingerspitzen streichen an der Wand entlang; sie weiß, dass ihm eine solche Berührung gefallen würde. Vor der D6 bleibt sie stehen. Legt ein Ohr an die Tür. Drückt vorsichtig ihre Lippen auf das Holz. Sie zerrt an der Klinke, aber die Tür ist verschlossen. Sie schnüffelt an dem Spalt zwischen Tür und Türrahmen. *Sie sind nicht da. Niemand ist da.* Bodil kommt eine Erkenntnis. Monika ist weggezogen, und mit ihr ihr Liebhaber. Er mag sie lieber als Bodil. Kehrt immer wieder zu ihr zurück, während es Bodil nie gelungen ist, ihn zum Bleiben zu bewegen. Diese Gedanken höhlen sie noch mehr aus, lassen die Leere in ihr noch größer werden.

Als Sucdi den Alarm hört, kommt sie mit einem Korb frisch gewaschener Bettwäsche aus dem Keller angerannt. Sie entdeckt Bodil und seufzt. »Wollen Sie denn gar nicht schlafen? Es ist mitten in der Nacht«, sagt sie.

Aber Bodil scheint sie nicht zu hören. Sucdi stellt den Korb vor der Wäschekammer ab und geht zu ihr.

»Warum ist er lieber mit ihr zusammen? Ich tue doch alles, was er von mir will«, sagt Bodil. Ihre Augen sind feucht vor Tränen.

»Ich weiß nicht«, erwidert Sucdi. Ihr ist unwohl zumute, aber in ihrem tiefsten Innern ist sie erleichtert, dass Monika heute Nacht nicht hier ist.

»Sie dagegen, sie versucht nur, ihn loszuwerden«, sagt Bodil und zeigt anklagend auf die Tür von D6. »Das ist so ungerecht! Aber solchen Frauen laufen die Kerle immer hinterher. Solchen, die sie gar nicht verdient haben.«

Vera liegt in der D8 in ihrem Bett und strickt. Ab und zu kratzt sie sich mit einer Nadel am Bein, um nicht einzuschlafen. Sie wacht über Dagmar, aber es fällt ihr schwer, nicht wegzunicken. Und sie glaubt nicht, dass er heute Abend hier ist. Sie lässt die Lider sinken. Will ihren Augen nur einen Moment Ruhe gönnen.

Olof in der D7 schläft das erste Mal, seit er ins Nebelfenn gekommen ist, tief und fest. Er hat sein Tagwerk vollbracht. Heute Nacht steuert jemand anderes die Fähre.

In Apartment D6 liegt die Dunkelheit wie Samt über den

Möbeln. Unter dem Bett ist ein Fleck, trocken und rissig an der Oberfläche, geronnen wie Eiweiß.

 Sucdi hat Bodil gerade wieder zu Bett gebracht, als sie einen Heidenlärm aus Lillemors Wohnung hört. Sie rennt dorthin. Sieht sich in dem Durcheinander um, kann nicht sofort erfassen, was geschehen ist. Die Regale sind leergefegt, alle Engel liegen am Boden. Ihre Porzellangesichter sind zerbrochen. Fäden sind aufgeribbelt worden, aus gestrickten Engelskörpern quillt die Füllwatte. Kunststoffarme, -beine und -flügel liegen überall verstreut. Die gerahmten Sinnsprüche und das Bild von den Cherubinen sind zerschlagen worden. Lillemor selbst steht inmitten in der Verwüstung und weint, von ihren Fingerspitzen tropft Blut.

JOEL

Eine neue Station, ein neues Krankenbett. Eine neue Ärztin und neue Schwestern.

Seine Mutter sitzt vornübergebeugt auf der Bettkante, ihre Beine baumeln herunter. Man hat ihr ein Krankenhausnachthemd angezogen, das am Rücken offen ist. Joel hält ihre Hand. Die Krankenschwester holt einen mit Alkohollösung getränkten Wattetupfer hervor.

»Es wird sich jetzt ein bisschen kalt anfühlen«, sagt sie und beginnt den Rücken seiner Mutter mit kreisenden Bewegungen abzuwischen.

Dann legt sie ihr ein blaues Papiertuch mit einem Loch auf den Rücken. Joel ist froh, dass er sich erst heute früh danach erkundigt hat, was es mit einer Lumbalpunktion auf sich hat. Ihm ist jetzt schon schlecht.

»Sie werden gleich ein kurzes Stechen verspüren«, sagt die Ärztin. »Ich injiziere Ihnen jetzt ein Betäubungsmittel.«

Der Griff seiner Mutter um seine Hand wird fester, aber da ist es schon vorbei. Die Ärztin legt die Spritze beiseite. Tätschelt seiner Mutter die Schulter.

»Geht es so, Frau Edlund?«

»Ja. Man hat schon Schlimmeres erlebt.«

Aber in ihrer Stimme liegt ein Zittern.

Auf dem Flur sind Schritte zu hören. Irgendjemand schreit vor Schmerzen. Die Gerüche hier sind anders, und doch ist es ein wenig wie im Nebelfenn.

So sieht das Leben seiner Mutter jetzt also aus. Sie wird von einem Ort zum anderen gekarrt. Wird von Fremden mit Schutzhandschuhen angefasst, gepikst und angezapft.

Die Ärztin nimmt eine weitere Spritze von einem Tablett. Im Sonnenlicht, das durch das Fenster hereinscheint, funkelt Metall auf, um dann hinter dem Rücken seiner Mutter zu verschwinden. Die Nadel war sicher zehn Zentimeter lang. Hatte einen Durchmesser wie ein Strohhalm.

Zu Joels Übelkeit gesellt sich Schwindel hinzu. Es fühlt sich an, als wäre er seekrank.

»Haben Sie schon angefangen?«, fragt seine Mutter.

»Gleich«, sagt die Ärztin und wendet sich an die Krankenschwester.

»Sehen Sie, hier, zwischen den Wirbeln …«

Die Schwester nickt, dann schreit seine Mutter laut auf.

»Nein! Aufhören!«

Etwas Feuchtes tropft auf Joels Hand. Tränen oder Speichel.

»Es tut mir leid. Ich glaube, die Nadel hat einen Wirbel erwischt«, sagt der Arzt.

»Seien Sie doch bitte vorsichtig«, sagt Joel mit Verzweiflung in der Stimme.

»Wir tun unser Bestes. Mit den Rücken älterer Menschen verhält es sich nicht so einfach. Es kann leider ein Weilchen dauern, bis man die richtige Stelle trifft.«

Die Ärztin sticht die Nadel erneut in den Rücken seiner Mutter, von ihr kommt ein Schluchzen.

»Versuchen Sie, sich nicht zu bewegen, Frau Edlund«, bittet die Krankenschwester.

»Jetzt kommen die ersten Tropfen«, sagt die Ärztin, und die Schwester nickt, starrt wie gebannt auf den Rücken.

»Warum tun Sie mir das an?«, wimmert seine Mutter.

»Sie braucht mehr Betäubung«, bemerkt Joel.

»Das hilft nicht«, sagt die Krankenschwester und sieht zu ihm hoch. »Wir können nur die Haut betäuben.«

Joel zweifelt nicht daran, dass das Mitgefühl, das aus ihrem Blick spricht, aufrichtig ist. Aber das hilft seiner Mutter nicht, die mit zusammengebissenen Zähnen abgehackt atmet.

»Meine Güte, das ist ja wie im Mittelalter«, sagt er.

Seine Mutter gibt ein durchdringendes, langgezogenes Stöhnen von sich.

»Ich will nicht mehr, ich will nicht mehr …«

Da hört Joel ein ploppendes Geräusch, und die Krankenschwester legt ein Röhrchen mit einer klaren Flüssigkeit auf das Tablett.

»Sind sie gleich fertig?«, fragt seine Mutter und sieht flehentlich zu Joel hoch.

Er versucht, aufmunternd zu nicken, versichert ihr, dass gleich alles vorbei ist, obwohl er sehen kann, dass noch fünf Röhrchen gefüllt werden müssen.

»Versuchen Sie, sich jetzt nicht zu bewegen, Frau Edlund. Sie machen das prima, aber Sie müssen Ihren Rücken noch weiter beugen«, fordert die Ärztin sie auf.

Der Kopf seiner Mutter fällt nach vorne. Joel betrachtet ihre Kopfhaut. Den ungefärbten Haaransatz.

Weitere Tropfen landen auf seiner Hand. Ihre Schreie und ihr Stöhnen werden zwischendurch lauter, dann wieder schwächer. Es kommt ihm vor, als gäbe es kein Ende.

Als die Krankenschwester Kompressen zur Hand nimmt, hat er jedes Zeitgefühl verloren. Seien Mutter keucht auf, dann klirrt die monströse Kanüle auf dem Tablett.

»Jetzt aber«, sagt die Krankenschwester, zieht das blaue Tuch fort und bindet das Krankenhausnachthemd seiner Mutter wieder über dem Rücken zusammen. »Jetzt sind wir fertig!«

Seine Mutter richtet sich langsam auf. Verzieht das Gesicht

zu einer Grimasse. Neue Tränen quellen unter ihren geschlossenen Lidern hervor.

Ihr Gesicht befindet sich ganz dicht vor Joels. Das Licht, das durch das Fenster hereinscheint, lässt jedes einzelne kleine Härchen auf ihren Wangen leuchten wie Gold. Ihr Atem riecht schlecht.

»Dann dürfen Sie sich wieder hinlegen, Frau Edlund«, sagt die Krankenschwester und streift sich die Handschuhe ab. »Kommen Sie, ich helfe Ihnen.«

Seine Mutter zieht die Beine ins Bett, lässt sich zudecken.

»Was geschieht, wenn Sie nichts finden?«, fragt Joel.

»Dann setzen wir eine Kernspintomographie und ein Schlaf-EEG an. Dafür muss man allerdings mit Wartezeit rechnen, vor allem jetzt im Sommer, und ...«

»Aber sie kann doch sicher so lange hierbleiben?«

Die Ärztin schüttelt den Kopf.

»Dafür haben wir keinen Platz.«

»Aber ... was ist, wenn sie nun einen neuen Anfall bekommt?«

»Dann muss sie wieder neu eingewiesen werden«, sagt sie, als handelte es sich um einen netten kleinen Ausflug, nicht einen weiteren Anfall, der eine Fahrt im Krankenwagen nötig machte.

Joel mustert seine Mutter, die mit geschlossenen Augen vor sich hin keucht. In ihr tickt eine verborgene Zeitbombe, die jederzeit detonieren kann.

Die Krankenschwester zieht die Vorhänge zurück, die das Bett seiner Mutter während der Untersuchung abgeschirmt haben. Die Ärztin bemerkt noch etwas, aber Joel nimmt es kaum richtig wahr.

Er braucht eine Zigarette und will Björn anrufen. Sein Bruder muss doch jetzt endlich kapieren, wie ernst es um ihre Mutter steht.

»Mama? Schläfst du, Mama?«, fragt Joel, als sie wieder unter sich sind.

Keine Reaktion.

»Ich gehe mal kurz raus und rufe Björn an, aber ich bin gleich wieder da. Brauchst du noch irgendwas? Möchtest du was trinken?«

Sein Blick fällt auf die Schnabeltasse und die Plastikkanne. Sollte er sie nötigen, etwas Flüssigkeit zu sich zu nehmen? Allerdings hat sie gerade schon genug über sich ergehen lassen müssen.

»Ich bin gleich wieder da«, sagt er noch einmal.

Er hat die Türklinke schon heruntergedrückt, als er ein Stöhnen hört.

»Es hat Wochen gedauert, bis man ihn gefunden hat«, murmelt sie.

Joels Herz macht einen Satz. Als hätte sein Körper intuitiv etwas erfasst, bevor es in seinem Kopf Klick gemacht hat.

Sie kann doch nicht meinen, dass … Nein, das kann nicht sein.

Er dreht sich um. Die Augen seiner Mutter sind noch immer geschlossen. Jetzt bewegt sie zögerlich die Lippen, ein Schmatzen ist zu hören.

»Wer?«, fragt er.

»Seine Eltern haben sich bis heute nicht verziehen. Glaubten, dass er ein Junkie war und dass sie es nicht begriffen hätten …«

Seine Mutter ändert ihre Haltung, verzieht vor Schmerz das Gesicht.

»Wovon redest du, Mama?«

Die Angst schnürt ihm die Luft ab. Droht, ihn in einen tiefen, düsteren Abgrund zu ziehen.

»Dabei hatte er überhaupt erst zum zweiten Mal etwas genommen.« Die Wimpern seiner Mutter flattern. »Er wollte dir gegenüber keine Blöße zeigen, er wusste, dass du viel mehr abkonntest ...«

Joel schüttelt fassungslos den Kopf.

»Stell dir das nur mal vor – noch so jung, und niemand vermisst einen ... Und du hast ihn da liegen und verrotten lassen. Hast dich um nichts anderes als dich selbst gekümmert. Wie du es immer getan hast.«

Das Herz klopft ihm bis zum Hals, in seinen Ohren rauscht es. Trotzdem nimmt er jedes Wort kristallklar wahr.

»Seine Schwester hat schließlich dafür gesorgt, dass die Polizei sich Zugang zu seiner Wohnung verschafft hat. Sie musste seinen verwesenden Körper sehen, sie roch den Gestank ...«

»Wer hat dir das erzählt, Mama?«, fragt Joel.

Wer weiß davon?

»Ja, kannst du ihn denn nicht sehen?«, sagt seine Mutter und schlägt die Augen auf. »Er sieht so fürchterlich aus. Ist ganz aufgedunsen und blau im Gesicht.«

»Ist er hier?«

Dass er diese Frage überhaupt stellt, muss bedeuten, dass er verrückt geworden ist. Ein beinahe tröstlicher Gedanke.

Er muss nie mehr fürchten, dass es geschehen wird – es ist schon geschehen.

»Er steht direkt hinter dir«, sagt seine Mutter müde und guckt in seine Richtung.

Joel dreht sich um. Meint, aus dem Augenwinkel einen Schatten zu erahnen, doch dann ist er schon wieder fort. Da ist nur das Krankenhausbett, der halb vorgezogene Vorhang, ein Infusionsständer.

Trotzdem ist er sich ganz sicher. Da steht etwas. Etwas, das er nicht sehen kann. Es aber sieht ihn.

Wie zur Bestätigung flackert kurz das Licht im Krankenhausflur.

NINA

»Wissen Sie noch, worüber wir gestern gesprochen haben?«
Lillemor sieht sie traurig an. Schüttelt den Kopf.

Nina überlegt, wie sie fortfahren soll. Sie sieht sich in Apartment D5 um. Erkennt den Raum mit den nun leeren Regalen, den nackten Wänden kaum wieder.

»Sie haben gesagt, dass Monikas Schutzengel gar kein Schutzengel ist«, tastet Nina sich vor.

Lillemor wendet den Kopf ab. »Ich will nicht daran denken.«

»Also erinnern Sie sich daran?« Ninas Stimme hallt im Zimmer wider. »Bitte. Ich weiß, dass Sie Angst haben, aber wir könnten uns vielleicht gegenseitig helfen, wenn Sie mir sagen würden ...«

»Nein«, fällt Lillemor ihr ins Wort. »Kommt nicht in Frage. Er tut sowieso, was er will.«

Nina hatte erwogen, sich krankschreiben zu lassen. Hielt die Vorstellung, hier zu sein, nicht aus. Aber auch nicht den Gedanken, daheimzubleiben. Mit Markus im Haus zu sein. Darüber nachzugrübeln, ob alle wussten, was mit ihrer Mutter geschehen war, ob alle darüber getratscht hatten, ob Monika es daher weiß. Eine andere Erklärung gibt es nicht. Zumindest keine *vernünftige*.

Nina blickt zur Wand, die an Wohnung D6 grenzt. Zu glauben, ihre Mutter könnte neulich abends dort in der Wohnung gewesen sein, wäre Wahnsinn. Sie sollte gar nicht erst anfangen, in diese Richtung zu denken.

Weshalb also sitzt sie nun hier bei Lillemor? Und quält sie darüber hinaus noch?

»Wissen Sie, wer er ist?«

Lillemor kneift die Lippen zusammen.

»Lillemor. Können Sie denn gar nichts sagen, um mir zu helfen?«

»Vergessen Sie's. Früher oder später wird er wieder verschwinden.«

»Woher wollen Sie das denn wissen?«

Lillemor sieht sich nach allen Seiten um, wie um sich zu vergewissern, dass niemand sie belauscht.

»Es versteht sich doch von selbst, dass er hier nicht ewig bleiben wird«, flüstert sie. »Das will er nicht, das muss Ihnen doch klar sein.«

»Nein, das ist mir nicht klar!«, ruft Nina aus. »Sie müssen mir helfen!«

Lillemor verschränkt die Arme.

»Jetzt ist er wieder da. Kein Wort mehr!«

Nina erkennt, dass es keinen Zweck hat, Lillemor zu drängen. Und sie selbst muss wieder zu Verstand kommen. Sich ernstlich überlegen, in was für Dinge sie sich da hineinziehen lässt.

Sie war immer stolz darauf gewesen, einen so guten Draht zu den alten Leuten zu haben. Sie hatte nie angezweifelt, was sie ihr anvertraut hatten. Hatte sich stattdessen bemüht, ihren Gedankengängen zu folgen und Verständnis für sie aufzubringen.

Vielleicht hat sie das zu sehr perfektioniert. Hat es womöglich viel zu lange getan.

Nina geht hinaus auf den Gang, sieht Joel und Monika aus dem Foyer auf die Station kommen. Monika schlurft vorsichtig vorwärts, scheint in den letzten vierundzwanzig Stunden um Jahre gealtert. Auch Joel wirkt mitgenommen.

Nina geht ihnen entgegen. Joel blickt auf, winkt ihr müde zu. Monika nimmt anscheinend überhaupt nichts um sich herum wahr.

Wracks. Wir sind alle Wracks.

»Wie ist es euch ergangen?«, fragt sie.

»Sie haben nichts gefunden.«

Sie sehen sich an. Auf dem Flur geht der Alarm los. Nahal ruft aus irgendeiner Wohnung nach Nina. Sie fährt herum. Die rote Lampe blinkt über der Tür von Apartment D2.

Petrus.

Nina läuft hin. Hört Nahal aufschreien, ob vor Schmerz oder Wut, kann sie nicht sagen.

Petrus sitzt aufrecht im Bett, die Finger tief in Nahals Haare vergraben. Seine Bettdecke ist zu Boden geglitten, er liegt breitbeinig da.

»Lassen Sie sie los!«

Mit einem Grinsen dreht sich Petrus zu Nina um.

»Willst du auch mitmachen? Es reicht bestimmt für euch beide.«

Nina versucht, seinen Griff zu lösen. Um seine gekrümmten Finger haben sich lange Haarsträhnen gewickelt. Nahals Kopfhaut zeigt grellrote Spuren von Petrus' Nägeln.

»Es ist doch nichts lose, oder?«, fragt Nahal unter Schluchzern, während Nina versucht, ihre Haare zu entwirren. »Ich hab das Gefühl, er hat alles ausgerupft.«

»Nein, keine Sorge«, sagt Nina. »Du darfst dich nur nicht bewegen.«

»Verdammt, ich wollte ihm nur sein Insulin verabreichen, ich hab doch aufgepasst, dachte ich ...«

Nahal ist den Tränen nahe.

»Dieses Flittchen hat mir den ganzen Tag einen geblasen«, sagt Petrus. »Die kann gar nicht genug davon kriegen, sie macht's sogar umsonst.«

Er lacht. Nina würde ihm am liebsten ordentlich eine runterhauen. Sie würde das niemals tun, aber allein der Gedanke daran gibt ihr ein Gefühl von Befriedigung.

»Ich lass sie los, wenn ihr mit mir ins Bett steigt«, sagt Petrus.

Sein Griff wird noch fester. Er verkrallt sich in die Haarsträhnen. Aber seine Arme fangen an zu zittern. Er hat nicht mehr die Kraft, sie weiter hochzuhalten.

Endlich kann Nina seinen Griff lösen. Nahal weicht zurück. Ihre Augen sind rotgerändert und geschwollen. Sie hebt ihre Brille vom Boden auf. Streicht sich über die Vorderseite ihres Arbeitskittels, und Nina fragt sich unwillkürlich, ob Petrus auch nach Nahals Brüsten gegrapscht hatte, ob sie damit versucht, das Gefühl seiner Berührung abzustreifen.

»Es ist noch genug für zwei da«, sagt Petrus mit einem Grinsen und zieht an seinem schlaffen Penis.

Jetzt hat Nina endgültig die Nase voll. Voll von Petrus' Gerede, von einfach allem.

»Na gut, dann lass uns doch endlich mal loslegen.«

Nahal starrt sie an. Petrus' Augen weiten sich.

»Los, zeig uns, was du draufhast«, sagt Nina und setzt sich auf seine Bettkante. »Ich kann nicht länger widerstehen.«

»Was tust du?«, flüstert Nahal.

Nina blickt Petrus tief in die Augen. Sieht einen Funken Angst darin aufblitzen. Sie lehnt sich über die Matratze, als wollte sie sich auf ihn legen. Ihr Gesicht nähert sich seinem.

»Na los, doch! Zeig mir, was du draufhast!«

Petrus wendet sein Gesicht ab.

»Fick mich. Na, wird's bald?!«, sagt Nina.

»Lass mich in Ruhe, ich will nicht«, sagt Petrus und schließt die Augen.

»Hab ich's mir doch gedacht«, sagt Nina und steht auf.

Sie hebt die Bettdecke auf und breitet sie über ihn. Spürt Nahals Blick in ihrem Rücken.

Der verbotene Triumph ist wie ein Rausch. Am liebsten würde sie laut lachen. Sie spürt schon den Anflug des schlechten Gewissens, das sich gleich in ihr breitmachen wird, aber jetzt gerade ist ihr das egal.

»Erst das Maul aufreißen und dann den Schwanz einziehen, wie?«, sagt sie.

»Das liegt bloß daran, dass ihr so hässlich seid, ihr Fotzen!«, schreit Petrus ihnen nach, als sie sich zum Gehen wenden.

Nina schließt die Tür. Hört, dass er drinnen weiterschreit, aber nicht länger, was.

JOEL

Schwarze Punkte tanzen in seinem Blickfeld umher. Verschmelzen miteinander, gleiten wieder auseinander.

Atmen. Er darf nicht vergessen, tief in den Bauch zu atmen. Er braucht Luft, aber in der Wohnung scheint es keinen Sauerstoff zu geben.

Seine Mutter war eingeschlafen, sowie sie sich ins Bett gelegt hatte. Unter den dünnen Lidern bewegen sich ihre Augäpfel rasch hin und her. Was sie wohl in ihren Träumen sieht? Wer sie dann ist?

Er steht auf und geht ins Badezimmer. Spritzt sich kaltes Wasser ins Gesicht.

Wer hatte es ihr gesagt?

Nach jenem Morgen damals hatte er mit den Drogen aufgehört.

Vor sechs Jahren und zwei Monaten. Jetzt fast drei.

Ob sie jemandem davon erzählen wird?

Aber wer würde ihr glauben?

Er geht wieder in das Zimmer zurück. Mustert die friedliche Miene seiner Mutter. Es kommt ihm vor, als hätte sie gerade für immer die Augen geschlossen.

Schlafen wie ein Murmeltier. So hat sie das immer genannt, als ich klein war.

Nichts stimmt. Nichts passt zusammen.

Eines aber weiß er. Die Erkenntnis trifft ihn wie ein Blitz. Er kann nicht hierbleiben. Muss von hier fort.

Fort aus dem Nebelfenn.

Fort aus dem Haus. Und fort aus der Gegend.

Das Personal kümmert sich um seine Mutter. Die Maklerin ist im Besitz der Zweitschlüssel. Björn hat versprochen, morgen zu kommen.

Er muss nicht hierbleiben. Wenn er heute Abend losfährt, ist er noch heute Nacht in Stockholm.

Björn darf jetzt mal übernehmen. Er, Joel, ist niemandem mehr etwas schuldig.

Und in ein paar Tagen wird er es für pure Einbildung halten, dass seine Mutter Besuch von den Geistern der Verstorbenen bekommt.

Oder, besser gesagt, er wird endlich einsehen, dass er sich alles nur eingebildet hat. Denn es musste Einbildung sein. Solange er hierbleibt, kann er nicht länger klar sehen, als litte er ebenfalls an ihrer Krankheit.

Seine Erleichterung steigt mit jedem Schritt, während er aus der Wohnung geht und seine Mutter zurücklässt. Er dreht sich nicht mehr um.

NEBELFENN

Nina geht mit Wiborgs Abendbrot in die D1. Stellt das Tablett auf dem Nachttisch ab. Wiborg sitzt im Bett, den Telefonhörer gegen das Ohr gepresst. Tränen rinnen ihr die Wangen hinab, entlang ihrer Falten. Aber das bemerkt Nina kaum. Sie muss die ganze Zeit an Monika denken. Nina drückt kurz Wiborgs Schulter, dann verlässt sie die Wohnung wieder.

Wiborg wartet ab, bis sie sich ganz sicher ist, wieder allein zu sein.

»Ich versprech's«, sagt sie. »Das werde ich.«

Am anderen Ende des Stationsflurs starrt Dagmar von ihrem Bett aus eindringlich Vera an. Dagmars Stimme ist kaum mehr als ein Flüstern. Sie hat ihre Stimmbänder schon so lange nicht mehr zum Sprechen gebraucht.

»Du musst ja zu ihm sagen. Dann kann ich als die, die ich war, zu dir zurückkehren.«

Vera schüttelt den Kopf.

Dagmars Augenbrauen legen sich über der Nasenwurzel in Falten. »Aber du musst! Verstehst du das denn nicht? Warum willst du mir nicht helfen?«

JOEL

Er weiß, dass er nur träumt, aber das spielt keine Rolle. Es macht es nicht weniger entsetzlich, wieder hier zu sein, zu wissen, was als Nächstes geschehen wird, und es nicht aufhalten zu können.

Das Betttuch hat sich um seine Füße gewickelt, es ist fast so, als würde das Bett ihn zurückhalten wollen.

Der Körper, den er umarmt, ist warm. So wie er es auch in Wirklichkeit gewesen war.

In seinem Traum existiert kaum etwas außerhalb des Bettes, nur Momentaufnahmen, die von allem losgelöst umherzuschweben scheinen: der riesige Haufen Schmutzwäsche, die Topfpflanzen, auf deren Blättern eine dicke Staubschicht liegt. Die Couch mit dem gestreiften Cordbezug, ein überquellender Aschenbecher, Tabakreste auf dem Couchtisch.

Es gibt zwei Joels in einem. Einen wissenden Joel, und einen unwissenden.

Der unwissende Joel setzt sich im Bett auf. Betrachtet den Körper, der neben ihm liegt. Lange dunkle Haare sind dem Mann ins Gesicht gefallen, bedecken Stirn und Augen. Der Mund steht offen. Hinter den vollen Lippen schimmern weiße Zähne.

Der wissende Joel möchte aufwachen. Aber der Traum gleicht einem dahinrasenden Zug. Er kann erst aussteigen, wenn er die Endstation erreicht hat.

Er legt sich auf die Seite. Der Körper neben seinem fühlt

sich jetzt kühler an. Der träumende Joel legt einen Arm um ihn, schmiegt sich an seinen Rücken, lässt eine Hand auf dem fremden Brustkorb ruhen. Seine Finger spielen mit den weichen Löckchen.

Dann kommt der Moment, als Joel erkennt, dass der Brustkorb des anderen sich nicht länger hebt und senkt.

Das Entsetzen, das er verspürt, ist ihm vertraut, aber für den träumenden Joel ist es völlig neu. Er zieht sich zurück. Rüttelt vorsichtig an der kühlen Schulter. Keine Reaktion.

Joels Füße haben sich im Bettzeug verheddert. Verzweifelt strampelt Joel, bis er sich daraus befreien kann. Als er aus dem Bett hochschießt, zieht er die Bettdecke mit sich. Er dreht sich um.

Der nackte Körper liegt so exponiert da wie ein Ausstellungsgegenstand. Auf dem Laken ein paar Spermaflecken von letzter Nacht.

Nackt geht Joel um das Bett herum. Betrachtet das Gesicht mit dem halboffenen Mund. Streicht dem anderen behutsam die Haare aus der Stirn, begegnet seinem leeren, starren Blick. Und gleich wird der Traum enden. Er endet immer an dieser Stelle. Joel hat das Gefühl zu fallen, immer schneller und schneller, bis er wieder in seinem eigenen Körper landet und aufwacht, diesmal richtig.

Er war angezogen auf dem Bett eingeschlafen, als er nach seinem Aufbruch aus dem Heim nach Hause gekommen war. Jetzt setzt er sich auf. Presst die Hände gegen den Kopf, damit sein Schädel nicht auseinanderbricht. Sämtliche Erinnerungen an die vergangenen Geschehnisse kommen über ihn, überschwemmen ihn.

Vor sechs Jahren und fast drei Monaten war er zur Toilette gerannt und hatte sich so lange übergeben, bis er meinte, sein Innerstes sei komplett nach außen gestülpt worden. Danach hatte er sich in die kleine Küche gesetzt, wo das Spülbecken vor schmutzigem Geschirr überquoll. Er hatte versucht, einen klaren Gedanken zu fassen, konnte aber an nichts anderes denken als an den leblosen Körper im Zimmer nebenan. An die Augen, die nie mehr sehen würden. Das Blut, das nicht länger in den Adern zirkulierte. Das mit Drogen vollgepumpte Blut. Drogen, die Joel ihm gegeben hatte. Joel hatte versucht, die Bruchstücke der Nacht zu einem Ganzen zusammenzusetzen. Die Angestellten und ein paar Stammgäste waren auch nach dem Ende der Öffnungszeit noch in der Kneipe geblieben, in der er arbeitete. Shots und Koks. Massenweise Koks. Dann waren sie weitergezogen, zu einem Club in Södermalm. Zu einer Aftershowparty in einer dunklen Erdgeschosswohnung in Östermalm. Überall kleine volle Zimmer, merkwürdige Flure. Die Party griff auf den Hinterhof über. Es war Ende April, und es waren die ersten warmen Frühlingsabende. Dann war da dieser junge Typ gewesen, den niemand richtig zu kennen schien. Sie hatten im Taxi herumgefummelt, und weiter auf dem Sofa mit Cordbezug, während sie sich gemeinsam alles reingezogen hatten, was Joel von der Party mitgebracht hatte. Und als Joel später auf dem Sprossenstuhl in der fremden Küche saß, hatte er begonnen, sich zu fragen, wer sie zusammen von der Party hatte weggehen sehen. Ihm fiel niemand ein.

Er hatte seine ganzen Sachen an sich gerafft. Sämtliche Flächen abgewischt, die er angefasst hatte, obwohl seine Fingerabdrücke nirgends registriert waren. Er fischte das benutzte Kondom aus dem Müll, spülte es in der Toilette hinunter. Verdrängte den Gedanken, ob Spuren seiner DNA im Bett und am Körper des Typen zu finden waren. Seines Wissens hatte ihn niemand die Wohnung verlassen sehen, und es war niemand auf dem sonnigen Bürgersteig vor der Wohnung gewesen. Es war ein Vorort, in dem Joel noch nie zuvor gewesen war.

Die Polizei würde wegen eines jungen Junkies, der an einer Überdosis gestorben war, niemals ein Ermittlungsverfahren aufnehmen. Und selbst wenn sie es täte, wie sollten sie ihn dann mit Joel in Verbindung bringen? Fall es ihnen dennoch gelang, würde er behaupten, dass der Mann bei seinem Weggang noch gelebt hatte. Er musste sich wegen nichts Sorgen machen. Das versuchte er, sich in den schlaflosen Nächten einzureden, an den Tagen, an denen er an nichts anderes als daran denken konnte. Er spielte die Szene auf dem Cordsofa vor seinem geistigen Auge immer wieder durch, als würde er die Geschichte umschreiben können. Den Ereignisverlauf ändern. *Willst du wirklich noch mehr? Wir brauchen das nicht, lass uns stattdessen ins Bett gehen.* Aber zu jener Zeit hatte Joel erst damit aufgehört, Drogen zu nehmen, wenn keine mehr da waren.

Die Polizei hatte sich nie bei ihm gemeldet. Niemand aus seinem Bekanntenkreis hatte jemals wieder die Sprache auf diesen Typen gebracht. Es war, als hätte er nie existiert.

Es hat Wochen gedauert, bis man ihn gefunden hat. Seine Eltern haben sich bis heute nicht verziehen. Glaubten, dass er ein Junkie war und dass sie es nicht begriffen hätten ...

Vor sechs Jahren und fast drei Monaten. Er hatte immer gewusst, dass die Geschehnisse ihn irgendwann einholen würden. Aber er hat nicht ahnen können, wie.

Sehnsüchtig betrachtet Joel den gepackten Koffer auf dem Fußboden.

Aber er kann nicht schon wieder weglaufen. Nicht auch noch vor dieser Sache.

Das Telefon liegt auf dem Nachttisch. Er nimmt es mit sich hinaus in den Garten. Es ist gleich acht Uhr abends.

Im Nebelfenn meldet sich Nina.

»Möchtest du, dass ich nachschaue, ob Monika schläft?«, fragt sie tonlos.

»Nein. Ich wollte mit dir sprechen.«

Schweigen. Nur das Rauschen in den Wipfeln der Bäume

oben auf dem Berg ist zu hören. Er überlegt, wie er fortfahren soll. Vielleicht wird sie ihn für verrückt halten. Aber das glaubt sie wahrscheinlich sowieso. Und vermutlich hat sie da auch recht.

»Irgendetwas stimmt mit meiner Mutter nicht«, sagt er. »Ich weiß nicht, was es ist, aber es ist nichts, was die Ärzte durch irgendwelche Untersuchungen herausfinden werden.«

»Ich weiß«, sagt sie.

Ihre kurze Antwort lässt ihn vor Erleichterung aufatmen. Es ist, als würde ihm eine große Last von den Schultern genommen.

»Um zehn hab ich Dienstende. Soll ich dann bei dir vorbeikommen?«

»Ja«, sagt er. »Ja, tu das.«

Sie beenden das Gespräch. Als er sich zum Haus umdreht, meint er, hinter dem Fenster seines alten Zimmers einen Schatten zu sehen.

NINA

Das Zuschlagen der Autotür hallt unnatürlich laut in der Stille wider. Im Rasen steckt ein »Zu verkaufen«-Schild. Die Tür der Scheune steht ein wenig offen, dort drinnen herrscht pechschwarze Finsternis. Nina verscheucht einen Mückenschwarm und wendet sich zum Haus. Alle Fenster sind erhellt, auf beiden Stockwerken.

Sie steigt die Treppe zur Haustür hinauf und klingelt. Hört Schritte und sieht Joels Silhouette, verzerrt vom buckligen Türglas. Das Schloss klickt.

Joels Augen sind geschwollen, und er riecht nach Alkohol. Nur eine Spur, aber Nina war während ihrer Kindheit ständig vor diesem Geruch auf der Hut, deshalb entgeht er ihr nie.

Sie folgt ihm in die Küche. Ein alter Song von R.E.M. erklingt leise im Hintergrund. Alles ist wie früher. Der gleiche Linoleumboden, der schon in ihrer Jugend seine besten Zeiten hinter sich gehabt hatte. Der gleiche Küchentisch und die gleichen Stühle. Sie wirft einen Blick in das Wohnzimmer. Es ist jetzt spärlicher möbliert. Die Musik kommt aus einem kleinen Lautsprecher, der mit einem Laptop verbunden ist.

»Was möchtest du trinken?«, fragt er. »Kaffee? Oder vielleicht Wein?«

»Hast du einen Whisky da?«

Joel sieht sie erstaunt an. Sie glaubt, den Hauch eines Lächelns zu erahnen, bevor er zwei Gläser aus dem Schrank über der Spüle nimmt.

Sie setzt sich an den Küchentisch. Schiebt den Zeigefinger über die Tischplatte aus Kiefernholz, folgt den Jahresringen, beschreibt Kreise um die dunkleren Astansätze. Genauso wie früher immer. Sie zieht die Hand zurück. Joel nimmt ihr gegenüber Platz und schiebt ihr ein Glas zu. Nina betrachtet die bernsteinfarbene Flüssigkeit. Sie hat noch nie viel getrunken, während der letzten Jahre fast gar nicht, aber falls es jemals einen guten Grund gegeben hat, die Nerven mit einem Glas Alkohol zu beruhigen, dann jetzt und hier.

»Zum Wohl, oder zu was auch immer«, sagt Joel.

»Oder zu was auch immer«, sagt sie und nimmt vorsichtig einen Schluck.

Der Whisky ist milder, als sie erwartet hatte. Er erhitzt ihren Atem, brennt aber nicht. Sie nimmt noch einen Schluck.

»Was sagt Markus dazu, dass du hier bist?«, fragt Joel.

»Ich habe ihm gesimst, dass ich Überstunden machen muss.«

Joel nickt.

»Ich lüge ihn sonst nicht an«, sagt sie ein wenig zu hastig. »So ist unser Verhältnis nicht.«

»Ich verstehe. Du brauchst nichts zu erklären.«

Michael Stipe singt über Nightswimming.

»Hörst du immer noch die gleiche Musik?«, fragt sie.

»Ich habe gerade wieder damit angefangen.«

Sie nimmt einen Schluck, und dann ist das Glas bereits leer. Er schenkt nach.

Nur noch ein Glas. Sie muss noch nach Hause fahren können.

»Danke, dass du gekommen bist«, sagt Joel. »Ich wusste nicht, ob du … ob du mir glauben würdest.«

»Ich weiß immer noch nicht, was ich glaube.«

»Nein. Das ist klar. Ich auch nicht. Aber dir ist doch auch klar, dass etwas nicht stimmt.«

Sie blickt ihn stumm an.

Er schaut betreten auf die Tischplatte hinunter.

»Ich weiß, dass sie dement ist und dass die Alten sich dann öfters seltsam verhalten«, sagt Joel. »Aber manchmal … Manchmal macht Mama gar keinen verwirrten Eindruck. Im Gegenteil.«

»Was meinst du mit ›im Gegenteil‹?«, fragt sie leise.

Sie muss sicher sein, dass sie beide dasselbe meinen.

Joel seufzt. »Sie weiß Dinge, die sie nicht wissen sollte.«

Nina hebt ihr Glas und leert es in einem Zug.

»Ja«, stimmt sie zu.

Ein anderer Song aus dem Wohnzimmer. *Suede*.

»Was hat sie zu dir gesagt?«, fragt Joel.

Nina entschließt sich widerstrebend, es ihm zu erzählen. Nicht alles, aber genug, damit Joel und sie sich klar darüber werden können, was vor sich geht.

»Es ging um meine Mutter. Sie hat sie sogar gespielt, richtig überzeugend. Und dabei glaube ich, dass sie sich niemals persönlich begegnet sind.«

Es kommt ihr so vor, als sei Monika im Haus. Als könne sie sie hören.

»Sie wusste auch Dinge über Sucdis Vater«, fährt Nina eilig fort, bevor er fragen kann, was genau Monika gesagt hat.

»Das hat sie erwähnt«, sagt Joel. »Aber er lebt noch, oder?«

»Ja. Warum fragst du?«

»Mit mir hat sie über meinen Vater gesprochen … und über einen Typen, den ich mal gekannt habe. Beide sind tot, so wie deine Mutter.«

Er reibt sich die Stirn. Lacht auf.

»Das ist doch total krank. Ich versuche, mir Sachen logisch zu erklären, die … nicht logisch sind.«

»Sie wusste auch Dinge über mich und Markus«, sagt Nina. »Dinge, die ich niemandem erzählt habe.«

Joel sieht sie stumm an. Sie ist froh, dass er auch jetzt nicht nach Einzelheiten fragt.

»Manchmal spricht sie auch von sich selbst in der dritten Person«, fährt Nina fort. »Sagt abscheuliche Dinge über ›Monika‹.«

Joel nickt. »Ja, das habe ich auch gehört.«

Nina konzentriert sich auf ihn. Sie muss sich zwingen, nicht über die Schulter zu schauen, um nachzusehen, ob Monika in der Tür steht. Angelockt von ihrem Gespräch über sie.

»Ihre Stimme verändert sich«, sagt Joel. »Als ob jemand anderes aus ihr spricht.«

Ninas Augen werden feucht. Das Atmen fällt ihr schwer. Sie spielt mit ihrem leeren Glas.

»Lillemor hat Angst vor Monika«, sagt sie. »Sie sagt, dass der Schutzengel kein Schutzengel ist, sondern aus … aus der Hölle kommt.«

»Und was ist er dann?«, sagt Joel. »So was wie ein Dämon? Vielleicht sollten wir einen katholischen Priester ins Heim bestellen?«

Sein Versuch zu scherzen hat den gegenteiligen Effekt. Nina ist nur noch nach Heulen zumute. Monika und dieses Haus waren ihre Zuflucht. Einige der schönsten Erinnerungen ihres Lebens sind mit dieser Küche verknüpft. Und jetzt flößt Monika ihr Angst und Schrecken ein.

»Ich hab nur Spaß gemacht«, sagt Joel, und Nina begreift, dass er ihr Schweigen missverstanden hat.

»Ich weiß«, sagt sie. »Aber ich möchte wissen, ob es jemanden gibt, der sich damit auskennt. Ein Medium oder so jemand.«

»Ich möchte da keinen Außenstehenden mit reinziehen. Wenn man an die falsche Person gerät, könnte es sogar noch schlimmer werden.«

Sie nickt. Zwischen ihnen dehnt sich Stille aus. Sie sucht krampfhaft nach etwas, das sie sagen könnte.

»Wenn die katholischen Priester die ganze Zeit recht hatten, werde ich wohl in die Hölle kommen«, sagt Joel.

»Ich auch«, sagt Nina, und er lacht.

»Wenn jemand eine Heilige ist, dann ja wohl du?«

Sie antwortet nicht.

Du wusstest genau, was du tatest. Alles ist deine Schuld.

»Ist im Nebelfenn etwas passiert?«, fragt Joel. »Ist jemand gestorben?«

»Dort stirbt ständig jemand.«

»Aber niemand Besonderes?«

Sie schüttelt den Kopf. Auch wenn natürlich jeder Mensch auf seine Art etwas Besonderes ist.

Joel hält ihr die Flasche hin. Sie schüttelt den Kopf.

»Ich habe schon zu viel getrunken.«

»Du kannst hier schlafen, wenn du willst.«

»Lieber nicht«, sagt sie.

»Du kannst Björns Zimmer haben.«

Verzweiflung liegt in seiner Stimme, und sie weiß, dass auch deshalb im Haus alle Lampen brennen.

»Nein, ich muss nach Hause.«

Aber muss sie das wirklich?

Sie will nicht in ihr Haus, allein mit ihren Gedanken sein, auch wenn Markus da ist. Sie könnte ihm nie, niemals hiervon erzählen. Der Gedanke an seine Reaktion lässt sie ein hysterisches Kichern unterdrücken.

Joel scheint das nicht zu bemerken. Er dreht das Whiskyglas in seinen Händen.

»Ich verstehe«, sagt er. »Ich wollte nur nicht gern allein sein. Ich habe … ich habe Angst.«

Ihn das zugeben zu hören verstärkt nur ihre eigene Angst.

Es ist so leicht, sich das Geräusch nackter Füße auf dem

Fußboden hinter ihr vorzustellen. Monika, die mit zwei Stimmen spricht.

Nina schaut zur Deckenlampe, die ein gleichmäßiges Licht verbreitet.

»Das habe ich auch bemerkt«, sagt er. »Also, dass die Lampen manchmal flackern.«

Wieder brennen Tränen hinter ihren Lidern.

»In den Apartments im Nebelfenn sind solche seltsamen Fettflecken aufgetaucht«, sagt sie.

Er sieht über ihre Schulter in Richtung Schlafzimmer. Nina erschauert.

Dreh dich nicht um, vielleicht steht sie dort.

»Da war ein Fleck neben ihrem Bett«, sagt Joel. »Aber der ist nicht mehr wiedergekommen, seit sie umgezogen ist.«

»Was im Nebelfenn vor sich geht ... ist also mit Monika dorthin gekommen«, sagt sie.

Lange sitzen sie schweigend da.

Nina weiß nicht, wie sie damit umgehen soll. Sie hat keinen blassen Schimmer.

»Ich war zugedröhnt, als ich Mama ins Nebelfenn gebracht habe«, sagt Joel plötzlich. »Aber es war nicht so, wie du denkst. Ich hatte solche Panik, dass ich eins ihrer Beruhigungsmittel genommen habe. Es war Haldol, und ... das ging schief. Ich will nur, dass du weißt, dass ich seit mehr als sechs Jahren keine Drogen mehr nehme. Beziehungsweise, ich habe keine mehr genommen, bis ich an Mittsommer einen Rückfall hatte.«

Joel erhebt sein Glas und prostet ihr ironisch zu.

»Wie du siehst, bin ich mittlerweile ein Asket.«

Sie reagiert nicht darauf. Joel schaut wieder hinab auf den Tisch. Scheint sich zu sammeln. Sie wartet.

»Es tut mir leid, was ich gesagt habe, als du letztes Mal hier warst, Nina«, sagt er. »Ich ... ich selbst wäre auch nicht mit mir nach Stockholm gegangen, wenn ich du gewesen wäre. Es war sicher ein Glück, dass du es nicht getan hast. Und ich kann dich heute verstehen.«

Sie schüttelt den Kopf. »Das spielt keine Rolle mehr.«

»Für mich spielt es eine Rolle. Ich habe dir all die Jahre für jeden Mist die Schuld gegeben, ich habe gedacht, mein Leben wäre anders geworden, wenn du mitgekommen wärst. Aber meine Fehler waren meine eigenen. Sie versuchen, uns so etwas bei den Anonymen Alkoholikern zu vermitteln, aber ich habe offenbar eine besonders lange Leitung.«

Sie fragt sich, ob der Tote, über den Monika mit Joel gesprochen hat, einer dieser Fehler war. Aber sie sagt nichts. Er hat sie mit Fragen nach Einzelheiten verschont, und sie revanchiert sich dafür.

»Hat Monika noch ihr Fahrrad?«, fragt sie stattdessen. »Dann könnte ich damit nach Hause fahren.«

Er nickt. Sie schiebt ihm ihr Whiskyglas zu.

NEBELFENN

Es ist fast Mitternacht, und Rita ist gerade zu einer Kontrollrunde aufgebrochen. Sie zieht die Handschuhe aus, notiert ein großes S in dem Stuhlgangsprotokoll in Wiborgs Zimmer. Wiborg ist heute Abend ungewöhnlich ruhig. Kein Weinen, keine verzweifelten Anrufe. Sie betrachtet Rita nur stumm.

Petrus sagt nichts, als sie seine Windel kontrolliert. Schüttelt den Kopf, als sie fragt, ob er etwas braucht.

»Guten Tag. Mein Name ist Edit Andersson, ich bin Sekretärin von Direktor Palm«, sagt Edit schläfrig.

Rita nickt verkniffen. Arbeitet methodisch und bemüht sich, nicht irre zu werden.

»Guten Tag. Mein Name ist Edit Andersson, ich bin Sekretärin von Direktor Palm. Guten Tag. Mein Name ist Edit Andersson, ich bin Sekretärin von Direktor Palm.«

Bodil wird wach, als Rita ihr Zimmer betritt. Sie mag Rita nicht. Aber das ist im Augenblick egal. Sie ist wieder glücklich, ihr heimlicher Liebhaber hat versprochen wiederzukommen. Hat erklärt, dass er ohne Bodil nicht leben kann. Sie muss nur noch ein wenig Geduld haben. Bald kann er kommen und gehen, wie er möchte. Dieser Gedanke macht Bodil froh. Sie lässt Rita ohne Protest an sich herumhantieren.

Lillemor liegt ebenfalls still und starrt Rita an, die allmählich schlechte Laune bekommt. Sie beeilt sich, das zu tun, was getan werden muss.

Rita will gerade die D6 betreten, als laute Stimmen sie aufschrecken lassen. Sie blickt zum Aufenthaltsraum, wo sie einen bläulichen Lichtschein flackern sieht.

Rita geht mit entschlossenen Schritten dorthin. Jemand hat den Fernseher angestellt. Polizisten hocken neben einer nackten Frauenleiche, das Blaulicht lässt die Schatten im Aufenthaltsraum tanzen. Rita schaltet das Deckenlicht ein. *Niemand da.* Sie schaut hinter die Sofas, doch weitere Verstecke gibt es hier nicht. Auf dem Couchtisch findet sie die Fernbedienung. Drückt wütend auf Off, und der Fernseher schaltet sich mit einem Knistern aus. *Das muss ein Scherzbold von einer anderen Station gewesen sein. Von den Alten kann es keiner sein. Die könnten sich nicht so schnell verdrücken.* Sie löscht das Deckenlicht und verlässt den Raum. Achtet sorgfältig darauf, ruhig und beherrscht zu wirken, falls sie jetzt gerade beobachtet wird. Sie ist nur wenige Schritte gegangen, da dröhnt der Fernsehapparat schon wieder los.

Olof in der D7 hat die Bettdecke bis zum Kinn hochgezogen und zittert im Traum, als würde er frieren.

In Apartment D8 hält sich Vera die Ohren zu. Aber die Stimme, die sie wahrnimmt, kommt nicht von außen. *Du musst bereit sein,* sagt die Stimme. *Nicht zu früh und nicht zu spät. Bald.*

»Jetzt reicht's«, sagt Rita laut und marschiert wieder zum Aufenthaltsraum.

Sie ist sich sicher, dass die, die sie zum Narren halten, sich um die Ecke in Flur A verstecken, hat aber nicht vor, nach ihnen zu suchen. *Die haben sicher ihre eigene Fernbedienung,* denkt sie. *Es stehen ja überall Fernseher gleichen Typs. Deshalb funktioniert der Trick auch.* Sie zieht das Kabel des Fernsehers aus der Steckdose. *Jetzt dürfen sie es gern wieder versuchen.* Rita geht hocherhobenen Hauptes zurück in den Flur D. Spürt ganz deutlich, dass sie beobachtet wird. *Das sind sicher Adrian und ein paar von den anderen Kindsköpfen.* Sie geht weiter zu Apartment D6. Horcht ein letztes Mal in den Flur hinein, bevor sie die Klinke herunterdrückt. Sowie sie die Tür geöffnet hat, hört sie ein schwaches, schepperndes Geräusch aus dem Apartment. Als sie aber das Zimmer betritt, liegt Monika ganz still in ihrem Bett und schläft. Das Bettgitter vibriert leicht. Rita legt eine Hand auf das kalte Metall. Sofort hören die Vibrationen auf. Monika öffnet die Augen. Sie sind ganz weiß, wie hartgekochte Eier, die jemand in den Schädel gedrückt hat. Rita schreit auf.

»Das ist doch nur eine Sinnestäuschung«, sagt Monika sanft. Sie blinzelt, und ihre Augen sehen wieder so aus wie immer. »Sie bilden sich alles nur ein. Sie sind ja schon bald so wie wir. Das erkenne ich am Geruch. Ihr Gehirn ist schon ganz verfault.«

Draußen im Aufenthaltsraum geht der Fernseher wieder an. Elektrische Spannung liegt in der Luft.

Die Mikrowelle im Personalraum gibt unaufhörlich ein Plingen von sich.

»Sie werden noch hier bei uns enden«, sagt Monika und lacht, ein heiseres Gackern, bei dem sich Rita der Magen umdreht. »Sucdi wird Ihre Windeln wechseln. Und alle Ihre Kollegen werden wissen, dass keiner Sie liebt, weil niemand Sie besuchen wird. Sie haben nur mich und Petrus und Wiborg und die anderen, und dann sterben Sie.«

JOEL

»Kannst du glauben, dass wir überhaupt über all das sprechen?«, fragt er.

Nina schüttelt den Kopf. Sie scheint schon etwas angetrunken zu sein. Ist wohl keinen Alkohol gewohnt. Er selbst wiederum schafft es nie, sich richtig zu betrinken, so gern er es auch würde.

»Irgendwie ist es komisch ...«, beginnt Nina. »Monika hat doch nie ein böses Wort über andere gesagt. Und jetzt ...«

Sie stockt.

»Vielleicht gerade deswegen«, sagt Joel und füllt sein Glas wieder auf. »Vielleicht hat sie über die Jahre so viel runtergeschluckt, dass jetzt alles rauskommt.«

»So funktioniert Demenz aber nicht.«

»Aber das ist ja keine Demenz«, sagt Joel. »Jedenfalls nicht nur. Oder?«

Sie zuckt die Schultern. Versucht, unberührt zu erscheinen, was ihr nicht gelingt.

Joel achtet sorgfältig darauf, nur sie anzublicken. Will das Wohnzimmer hinter ihrem Rücken nicht sehen und schon gar nicht die angelehnte Tür zum Schlafzimmer seiner Mutter. Früher am Abend hatte er gemeint, Geräusche von dort gehört zu haben.

»Es tut mir leid, dass du in diese Sache mit hineingezogen worden bist«, sagt er. »Ich meine, ich habe es ja vielleicht verdient ... Aber du hast doch nichts damit zu tun.«

Er ist völlig unvorbereitet auf den Zorn, der in Ninas Augen aufblitzt.

»Bist du wirklich so blöd? Ich bin damals einfach verschwunden, nachdem du weggezogen warst. Ich habe sie verlassen, und das nach allem, was sie für mich getan hat.«

Er sieht sie stumm an.

»Monika war wie eine Mutter für mich«, fährt Nina fort. »Ich hätte ihr für so verdammt vieles zu danken. Aber das habe ich nie getan. Und jetzt rächt sie sich.«

In der erwachsenen Nina kann er wieder die Jugendliche von früher erkennen.

»Hast du dich so schuldig gefühlt?«, fragt er.

»Natürlich habe ich das!«

»Entschuldige, das wusste ich nicht.«

»Nein, das wusstest du nicht. Du hast es damals nicht kapiert und wirst es nie kapieren. Du hast dein Zuhause immer für selbstverständlich gehalten.«

»Nina …«

»Wenn es in Stockholm schiefgegangen wäre, dann hättest du immer zu Monika nach Hause zurückkommen können«, sagt sie. »Ich hatte nichts, wohin ich hätte zurückkehren können.«

Sie klingt nicht mehr wütend. Eher nachdenklich. Als ob ihr das erst jetzt richtig klarwird.

Aber nun wird Joel wütend.

»Ich konnte eben nicht zurückkommen«, sagt er. »Es *ist* ja schiefgelaufen, falls du das nicht bemerkt haben solltest, und ich bin kaum noch hier gewesen, weil ich nicht wie ein verdammter Versager dastehen wollte …«

»Aber ich *war* eine Versagerin, und zwar so richtig«, sagt Nina. »Du hast nie kapiert, dass uns das unterschieden hat.« Nina stockt wieder, sieht ihn frustriert an. »Ich weiß, dass es hier für dich verdammt schwierig war. Die Leute sind total engstirnig. Aber trotzdem, das war doch alles irgendwie ... Kinderkacke. Du hattest trotz allem so was wie Geborgenheit, auch wenn du sie nicht haben wolltest. Du hättest nicht auf der Straße landen müssen, du hättest nach Hause kommen können. Diese Möglichkeit hatte ich nicht.«

Er öffnet den Mund, um irgendetwas zu entgegnen, aber schließt ihn wieder.

Sie sehen einander an.

»Hast du wirklich *Kinderkacke* gesagt?«

Nina kichert. »Sorry. Ich weiß auch nicht, wieso. Ich weiß nicht mal, wovon ich rede. Das war Unsinn.«

»Du brauchst dich wegen meiner Mutter nicht schuldig zu fühlen.«

Sie weicht seinem Blick aus. »Egal. Es spielt keine Rolle mehr.«

Es gibt vieles, das für Nina keine Rolle mehr spielt. Sie hat abgeschaltet. Genau wie er. Nur mit anderen Methoden.

In dem aufkommenden Schweigen schielt er zur Schlafzimmertür seiner Mutter hinüber. Da ist nichts. Und die Lampen flackern auch nicht.

Ihm wird bewusst, dass er an das Zimmer immer als an das Schlafzimmer seiner Mutter denkt, obwohl es früher einmal ihr und seinem Vater gehörte.

Papa.

Joel trinkt einen Schluck Whisky, um die Kälte zu vertreiben, die sich in seinem Inneren ausbreitet.

Nils hat auf mich gewartet.

Die Erinnerungen, die in ihm aufsteigen, bilden ein neues Muster.

Nils hat mich hierher begleitet, aber es fällt ihm so schwer, hier auf der Erde zu bleiben. Er darf nicht hier sein.

Und dann, am zweiten Tag, als er sie im Nebelfenn besucht hatte: *Nils hat mich gefunden.*

Sie war sich so sicher gewesen, schien so glücklich. So war das doch?

Er schläft. Er hat noch nicht so viel Kraft. Er muss sie sich einteilen.

Das war am dritten Tag.

Sein Vater, den Joel nie gekannt hat. Nur von Fotos und von dem, was seine Mutter erzählt hat.

Seine Mutter, die nie zugeben will, dass etwas nicht stimmt, die sich nie an Schlechtes erinnern will.

Aber man hört doch ständig, dass die Leute unglaubliche Kräfte entwickeln können. Mütter, die ein ganzes Auto anheben, um ihr Kind zu retten und so.

Björn war vielleicht näher an der Wahrheit gewesen, als er ahnte. Joel sieht den Anfall seiner Mutter vor sich, ihren sich aufbäumenden Körper. Versuchte Mama da, gegen irgendetwas anzukämpfen?

»Mein Vater ist seit dem Infarkt bei ihr gewesen«, sagt er. »Sie glaubte, dass er sie aus dem Jenseits hierher begleitet hat.«

Nina starrt ihn an.

»Du glaubst, es ist Nils? Sie liebt ihn schließlich. Sie hat von nichts anderem geredet.«

»Ich weiß es nicht«, sagt er und wirft wieder einen Blick in Richtung Schlafzimmer. »Ich weiß verdammt nochmal gar nichts. Aber er ist erst im Nebelfenn stark genug geworden, um die ganze Zeit bei ihr zu sein.«

Nina antwortet nicht. Er hebt wieder sein Glas.

»Man hat das Heim nicht zufällig auf einem alten indianischen Friedhof errichtet?«, sagt er mit einem Lachen und prustet dabei in sein Whiskyglas; Alkoholdunst steigt ihm in die Nase. Nina sieht ihn stirnrunzelnd an. Vielleicht ist er doch schon ziemlich betrunken.

Er stellt das Glas beiseite, steht auf und schaltet den Wasserkocher ein.

»Möchtest du Kaffee?«

Nina schüttelt den Kopf. Er löffelt Instantkaffee in eine Tasse. Versucht, sich an der alltäglichen Tätigkeit festzuhalten.

»Hat außer Lillemor noch jemand etwas über meine Mutter gesagt?«, fragt er.

»Nur Sucdi. Und Gorana hat erzählt, dass Monika völlig den Verstand verloren hatte, als sie sich den Arm brach ... aber all das, worüber wir heute Abend sprechen, passiert im Nebelfenn andauernd.«

»Ja, klar, das weiß ich«, sagt Joel, etwas lauter, um das Rauschen des Wasserkochers zu übertönen.

»Ich kann schließlich nicht einfach irgendjemanden fragen, ob er Monika für besessen hält«, sagt Nina.

Plötzlich richtet sie sich auf dem Stuhl auf.

»Doch warte mal«, sagt sie. »Vielleicht gibt es da jemanden.«

»Wen?«

»Sie hat bis vor kurzem bei uns gearbeitet. Ich weiß nur nicht, wie ich sie fragen soll. Was sagt man in so einem Fall?«

Joel gießt den Kaffee auf und setzt sich. Nina sieht ihn an. Schüttelt den Kopf.

»Mensch, Joel, was ist, wenn wir uns das alles nur einbilden?«, sagt sie. »Das ist doch alles total krank. Aber verstehst du, was das bedeutet, falls wir recht haben? Nicht nur für Monika, sondern ... für alles. Ist dir klar, worüber wir hier gerade reden?«

Als ihm die Bedeutung ihrer Worte aufgeht, wird ihm schwindelig. Erst jetzt erkennt er das wahre Ausmaß der Fragen, die das Mysterium seiner Mutter aufwirft.

Es geht um Leben und Tod. Um alles dazwischen. Und alles jenseits davon.

Er zündet sich eine Zigarette an. Merkt, dass seine Hände zittern.

Nina weint leise. Er überlegt, aufzustehen und sie in die Arme zu schließen, aber er hat keine Ahnung, wie sie reagieren würde. Sie hatten selten die körperliche Nähe des anderen gesucht, nicht einmal als sie eng miteinander befreundet gewesen waren.

»Was machen wir also jetzt?«, fragt er und nimmt einen tiefen Zug.

Sie leert ihr Glas und steht auf. Schwankt ein wenig, als sie den Stuhl an den Tisch schiebt.

»Ich fahre jetzt nach Hause«, sagt sie.

»Bist du sicher? Auf den Straßen ist es dunkel, und das Fahrrad hat kein Licht.«

Nina nickt. Er gibt es auf, sie überreden zu wollen.

»Ich komme mit bis zur Scheune.«

Sie gehen in den Flur. Nina schlüpft in ihre Turnschuhe.

»Falls es dein Vater ist …«, sagt sie, »könnten wir vielleicht mit ihm sprechen.«

Als sie die Haustür öffnet, scheint sich die Dunkelheit von draußen ins Haus zu drängen.

Joel weiß schon jetzt, dass er diese Nacht kein Auge zumachen wird.

»Glaubst du, wir würden eine Antwort bekommen?«, fragt er.

Als ob Nina das wissen könnte.

»Wenn es Nils ist, spricht er ja schon mit uns«, sagt sie. »Vielleicht können wir herausfinden, was er will.«

NINA

Ninas Kopf schmerzt so sehr, dass sie sich am Geländer festhalten muss, als sie die Treppe hinuntergeht. In der Küche trinkt sie zwei Gläser Wasser rasch hintereinander. Ihr Magen zieht sich zusammen und droht, alles wieder zu erbrechen. Sie wartet, bis die Übelkeit abflaut. Füllt das Glas ein weiteres Mal und gibt Aspirin und eine Vitaminbrausetablette hinein.

»Markus?«

Sie geht mit dem Glas in der Hand durch das Haus, ruft noch einmal nach ihm. Schlüpft in Sandalen und geht in den Garten.

»Markus?«

Er sitzt, nur in Unterhosen, auf der Rückseite des Hauses in einem Liegestuhl und liest einen Krimi. Als sie sich vor ihn hinstellt, lässt er langsam das Buch sinken.

»Du hast dich hoffentlich eingecremt?«, fragt sie. »Es ist mitten am Tag.«

»Ich weiß. Ich bin schon seit mehreren Stunden auf.«

Er widmet sich wieder seinem Buch, blättert um. Will offenbar den Eindruck vermitteln, als gäbe es nichts Spannenderes als die Zeilen, die er gerade liest.

»Es ist gestern Nacht spät geworden«, sagt sie.

»Das hab ich gemerkt.«

Sie nippt an dem perlenden Getränk. Ihr schießt durch den Kopf, dass der vorwurfsvolle Blick, mit dem Joel in ihrer Vorstellung ihr Leben betrachtet, vielleicht in Wahrheit ihr eigener ist.

Die Sonne ist zu heiß. Sie brennt ihr auf die Schultern, auf den Kopf.

»Warum hast du so schlechte Laune?«, fragt sie.

Mit dem Zeigefinger als Lesezeichen schlägt Markus das Buch zu. Klappt die Rückenlehne hoch, so dass er aufrecht sitzt.

»Ich hab gegen Mitternacht im Heim angerufen«, sagt er. »Du warst nicht da.«

»Ich war bei Joel.«

Markus schnaubt.

»Aha«, sagt er. »Und warum hast du gelogen?«

»Es ging um Monika, es war also Arbeit.«

Er stiert sie wütend an. »Das ist doch Bullshit.«

»Ich wusste, dass du so reagieren würdest«, entgegnet sie. »Und genau deshalb habe ich nichts gesagt.«

»Schieb jetzt bloß nicht mir die Schuld in die Schuhe!«

Nina widerspricht ihm nicht. Er hat ja recht.

»Entschuldige. Ich wollte gestern Abend einfach nicht darüber sprechen. Monika ist krank, und er macht sich Sorgen. Das tun wir beide.«

»Ja, ihr müsst euch ziemlich große Sorgen gemacht haben. Unser Schlafzimmer stinkt wie eine ganze Brauerei.« Er betrachtet ihr Glas und grinst vielsagend. »Werdet ihr jetzt wieder beste Freunde? Wie nett. Dann könnt ihr euch ja gegenseitig die Haare machen und über Jungs reden.«

Markus klappt den Stuhl wieder herunter, hält sich wieder das Buch vors Gesicht.

Verdammter Idiot.

Sie hat keine Kraft für diese Diskussion. Nicht jetzt, nicht hier in der Sonne, mit diesem Kater.

Nina geht in Richtung Haus. Sie wird versuchen, noch etwas zu frühstücken, und dann muss sie los, wenn sie noch in dem Wohngebiet in Skredsby vorbeifahren will, bevor ihre Abendschicht beginnt.

Plötzlich fällt ihr ein, dass das Auto noch bei Joel steht. Sie muss zurückradeln und es holen.

»Ich hab den Job übrigens bekommen!«, ruft Markus ihr hinterher. »Vielen Dank der Nachfrage!«

Sie dreht sich um. War das Bewerbungsgespräch heute Morgen gewesen?

»Ich fange am Montag an«, sagt er.

»Glückwunsch«, sagt sie und hört, dass es ironisch klingt.

Es hätte ihr klar sein müssen. Lenas und Markus' Eltern hatten immer schon in denselben Kreisen verkehrt und sich gegenseitig irgendwelche Vorteile zugeschustert. Markus hatte die ganze Zeit recht damit gehabt, dass sich alles regeln würde. Sie hatte sich den ganzen Frühling und Sommer über unnötig Sorgen gemacht.

JOEL

Seine Mutter schläft, als er ins Nebelfenn kommt. Er bleibt eine Weile vor ihrem Bett stehen und betrachtet ihr ausgezehrtes Gesicht. Geht zum Hochzeitsfoto an der Wand.

Sie ist so jung darauf, ihr Lächeln so hoffnungsvoll. Joel weiß im Nachhinein, welche Schicksalsschläge ihr im Leben bevorstanden, aber sie hat noch keine Ahnung davon. Sie weiß noch nicht, dass der Tod sie viel zu früh trennen, dass sie allein bleiben wird. Sein Vater wirkt stolz. Zuverlässig. Seine freundlichen Augen schauen Joel ruhig an. Joel sucht in dem schwarzweißen, in der Zeit eingefrorenen Gesicht nach einer Antwort. Plötzlich meint er einen entschlossenen Zug im Lächeln seines Vaters erkennen zu können. Etwas Strenges in der kleinen Falte zwischen den Augen.

Das nächtliche Gespräch mit Nina war beängstigend, aber es war auch eine Erleichterung. Vielleicht können sie Antworten auf ihre Fragen finden. Gemeinsam.

Aber was, wenn die einzige Antwort lautet, dass sie beide Wahnvorstellungen entwickelt haben? Er hatte nicht gewusst, wie viel Schuld auch Nina gegenüber seiner Mutter auf sich geladen hatte. Wäre es nicht viel verständlicher, unendlich viel *wahrscheinlicher*, dass sie sich das beide alles nur eingebildet hatten? Fühlte es sich gestern vielleicht nur richtig an, weil sie eine Wahnvorstellung geteilt hatten?

Als jemand leise an die Tür klopft, schreckt er zusammen.

»Wie ist hier die Lage?«, fragt Elisabeth und legt den Kopf

schief, als sie seine Mutter sieht. »Ah, sie ist eingeschlafen. Erstaunlich, wie friedlich die alten Leute doch aussehen können. Wie kleine Kinder.«

Joel erwidert nichts.

»Ich habe gehört, dass Ihr Bruder heute kommt«, fährt Elisabeth fort. »Das wird Monika doch bestimmt freuen? Und hier habe ich noch ein paar gute Neuigkeiten.«

Sie hält ihm einige A4-Seiten hin.

»Wir haben die Ergebnisse der Untersuchungen, um die Doktor Hansson gebeten hatte, und sie sind alle negativ. Keinerlei Auffälligkeiten, abgesehen davon, dass sie ein Eisenpräparat braucht.«

Er lässt den Blick über die engbeschriebenen Blätter gleiten, es sagt ihm nicht viel.

»Das sind doch gute Nachrichten!«, sagt Elisabeth so enthusiastisch, dass es wie eine Aufforderung klingt.

»Wirklich?«, entgegnet er. »Wir wissen doch immer noch nicht, was mit ihr los ist.«

Elisabeths Lächeln gefriert.

»Das sind definitiv gute Nachrichten«, sagt sie. »Und bald steht ja auch noch ein MRT an, wir sollten wirklich erst einmal abwarten.«

Er will nur seine Ruhe vor ihr haben.

»Sicher«, sagt er und lächelt genauso falsch zurück. »Vielen Dank.«

Nachdem sie gegangen ist, trommelt er auf seinen Oberschenkeln herum. Seine Mutter scheint noch genauso tief zu schlafen wie eben. Er wirft einen Blick aufs Handy. Keine Nachrichten von Björn. Es ist bald zwei Uhr. Sie hatten verabredet, sich um eins hier zu treffen.

In seiner Rastlosigkeit nimmt er eine der Zeitschriften seiner Mutter zur Hand. Der Umschlag ist zerknittert und hat sich fast komplett von den Heftklammern gelöst. Mit einem

Stift setzt er sich in den Sessel. Wappnet sich, bevor er zu den Seiten mit den Kreuzworträtseln vorblättert. Will nicht noch mehr Buchstabensalat sehen.

Aber in dieser Illustrierten sind die ungelenken Buchstaben an den Rand geschrieben, quer über das Kästchenmuster, über die botoxglatte Stirn einer Schauspielerin. Bei den ungleichmäßigen Zeilen wurde so stark aufgedrückt, dass sich der Stift durch das Papier gedrückt hat. Aus den Worten spricht Verzweiflung.

Hilfe! Das bin nicht ich, das ist er, er ist mitgekommen,
ich kann so nicht leben,
ich will nur sterben, das bin nicht ich,
die diese Dinge tut und so schreckliche Sachen sagt,
ihr müsst mir glauben

Joel schlägt die Zeitschrift zu. Schaut sich die Titelseite an. Er hatte die Zeitschrift für seine Mutter gekauft, unmittelbar bevor sie sich den Arm gebrochen hatte.

Lillemor hat gesagt, dass es zu ihrem eigenen Besten war. Weil Mama sich dem verdammten Engel widersetzt hatte.

Er schluckt. Betrachtet den Gips, der den rechten Unterarm seiner Mutter umschließt. Wehrt sich gegen die Erkenntnis, aber es ist zu spät.

Das war die Strafe dafür, dass sie versucht hat, um Hilfe zu bitten. Mit gebrochenem Arm kann sie nicht schreiben.

Im Zimmer ist es ganz still geworden. Er sieht auf. Begegnet dem Blick seiner Mutter. Sie lächelt ihm vom Bett aus zu.

»Ist er jetzt endlich unterwegs?«, fragt sie.

»Wer?«

Seine Stimme klingt gepresst.

»Björn natürlich«, sagt seine Mutter und setzt sich mühsam auf.

Er hatte ihr nicht erzählt, dass Björn heute kommt. Wollte ihr die Enttäuschung ersparen, falls Björn wieder absagen würde.

Sie hat es gehört, als ich mit Elisabeth gesprochen habe.

Es ist ihm zu einem Reflex geworden, nach natürlichen Erklärungen zu suchen, aber das ist inzwischen nicht mehr von Bedeutung.

»Ja«, sagt Joel mit einem Räuspern. »Er müsste jede Minute hier sein.«

Seine Mutter nickt. »Wie sollten ihm Kaffee anbieten. Er hat eine weite Fahrt.«

»Ich kümmere mich darum, wenn er hier ist.«

Seine Mutter fährt sich mit den Fingern durchs Haar. Streicht sich eine Strähne hinter das Ohr.

»Ich sehe sicher scheußlich aus, oder?«, sagt sie nervös.

Er schüttelt den Kopf. »Du bist sehr hübsch«, entgegnet er.

Seine Mutter sieht erfreut aus.

Wer bist du?, denkt er. *Wer bist du jetzt gerade?*

Sie blinzelt rasch mehrere Male nacheinander. Hustet.

»Alles in Ordnung mit dir?«, fragt er.

Sie schaut ihn stumm an. Die Sekunden vergehen. Scheinen sich zu einer Ewigkeit auszudehnen.

Der fremde Blick ist wieder da. Jemand anderes schaut aus ihren Augen.

»Ich habe gehört, wie ihr heute Nacht von mir gesprochen habt«, sagt sie.

Joel sitzt ganz still, aber die Illustrierte gleitet von seinem Schoß.

»Du siehst so erstaunt aus. Ich dachte, ihr hättet mich bemerkt«, sagt sie.

Die Geräusche aus dem Schlafzimmer. Der Schatten in meinem Fenster, als ich Nina angerufen habe.

Seine Mutter kichert wie ein kleines Mädchen. Ein Kind,

das einen neuen Trick gelernt hat, und er ist der Erwachsene, der so tun soll, als sei er beeindruckt.

»Papa?«, sagt Joel. »Bist du es?«

Es klopft wieder an der Tür, und als Joel hinübersieht, steht Björn mit einer Tüte vom Bäcker in dem kleinen Flur.

Sein zurückgekämmtes Haar ist schütterer geworden, aber er wirkt gesund und wohlauf. Wirkt mit seinem Wohlstandsbäuchlein und seiner Sonnenbräune, mit seinem Polohemd und den khakifarbenen Shorts hier drinnen deplatziert.

»Hier sitzt ihr also gemütlich und plaudert, was?«, sagt er scherzhaft, doch Joel kann sehen, dass er nervös ist, als er das Zimmer betritt.

»Hallo, mein Lieber! Wie ich mich freue, dich zu sehen!«, ruft ihre Mutter. »Was hast du denn Leckeres mitgebracht? Ist das für mich?«

»Ja, so weit ich sehen kann, scheint es hier weit und breit keine anderen schönen Frauen zu geben.«

Als er sich über das Bett beugt und sie umarmt, wirft Björn Joel einen Blick zu. Es ist offensichtlich schockiert darüber, wie dünn ihre Mutter geworden ist, wie sehr sie hier im Heim gealtert ist.

Nach der Umarmung öffnet ihre Mutter die Tüte und späht hinein.

»Vanilleherzen, mein Lieblingsgebäck. Dass du das noch weißt!«

NINA

Im Treppenhaus riecht es nach Bratendunst und abgestandenem Wischwasser. Nina keucht ein wenig, als sie den dritten und letzten Treppenabsatz erreicht. Zwei Türen, nur eine davon mit Namensschild. RÖNNBERG DAHLIN. Der Klingelknopf fühlt sich fettig an. In der Wohnung ertönt der Anfang von *Für Elise* als Klingelton.

Schwere Schritte nähern sich. Stille – Nina vermutet, dass sie durch den Spion in Augenschein genommen wird. Jede Sekunde, die vergeht, ist ein Zeichen für Unsicherheit.

Eine Kette klirrt, dann klickt das Schloss, und die Tür wird geöffnet.

Ohne Schminke sieht Johanna aus wie eine Zwölfjährige. Sie trägt einen Bademantel aus weißem Frottee, ihre Zehennägel sind neonrosa lackiert.

»Hallo. Danke, dass ich kommen darf.«

Ninas Stimme hallt durch das Treppenhaus. Johanna gähnt. Lehnt sich an den Türpfosten.

»Du hast am Telefon ziemlich geheimnisvoll geklungen«, sagt sie.

»Darf ich reinkommen? Ich verspreche dir, es geht auch ganz schnell.«

»Ich weiß nicht«, sagt Johanna. »Hier ist es gerade ziemlich unordentlich ...«

»Das macht mir nichts aus.«

Johanna hebt eine Augenbraue. »Ach, wirklich?«

»Es kann doch jeder wohnen, wie er mag«, sagt Nina. »Nur bei der Arbeit ist Ordnung das A und O.«

Du liebe Zeit, sie klingt wie eine alte Gouvernante. Johanna nickt schließlich auf eine Art, die grenzenlosen Widerwillen ausdrückt.

Nina folgt ihr in die Wohnung. Wollmäuse entlang den Wänden, Berge von Kleidung auf dem Sofa, schmutzige Teller auf dem Couchtisch. Durch eine etwas offenstehende Tür kann Nina weitere Kleiderhaufen auf dem Fußboden und ein behaartes Bein sehen, das über einer Bettkante hängt.

Johanna tritt auf den Balkon und zündet sich eine Zigarette an. Nina stellt sich neben sie. Legt die Hände auf die weiß gestrichene Brüstung. Sie blicken über einen Parkplatz und weitere dreistöckige Häuser. Dazwischen kann sie den Fußballplatz erkennen. Auf der anderen Seite, von hier aus nicht zu sehen, liegt das Nebelfenn. Johanna hatte einen so kurzen Arbeitsweg, dass es beinahe schon beeindruckend war, wie oft sie zu spät kam.

»Und?«, sagt Johanna und steckt das Feuerzeug wieder in die Tasche des Morgenmantels. »Braucht ihr jemanden, der einspringt, oder was?«

»Nein«, sagt Nina. »Ich wollte mich nur nach der Nacht erkundigen, in der du aufgehört hast.«

Johanna dreht sich zu ihr.

»Was ist damit?«

»Was ist da passiert?«

Johanna ascht über das Geländer. Ihre Augen werden schmal, als sie Nina beobachtet.

»Was meinst du?«, fragt sie. »Ich habe nichts falsch gemacht.«

Abgesehen davon, dass du einfach abgehauen bist, denkt Nina automatisch.

Aber mittlerweile weiß sie, dass Johanna dafür gute Gründe gehabt haben könnte.

»Nein, keine Sorge«, sagt sie. »Das glaubt auch niemand. Aber Faisal hat gesagt, dass du Angst hattest. Ich will nur wissen, was geschehen ist.«

Johanna wendet sich wieder ab. Beugt sich vor, die Ellbogen auf das Balkongeländer gestützt. Nimmt einen tiefen Zug von der Zigarette.

»Ich will nicht darüber reden, du würdest es sowieso nicht verstehen.«

»Vielleicht würde ich es ja.«

Johanna schüttelt den Kopf.

»Hatte es etwas mit Monika zu tun?«, fragt Nina.

Johanna wirft ihr einen Seitenblick zu. Nina registriert einen Anflug nackter Angst in ihrem Gesicht, bevor sich wieder die Maske aus Desinteresse darüberlegt.

»Wieso sollte es das?«

»Weil sie sich in letzter Zeit ... sehr seltsam verhalten hat. Sie erzählt seltsame Dinge.«

Johanna zieht den Bademantel etwas enger um sich und nimmt einen weiteren Zug. »Dinge? Was für Dinge?«

»Dinge, von denen sie eigentlich nichts wissen dürfte«, sagt Nina. »Aber vielleicht bilden wir uns das auch nur ein.«

»Was hat sie zu euch gesagt? Hat sie irgendwas über mich gesagt?«

»Nein, nein«, beeilt sich Nina zu erklären. »Überhaupt nichts. Das ist nur eine Vermutung.«

Johanna scheint zu überlegen, ob sie lügt. Und Nina kommt der Gedanke, dass sie vielleicht einen Fehler macht. Wozu sollte es gut sein, Johanna wieder zu verängstigen?

»Sie hat Dinge gesagt, die ich niemals jemandem erzählt habe«, sagt Johanna leise und wirft über ihre Schulter einen Blick in die Wohnung. »Nicht einmal meinem Freund. Niemandem. Ich kann dir versichern, dass es kein Hirngespinst von euch ist.«

»Hat sie gesagt, dass sie jemand anderer ist?«, fragt Nina. »Oder dass jemand anderer mit im Zimmer ist? Jemand, den du nicht sehen konntest?«

Johanna starrt sie an.

»Was? Nein! Wie kommst du darauf?«

Nina wendet ihren Blick ab.

»Wir versuchen einfach nur zu verstehen, was sich abspielt, damit wir ihr helfen können.«

»Erschießt das Weib doch«, sagt Johanna und schnippt die Zigarette über das Geländer.

»Besser nicht«, sagt Nina.

»Ich hasse sie. Ich kann nicht mal hier wohnen bleiben, weil ich immer daran denken muss, dass sie da drüben liegt«, sagt Johanna.

JOEL

»Weißt du eigentlich, wie gut so ein kleiner Kaffeeklatsch tut?«, fragt ihre Mutter und nimmt sich noch ein Vanilleherz.

»Ihr bekommt hier wohl nicht so leckeres Gebäck«, sagt Björn.

»Ach was, ich will mich nicht beklagen. Das ist schon in Ordnung. Aber ich vermisse doch manchmal das Selberbacken.«

»Du könntest bestimmt fragen, ob du hier ab und zu mal backen darfst.«

»Ja, das ist sicher möglich«, sagt ihre Mutter. »Aber ich bin wohl auch ein bisschen faul.«

Sie lachen. Björn schlürft seinen Kaffee. Ihre Mutter sieht ihn liebevoll an. Und Joel muss immer wieder auf das Hochzeitsfoto schielen, das an der Wand hängt.

»Es ist so schön, dich zu sehen, Mama«, sagt Björn. »Ich hab mir solche Sorgen um dich gemacht.«

»Aber wieso das denn?«

Sie lächelt ihn milde an. Beugt sich vor und legt ihm die Hand an die Wange. Björn hört auf zu kauen. Seine Augen glänzen feucht.

»Um mich brauchst du dir keine Sorgen zu machen«, sagt sie. »Mir geht es gut.«

»Ich wäre schon eher gekommen, wenn ich gekonnt hätte. Das weißt du doch?«

»Natürlich weiß ich das. Aber du hast schließlich deine eigene Familie, an die du denken musst. Die geht vor. Du kannst ja nicht andauernd deine alte Mutter besuchen fahren.« Sie streicht ihm ein paarmal über die Wange. »Hauptsache ist, dass du jetzt hier bist. Jetzt musst du mir aber mal erzählen, wie es euch geht. Was machen die Kinder?«

Björn räuspert sich und berichtet von Schulabschlussfeiern und Fußballspielen und Bootsausflügen in Spanien.

Ihre Mutter lauscht andächtig. Nickt an den richtigen Stellen.

Nur ein einziges Mal wendet sie sich Joel zu, grinst ihn hämisch an.

Siehst du?, scheint sie damit zu sagen. *Siehst du, wie gut ich die liebe Mama spielen kann, wenn mir danach ist?*

NINA

Als sie den Kittel über den Kopf zieht, merkt sie, dass sie verschwitzt ist, obwohl sie geduscht hat. Sie trägt neues Deo auf und schlägt die Spindtür zu.

Ihre Schritte im Kellerflur klingen viel zu laut. Sie spitzt die Ohren. Starrt in der Erwartung, dass die Leuchtstoffröhren jederzeit ausgehen könnten, auf den Lichtschalter. Das Warten ist das Schlimmste.

Sie läuft, stößt die Tür zum Treppenhaus auf. Auf der Treppe nach oben in die Eingangshalle stolpert sie fast, sie ist sich sicher, dass jemand sie verfolgt.

Diesmal können die wohlbekannten Gerüche und Geräusche auf Station D ihre Angst nicht verjagen. Lillemor blickt vom Sofa im Aufenthaltsraum auf und sieht ihr, als sie vorbeigeht, beunruhigt hinterher. Edit steht über ihren Rollator gebeugt, sagt ihr ewiges Sprüchlein auf. Nina eilt weiter zur D6. Klopft an die Tür und tritt ein, ohne eine Antwort abzuwarten.

Sie sitzen um den Tisch. Wenden sich ihr gleichzeitig zu.

Joels Bruder ist älter geworden. Kräftiger. Seine blauen Augen leuchten in dem sonnengebräunten Gesicht. Jetzt ähnelt er Joel noch weniger als früher.

»Schaut, jetzt sind wir alle versammelt«, sagt Monika mit einem glucksenden Lachen. »Björn, du erinnerst dich doch noch an Nina? Sie ist ja damals bei uns ein und aus gegangen.«

»Selbstverständlich«, sagt er und erhebt sich halb vom Sofa, streckt eine Hand aus. »Wie geht's?«

»Gut, danke.«

Seine Hand umschließt ihre. Die Haare auf seinem Handrücken schimmern golden.

»Du arbeitest jetzt also hier?«, sagt er und setzt sich wieder.

»Ja.«

»Das ist doch schön für dich, Mama«, sagt er, »ein bekanntes Gesicht.«

»Ja, wir hatten schon nette Gespräche über dies und das«, sagt sie.

Ein kleines Zucken in ihrem Mundwinkel jagt Nina einen Schauder über den Rücken.

»Weißt du noch, wie die beiden da sich immer aufgedonnert haben?«, fährt Monika fort. »Und ständig haben sie ihre Haarfarbe geändert.«

»Ja«, sagt Björn. »Und Joel hatte immer schwarze Sachen an, als ob er jeden Tag zu einer Beerdigung gehen würde.«

Nina schaut Joel an. Merkt, dass etwas nicht stimmt.

»Ich habe dich gesucht, Joel«, sagt Nina, wobei es ihr gelingt, den gleichen munteren Ton anzuschlagen, in dem Monika und Björn sich unterhalten. »Hast du einen Augenblick Zeit? Kannst du kurz mit mir kommen?«

Monika gibt wieder ein Glucksen von sich.

»Siehst du, es ist genau wie früher. Die beiden haben immer etwas miteinander zu tuscheln. Gestern haben sie die halbe Nacht zusammengesessen.«

Sie wirft Nina einen vielsagenden Blick zu. Joel steht auf und nimmt eine zerknitterte Zeitschrift von Monikas Nachttisch, ehe er vor Nina das Apartment verlässt.

»Schön, dich wiedergesehen zu haben«, sagt Björn. »Pass auf dich auf.«

»Gleichfalls.«

Als sie im Flur sind, schließt Nina sorgfältig die Tür hinter sich. Blickt sich um. Erzählt leise, was Johanna gesagt hat. Joel nickt ungeduldig. Als sie fertig ist, hält er wortlos die aufgeschlagene Illustrierte hoch.

Ninas Blick fällt auf die Stellen, wo sich der Kugelschreiber durch das Papier gedrückt hat, auf die großen Blockbuchstaben.

»Sie braucht Hilfe«, sagt Joel, »und *dieses Etwas* hat ihr den Arm gebrochen, damit sie nicht mehr schreiben kann.«

Auf einmal schwankt der ganze Flur. Nina sucht Halt an der Tür, versucht vergeblich zu verdrängen, dass Monika, oder das, was so tut, als sei es Monika, sich gleich dahinter befindet.

»Sie hat im Aufenthaltsraum Papier gegessen, wusstest du das?«, sagt Nina.

Joel nickt. Sie sieht, dass ihm etwas klarwird. Dass er dasselbe denkt wie sie.

Hatte Monika auch da eine Nachricht geschrieben? Um Hilfe gebeten?

War die Nachricht für uns?

Nina will am liebsten einfach nur weglaufen, aber es ist zu spät.

Gestern haben sie die halbe Nacht zusammengesessen.

Es gibt auch gar keinen Ort, wohin sie fliehen könnte.

»Wir können nicht länger warten«, sagt Nina. »Wir müssen von dem da drinnen eine Antwort verlangen.«

Joel schluckt so krampfhaft, dass sie sehen kann, wie sich sein Adamsapfel bewegt.

»Björn fährt morgen wieder nach Hause.«

»Ich spreche mit Gorana. Sie arbeitet morgen Nacht. Ich kann sie bestimmt überreden, mir ihre Schicht abzutreten.«

Sie sehen einander stumm an. Hören Monika in der Wohnung lachen.

»Nachts ist es hier ruhiger«, sagt Nina. »Wir können mit ihr allein sein.«

Es ist das Letzte, was Nina will. Aber es ist die einzige Möglichkeit.

JOEL

»Wir sollten uns wohl allmählich auf die Socken machen«, sagt Björn und steht in dem Moment auf, als Joel zurückkommt.

Joel nickt. Betrachtet das herzliche Lächeln ihrer Mutter. Ihren Gipsarm. Wenn das nicht ihre Mutter ist, die dort sitzt, wo ist sie dann?

Weiß sie, was vor sich geht?

Er hasst dieses Etwas, das sich als ihre Mutter ausgibt, hasst es, wie er nie zuvor etwas gehasst hat.

Gib sie zurück.

Björn murmelt, er müsse noch mal eben wohin, ehe sie fahren. Er drängt sich in dem engen Zimmer so dicht an Joel vorbei, dass der seinen sportiven Herrenduft wahrnimmt.

Joel bleibt stehen, bis er hört, wie die Badezimmertür geschlossen wird. Dann setzt er sich neben ihre Mutter auf den Stuhl. Zwingt sich dazu, das vertraute Gesicht anzusehen, das jetzt von jemandem oder etwas anderem in Besitz genommen wurde.

»Mich täuschst du nicht«, sagt er leise.

Sie

es

dreht langsam den Kopf. Schaut Joel ruhig an.

»Nein. Das ist nicht mehr nötig.«

Ein Röcheln steigt aus dem Hals seiner Mutter auf.

»Lass sie los«, sagt Joel.

»Das geht nicht.«

Das Gesicht verzieht sich zu einer vorgeblich mitleidsvollen Fratze.

Im Bad rauscht die Toilettenspülung, der Deckel fällt mit einem Knall zu.

»Ich bin jetzt stark geworden«, sagt ihre Mutter, die nicht mehr ihre Mutter ist. »Und das habe ich dir zu verdanken.«

Die Luft, die sie umgibt, scheint sich zu einer Wand zu verdichten. Am Rand des Gesichtsfelds zu wabern. Die Realität ist in Auflösung begriffen.

»Was willst du damit sagen?«, fragt er.

Hinter der Badezimmertür rauscht der Wasserhahn. Björn summt etwas.

Die trockenen Lippen seiner Mutter verziehen sich zu einem Lächeln. Ihre Zähne sind grau, Krümel haben sich darin festgesetzt.

»Warum hast du das mir zu verdanken?«, fragt Joel.

»Du hast mich doch hierhergebracht.«

Die Badezimmertür wird geöffnet, und ihre Mutter wendet sich dorthin. Lächelt Björn fröhlich zu. Eine perfekte Imitation der Mutter, die sie einmal war.

»Wie schön, meine beiden Jungs wieder bei mir zu haben«, sagt sie.

NINA

Dagmar glotzt Nina mit starrem Blick an. Spuckt halbzerkaute Kartoffeln in industriell hergestellter Remouladensoße aus. Nina muss mit sich kämpfen, um ruhig und beherrscht an ihrem Bett sitzen zu bleiben. Muss sich in Erinnerung rufen, dass Dagmar keine Schuld an ihrem Zustand trägt. Es geht ihr zunehmend schlechter. Nina hat schon früher miterlebt, wie alte Menschen ihre Angst und Frustration ausagieren. Und Dagmar kann nicht einmal sprechen. Spucken und Matschen ist alles, was sie noch kann. Sie ist bemitleidenswert.

Aber es hilft nichts. Etwas staut sich in Nina an. Sie hat bald keinen Raum mehr für ihre eigene Angst in sich. Ihr Kopf schmerzt, jederzeit kann eine Sicherung in ihr durchbrennen.

»Ich kann das machen«, sagt Vera und legt ihr Strickzeug beiseite.

Sie schält sich aus ihrem Bett und stellt sich neben Nina, die ihr den Löffel reicht.

»Soo, jaa«, murmelt Vera in einem Singsang und setzt sich auf Dagmars Bettkante. »Soo, jaa, du kannst das.«

Sie streicht mit dem Löffel über Dagmars Lippen, der Mund öffnet sich. Die klebrige Zunge lugt hervor. Vera nickt aufmunternd und schiebt den Löffel hinein, berührt mit dem Handrücken vorsichtig Dagmars Kinn, damit sie den Mund wieder schließt.

Als Dagmar Anstalten macht, das Essen wieder auszuspucken, schüttelt Vera den Kopf.

»Versuch es«, sagt sie.

Dagmar legt den Kopf zurück. Die Sehnen an ihrem Hals spannen sich. Vor Anstrengung ziehen sich ihre Mundwinkel nach unten. Aber sie schluckt.

»Gut«, sagt Vera. »Tüchtig.«

Sie spricht weiter sanft auf Dagmar ein. So viel Liebe in der Stimme, unendliche Geduld.

»Siehst du, wir brauchen ihn nicht«, sagt Vera.

Sie wirft Nina einen schnellen Seitenblick zu. Sieht aus wie ertappt.

»Was haben Sie gesagt?«

»Nichts«, sagt Vera schnell.

Dagmar schmatzt. Will mehr.

»Wen brauchen Sie nicht?«, fragt Nina.

»Ich weiß nicht, wovon Sie sprechen«, sagt Vera. »Lassen Sie uns jetzt allein, damit ich meine Schwester in Ruhe füttern kann.«

Nina legt eine Hand auf Veras Unterarm. Streichelt ihn. Die gealterte Haut runzelt sich unter ihren Fingern.

»Erzählen Sie doch bitte«, sagt sie. »Sie müssen mir erzählen, was hier passiert, damit ich Ihnen allen helfen kann.«

Vera weigert sich stur, sie anzusehen. Der Löffel schlägt gegen den Teller, als sie sorgsam kleine Stücke panierten Fischs mit Soße zusammenzuschieben versucht.

»Ich habe Angst, Vera«, sagt Nina leise.

Doch Vera antwortet nicht. Sie hält Dagmar den Löffel hin, die willig den Mund aufmacht.

»Bitte.«

Vera zuckt zusammen. Lässt den Löffel los, so dass er auf die Bettdecke fällt.

»Sie tun mir weh«, jammert sie.

Nina sieht auf ihre Hand. Sie hält Veras Unterarm umklammert. Zu fest. Sie lässt sofort los. Ihre Finger haben vier deutliche Abdrücke auf der Haut hinterlassen. Die Haut der alten Menschen ist so empfindlich.

»Entschuldigung«, sagt Nina. »Entschuldigen Sie, das war keine Absicht. Ich möchte nur, dass Sie mir helfen.«

»Ich kann nicht. Gehen Sie jetzt.«

Vera wendet sich wieder Dagmar zu. Ergreift den Löffel. Beginnt, ihn wieder umständlich über den Teller zu schieben.

Nina lässt sie allein, geht zwei Türen weiter zu Apartment D6, öffnet die Tür, bevor sie es sich anders überlegt. Doch Monika ist nicht in ihrem Zimmer.

Nina geht in den Gemeinschaftsraum. Dort sitzt Monika am Tisch und isst mit gutem Appetit. Olof, ihr gegenüber, stochert nur im Essen herum.

»Hat mit Dagmar alles geklappt?«, fragt Sucdi, als Nina vorbeigeht.

»Ja«, sagt sie nur und geht weiter zu Monikas Tisch.

Monika hebt ihr Glas mit Milch und trinkt ruhig und in großen Schlucken. Tut so, als bemerke sie nicht, dass Nina sich neben sie stellt.

»Warum tust du das?«, fragt Nina gedämpft. »Was willst du?«

Monika stellt das leere Glas auf den Tisch. Schaut Olof an, der nervös auf seinem Stuhl hin und her rutscht. Schließlich wendet sie sich Nina zu. Ihr Atem riecht sauer.

»Da will jemand mit dir sprechen«, sagt sie.

»Wer?«, fragt Nina. »Was meinst du? Wer will mit mir sprechen?«

Aber sie kennt die Antwort schon.

Mama.

Nina will Monika schütteln, sie schlagen. Wären sie allein, hätte sie sich vielleicht nicht beherrschen können. Sie sieht die Schlagzeilen vor sich. *Angestellte in Heim für Demente misshandelt 72-Jährige.*

Nina lässt ihren Blick über die Alten wandern. Überlegt, wer in Kontakt mit dem Etwas gewesen ist, das Monika hierher mitgebracht hat. Wie viel sie über die Vorkommnisse wissen.

Sucdi trägt einen Stapel Teller hinaus. Bald ist es Zeit, den Alten ins Bett zu helfen und die Berichte zu schreiben.

Berichte.
Die Mappe.
Die Tage, die Monika hier war, sind alle dokumentiert.

Nina sieht, dass Wiborg mit eifrigem Blick direkt auf sie zukommt. Sie ist langsam, aber zielstrebig. Hebt eine ihrer kleinen Hände. Winkt sie zu sich heran.

»Sie müssen kommen«, sagt Wiborg und packt Nina am Ärmel, zieht sie mit erstaunlicher Kraft hinter sich her zum Flur.

»Beeilen Sie sich, bevor sie verschwinden«, sagt sie.

»Ich komme, Wiborg. Immer mit der Ruhe.«

Die Tür von Apartment D1 steht sperrangelweit offen. Nina bekommt plötzlich Angst.

»Ist jemand da drinnen, Wiborg?«

Wiborg schüttelt den Kopf.

»Aber Sie werden sehen, dass ich recht hatte«, sagt sie.

Sie betreten das Apartment. Die Bettdecke liegt auf dem Fußboden, als hätte Wiborg sie in aller Eile von sich geworfen. Der Telefonhörer auf dem Nachttisch liegt auf der Seite. Wiborg ergreift ihn vorsichtig, reicht ihn Nina.

Die starrt das graue Plastik an. Schüttelt den Kopf, aber Wiborg drängt sie, bis Nina ihr widerwillig den Hörer abnimmt.

Er ist warm von Wiborgs Griff. Scheint beinahe lebendig zu sein.

Nina hält ihn ans Ohr. Hört nur ein Rauschen. Wie Meeresbrandung in der Ferne. Wind in Baumkronen.

Da will jemand mit dir sprechen.

»Ja, bitte?«, sagt sie.

Es rauscht und knackt ein paarmal, tote Echos aus wer weiß wie vielen Kilometern Telefonleitung.

»Es ist keiner dran«, sagt sie erleichtert und reicht den Hörer wieder zurück.

Aber Wiborg drückt ihn ihr wieder ans Ohr.

»Doch«, sagt sie. »Sie müssen *richtig* zuhören. Sie sind doch so weit weg.«

Nina lauscht dem Rauschen. Wie es steigt und fällt. Hypnotisierend.

Flüsterlaute. Kaum zu verstehen, aber sie sind da.

Wiborg nickt eifrig.

»*... ich bin unterwegs, Nina ...*«

Mama.

»*... dachtest, dass du mich einfach aus deinem Leben streichen könntest ...*«

»Das bist nicht du«, sagt Nina.

Sie meint, ein Lachen am anderen Ende zu hören, aber das könnten auch elektrische Entladungen gewesen sein. Sie wirft den Hörer auf die Gabel. Starrt ihn an. Er schweigt.

»Warum haben Sie gesagt, dass meine Eltern tot sind?«, sagt Wiborg triumphierend. »Sie leben doch, das hört doch jeder. Bald kommen sie mich holen.«

JOEL

Sie sitzen auf der Terrasse, essen Pizza direkt aus dem Karton. Trinken Bier aus Flaschen, die Björn mitgebracht hat. Verscheuchen Fliegen und die ersten Mücken des Abends.

»Ich hatte jedenfalls den Eindruck, dass es ihr gutgeht«, sagt Björn. »Man fragt sich ja, ob sie überhaupt ins Nebelfenn gehört.«

Sie macht uns beiden etwas vor, aber das kapierst du nicht. Natürlich kapierst du das nicht.

Man kann es nicht erzählen, ohne selbst total verrückt zu klingen. Ganz schön perfide.

»Es geht ihr mal besser, mal schlechter«, sagt Joel.

»Aber mager ist sie geworden«, fährt Björn fort, als hätte er nicht zugehört, und trennt ein Stück seiner Pizza »Skredsby Spezial« mit Rinderfilet ab, steckt es sich gierig in den Mund. »Bekommen sie dort nicht genug zu essen, oder woran liegt das?«

»Sie sagen, dass sie alles unter Kontrolle haben, was rein- und rausgeht.«

»Was?«

»Hast du das Stuhlgangsprotokoll an der Badezimmertür nicht gesehen?«

»Bah«, sagt Björn und wischt sich Béarnaise-Sauce vom Kinn. »Ich esse gerade.«

Er spült sich den Mund mit Bier aus. Macht ein angeekeltes Gesicht.

»Sorry«, sagt Joel.

»Schon gut«, sagt Björn und schneidet hochkonzentriert ein Stück aus der Mitte der Pizza heraus. »Es ist nur schwer für mich, sie an diesem Ort zu sehen. Das ging dir doch sicher anfangs auch so?«

Joel nickt. Es ist knapp ein Monat vergangen, seit seine Mutter ins Nebelfenn gezogen ist, aber es kommt ihm viel länger vor. »Natürlich«, sagt er.

Wie schnell hat er doch vergessen, wie es war, das erste Mal mit ihr dorthin zu kommen. Wie er daran zweifelte, ob es wirklich das Richtige war. Und damals war sie immerhin noch offensichtlich verwirrt. Anders als heute.

»Die anderen sind ja total psycho«, sagt Björn. »Hast du die mit dem Kuscheltier gesehen?«

»Wiborg? Ja.«

»Und dann dieser Alte ohne Beine, der im Fernsehraum saß, mit der Pinkeltüte am Rollstuhl. Shit, so möchte man echt nicht enden.«

Björn seufzt. Legt sein Besteck in den durchweichten Pizzakarton.

Joel hat gar nichts essen können. Er nippt an seinem Bier.

Ein Windstoß fährt durch den Garten. Bevor Joel wieder in diese Gegend zurückgekehrt war, hatte er vergessen, wie sehr er die Luft hier liebt, besonders an Abenden wie diesem. Frisch und salzig, gefiltert vom Laubwerk und von den Kronen der Nadelbäume.

»Sag mal, Björn«, sagt er, »was weißt du noch von Papa?«

Björn blickt ihn fragend an.

»Wie war er? Wir haben eigentlich nie von ihm gesprochen«, sagt Joel.

»Was möchtest du wissen?«

Ob er der Typ ist, der aus dem Jenseits zurückkehrt und Mamas Körper in Besitz nimmt.

»Alles Mögliche.«

Björn seufzt. Ihn scheint die Frage zu nerven, und Joel denkt, dass er ihn vielleicht einige Bier später danach hätte fragen sollen.

»Ich war ja auch noch nicht so alt«, sagt Björn langsam, und Joel wird klar, dass sein Bruder gar nicht genervt ist. Er hat nur nach den richtigen Worten gesucht.

Das ist unser erstes Gespräch als Erwachsene.

»Ich erinnere mich nur bruchstückhaft«, fährt Björn fort. »In den Ferien in Ångermanland haben wir geangelt. In einem Fluss. Mama war wohl gerade schwanger mit dir, glaube ich. Ich erinnere mich auch noch an einiges von der Autofahrt dorthin. Wir haben unterwegs irgendwo übernachtet, und ich fand es total spannend, im Hotel zu schlafen.«

Joel nickt. Er hat die vergilbten Fotos gesehen. Ihre Mutter trug damals langes Haar und Mittelscheitel. Schien oft zu lachen. Ihr Babybauch war schon leicht zu erahnen. Björn hatte weißblonde Locken und rannte in Latzhosen herum. Ihr Vater schaute direkt in die Kamera, eine Zigarette zwischen den Lippen, die Finger voller Fischblut.

Eine Familie, von der Joel nie ein Teil gewesen ist. Und nach dem Tod ihres Vaters sind kaum noch Fotos entstanden.

»Aber wie war er so?«, hakt Joel nach und zieht eine Zigarette aus der Schachtel in seiner Hosentasche.

Er zündet die Kippe an. Atmet langsam den ersten Zug aus. Wartet ab.

»Das Dumme ist, ich kann mich nicht genau erinnern«, sagt Björn. »Aber ich glaube … er muss ein ziemlich cooler Vater gewesen sein, jemand, der gern Späße gemacht hat. Ich weiß noch, wie wütend ich wurde, als er nicht mehr mit mir spielen wollte. Er hörte auf zu arbeiten und lag nur noch im Bett. Und ich musste mich um dich kümmern, wenn er tagsüber schlief. Wir waren meist hier draußen, um ihn nicht zu stören.«

Joel dreht sich auf seinem Stuhl um, lässt seinen Blick über den Garten schweifen. Versucht, eine Erinnerung hervorzurufen, aber es gelingt ihm nicht.

Das musste für Björn eine verworrene Zeit gewesen sein. Ein kleiner Bruder, der die ganze Aufmerksamkeit auf sich zog. Ein Vater, der sich verwandelt hatte. Und eine Mutter, die vor Müdigkeit ganz zermürbt gewesen sein musste, weil sie sich um ihren kranken Mann und zwei Kinder zu kümmern hatte.

»Arme Mama«, sagt Björn. »Ein Glück, dass sie einander so sehr geliebt haben.«

»Haben sie das?«

»Ja. Aber das weißt du doch?«

»Ich weiß, dass Mama das sagt, aber sie gibt ja auch nie zu, wenn mal etwas schlecht war.«

»Nein, sie ist ja nicht so wie du.«

»Was soll das heißen?«

»Nichts. Ich meinte nur, dass du dich ja meistens an das Negative erinnerst.«

Joel öffnet den Mund, um zu protestieren, hält dann aber inne. Nimmt einen Zug von seiner Zigarette. Überlegt, ob da etwas dran ist.

»Ich weiß, was du meinst«, sagt Björn, »aber sie waren wirklich glücklich miteinander. Das habe sogar ich verstanden, obwohl ich noch so klein war. Sie haben sich ständig geküsst und so. Verdammt, vielleicht haben sie uns manchmal ja deswegen in den Garten geschickt, damit sie ihre Ruhe hatten…«

Björn grinst verlegen. Als er die Flasche leert, gluckert es.

Joel denkt nach. Wenn sein Vater und seine Mutter wirklich glücklich miteinander waren, trotz seiner Krankheit und anderer Belastungen, warum sollte er ihr dann jetzt etwas Böses wollen? Könnte er sich nur durch seinen Tod so verändert haben?

Als er auflacht, sieht Björn ihn an.

»Was ist?«

»Nichts«, sagt Joel und drückt seine Zigarette im Weckglas aus. »Nur … im Augenblick ist alles so verdammt seltsam.«

»Das kann man wohl sagen.«

Eine Weile sitzen sie schweigend da. Joel betrachtet die Büsche, die geschnitten werden müssten. Die Beete mit roter Rudbeckia und Cosmea, die gejätet werden müssten. Denkt an all die unendlich langen Tage der Sommerferien, wenn er im Gras lag und las oder Musik hörte. Immer allein, bevor er sich mit Nina anfreundete. Er schämte sich vor Björn, der ständig von Freunden umgeben war oder eine Freundin hatte, die ihn anhimmelte und ihm überallhin folgte, über alle seine Witze lachte und Joel mit nur schlecht verhohlenem Mitleid oder Verachtung betrachtete.

Nina rettete ihn aus der Einsamkeit.

»Wusstest du, dass er gut singen konnte?«, sagt Björn plötzlich.

»Wer?«

»Papa.«

»Nein, davon hatte ich keine Ahnung.«

»Das hast du wohl von ihm.«

Joel ist erstaunt, wie stark ihn das berührt.

»Dann hab ich zumindest eine Sache mit ihm gemeinsam«, sagt er. »Ich dachte, wir wären grundverschieden gewesen.«

»Aber du siehst ihm doch auch äußerlich ziemlich ähnlich«, sagt Björn. »Ich habe seine Augen- und Haarfarbe geerbt, aber du seinen Körperbau.«

Er leert seine Bierflasche. Unterdrückt ein Rülpsen, als er aufsteht.

»Ich fange jetzt wohl besser damit an, ein paar Sachen in Kartons zu packen«, sagt er. »Willst du dabei sein?«

»Nein. Nimm, was du haben willst.«

Björn scheint zu zögern. Vielleicht vermutet er eine Taktik dahinter. Dass Joel ihm ein schlechtes Gewissen machen will, damit er nicht alles von Wert an sich rafft.

Nachdem Björn ins Haus gegangen ist, sitzt Joel noch eine ganze Weile da, ehe er die Pizzakartons wegwirft. Bei der Mülltonne bleibt er stehen. Betrachtet das Haus, das es vielleicht nicht mehr lange geben wird. Aber noch sind keine Angebote eingegangen, und er fragt sich, warum er deswegen so erleichtert ist.

NINA

Ihre Schicht ist seit einer Stunde zu Ende, aber Nina ist immer noch im Heim. Blättert noch einmal die Pflegedokumentationsmappe nach Dingen durch, die sie vielleicht übersehen hat. Es ist schwierig, da sie nicht weiß, wonach genau sie sucht.

Im Personalraum wird nach dem Auftreten von außergewöhnlich heftigen Stimmungsschwankungen und Persönlichkeitsveränderungen, plötzlich auftauchenden unsichtbaren Freunden oder schwallartigem Erbrechen bei den Bewohnern schon einmal über Szenen aus »Der Exorzist« gescherzt. Woher soll sie da wissen, was davon noch Demenz ist und was nicht?

Auf den ersten Blick findet sich in den Berichten aus diesem Sommer nichts Ungewöhnliches. Aber das hängt natürlich davon ab, aus welcher Perspektive man die Sache betrachtet. Sie hat ihre Erinnerung nach weiteren möglichen Hinweisen durchforstet. Hat versucht, einen zeitlichen Ablauf zu rekonstruieren. Ihr ist bewusst, dass die Notizen in ihrem Collegeblock nach den Wahnvorstellungen einer Verrückten aussehen.

Aber es lassen sich Muster erkennen.

Einige der Alten waren mit Monikas Einzug ängstlich geworden. Vera verhängte den Badezimmerspiegel mit Handtüchern. Sprach davon, dass jemand Dagmar zu kidnappen versuchte. Und Anna hörte mit ihren Spaziergängen auf.

Wollte, dass die Nachttischlampe eingeschaltet blieb, damit der neue Geist sie nicht holen kommen würde.

Der neue Geist. Er versucht, einem Angst einzujagen.

Andere Bewohnerinnen wiederum hatte die neue Erscheinung glücklich gemacht: Lillemor bekam ihren Engel, Bodil ihre Männer. Wiborgs Eltern gingen endlich ans Telefon.

Und dann waren der Engel und die Männer wieder fort gewesen. Nina zweifelt nicht daran, dass auch Wiborgs Telefon wieder verstummen wird. Nichts macht einen so unglücklich wie das zu bekommen, wovon man geträumt hat, und es dann wieder zu verlieren.

Was auch immer es ist, das ins Nebelfenn gekommen ist – es hat die Alten systematisch terrorisiert.

In den Berichten der anderen Stationen kann sie kein vergleichbares Muster erkennen. Dort gab es zu Sommeranfang auch keine Probleme mit der Klimaanlage, keine flackernden Lampen oder merkwürdige Fettflecken.

Nina widmet sich noch einmal den Berichten über Monikas erste Tage im Nebelfenn. Betrachtet ihre eigene Handschrift. Erinnert sich daran, wie sie sich gefreut hatte, als Monika sie erstmals wiedererkannte.

Wie ich mich freue, dich zu sehen!

Du hast mehr als genug für uns getan. Warst immer so lieb und tüchtig.

Monika sagte genau das, was sie hören wollte, Wort für Wort.

Du musst dich für nichts entschuldigen. Was du getan hast, musstest du tun.

Dann stellte Monika sich gegen sie. Schlimmer, als Nina sich das jemals hätte vorstellen können.

Kuckuckskind

Fing an, ihr Angst zu machen.

Joel jagte sie auch Angst ein, außerdem Johanna. Und bis zu einem gewissen Grad auch Sucdi. Vielleicht noch anderen hier im Nebelfenn. Ihnen wurde so lange Angst gemacht, bis sie begannen, an sich und an der sie umgebenden Wirklichkeit zu zweifeln.

Sie wurden dadurch verängstigt, dass ihnen ihre Geheimnisse vor Augen geführt wurden. Als ob Monika ihre Gedanken lesen könnte, ganz genau ihre wunden Punkte kennen würde.

Mit Monika hatte alles angefangen. Doch Joel zufolge war ihr Begleiter erst stark geworden, als sie hierher ins Nebelfenn gekommen war.

Auch Monika selbst passt ins Muster. Sie war glücklich darüber gewesen, dass ihr geliebter Nils zu ihr zurückgekommen war. Und dann bekam sie Angst vor ihm.

Das verzweifelte Gekritzel in der Illustrierten mit den Kreuzworträtseln. Monika hatte versucht, sie zu warnen. Sie hatte versucht, Widerstand zu leisten. Sie hatten es nur nicht verstanden.

Du solltest nicht hier sein. Monika, die sich die Wange aufkratzte. *Hau ab! Hau ab, hau ab! Raus mit dir!* Sie hatte nicht mit Nina gesprochen. Sondern mit dem, was von ihr Besitz ergriffen hatte. Hatte versucht, es aufzuhalten.

Und dann, ein anderes Mal. *Geh weg.* Sie hatte auf ihren Gips hinuntergesehen. *Du musst. Bevor ... bevor er wiederkommt.* Sie hatte gewusst, dass etwas geschehen würde. Dass es sie dazu zwingen würde, Dinge zu sagen, die sie nicht sagen wollte.

Nina schreibt und schreibt. Als sie fertig ist, lehnt sie sich auf dem Stuhl zurück. Ihr schwirrt der Kopf, dennoch scheinen nun fast alle Puzzleteile an ihren Platz zu fallen, es zeigt sich ein deutliches Muster.

Aber das ist doch auch eine Form von Wahnsinn, oder? Muster und Hinweise in zufälligen Ereignissen zu erblicken. Sie traut sich selbst nicht mehr. Wie sollte sie auch, wenn sie in Wiborgs Telefon Geisterstimmen hört?

Als sie draußen im Flur Schritte hört, reißt Nina die Seite aus dem Collegeblock und steckt sie in die Tasche.

Gorana schreit auf, als sie den Personalraum betritt und Nina erblickt. »Ich dachte, du wärst schon gegangen! Meine Güte, ich hab mir vor Schreck fast in die Hose gemacht.«

Gorana bückt sich, um ein paar zerknitterte Zettel aufzuheben, die ihr heruntergefallen sind.

»Ich hatte noch was zu erledigen, aber jetzt gehe ich nach Hause«, sagt Nina und steht auf. »Hör mal, ich wollte dich um einen Gefallen bitten.«

Gorana sieht zu Nina hoch und streicht ihren Pony zur Seite.

»Könnte ich morgen deine Nachtschicht übernehmen?«, fragt Nina sie. »Wir brauchen ein bisschen Geld. Das Auto macht Mucken ...«

»Ich kann das Geld auch gebrauchen«, sagt Gorana und richtet sich auf. »Aber es wäre schon schön, sich eine Nacht hier zu ersparen.«

»Gibt es dafür einen besonderen Grund?«

»Nein, es reicht ja wohl, wenn alles so ist wie immer«, sagt Gorana und lacht unbekümmert. »Aber Elisabeth wird das nicht gefallen. Du bist schließlich teurer als ich.«

»Du könntest dir ja in letzter Minute den Magen verderben, und wenn du abends anrufst, um dich krankzumelden, bin zufällig ich am Telefon«, sagt Nina. »Ich spreche dann am nächsten Tag mit Elisabeth. Dann wird sie auf mich böse sein und nicht auf dich.«

»Ganz schön raffiniert. Man könnte sich fast fragen, was aus der untadeligen Nina geworden ist.«

»Ich wünschte, ich wäre so untadelig, wie alle zu glauben scheinen.«

»Mir ist die neue Nina jedenfalls lieber. Nahal hat mir erzählt, was du mit Petrus gemacht hast.«

Nina schüttelt den Kopf.

»Ich hätte nicht ...«

»Doch«, sagt Gorana. »Weißt du, wie oft ich schon Lust hatte, ihm alle Insulinspritzen auf einmal zu verpassen, damit wir ihn los sind?«

»Darüber macht man keine Witze.«

Gorana verdreht die Augen. Hält Nina die Zettel hin.

»Die habe ich im Aufenthaltsraum beim Aufräumen gefunden. Jemand hatte sie hinter die Bilder geknüllt und oben auf den Schrank. Weißt du, wer das gewesen sein könnte?«

Nina nimmt die Zettel, erkennt sofort die Handschrift wieder. Sie nickt. Ihr Herz hämmert, ihre Wangen glühen.

»Das hat Monika geschrieben«, sagt sie.

Ich kann nichts dafür, Verzeihung

Monika bei der Untersuchung durch den Arzt. *Auf der See.*

Die Bilder von Marcus Larson im Aufenthaltsraum. Schiffe auf tosender See.

»Was meinst du, sollen wir das in den Bericht aufnehmen?«, fragt Gorana, während Nina weiterliest.

Es war nicht Nils, der auf mich gewartet hat.
Er hat nur so getan als ob
es ist so dunkel, und ich kann nicht mehr,
ich war so dumm ihm zu glauben, jetzt will er
nicht mehr aufhören
er sieht alles, was ich sehe, wenn er hier ist,
ich muss verstecken, bitte findet dies
es ist nicht Nils, es ist nicht Nils

Die Worte wurden offenbar in großer Eile hingeschrieben. Die Zettel sind so zerknittert, dass die Bleistiftbuchstaben an einigen Stellen verwischt sind. Sie muss die Zettel in der Nacht, als Nina sie im Aufenthaltsraum fand, versteckt haben.

Monika hatte solche Angst.

»Sollen die in den Bericht oder nicht?«, fragt Gorana.

»Ich weiß nicht. Doch, vielleicht. Ich muss jetzt gehen.«

Gorana sieht sie fragend an. Nina ringt sich ein Lächeln ab.

»Danke, dass du das morgen machst. Ruf einfach eine Stunde vorher an, dann gehe ich selbst ans Telefon.«

Nina betritt den Flur. Blickt in Richtung der D6. Monika ist dort drinnen allein mit dem, was sich ihrer bemächtigt hat.

Trotz ihrer Angst ist Nina erleichtert. Es ist nicht Nils. Und ihre Mutter ist es auch nicht. Ihre Mutter hat nichts damit zu tun. Dieses Etwas in der D6 hat die ganze Zeit gelogen, wer und was es ist. Morgen werden Joel und sie mehr darüber herausfinden. Dies muss ein Ende haben, so oder so.

JOEL

Joel wird auf dem Sofa im Wohnzimmer wach. Björn sitzt vornübergebeugt auf dem Couchtisch und sieht ihn belustigt an.

»Es war nicht ganz einfach, dich zu wecken«, sagt er. »Ich dachte, du willst vielleicht lieber in deinem Bett schlafen. Ich hau mich jetzt auch mal aufs Ohr.«

Joel blinzelt ins Dunkel. Setzt sich auf und schiebt die Decke zurück. Sofort breitet sich Gänsehaut auf seinen Armen aus.

»Okay«, sagt er und reibt sich das Gesicht. »Danke.«

Er erschauert, blickt aus dem Fenster. Es sieht aus wie ein weiterer warmer Sommerabend. Aber die Abenddämmerung kommt jetzt früher.

»Wie kalt es hier ist«, sagt er.

»Findest du?«, fragt Björn. »Dann musst du Fieber haben. Ich schwitze wie eine Nutte in der Kirche.«

»Wow«, sagt Joel und stützt seine Stirn in die Hände. »Den Ausdruck hab ich lange nicht mehr gehört.«

Er schaut auf sein Handy, um zu sehen, wie spät es ist.
Eine SMS von Nina.

ES IST NICHT NILS. RUF MICH AN,
WENN DU KANNST.

Joel scrollt eilig über die Fotos von zerknitterten Zetteln. Das helle Licht des Displays lässt das Zimmer um ihn herum in pechschwarzem Dunkel verschwinden.

Es ist nicht sein Vater. Etwas hat nur vorgegeben, er zu sein.

Das ist mit Sicherheit die schlimmste Form der Folter: Zu glauben, dass man von dem gequält wird, den man liebt.

Meine arme Mama.

»Wie auch immer, gute Nacht dann«, sagt Björn.

»Ich komme.«

Joel schafft es, genügend Kraft zu sammeln, um aufstehen zu können, doch er verspürt eine bleierne Müdigkeit. Kann sich kaum rühren.

Ein kalter Lufthauch kommt aus der Küche, doch Björn bemerkt es nicht.

»Danke übrigens«, sagt er. »Das war ein schöner Abend, trotz der Umstände. Wir sehen uns ja nicht gerade oft.«

»Nein, da hast du recht«, erwidert Joel.

Auf der Schwelle hält er inne.

Am Spülbecken zieht ein Schatten vorbei. Als Joel ihn direkt ansieht, verschwindet er.

»Du weißt doch, dass du bei uns jederzeit willkommen bist?«, sagt Björn.

Doch Joel kann nicht antworten. Er versucht, den Schatten mit seinem Blick einzufangen, sieht schnell weg und dann wieder hin.

Er kommt näher. Bewegt sich langsam an der Wand entlang in Richtung Tür. Aus den Augenwinkeln erkennt Joel undeutlich, wie er sich zu einer Gestalt verdichtet.

»Was ist los?«, fragt Björn. »Bist du vielleicht wirklich krank?«

»Siehst du das denn nicht?«

Joel bereut es sofort. Er kennt die Antwort bereits. Trotzdem deutet er auf die Erscheinung.

»Was?«, fragt Björn.

Das Küchenfenster steht offen. Die Luft ist warm. Doch Joel friert.

»Verdammt, Joel, hast du irgendwas genommen? Hast du etwa wieder mit dem Dreckszeug angefangen?«

Joel schüttelt den Kopf. Der Schatten ist verschwunden. Er wollte sich nur zeigen. Zeigen, was er kann.

Ich bin jetzt stark geworden. Und das habe ich dir zu verdanken.

»Da war eine Spinne«, sagt er. »Egal, jetzt ist sie weg.«

Björn wirft ihm einen ungläubigen Blick zu.

»Deshalb musst du dich ja wohl nicht verhalten, als ob du total gaga wärst?«

NEBELFENN

Nina ist gegangen. Gorana steht auf der Terrasse hinter dem Gebäude, vor der offenen Tür zu Flur D. Raucht eine Zigarette, während sie ein Spiel auf dem Handy spielt. Das Display taucht ihr Gesicht in ständig wechselnde Farben. Hin und wieder blickt sie auf, um zu kontrollieren, ob im Korridor alles ruhig ist.

Lillemor liegt in ihrem Bett, das Ohr gegen die Wand gepresst. Sie versucht, etwas aus der D6 zu hören, aber das, was sich auf der anderen Seite befindet, ist heute Nacht stumm. Lillemor ahnt, dass es für irgendetwas Kraft sammelt. Sie spürt das, es ist mit Händen greifbar. *Wenn es dich gibt, Herr, dann hilf uns jetzt, erlöse uns von dem Bösen, wenn es das Untier gibt, tu es auch, ich werde nie mehr zweifeln, sei uns gnädig und lass dein Angesicht leuchten über uns, erlöse uns von dem Bösen und führe uns nicht in Versuchung, amen, lieber guter Gott.*

Gorana blickt von dem Bildschirm auf, als sie aus dem Augenwinkel etwas vorbeihuschen sieht. Fast scheint es, als flirrten dunkle Schatten auf und ab. Aber das liegt nur an den Neonröhren an der Decke, die flackern. Gorana steht still, starrt in den Korridor, der sich scheinbar ausdehnt und wieder zu schrumpfen scheint, bis die Glut der Zigarette den Filter erreicht hat und ihr die Finger verbrennt. Sie flucht, wirft die Kippe in den Aschenbecher an der Wand, pustet auf ihre Fingerspitzen.

Lillemor weiß, was zu tun ist. Sie will Monika retten. Sie

wird sie wieder dem Herrn zuführen. Mit Monika hat alles angefangen. Mit Monika hört alles auf. Das ist jetzt offenkundig, so offenkundig, dass die Engel es ihr erzählt haben müssen. Die wahren Engel. Lillemor erhebt sich mühevoll aus dem Bett, und der Bewegungsmelder beginnt zu piepen. Sie klemmt sich ihr Kopfkissen unter den Arm. Ruft sich zur Ordnung, als sie Zweifel in sich aufsteigen fühlt. *Herr, lass deine Engel mir Stärke geben, lass Monika schlafen, lass sie nicht merken, was geschieht, nimm sie mit offenen Armen auf, lass das Lamm zur Herde zurückkehren, schenke uns beiden Vergebung, dein Reich komme, denn dein ist das Reich und die Kraft und die Herrlichkeit in Ewigkeit.* Lillemors Gebete verstummen schlagartig, als plötzlich die Nachttischlampe erlischt und der Raum dunkel wird. Sie packt das Kissen fester. Verlässt das Zimmer, so schnell sie kann.

Gorana sieht sie auf den Flur treten. »Lillemor?«, ruft sie. »Wohin wollen Sie?«

Vera sitzt in ihrem Bett und strickt. Sie kann nicht damit aufhören. Die rote Wolle ist so schön. Die Stricknadeln in Größe 3 sind dünn, aber nicht zerbrechlich, die Maschen werden klein und regelmäßig. Dagmar sitzt auf ihrer Bettkante. »Begreifst du jetzt, was passiert, wenn wir nicht tun, was er sagt?«, zischt sie. »Du hast gesagt, dass du alles für mich tun würdest.« Vera strickt weiter. Will nichts hören.

Lillemor ist vor der D6 auf dem Fußboden zusammengesackt. Sie bekommt keine Luft. Schwarze Punkte bedecken den Flur, tanzen vor ihren Augen wie ein biblischer Insektenschwarm, verschmelzen zu einer Dunkelheit, die nur sie allein sehen kann. Sie hört, wie Goranas Schritte sich nähern. Versucht zu schreien, aber das Dunkel lässt es nicht zu. Es füllt ihren Mund und die Nase.

Monika liegt ganz still in ihrem Bett, mit nach oben verdrehten Augen. Ihre Finger umklammern das Bettgitter.

NINA

Nina schlägt die Augen auf. Das Schlafzimmer liegt im bleichen Morgenlicht. Ein Schatten sitzt am Fußende ihres Bettes. Er hat kein Gesicht, aber sie weiß, dass er sie beobachtet.

Markus neben ihr schnarcht leise. Sie versucht, den Mund zu öffnen. Schafft es nicht. Kann nur die Augen bewegen. Als sie den Schatten direkt ansieht, scheint ihr Blick ihn aufzulösen. Sowie sie wegschaut, verdichtet er sich, nimmt wieder Form an.

Sie liegt schwer auf der Matratze. Als ob sie tot wäre.

Bin ich tot?

Sie muss Markus wecken, damit er ihr helfen kann. Muss schreien, um sich selbst zu wecken.

Bevor ich hier hängen bleibe ...

Sie versucht, einen Laut hervorzubringen. Es kommt nur ein Winseln. Der Schatten wirkt belustigt. Darauf deutet irgendetwas an der Kopfstellung hin. Er sitzt völlig reglos.

Nina strengt sich an, ihren Körper wieder mit Leben zu füllen. Schafft es, sich einige Male hin und her zu wiegen. Zumindest glaubt sie das. Sicher ist sie sich nicht. Aber wenigstens hat Markus aufgehört zu schnarchen.

Nina versucht, Luft zu holen. Bringt ein weiteres Winseln zustande. Jetzt dreht Markus sich im Bett um. Sieht sie an. Der Schatten beobachtet sie beide. Markus bemerkt ihn gar nicht.

»Nina«, sagt Markus. »Was ist mit dir, Nina?«

Er berührt ihre Schulter, und sie landet wieder in ihrem Körper, ist wieder sie selbst. Blickt wild um sich.

Das Zimmer liegt immer noch im Schein der Morgendämmerung, aber der Schatten ist verschwunden.

Er war real. Er war hier bei uns im Bett.

Das war die letzte Warnung vor heute Abend.

»Komm«, sagt Markus und zieht sie an sich, legt die Arme um sie.

Erst jetzt wird ihr bewusst, dass sie weint.

»Hattest du einen Albtraum?«, flüstert er.

Sie nickt. Schließt die Augen, während er sie im Arm hält.

Es gibt keine Zuflucht.

Nina weiß nicht, wie lange sie so liegen bleiben. Sie entzieht sich als Erste. Trocknet sich die Augen und sieht ihn an.

»Ich geh mal Kaffee kochen«, sagt sie.

»Es ist ja noch nicht mal richtig hell.«

»Ich weiß. Schlaf du ruhig weiter.«

Sie gibt ihm einen leichten Kuss auf den Mund und steht auf.

»Warum bist du gestern so spät nach Hause gekommen?«, fragt er.

Nina senkt den Blick.

»Das hab ich dir doch gesagt. Ich habe Überstunden gemacht.«

Markus' Augen werden schmal, als er sie eingehend mustert.

»Warst du wieder mit Joel zusammen? Bist du deswegen so überspannt?«

Wortlos verlässt sie das Schlafzimmer. Geht durch das schöne Haus, das mit Dingen angefüllt ist, die sie sorgfältig ausgesucht hat.

Alles ist zusammengebrochen. Genau so, wie sie es immer befürchtet hat.

NEBELFENN

Zur Mittagszeit ist Lillemors Zimmer schon ausgeräumt und geputzt. Der Leichnam ist abgeholt worden. Nahal hat Lillemors letzte Habseligkeiten in den Karton gepackt, der jetzt auf dem desinfizierten Bett steht. Ein Gesangbuch und eine Bibel. Eine Puderdose und ein eingetrockneter Lippenstift. Eine Lesebrille. Fotos aus ihrem Leben vor dem Nebelfenn. Nahal hatte Lillemor nicht besonders gut gekannt. Und während sie das Apartment aufgeräumt hatte, hatte sie vor allem an Dogglas gedacht. Der Hund verhält sich seit seinem Besuch hier noch immer seltsam. Er frisst kaum. Schreckt beim kleinsten Geräusch zusammen. Winselt die ganze Nacht. Nahals neuer Freund möchte, dass sie ihn weggeben.

Als Nina nachmittags zur Arbeit kommt und erfährt, dass Lillemor tot ist, geht sie in die D5. Betrachtet die Nägel, an denen die Engelsbilder gehangen haben. Denkt daran, wie viel Angst Lillemor vor dem gehabt hatte, was sie auf der anderen Seite der Wand gehört hatte. Daran, dass sie mit einem Kissen im Arm vor Monikas Tür gestorben war. »Wir bringen das in Ordnung, um deinetwillen, Lillemor«, sagt Nina laut und hofft, dass Lillemor zu einem ihrer geliebten Engel geworden ist.

Fredrika hat ihr Baby mit in Wiborgs Zimmer genommen. Sigge starrt an die Decke, während seine Mutter und ihre Großmutter Kaffee trinken. »Sie gehen nicht mehr ans Telefon«, sagt Wiborg. »Sie sind wieder böse auf mich.« Fredrika nickt. Spürt eine verbotene Sehnsucht danach, sie los zu sein. Nicht mehr herkommen zu müssen. Sich nicht mehr die ewig gleichen Dinge anhören zu müssen. Aber sie unterdrückt den Gedanken. Erträgt das schlechte Gewissen nicht, das er ihr bereitet. *Nach allem, was Oma für mich getan hat, ist dies das mindeste, was ich tun kann.* Sie nimmt das Baby aus dem Wagen. Versucht so, Wiborgs Interesse zu wecken. Aber Wiborg weint nur. Ihr Blick ist abwesend.

»Jetzt geht immer nur diese schreckliche Frau dran, wenn ich anrufe. Sie hört mir nicht zu. Keiner will mir helfen.«

In der Abenddämmerung bewegt sich Dagmar mühsam auf Veras Bett zu. Vera beobachtet ihre schlurfenden Schritte. Denkt daran, dass Dagmar schneller lief als sie, als sie noch jung waren. Immer auf den Beinen, immer rastlos. Konnte nicht eine Minute stillsitzen. Dagmar grunzt. Hebt einen Arm, zeigt auf Veras Strickkorb.

Als Nina und Sucdi zur Abendrunde kommen, starrt Wiborg sie böse an. Sie streichelt das Fell ihrer Katze. Jetzt weiß sie, dass das die böse Frau ist, die sie am Telefon peinigt. Ihre Mutter und ihr Vater haben es ihr erzählt.

Petrus blickt Nina, während sie seine Zähne putzt, schreckerfüllt an. Er spuckt gehorsam den Zahnpastaschaum in die Plastikschüssel, die sie ihm unters Kinn hält. Ist eingeschüchtert. Das Gesicht der Sirene wird vom Wasser verzerrt, das sie umfließt. Überall tropft es. *Sie hätten auf See sterben sollen*, sagt sie, ohne den Mund aufzumachen.

Auch Olof scheint Angst vor ihr zu haben. Sogar Edit schweigt, als sie ihre Vorlage wechseln und ihr Gebiss herausnehmen. »Was ist heute Abend mit den Alten los?«, fragt Sucdi, und Nina schüttelt den Kopf. Sie werfen einen Blick in die D6 und stellen fest, dass Monika bereits schläft. Nina hat ihr eine Extradosis Diazepam verabreicht, ohne Sucdi zu informieren oder es in die Medikamentenliste einzutragen.

Bis Joel kommt, will sie Monika möglichst ruhigstellen. Sie schaut zur Uhr. Bald wird Gorana auf der Station anrufen. Mitteilen, dass sie krank ist, so dass Nina die Nachtschicht übernehmen kann.

JOEL

Er passiert den Kreisverkehr im Ortszentrum von Skredsby und fährt an der erleuchteten Tankstelle vorbei. Sie ist eine Insel in einem Meer aus Dunkelheit. Er fährt weiter, am Marktplatz entlang, an dem verlassenen Fußballplatz. Die Straßenlaternen tauchen das Wageninnere in einen giftiggelben Schein, der abwechselnd stärker wird und sich abschwächt. Als er auf den Parkplatz des Nebelfenn fährt, versiegt er schließlich.

Nachdem Björn ihn gestern Abend geweckt hatte, war an Schlaf nicht mehr zu denken gewesen. Joel müsste eigentlich völlig am Ende sein, ist aber noch nie so wach gewesen wie jetzt. Jede Faser in ihm ist angespannt.

Er hat die ganze Nacht mit dem Laptop auf dem Schoß im Bett gesessen. Hat »Exorzismus«, »Besessenheit« und »Nahtoderfahrung« gegoogelt. Ist auf lateinische Zitate gestoßen, widersprüchliche Ratschläge, Gebrauchsanweisungen mit Salz und Salbei. Nichts davon hat ihn so überzeugt, dass er sich mit Zutaten aus dem Gewürzregal bewaffnet hätte.

Joel zieht den Zündschlüssel ab. Im Auto wird es so still wie draußen. Es ist das erste Mal, dass er das Heim nachts sieht. Die heruntergelassenen Jalousien vor dem Fenster seiner Mutter werden vom schwachen Schein der Nachttischlampe erhellt.

Er schluckt einen Anflug von Übelkeit herunter. Denkt an das, was Nina ihm am Telefon erzählt hat. Wenn sie recht hat und dieses Etwas im Körper seiner Mutter ihre Gedanken lesen kann, müssen seine Geheimnisse ihm in Neonschrift auf der Stirn gestanden haben. Das, was an jenem Morgen vor mehr als sechs Jahren geschehen war, wird immer ein Teil von ihm sein.

Er kann nicht fassen, dass ihm das hier wirklich widerfährt. Es ist wie in einem schlechten Film.

Nina wartet hinter den Glastüren des Eingangsbereichs auf ihn. Das ganze Heim scheint auf ihn zu warten. Er hält den Atem an.

Als er die Treppe hochsteigt, entriegelt Nina die Türen. Sie wechseln kein Wort, nicken einander nur zu. Die Eingangshalle liegt im Dunkeln. Das einzige Licht kommt von den Fluren der Stationen A und D und einer einsamen Wandlampe auf dem Treppenabsatz eine halbe Etage tiefer. Er fragt sich, was sich wohl im Keller des Heims befindet. Als er dorthin sieht, scheint die Lampe aufzuflackern, aber ganz sicher ist er sich nicht. Nina liest ihre Zugangskarte ein, und gemeinsam betreten sie die Station D.

Hier ist es geradezu unheimlich ruhig und still. Es ist ganz anders als tagsüber. Er sieht hoch zu den Neonröhren. Sie flackern nicht.

»Wir können uns ja erst einmal besprechen«, sagt Nina und geht vor ihm in den Personalraum.

Sie setzen sich, und sie reicht ihm eine Tasse Kaffee. Er nimmt sie, obwohl er das Koffein kaum nötig hat.

»Guck mal, das ist es, wovon ich gesprochen habe«, sagt sie und zieht einen gefalteten Zettel aus der Hosentasche.

Es ist eine Seite aus einem Collegeblock, von oben bis unten vollgekritzelt. Daten und gelegentlich die Uhrzeit am linken Rand sind unterstrichen. Dieses Protokoll der Vorkommnisse zu sehen, macht realer, was geschehen ist, und trotzdem ist es schier unfassbar.

Seine Mutter hat die anderen Heimbewohner angesteckt. Sowohl Lillemor als auch Anna hatten sich vor dem Neuen, das ins Heim – in *ihr* Heim – gekommen war, gefürchtet.

»Es ist meine Schuld, dass sie gestorben sind«, sagt er. »Ich habe meine Mutter hergebracht.«

»Du konntest es nicht wissen. Und sie können auch an natürlichen Ursachen gestorben sein. Sie waren alt und …«

»Aber das glaubst du nicht wirklich, oder? Ich tue das nämlich nicht.«

Nina sieht ihn einen langen Moment an.

»Nein«, sagt sie schließlich. »Anna und Lillemor hatten es durchschaut.«

»Es weiß auch schon, dass wir es durchschaut haben«, sagt Joel.

Als ihm die Bedeutung seiner Worte vollends bewusst wird, verspürt er einen Brechreiz.

»Wir können das alles immer noch ignorieren«, gibt Nina zu bedenken. »Wir wissen ja noch nicht einmal, was wir tun können.«

Joel betrachtet ihre dunklen Augenringe. Sie hat vermutlich auch kaum Schlaf gefunden.

»Willst du das?«

Nina senkt den Blick.

»Nein. Ich kann die alten Leute nicht im Stich lassen. Vor allem nicht Monika. Wir müssen herausfinden, was es will. Irgendetwas muss es ja sein.«

»Bist du sicher? Vielleicht ist das alles ja auch bloß ein spaßiger Zeitvertreib.«

Er probiert ein Lächeln.

»Es ist sowieso zu spät für mich, jetzt noch einen Rückzieher zu machen«, sagt Nina. »Ich wollte es zuerst gar nicht erwähnen, aber es … es ist heute Morgen bei mir zu Hause gewesen. Ich habe einen Schatten wahrgenommen.«

Ein erneuter Brechreiz. Joel erschauert. Stellt die Kaffeetasse ab.

»Bei mir war es heute Nacht«, sagt er.

Sie sehen sich an.

»Wenn es versucht, uns Angst zu machen, hat es auch vor uns Angst«, sagt Nina. »Es will uns schwächen.«

Joel nickt. Wünscht, er könnte das glauben.

Er steht auf. Seine Beine zittern. In den Fingerspitzen kribbelt es.

»Wenn es sowieso Gedanken lesen kann, hat es ja gar keinen Zweck, noch mehr darüber zu reden. Je mehr wir versuchen, uns zu wappnen, desto mehr hat es zu erbeuten. Oder?«

Nina erhebt sich ebenfalls. Sie legt eine warme Hand auf seine Schulter.

»Bist du bereit?«, fragt sie.

Er erwidert nichts. Das ist nicht nötig.

Keiner von ihnen ist bereit, aber das werden sie auch niemals sein.

Sie gehen auf den Flur. Die Neonröhren surren, und als Joel zur Decke hochblickt, flackert das Licht.

»Fahr zur Hölle!«, ruft er.

Aber sein Fluch hallt hohl in ihm wider. Er weiß, dass das, was ihnen zu Apartment D6 folgt, es auch hören kann.

Als Nina und er vorbeigehen, wird eine Tür einen Spaltbreit geöffnet. Etwas in der Dunkelheit dahinter bewegt sich. Weiße Haarsträhnen und trübe Augen schimmern auf. Eine kleine Hand, die krampfhaft die Klinke umklammert.

»Guten Tag.« Die Tür gleitet noch ein kleines Stückchen weiter auf. »Mein Name ist Edit Andersson, ich bin Sekretärin von Direktor Palm.«

»Hej, Edit«, sagt Nina. »Es ist mitten in der Nacht, gehen Sie lieber wieder schlafen.«

Joel wirft ihr einen Blick zu. Sie klingt so ruhig. So professionell. Vielleicht ist ihr dieses routinierte Benehmen nach den vielen Jahren hier im Nebelfenn schon in Fleisch und Blut übergegangen.

Edit Andersson wankt hinaus auf den Korridor. Hält sich mit Hilfe der Türklinke aufrecht. Ihr gekrümmter Rücken blitzt zwischen den Knöpfen auf der Rückseite des Nachthemds auf. Blasse Haut und Pigmentflecken.

»Guten Tag. Mein Name ist Edit Andersson, ich bin Sekretärin von Direktor Palm.«

Nina beugt sich zu ihr hinunter und klemmt sie sich, freundlich, aber bestimmt, unter den Arm.

»Wir gehen jetzt zu Bett«, sagt sie zu ihr.

Edit aber schüttelt den Kopf.

»Guten Tag«, sagt sie und starrt Joel an. »Mein Name ist Edit Andersson, ich bin Sekretärin von Direktor Palm, und Sie müssen sofort damit aufhören, sonst bekommt er seinen Willen.«

Nina schnappt nach Luft. Ist wie erstarrt. Joel wagt kaum, zu atmen.

»Was haben Sie gesagt, Edit?«

Edit blinzelt. Schaut zu den Neonröhren hoch. Blickt dann Joel an.

»Guten Tag. Mein Name ist Edit Andersson, ich bin Sekretärin von Direktor Palm.«

»Edit«, sagt Nina eindringlich. »Edit, wissen Sie etwas über ...«

»Guten Tag. Mein Name ist Edit Andersson, ich bin Sekretärin von Direktor Palm.«

Joel bleibt im Flur stehen, während Nina Edit zurück in die D3 geleitet. Er starrt auf den PVC-Boden, während das Licht um ihn herum flackert. Versucht, sich nicht zu fragen, ob das Schatten sind, die er aus dem Augenwinkel erblickt. Er sieht erst wieder hoch, als Nina wieder aus der D3 kommt.

Sie gehen weiter zu Apartment D6. Bleiben vor der Tür stehen. Das Surren der Neonröhren. Ninas Atmung neben ihm. Das Blut, das ihm in den Ohren rauscht, ein Rauschen, das rasch anschwillt und sich wieder abschwächt.

Schließlich öffnet Nina die Tür.

Im Zimmer ist es eiskalt. Nur die Nachttischlampe brennt. Taucht das Gesicht seiner Mutter in harte Schatten. Ihre Augen sind so tief in den Schädel eingesunken, dass er sie kaum mehr sehen kann.

»Endlich«, flüstert sie. »Ist es jetzt so weit?«

NINA

Es ist so kalt, dass beim Ausatmen kleine Wölkchen aus ihrem Mund kommen müssten. Aber vielleicht ist es ja gar nicht das Zimmer, das so kalt ist. Vielleicht ist es sie selbst: schockgefroren, vor Angst wie erstarrt.

Nina betrachtet den ausgemergelten Körper im Bett. Die aufgesprungenen Lippen. Das platt herunterhängende Haar. Das, was Monika da in Besitz genommen hat, ist ein Parasit, der ihr jegliche Kraft raubt. Der ihr Fleisch aufgezehrt hat, bis nur noch ein hautbespanntes Skelett übrig ist.

»Wir wollen mit Monika sprechen«, sagt Nina.

Joel sinkt schwer in den Sessel. Er ist blass, hat die Hände in den Taschen seiner Jeans vergraben, um ihr Zittern zu unterdrücken.

»Wenn du uns hören kannst, Mama …«, beginnt er.

Dieses Etwas im Bett gibt einen gekünstelten, gackernden Laut von sich.

»Sie ist nicht mehr da. Ich bin sie endlich losgeworden.«

»Ich glaube dir nicht. Sie hat versucht, Hilfe zu rufen«, entgegnet Joel.

»Das war, bevor ich stärker geworden bin. Am Ende hat die Sau aufgegeben. Es gibt nur noch Ninas Mutter und mich.«

»Meine Mutter hat damit nichts zu tun.«

Nina starrt die fremden Augen an. Und ein anderer Ausdruck zieht über das Gesicht auf dem Kissen.

»Nein, das ist dir wohl inzwischen klar. Aber spielt das eine

Rolle, Nina? Sie sucht dich doch trotzdem noch heim, oder? Du weißt, was du getan hast. Was würde Joel wohl dazu sagen, wenn er es wüsste?«

Die Stimme wird tiefer, wie bei einem Tonband, das zu langsam abgespielt wird.

Nina beugt sich über das Bett. Ein widerlicher Geruch steigt von dem Körper auf.

»Wir wissen, dass du da drinnen bist, Monika«, sagt Nina und bemüht sich, ihre Stimme fest klingen zu lassen. »Wir wollen dir helfen.«

Wieder ein gackerndes Lachen. Ein Lachen, wie es ihnen aus unzähligen Horrorfilmen, Albträumen und Märchen bekannt ist. Es ist nicht die Spur echt. Und plötzlich geht Nina ein Licht auf. Dieses Etwas, das dort im Bett liegt, spielt nur Theater. Entspricht dem Bild ihrer Erwartungen. Das ist nicht sein natürliches Benehmen.

»Kluges Mädchen«, sagt das Wesen im Bett und nickt. »Ein bisschen muss man sich ja aufspielen. Ihr habt keine Chance zu erkennen, was ich wirklich bin.«

Mühsam setzt sich das Wesen auf. Wirkt diesmal aufrichtig amüsiert. Wendet nicht den Blick von ihr ab. Nina weicht ein paar Schritte zurück.

»Ich glaube, dass du es uns erzählen willst«, sagt Joel. »Wenn du uns Angst machen willst, dann tu es doch!«

Joel versucht, stark und furchtlos zu klingen, aber es kommt nicht im Geringsten überzeugend rüber. Nina muss nicht erst Gedanken lesen können, um zu erraten, dass er kurz vor einem Nervenzusammenbruch steht.

Keine Antwort. Das Wesen sieht weiterhin Nina an. Das kleine bisschen Mut, das sie aufgebracht hatte, droht sie schon wieder zu verlassen. Sie würde alles dafür geben, dass sich diese Augen von ihr abwenden.

»Bist du ein Dämon? Der Teufel?«, fährt Joel fort.

»Ach, Joel. Ich hätte nicht gedacht, dass du so konservativ bist.«

Das, was einmal Monika gewesen ist, wendet endlich seinen Blick von Nina ab. Bohrt ihn stattdessen in Joel.

»Ihr könnt das nicht verstehen. Ich kann es euch nur demonstrieren. Soll ich es dir demonstrieren, Joel?«

Jetzt sieht auch Nina Joel an. Er zittert. Es ist nur eine Frage von Sekunden, bis er zusammenbricht.

Sie muss die Stärkere von ihnen beiden sein.

»Es interessiert mich nicht, was du bist«, sagt sie. »Ich will wissen, warum du Monika das antust.«

Das Etwas im Bett dreht so schnell den Kopf, dass Monikas Nackenwirbel knacken. »Glaubst du wirklich, dass das etwas mit Monika zu tun hat? Dass sie es war, war nur ein Zufall.«

Die Pupillen in den Augenhöhlen glitzern. Es genießt die Situation. Joel hat recht. Es will sein Geheimnis preisgeben.

»Ich bin nur ein Anhalter, der aus dem Jenseits mit ihr hergekommen ist«, sagt es.

Die Worte lassen Nina bis ins Innerste erstarren.

»Nur ein Anhalter«, trällert das Wesen mit brüchiger Stimme. »Ein Wanderer, der seine Chance ergriffen hat.«

Ein Anhalter.

Nina weiß nicht, weshalb, aber diesmal ist sie sich sicher, dass es die Wahrheit sagt. Die Logik dahinter ist schrecklich einleuchtend. Dieses Etwas hat Monika wie eine Krankheit heimgesucht.

Monika war nie eine Auserwählte. Sie war nur gerade zufällig verfügbar. Das ist alles.

»Und die anderen Alten?«, fragt Nina. »Was hast du mit denen gemacht?«

»Ich habe sie mir geliehen, wenn Monika Entlastung brauchte. Sie haben mich hereingelassen. Ihre Sinne sind weit geöffnet.«

»Weil sie krank sind«, sagt Nina. »Sie konnten dir nichts entgegensetzen.«

»Sie sind weniger krank, als ihr es seid. Sie können das sehen, vor dem ihr die Augen verschließt, bevor ihr das Gehen erlernt.«

Monikas Augen werden schmal. Und plötzlich hat Nina das Gefühl, als sei sie drauf und dran, in eine Falle zu tappen.

Warum erzählt es uns das alles? Raubt ihm das denn nicht seine Macht?

»Sieh dich um«, fordert der Anhalter sie auf. »Das, was du Wirklichkeit nennst, ist nur ein Bruchteil von dem, was sich darin rührt. Die Alten wissen das.«

Ninas Augen schweifen erneut durch den Raum, bevor sie damit innehält. Die Schatten rings um den Schein der Nachttischlampe scheinen ineinanderzufließen.

Schwindel erfasst sie. Der Nachttisch. Das Metall des Bettgitters. Die Muster an den Wänden. All das Alltägliche, Gewöhnliche. Es ist nur eine dünne Schicht. Eine Schicht, die andere Schichten verbirgt, unendliche Tiefen.

Als der Anhalter nickt, knirscht und knackt es in Monikas Nacken.

»Aber jetzt seid ihr reif, um zu sehen. Ich habe euch die Antworten suchen lassen. Das war die einzige Möglichkeit, euch von dem zu überzeugen, was zu verleugnen ihr gelernt habt.«

Der Mund verzieht sich zu einem boshaften Grinsen. Auf der Unterlippe platzt eine wunde Stelle auf.

Nina wendet den Blick ab. Sieht Joel an, der sich im Sessel vor und zurück wiegt.

Und sie begreift, was der Anhalter meint. Wenn ihnen davon erzählt worden wäre, hätten sie es niemals geglaubt. Sie mussten selbst nach Hinweisen suchen. Ihren eigenen Verstand hinterfragen und weiter nach Anzeichen Ausschau halten, Muster erkennen. Sie haben dem Anhalter die ganze Zeit in die Hände gespielt.

Und jetzt sind sie reif. Der Anhalter hat sie kleingekriegt. Sie empfänglich gemacht.

In dieser Gedankenkette gibt es einen nächsten Schritt. Eine Erkenntnis, vor der sie, solange es geht, die Augen verschließen muss.

»Hau ab von hier!«, sagt Nina.

»Das habe ich auch vor. Ich will weiter, hinaus in diese Welt. Nur du wirst Jahr um Jahr hierbleiben. Sogar die Alten besitzen ja noch genügend Verstand, zu sterben, um diesem Ort hier entrinnen zu können.«

Der Anhalter leckt sich Monikas trockene Lippen. Seine widerliche graue Zunge sieht aus, als wäre sie im Begriff, sich im Mund aufzulösen.

»Du solltest aufgeben, Nina. Niemand liebt dich. Noch nicht einmal deine eigene Familie. Und weißt du, was noch schlimmer ist? Du liebst sie auch nicht. Und bist zu feige, das zuzugeben.«

»Das ist nicht wahr!«, wendet Joel ein und schaut zu Nina. »Denk dran. Es will dich nur terrorisieren.«

Sie nickt.

Der Anhalter lächelt wissend.

Sie liebt Markus nicht mehr. Hat es vielleicht nie getan. Hat nur den bequemen Weg gewählt, den sicheren. Das *Zu-wissen-was-man-hat*. Und Daniel? Was, wenn der Anhalter recht hat? Wenn Daniels ständige Zurückweisungen ihre Liebe zu ihm geschwächt haben?

Dabei soll eine Mutter ihr Kind doch bedingungslos lieben.

»Siehst du?«, bemerkt der Anhalter. »Es war alles umsonst.«

Doch Nina hört kaum zu, was er sagt.

Mit ihr stimmt etwas nicht. Daran muss es liegen. Sie enttäuscht alle, die sich auf sie verlassen.

Sie ist wertlos. Ein Wrack.

Aus dem Augenwinkel sieht sie einen Schatten. Es ist Joel, der aufgestanden ist. Er packt Monika an ihren mageren Schultern, schüttelt sie.

»Halt die Klappe!«, ruft er. »Ich weiß, dass du da drinnen bist, Mama! Zeig dich! Du musst mir sagen, was ich tun soll!«

Er klingt wie ein Kind.

Nina bringt kaum mehr als ein Flüstern heraus: »Sei vorsichtig, Joel, du tust ihr noch weh.«

»Bitte, Mama! Komm zurück!«

Er ist zerbrochen. Und Nina kann vor der Erkenntnis nicht länger die Augen verschließen.

Durch die Risse bricht das Chaos herein.

Wir sind das Ziel. Es will von einem von uns Besitz ergreifen. Deshalb macht es das alles mit uns. Es ist die ganze Zeit um uns gegangen.

Das Wesen bricht in Gelächter aus. In Monikas Nacken knackt etwas. Joel lässt sie los, als ob er sich verbrannt hätte.

»Nina hat es jetzt kapiert. Was soll ich auch noch mit deiner alten Mutter? Hier liegen, bis ihr Körper vor Altersschwäche stirbt und ich dorthin zurückgesandt werde, wo ich herkomme?«

Nina starrt das Wesen an. Versucht, keine Miene zu verziehen. Versucht, noch nicht einmal an das zu denken, was ihr gerade klargeworden ist. – Es hat sich verplappert.

Man kann es zurückschicken. Aber dann müssen wir Monika töten.

Bei dem Gedanken dreht sich ihr der Magen um. Das ist keine Option.

»Ist es nicht?«, fragt der Anhalter. »Aber du bist doch schon eine Mörderin. Du hast deine Mutter umgebracht.«

Nina merkt, dass Joel sie ansieht, aber sie bringt es nicht über sich, seinem Blick zu begegnen.

Auf einmal kann sie das Gesicht des Anhalters hinter Monikas erahnen und weiß, dass sie nie wieder ein ganzer Mensch sein wird, wenn sie sein wahres Ich zu sehen bekäme. Alles, was sie zusammenhält, würde zerfallen.

Sie zwingt sich dazu, jeden Gedanken daran auszublenden.

Jetzt sieht sie nur wieder Monikas Gesicht vor sich. Es zeigt ein Stirnrunzeln.

»Sie will mich auch umbringen, Joel«, sagt es mit Monikas Stimme. »Du musst mich retten.«

Nina schaut zu Joel hinüber. Sieht den Zweifel in seinem Blick.

»Nein«, sagt sie, »das ist nicht wahr.«

Aber plötzlich zweifelt auch sie. Im Grunde genommen geht es doch darum, den Anhalter aufzuhalten. Um der anderen Alten willen, um Joels und ihretwillen. Und um Monikas willen. Wer weiß, was sie jetzt gerade durchmacht?

Draußen auf dem Flur beginnt ein Alarm zu piepen. Dann noch einer und noch einer.

»Bleib hier bei Monika«, sagt Nina zu Joel, bevor sie sich umdreht und hinauseilt.

NEBELFENN

Sowie Bodil Nina auf dem Flur erblickt, fängt sie an zu schreien. Läuft so schnell, wie ihre Beine es zulassen, zu ihr.

Aus nahezu allen Apartments ertönt der Alarm.

Wiborg legt den Hörer auf und steigt aus dem Bett. Auf Fußbodenhöhe ist es kalt. Es ist Winter, und ihr Vater hat an diesem Morgen noch kein Feuer im Ofen gemacht. An den Ästen vor dem Fenster sitzen noch gefrorene Äpfel, blauweißer Schnee liegt schwer auf den Fensterbrettern. Die Katze streicht miauend um ihre Beine, Wiborg nimmt sie auf den Arm. Das Fell wärmt ihre Brust. Wiborg öffnet die Haustür und sieht hinaus. Hört es von überallher piepen. *Da ist sie.* Die böse Frau, die sie nicht mit ihren Eltern sprechen lässt.

Petrus klettert mit Hilfe seiner kräftigen Arme zu Boden. Löst den Katheterbeutel vom Bettrahmen. Er schleift hinter ihm her, während er zur Tür vorwärtskriecht und sich auf seine Beinstümpfe stellt, so dass er die Türklinke herunterdrücken kann. Er kriecht weiter in den Flur.

Olof liegt noch in seinem Bett in der D7. Die Frau in dem roten Kleid ist wütend auf ihn, weil er ihr nicht hilft. Gleich geht die Fähre. Aber er will nicht mit. Irgendetwas stimmt nicht. Für Sommertouristen ist es zu kalt. Sie sollten gar nicht hier sein.

Edit hält sich in ihrem Zimmer die Ohren zu. Weiß, dass Direktor Palm dort draußen ist. Nach ihr sucht. Sie muss ganz still sein.

Dagmar hält Vera den Strickkorb hin. Beugt sich hinunter und küsst ihre Lippen. Diese einfache Berührung birgt so viele Erinnerungen. An lange faule Sommertage in dem Haus im Wald. Die Wirklichkeit konnte sie dort nicht einholen, sich nicht zwischen sie drängen. In ihrem sonnendurchfluteten Vakuum war alles unkompliziert. Veras Mann war weit weg. Sie mussten nicht vorgeben, Schwestern zu sein. Mussten nichts verbergen. Aber hier dürfen sie nie in Frieden sein, werden ständig bewacht, mit Plastikhandschuhen betatscht, zum Essen und Schlafen ermahnt. Vera erinnert sich nicht einmal mehr daran, wie sie hierhergeraten sind. Manchmal kommt es ihr so vor, als seien sie schon immer hier gewesen, und alles andere ist nur ein Traum.

»Ich kann nicht«, sagt Vera leise. Aber es fällt ihr schwer, Dagmar etwas abzuschlagen. Und Vera weiß auch, dass sie es sein muss, die das tut, ihr Körper hat noch mehr Kraftreserven als Dagmars.

Dagmar flüstert sanft: »Wenn die beiden es nicht tun, müssen wir ihm helfen.« Sie zieht eine Stricknadel aus den Maschen und reicht sie Vera. »Dann wird alles wieder wie früher.«

Bodil ist es gelungen, Nina auf den nackten Fußboden herunterzuziehen. Sie kratzt und kneift. Aus ihren Augen lodert Hass. Nina will ihrem Liebhaber Schaden zufügen.

Wiborg weint hysterisch. Fällt auf die Knie. Zieht mit kleinen geballten Fäusten an Ninas Kleidern.

Petrus bewegt sich mit schnellen Armbewegungen auf sie zu.

Nina erhascht einen Blick auf Dagmar und Vera am Ende des Flurs.

Dagmar. Sie kann gehen.

Der Alarm piept unaufhörlich.

Bodils Finger schließen sich um Ninas Hals.

JOEL

Joel sitzt reglos im Sessel. Wenn er sich nicht rührt, dem Zittern nicht nachgibt, spürt er die Kälte nicht so sehr.

Er hört Lärm auf dem Flur, wendet aber nicht seinen Blick von dem Wesen im Bett ab.

»Es ist deine Schuld, dass Monika nicht mehr da ist«, sagt der Anhalter.

Joel schüttelt den Kopf.

»Du hast sie zurück in diese Welt begleitet«, sagt er. »Ich habe nicht darum gebeten.«

»Aber dank dir konnte ich überhaupt erst mit ihr kommen. Du warst an dem Infarkt schuld. Sie hat sich deinetwegen so viele Sorgen gemacht, dass sie krank geworden ist.«

Joel schüttelt abermals den Kopf. Seine Zähne klappern in einem Anfall von Schüttelfrost.

Das stimmt nicht. Es will mir nur Panik einjagen.

»Doch, doch«, sagt der Anhalter hämisch. »Nicht nur Monika musste deinetwegen leiden. Du bist ein Mörder. Du hast jemanden getötet und das Leben aller in seinem Umfeld zerstört.«

»Ja. Aber ich will jetzt mit meiner Mutter sprechen«, entgegnet Joel.

Sie ist irgendwo da drinnen. Er weiß es. Und sie soll keine Sekunde glauben, dass er aufgegeben hat.

»Dies alles kann ein Ende haben, wenn du mich nur in dich hineinlässt«, sagt das Wesen mit schmeichelnder Stimme.

Draußen auf dem Flur ist unverständliches Gebrüll zu hören. Joel betrachtet die Hände seiner Mutter auf der Bettdecke. Die blauen Adern unter der Haut.

»Wäre es nicht herrlich, alles loslassen zu können?«, sagt der Anhalter. »Dich nicht mehr mit dir selbst herumschlagen zu müssen? Danach hast du dich doch immer gesehnt, oder?«

Joel merkt erst, dass er weint, als die Tränen auf seinen erkalteten Wangen brennen.

»Du musst nicht länger dagegen ankämpfen.«

Die Bettlaken rascheln, als der Körper seiner Mutter näher an das Fußende des Bettes rutscht. Er weicht unwillkürlich zurück, presst sich an die Rückenlehne des Sessels.

Die Nachttischlampe sprüht Funken. Der Schein wird heller. Blendet ihn.

Er verspürt einen Druck auf seinem Schädel. Noch mehr davon, und seine Trommelfelle werden platzen. Die Lampe sprüht immer stärker. Erlischt dann mit einem kleinen, hohl klingenden Knall.

Plötzlich umgibt ihn tiefe Dunkelheit. Die Geräusche aus dem Flur sind gedämpft, verebben. Die Welt außerhalb des Zimmers hört auf zu existieren. Er spürt die Kälte nicht mehr.

Schwarze Schatten flattern provozierend vor seinem Gesicht umher. Der Raum scheint sich aufzulösen. Joel weiß nicht länger, wo oben und unten ist, oder ob das überhaupt von Bedeutung ist.

Abgrundtiefe Finsternis droht ihn zu verschlingen.

»Joel?«, flüstert der Anhalter dicht neben ihm. »Lass mich ein. Dann kannst du Monika wiedersehen. Kannst ihr all das sagen, was du ihr hattest sagen wollen.«

»Nein.«

»Du bist schon auf halbem Wege. Du musst nur nachgeben.«

Und Joel merkt, wie leicht es doch wäre, der Finsternis Einlass zu gewähren. Sich von ihr erfüllen zu lassen.

Aber er will nicht. Die Stärke und Klarheit dieses Gefühls überrascht ihn. Wie einfach die Entscheidung doch ist. Er will leben.

Mit einem Knistern geht die Nachttischlampe wieder an. Taucht das Zimmer in einen blitzlichtartigen Schein. Er kann die Augen seiner Mutter sehen, die ihn vom Bett aus anblicken. Eine Schattengestalt, die hinter ihr über die Wand klettert. Es wird erneut dunkel.

»Es wird nicht wehtun. Du wirst einfach aufhören zu existieren.«

Die Stimme klingt immer noch sanft, nun aber liegt ein Anflug von Ungeduld darin. Der Faden der Glühlampe hat sich in seine Netzhaut eingebrannt. Tanzt durch die Dunkelheit, als seine blinden Augen sich bewegen.

»Du weißt, dass du es willst«, lockt ihn die Stimme; sie ist ihm so nahe, dass er einen widerlichen Atem wahrnehmen kann.

»Nein.«

Die Lampe flammt erneut auf. Seine Mutter starrt ihn starr vor Angst an. Ihr Gesicht ist schweißbedeckt.

Joel hebt eine Hand zum Mund.

»Lass los«, fordert der Anhalter ihn auf. »Kehr in die Dunkelheit zurück.«

Joels Lippen unter seinen Fingerspitzen haben sich bewegt. Der Anhalter hat durch ihn gesprochen. War in ihm.

Abermals umfängt ihn Grabeskälte. Seine Mutter schlingt die Arme um sich. Blickt sich im Zimmer um. Atmet schwer.

»Joel?«, sagt sie.

»Mama?«

Bist du das? Bist das wirklich du?

Sie öffnet ihren Mund zu einem Schrei.

NINA

Der Schrei aus der D6 durchfährt sie wie ein Messerstich. Es ist ein Geräusch, das durch Mark und Bein geht.
Genau wie bei Daniel, wenn er Nachtschreck hatte ...
Bodils Würgegriff lockert sich. Nina macht einen gierigen Atemzug, ihr schmerzt der Hals.

Es gelingt ihr, sich aufzurappeln. Ihr zu Füßen liegt Petrus auf dem Bauch. Sieht sie verwirrt an. Dagmar ist ein Stück entfernt auf dem Flur zusammengebrochen. Das, was ihren Körper aufrecht gehalten hat, hat sie verlassen. Vera sitzt neben ihrer Schwester in der Hocke. Schnieft leise.

Der Schrei aus der D6 erstirbt. Ninas Körper ist in hellem Aufruhr. Ihr Gesicht brennt, und als sie mit den Fingerkuppen die Stellen abtastet, wo Bodil sie gekratzt hat, werden sie blutig.

Das alles dient nur zur Ablenkung.
Und jetzt ist Joel mit Monika allein.
Nina läuft zurück zur D6. Spürt sofort, dass die Kälte aus dem Apartment gewichen ist.

Monikas Augen sind weit geöffnet, aber wie blind. Sie schlägt um sich. Das Haar an ihren Schläfen ist schweißnass. Die Atmung abgehackt.

Genau wie Daniel, als er Nachtschreck hatte.
Joel sitzt neben Monika im Bett. Sieht mit Tränen in den Augen zu Nina hoch.

»Ich glaube, dass sie es ist«, sagt er. »Sie ist wieder sie selbst.«

Nina rennt zum Telefon, ruft auf Station B an.

»Ich hab hier eine Krisensituation«, keucht sie, sowie sich Adrian meldet. »Ich muss mich um Monika in der D6 kümmern. Kannst du mir solange mit den anderen helfen?«

Sie legt auf, kaum dass Adrian versprochen hat, schnell zu kommen. Er wird sich wundern, warum so viele der Alten draußen auf dem Flur sind, wird aber nicht besonders lange darüber nachgrübeln. Oberflächlich betrachtet ist das nicht viel seltsamer als so vieles andere, was im Nebelfenn vor sich geht.

Nina tritt ans Bett. Wechselt einen Blick mit Joel und lässt sich auf Monikas anderer Seite nieder. Legt die Arme um sie. Monika windet sich in ihrer Umarmung und versucht, sich zu befreien, genau wie früher Daniel. Nina umarmt sie nur noch fester, flüstert ihr tröstende Worte ins Ohr. Monika riecht säuerlich und abstoßend, trotzdem küsst Nina ihre feuchte Schläfe.

Schließlich kommt Monika zur Ruhe. Fängt an zu weinen. Will etwas sagen, aber es ist schwer, sie durch ihr Schluchzen zu verstehen. Ihre Stimme klingt gepresst.

Endlich kann Nina die Worte erfassen.

»Ihr müsst mich töten. Bitte, tötet mich!«

JOEL

Joel ist sich vage bewusst, dass Nina ihn beobachtet, aber der angsterfüllte Blick seiner Mutter drängt alles andere in den Hintergrund.

»Ich will sterben dürfen«, flüstert seine Mutter. »Ich ertrage all das nicht mehr. Ich kann nicht mehr.«

Joel greift nach ihrer Hand. Er weint so heftig, dass ihm das Atmen schwerfällt.

»Das kann ich nicht«, sagt er. »Du musst verstehen, dass ich das nicht kann.«

»Er braucht mich immer noch. Ohne mich kann er nicht hierbleiben.«

»Es ist vorbei. Er ist fort«, sagt Joel.

Aber das ist Wunschdenken, das weiß er. Sie haben nicht viel Zeit. Und er möchte so vieles sagen. So vieles wissen.

»Er kann jeden Augenblick wiederkommen«, sagt seine Mutter. »Ich kann ihn nicht fernhalten …«

Verzweifelt blickt sie ihn an. Joel kann deutlich sehen, dass es jetzt sie ist. Nur sie.

Das ist Mama.

»Es ist ihm fast gelungen, dich zu überreden. Das hab ich gespürt«, bringt sie heraus. »Du darfst ihm nicht glauben. Du ahnst ja nicht, was es heißt, dort festzusitzen und die ganze Zeit zu wissen … Du ahnst ja nicht, wie das ist … diese schrecklichen Dinge zu sagen und … und Dinge zu tun wie …«

Sie stolpert über ihre Worte, bis ihr die Luft wegbleibt.

»Er hat mich ebenfalls getäuscht, hat mich glauben gemacht, er wäre Nils«, fährt sie fort. »Aber das ist er nicht ... Er ist noch nicht mal ein Mensch. Ist es nie gewesen.«

Seine Mutter bricht wieder in haltloses Schluchzen aus. Schüttelt verzweifelt den Kopf.

»Wir finden eine Lösung, Mama. Irgendwie muss es gehen.«

Doch seine Worte klingen hohl, das hört er selbst.

Seine Mutter wendet sich an Nina. »Deine Mutter ... sie ist nie hier gewesen ... Das hat er nur erfunden.«

Nina zieht sie näher an sich heran. »Ich weiß«, sagt sie.

»Du musst mir helfen. Ich flehe dich an«, sagt seine Mutter. »Ich habe keine Angst vor dem Tod.«

Joel will Nina anschreien, ihr kein Gehör zu schenken. Aber Nina nickt still.

»Er will zu euch«, sagt seine Mutter und sieht Joel wieder an. »Er nimmt den von euch, der ihm als Erstes Zugang gewährt.«

Sie beugt sich vor. Hustet.

»Ich werde diese Sache sowieso nicht überleben, begreifst du das nicht?«

Nina streichelt ihren Rücken und sucht Joels Blick.

»Nein«, sagt er und steht auf, zerrt Nina mit sich in die kleine Diele.

»Joel ...«, flüstert sie.

»Bist du denn völlig verrückt geworden?«

»Und was ist, wenn es die einzige Möglichkeit ist?«, flüstert Nina.

Ungläubig starrt er sie an. Im Zimmer hustet seine Mutter erneut.

»Ich kann das nicht«, sagt er.

»Nein. Aber ich kann es.«

Jetzt weint auch sie. Auf dem Flur wird eine Tür geöffnet und wieder geschlossen. Der Alarm piept weiter.

»Hör mir zu, Joel. Wir haben Insulinspritzen hier auf der Station. Wenn sie genügend Einheiten bekommt ...«

»Hörst du nicht, was du da sagst?«

»Sie wird nichts davon merken. Sie wird einschlafen. Und niemandem wird es auffallen.«

»Dass wir sie *ermordet* haben?«

»Sie will es so. Wenn sie gekonnt hätte, hätte sie es selbst getan.«

Er schüttelt den Kopf.

»Das ist die einzige Möglichkeit«, fährt sie fort. »Der Anhalter hat sich verplappert. Er wird mit ihr zusammen gehen.«

»Ich habe meine Mutter gerade erst wiederbekommen«, sagt Joel. »Ich habe sie gerade erst wiederbekommen, und es darf ... es darf nicht ...«

Es darf nicht zu spät sein. Ich muss sie behalten dürfen. Ich brauche sie doch.

»Joel ...«, sagt Nina. »Sollte sie das nicht selbst entscheiden dürfen? Sie quält sich so sehr!«

Seine Mutter im Zimmer ist verstummt. Ob sie sie wohl belauscht?

»Es ist auch um der anderen willen«, sagt Nina. »Und um unseretwillen. Ich will nicht, dass dieses Etwas von mir Besitz ergreift.«

»Nina, verdammt, ich will davon nichts mehr hören.«

Joel schlägt die Hände vor das Gesicht. Versucht, gleichmäßig zu atmen. Als er die Hände wieder sinken lässt, sieht er, dass seine Mutter sich aus dem Bett erhoben hat.

Sie steht mitten im Zimmer. Blickt sie mit großen, ängstlichen Augen an. Und Joel erzittert unter einem plötzlichen Anfall von Schüttelfrost.

»Er ist wieder da«, sagt seine Mutter. »Gott steh uns bei, er ist wieder da!«

NINA

Erneut breitet sich Kälte im Zimmer aus. Der kalte Sog, der die Luft nun wieder erfüllt, ist jetzt noch furchteinflößender, nachdem Nina einen Namen für die Erscheinung hat. *Der Anhalter.*
»Ich muss hier weg«, flüstert Monika.
Joel macht einen Schritt auf sie zu. Sie reißt den Mund auf zu einem stummen Schrei. Schlägt ihm ins Gesicht.
»Monika …«, sagt Nina und geht ins Zimmer.
Als Monika sich umdreht und ihr einen Stoß versetzt, geschieht das mit solcher Kraft, das Nina völlig überrumpelt wird. Sie schwankt rückwärts, verliert das Gleichgewicht. Verspürt einen harten Schlag im Nacken. Sie liegt auf dem Boden. Blickt zu der scharfen Kante des Nachttisches hoch. Am Rand ihres Gesichtsfeldes tauchen schwarze Wolken auf. Verschmelzen miteinander.
Nina hört Monika erneut schreien. Ein Stuhl kippt um. Die Temperatur scheint um weitere Grade zu fallen, aber Nina kann nicht sagen, ob die Kälte von außen auf sie einwirkt oder sie von innen heraus gefrieren lässt.
Die Dunkelheit versucht sie hinabzuziehen, durch eine unsichtbare Strömung wird sie in die Tiefe gesogen.
Nina bemüht sich krampfhaft, sich auf die Ellenbogen hochzurappeln. Durch die schwarzen Wolken tritt das Zimmer hervor. Sie kann sehen, wie sich Monika aus Joels Griff befreit und zur Tür rennt, wie Joel ihr nachsetzt. Nina kommt

auf die Beine, stützt sich am Bett ab. Stolpert über den umgekippten Stuhl. Wankt in dem Moment in die Diele, als die Tür zum Flur wieder zuschlägt. Der Knall lässt die Luft vibrieren. Nina folgt ihnen. Greift nach der Türklinke, will sie gerade herunterdrücken, als die Kälte ihren Rücken streichelt.

Etwas ist hinter ihr in der Diele. Sie kann spüren, wie es anschwillt, sich ihr entgegenstreckt, um sie zu umarmen.

Es gelingt ihr, die Tür zu öffnen. Sie stolpert hinaus auf den Flur.

Die Neonröhren flackern, die Welt wird plötzlich zu einem Stummfilm. Eine Schwärze, die sich zwischen jedes Einzelbild schiebt. Eine Dunkelheit, die im selben Rhythmus pocht wie Ninas Herz.

Joel hat Monika eingeholt, die schreit und strampelt, um loszukommen.

Vera steht ein Stück von ihnen entfernt. Sieht sie starr vor Schreck an. Dagmar liegt immer noch auf dem Boden. Grunzt aufgeregt.

Alles geht wie in Zeitlupe vor sich. Die Luft fühlt sich seltsam dicht an.

Ninas Handgelenke werden von starken Fäusten umklammert. Petrus hält sie fest.

Eine Stricknadel rutscht aus dem Ärmel von Veras Nachthemd. Fällt mit einem leisen Klirren zu Boden.

JOEL

Seine Mutter ist ein Bündel aus Haut und Knochen. Verbissen windet sie sich in seinen Armen. Kurze, aber scharfe Nägel bohren sich in seine Haut. Kratzen, bis Blut hervorquillt.

»Lass mich los!«

Seine Mutter versetzt ihm eine Kopfnuss, seine Augenbraue platzt, warmes Blut läuft ihm ins Auge. Und plötzlich ist es ihr gelungen, sich aus seinem Griff zu befreien.

Er versucht, sie in dem flackernden Lichtschein erneut zu fassen zu bekommen. Stolpert über den Stoff ihres Nachthemds, es reißt herunter. Sie hat sich zu Boden geworfen, kriecht schnell vorwärts. Joel wischt sich das Blut aus dem Auge. Sieht, dass seine Mutter neben den Schwestern etwas vom Fußboden aufhebt. Sie kommt hoch auf die Knie.

»Was tust du, Mama?«

»Verzeih mir«, sagt sie.

Dreht sich um. Sieht ihn flehend an.

»Nils wird dort sein. Der wahre Nils.«

Ihre linke Hand umklammert eine schwarze Stricknadel mit einer Metallspitze.

Nein!

Joel läuft die wenigen Schritte zu ihr. Die Metallspitze blitzt auf, als seine Mutter sie sich in den Hals rammt. Ihre Augen weiten sich. Treten aus den Höhlen.

Er schreit auf. Aber es ist zu spät.

Die Stricknadel gleitet aus ihrem Hals. Ein Blutschwall folgt. Nina ruft etwas. Kommt angerannt. Seine Mutter bricht in seinen Armen zusammen. Vera flüstert immer und immer wieder »Verzeihung«.

»Mama?«, hört Joel sich schreien. »Mama!«

Ihre grauen Augen, die seinen so ähneln, sehen mit einem Blinzeln zu den Neonröhren hoch.

Jemand kommt aus einem der Apartments. Fällt neben ihnen auf die Knie. Der junge Typ, der neulich Gitarre gespielt hat. Er presst die Hände auf den Hals seiner Mutter. Blut quillt zwischen seinen Fingern hervor, die viel zu sonnengebräunt und lebensvoll wirken neben der fahlen Haut seiner Mutter; sie wird mit jedem Herzschlag blasser.

Das Blut ist nicht länger Teil eines inneren, geschlossenen Kreislaufs. Es schimmert rot im Licht des Flurs. Spritzt über Joels T-Shirt, wo es sich mit seinem eigenen Blut vermischt.

Nina kommt mit Kompressen angelaufen, sagt, dass sie einen Krankenwagen rufen wird, aber das ist nicht mehr von Bedeutung. Es ist zu spät. Er hält den Kopf seiner Mutter in seiner Armbeuge, als wäre sie ein Kind. Blut strömt aus ihren Mundwinkeln, rinnt ihr über die Wangen, zeichnet ein monströses Lächeln auf ihr Gesicht.

Es gelingt Joel, ihren Blick einzufangen. Sie blinzelt, scheint sich dem Tod noch für einen Moment widersetzen zu wollen. Hält sich an ihm fest.

Sterile Verpackungen werden hastig geöffnet, weiße Kompressen gegen den Hals seiner Mutter gepresst, die seinen Blick nicht loslässt.

»Ich liebe dich«, sagt er. »Ich liebe dich.«

Ihre Augen weiten sich noch etwas mehr. Sie nickt ein einziges Mal. Dann ist sie fort.

NEBELFENN

Würde man das Nebelfenn heute besuchen, käme es einem nicht in den Sinn, dass die grünen Wände des Flurs auf Station D erst kürzlich von Blutspritzern übersät waren. Dass das Blut auf dem Fußboden Pfützen bildete. Ja, die Erinnerung an die Ereignisse von voriger Woche ist bei nahezu allen Alten der Station bereits verblasst. Aber im Personalraum tuscheln die Angestellten darüber, wenn Elisabeth es nicht hört, sie unterhalten sich mit gedämpften Stimmen im Umkleideraum. Einige erzählen ihrer Familie und ihren Freunden davon. Adrian stellt fest, dass die Story Eindruck schindet, als er nach einem Konzert mit einem Mädel flirtet. Gorana lehrt einen neuen Kollegen von Station B vor seiner ersten Nachtschicht das Fürchten. *Manchmal kann man sie nachts auf dem Korridor von Station D umhergehen sehen.* Monikas Geschichte wird zu einer Spukgeschichte werden, die bald ganz Skredsby kennt: *In manchen Nächten sind hinter einem der Fenster blinkende Lichter zu sehen, die zum Parkplatz zeigen. Dann wird jemand sterben.* In einer anderen Version der Geschichte wandelt Monika mit einer Stricknadel oben auf dem Berg im Wald umher. Versucht, nach Hause zu finden. *Wenn du ihr begegnest, stößt sie zu. Sie sucht Gesellschaft.*

Noch aber sind die Geschichten nicht im Umlauf. Aus der D6 wurden gerade erst die Möbel abtransportiert. Das Sofa, das Monikas Vater vor vielen Jahren einmal geschreinert hatte, ist mit den Stühlen und dem Tisch, dem kornblumenblauen Sessel, dem Schreibtisch und Monikas Mantel unterwegs zu einem karitativen Laden. Die übrigen Kleider wurden weggeworfen, die gerahmten Bilder von den Wänden genommen und in einen Karton gelegt. Schon morgen wird ein neuer Kunde einziehen.

Petrus hat in seinem Wundliegegeschwür an der Hüfte eine Nekrose bekommen. Gorana öffnet das Fenster einen Spaltbreit, um den Gestank aus dem Raum entweichen zu lassen, während sie ihn rasiert. »Deine Fotze will niemand bumsen, du widerliche Schlampe«, sagt Petrus.

Bodil setzt sich im Aufenthaltsraum dicht neben Olof. Er starrt stur auf das Fußballspiel im Fernsehen. Gibt vor, nicht zu bemerken, wie ihn hin und wieder Bodils Brust wie zufällig streift. Aber als ihre Finger spielerisch durch die weißen, feinen Haare auf seinem Unterarm fahren, erschauert er vor Wohlbehagen.

Wiborg sitzt neben ihm in einem Sessel. Starrt vor sich hin. Weiß, dass ihre Eltern ihr niemals verzeihen würden, wenn sie sich so liederlich aufführen würde. Wiborg streichelt das Fell ihres Therapiestoffkätzchens. Erinnert sich auf einmal daran, wie es war, als Jago hier war. *Jemand hat ihm Angst gemacht. Ein ganz, ganz böser Mensch.* Sie ist so tief in ihre Gedanken über den Hund versunken, dass sie zusammenfährt, als ihre Mutter kommt und ihr auf die Schulter tippt. Ein Glücksgefühl breitet sich in Wiborg aus, lässt sie strahlen. *Endlich sind sie gekommen, um mich zu abholen.*

Ihre Mutter hat Wiborgs neugeborenen Bruder auf dem Arm. »Hallo, Oma«, sagt sie. »Ich bin's, Fredrika.«

Wiborg lacht darüber, dass ihre Mutter immer versucht, sie hinters Licht zu führen. Sie betrachtet ihren kleinen Bruder. Zuckt erneut zusammen.

»Das da ist nicht mein Bruder«, sagt sie. »Das ist er nicht mehr.« Und ihre Mutter sieht sie voller Enttäuschung an.

Joel sitzt auf einem Besucherstuhl im Büro der Stationsleitung. Unterschreibt die Kündigung von Monikas Mietvertrag. Elisabeth mustert ihn nervös, als sie die Papiere an sich nimmt. Sie hegt noch immer die leise Befürchtung, dass Joel Edlund sie anzeigen und den Zeitungen eine gepfefferte Story zuspielen wird. Im Moment macht er zwar einen nüchternen Eindruck, aber sie hat nicht vergessen, wie es war, als er Monika hierherbrachte. *Auf Junkies und Alkoholiker kann man sich nie verlassen.* Sie sieht die Schlagzeilen schon vor sich, Phrasen wie SKANDAL IM PFLEGEHEIM und ANGEHÖRIGE SCHLAGEN ALARM. Elisabeth redet sich ein, dass sie sich guten Gewissens verteidigen kann – sie hat alles richtig gemacht. Sie hat Adrian und Nina psychologische Hilfe angeboten, auch wenn beide sie abgelehnt haben. Nina ist für ein paar Wochen krankgeschrieben, und Elisabeth ist sich nicht sicher, ob sie wiederkommen wird. *Vielleicht wäre das auch besser so. Wenn hier irgendjemand einen Fehler gemacht hat, dann Nina. Sie sollte es besser wissen, als Angehörigen so spät abends hier Zugang zu gewähren.* Es ist natürlich kein schwerwiegendes Vergehen, die Besuchszeiten auszudehnen. Das Seltsame ist nur, dass Nina in jener Nacht nicht einmal hätte arbeiten sollen. Elisabeth hat versucht, mit Nina über die Vorkommnisse zu reden, aber nur ausweichende Antworten erhalten. Elisabeth hat beschlossen, nicht weiter nachzubohren. Je weniger sie weiß, umso weniger muss sie im Bericht vermerken. Und es gibt keinen Zweifel daran, dass es Selbstmord war. Adrian konnte alles bezeugen, und die polizeiliche Ermittlung hatte es bestätigt. Alle waren sich einig. Elisabeth ist vorläufig beruhigt.

Sie sieht Joel an. »Wir werden Monika vermissen. Wir hatten angenommen, dass sie sich hier wohlfühlt, aber das kann man natürlich nie wirklich wissen.«

Sofort bereut sie das Gesagte. Das klingt ja womöglich so,

als hätte sie überhaupt keine Ahnung, was mit den Kunden los ist. Aber er verzieht kaum eine Miene. Scheint immer noch unter Schock zu stehen.

»Sagen Sie Bescheid, wenn wir noch irgendwas für Sie tun können«, sagt sie lahm.

Joel nickt nur. Steht auf und schüttelt ihr die Hand. Dann geht er in Richtung Station D, um die letzten Habseligkeiten seiner Mutter zu holen.

JOEL

Als er den Flur der Station D betritt, sieht er zu den Neonröhren hoch. Geht ein letztes Mal zu Apartment D6.

Im Aufenthaltsraum läuft der Fernseher. Irgendein Fußballspiel. Ein ereiferter Kommentator ist zu hören, Raunen von den Zuschauerrängen.

Die Maklerin hat ein Angebot erhalten. Die Käufer wollen das Haus tatsächlich abreißen. Sie bieten nur knapp die Hälfte des Ausgangspreises, aber Lena Nordin hat Joel geraten, es anzunehmen. Er hat sie gebeten, sich mit Björn in Verbindung zu setzen. Ihm persönlich ist das Geld egal. Er will keine weiteren Entscheidungen mehr treffen müssen.

Nächste Woche kehrt er nach Stockholm zurück, am Tag nach der Beerdigung. Dafür gibt es noch immer einiges zu erledigen. Was er danach tun soll, weiß er nicht. Weiß nicht, was ihn zu Hause in Stockholm erwartet, ob er es überhaupt noch als Zuhause bezeichnen kann. Er weiß nur, dass es an der Zeit ist, richtig zu leben. Wie auch immer man das macht.

»Joel?«

Er dreht sich um. Fredrika kommt mit dem Baby auf dem Arm aus dem Aufenthaltsraum. Ein dünnes Tuch bedeckt ihre Brust. Sauggeräusche und ein zufriedenes Schmatzen sind zu vernehmen.

»Ich habe das mit deiner Mutter erfahren«, sagt Fredrika mit einem unsicheren Lächeln. »Es tut mir aufrichtig leid.«

Joel betrachtet den kleinen Körper auf ihrem Arm. Die

Hand, die sich öffnet und schließt. Die nackten Füße mit ganz glatten Fußsohlen, die noch keinen Schritt getan haben.

War er selbst wirklich auch einmal so klein? Ohne Furcht vor der Welt außerhalb der Arme seiner Mutter?

Dass er weint, merkt er erst, als Fredrika einen Arm um ihn legt. Ihn etwas unbeholfen an sich drückt.

Er ist zurzeit wirklich nah am Wasser gebaut.

»Wie geht es dir?«, fragt sie.

»Ich weiß nicht«, sagt Joel. »Ich glaube, ich habe das alles noch nicht ganz begriffen.«

Sie nickt.

»Wie geht es deiner Großmutter?«, fragt er, und sie werfen zusammen einen Blick in den Aufenthaltsraum.

Wiborg sitzt still in einem Sessel und streichelt ihr Kuscheltier.

»Sie ist traurig. Ihre Eltern gehen schon wieder nicht ans Telefon«, erklärt Fredrika.

Ein Schauer läuft Joel den Rücken hinab. Er schielt zu den Neonröhren hinauf.

»Ich hoffe, dass sie bald mehr Neugierde auf diesen kleinen Mann hier entwickelt«, sagt Fredrika und zieht Still-BH und Bluse zurecht, bevor sie das Tuch zur Seite schiebt.

Das Baby blinzelt mit seinen großen Augen zum Licht. Gähnt mit zahnlosem Mund, und Joel kann einen süßen, milchigen Geruch wahrnehmen. Er kitzelt den runden Bauch des Babys mit dem Zeigefinger. Es bekommt einen Schluckauf, strampelt mit den Beinen.

»Das ist wahrscheinlich das letzte Mal, dass wir uns sehen«, bemerkt Fredrika.

»Ja, das ist es wohl«, erwidert er. »Ich bin hier, um die Sachen meiner Mutter zu holen.«

»Ohne dich wird hier etwas fehlen.«

Sie lächeln sich an, und in ihrem Lächeln schwingt die

Erkenntnis mit, wie seltsam es doch ist, so private Momente miteinander geteilt zu haben, obwohl sie einander im Grunde gar nicht kennen. Er ist froh, dass sie den Augenblick nicht damit zunichtemachen, einander leere Versprechungen über ein Wiedersehen außerhalb des Heims zu geben.

»Jetzt betatscht immerhin niemand mehr meinen Bauch«, sagt Fredrika. Er lacht.

Sie umarmen sich hastig, bevor er seinen Weg den Flur hinunter fortsetzt. Sein Blick schweift über die Wände, die Handläufe, den blanken PVC-Boden. Aus der D2 hört er wütendes Geschrei. Die Tür ist nur angelehnt; Joel wirft im Vorbeigehen einen Blick hinein. Petrus' Frau steht im Vorraum und zieht sich die Schuhe aus. Ein seltsamer Geruch dringt aus der Wohnung, als wäre der Abfluss dort drinnen verstopft.

Joel geht weiter zur D6. Sieht an der Stelle, wo seine Mutter in seinen Armen gestorben ist, zu Boden. Meint, ein schmatzendes Geräusch unter seinen Schuhsohlen zu hören, weiß aber, dass das nur Einbildung ist.

Er öffnet die Tür und geht hinein. Das Zimmer ist nahezu leer. Es sieht beinahe so aus wie an jenem Tag, als er das erste Mal hier war. Nur der Karton, der auf der abgezogenen Matratze steht, war damals nicht da.

Joel steht ganz still. Wartet auf etwas. Auf ein Zeichen, einen Widerhall. Ein Gefühl, dass seine Mutter doch noch hier ist.

Nichts. Er weiß nicht, ob er Erleichterung oder Enttäuschung verspüren soll.

… das, vor dem ihr die Augen verschließt, bevor ihr das Gehen erlernt …

Er darf nicht zu viel daran denken. Er wird niemals Antworten finden, und würde er es versuchen, würde er darüber wahnsinnig werden. Er muss sich auf diese Wirklichkeit konzentrieren. Die Wirklichkeit, die er sehen, hören und spüren kann.

Joel verlässt mit dem Karton auf dem Arm das Apartment, ohne sich noch einmal umzublicken.

Er schlägt den Weg in Richtung Eingangshalle ein, besinnt sich dann aber anders. Geht den Flur in die entgegengesetzte Richtung entlang.

Vor der geschlossenen Tür von Apartment D8 betrachtet er zum ersten Mal richtig das Namensschild. »Vera und Dagmar« steht dort in zittriger, aber erstaunlich schöner Schreibschrift, eingerahmt von Blumenbordüren.

Als er anklopft, öffnet Sucdi ihm mit dem Ellenbogen die Tür. Sie trägt Plastikhandschuhe, und es riecht schwach, aber unmissverständlich nach Kot.

»Verzeihung, ich würde gern mit Vera sprechen«, sagt er.

»Eine Minute«, sagt sie und lächelt gestresst. »Können Sie hier warten?«

»Natürlich.«

Er ist Sucdi dabei behilflich, wieder die Tür zu schließen. Bleibt mit dem Karton auf dem Arm stehen. Verlagert das Gewicht von einem Fuß auf den anderen.

Die Sonne scheint durch die Glasscheibe der Tür am Hintereingang. Gorana geht dort draußen auf und ab. Spricht in ihr Handy und raucht eine Zigarette. Als sie ihn sieht, winkt sie ihm fröhlich zu. Er nickt als Erwiderung.

Die Tür von Apartment D8 geht auf, und Sucdi kommt heraus.

»Hej«, sagt sie. »Wie geht es Ihnen?«

»Danke, gut«, sagt er automatisch. »Es geht mir ... schon okay. Den Umständen entsprechend eben.«

Ihr Blick fällt auf den Karton.

»Mein Beileid«, bemerkt sie.

»Danke. Danke für alles. Vor allem für Ihren Zuspruch am ersten Tag, als meine Mutter hier einzog. Sie haben es mir und ihr leichter gemacht.«

»Das ist doch nicht der Rede wert«, sagt Sucdi und lächelt.
»Doch. Das ist sehr wohl der Rede wert, glauben Sie mir.«

Er möchte gern noch etwas hinzufügen, vielleicht um Verzeihung dafür bitten, dass seine Mutter ihr Unannehmlichkeiten gemacht hatte.

Aber Sucdi kommt ihm zuvor. »Monika scheint ein feiner Mensch gewesen zu sein.«

Er erwidert ihr Lächeln.

»Ja, das war sie.«

»Sie können jetzt reingehen, wenn Sie möchten. Und geben Sie auf sich Acht, falls wir uns nicht mehr sehen sollten.«

»Sie auch.«

Er betritt das Apartment. Die Luft hier drinnen ist jetzt frischer. Das Fenster steht einen Spaltbreit offen.

»Hallo?«, ruft jemand.

Das Zimmer ist geringfügig größer als das seiner Mutter. An den Wänden links und rechts steht jeweils ein Bett. Dazwischen ein kleiner Esstisch und zwei Stühle. Sein Blick fällt auf eine gehäkelte Tischdecke. Einen Strickkorb mit roten Wollknäueln.

Joel stellt den Karton auf dem Tisch ab. Begrüßt die beiden alten Damen, bevor er an Veras Bett tritt.

»Ich weiß nicht, ob Sie sich an mich erinnern, mein Name ist Joel Edlund. Ich bin der Sohn von Monika Edlund, die hier bis vor kurzem gewohnt hat.«

Die alte Frau sieht ihn nervös an.

»Ja, bitte?«

»Ich habe mich da nur etwas gefragt ... Wie kam es eigentlich, dass Sie in jener Nacht auf dem Flur waren? Es schien fast so, als hätten Sie dort draußen mit der Stricknadel auf meine Mutter gewartet.«

Vera sieht aus dem Augenwinkel zu dem anderen Bett hinüber, von dem aus ihre Schwester sie schweigend beobachtet.

»Keine Angst«, sagt Joel beschwichtigend. »Ich möchte nur gern wissen, was geschehen ist.«

Vera kneift die Lippen zu einem schmalen Strich zusammen.

Er ahnt, dass Dagmar hinter seinem Rücken den Kopf schüttelt. Aber als er zu ihr schaut, sitzt sie reglos da. Schmatzt nur zahnlos, genau wie Fredrikas Baby.

An der Wand neben Dagmars Bett hängen Aquarelle und Bleistiftzeichnungen von einer schönen jungen Frau. Er gewinnt den Eindruck, dass der Künstler verliebt in sie gewesen sein muss. Jeder einzelne Strich wirkt sinnlich. Er geht näher heran. Erkennt bestürzt, dass die Bilder Dagmar zeigen. Dieselbe Frau, die ihn jetzt mit feindlichem Blick ansieht.

»Was für schöne Bilder«, bemerkt er.

Auf einer Bleistiftzeichnung sitzt Dagmar unbekleidet, zurückgelehnt, in einem Meer von Blumen.

Das Bild zeigt dieselbe Strichführung wie die Blumenbordüre auf dem Namensschild. Und plötzlich wird ihm etwas klar.

Er wendet sich erneut an Vera.

»Ich wünschte, mich hätte jemand jemals so geliebt, um mich auf solche Weise festzuhalten«, bemerkt er.

Falls Vera erkannt hat, dass ihm gerade ein Licht aufgegangen ist, zeigt sie es nicht.

»Sie müssen mir nicht sagen, was passiert ist«, sagt er schließlich. »Es spielt keine Rolle mehr.«

Er hebt den Karton an. Will sich gerade verabschieden, als Vera den Mund aufmacht.

»Es sollte Dagmar wieder gutgehen.«

Joel verzieht keine Miene. Wartet schweigend, hat Angst, sie zu unterbrechen, fürchtet, dass sie es sich anders überlegen könnte.

Veras Unterlippe zittert.

»Das war nicht Dagmar. Er hat sie dazu gebracht, diese Dinge zu sagen.«

»Er hat mich auch getäuscht«, sagt Joel.

Vera seufzt schwer. Sieht ihn tapfer an.

»Jetzt sind wir ihn jedenfalls los«, sagt sie. »Er hat schließlich bekommen, was er wollte.«

Joel glaubt, kalte Finger über seinen Rücken wandern zu spüren. Er sieht zum Fenster. Die Gardine flattert.

Das ist nur der Wind.

»Was meinen Sie damit?«

»Er hat Ihre Mutter ebenfalls getäuscht«, sagt Vera.

»Inwiefern?«

»Sie musste sterben, damit er frei sein konnte.«

»Frei?«

Vera nickt.

Meine arme kleine Mama.

Hatte sie sich umsonst für Nina und ihn geopfert?

Joel schluckt.

»Wohin ist er gegangen?«

»Ich weiß nicht«, sagt Vera. »Manchmal ist er noch hier, aber er lässt uns in Frieden. Und er geht jedes Mal wieder.«

Joel mustert sie. Muss allen Mut zusammennehmen, um ihr diese Frage zu stellen: »Hat er jetzt von mir Besitz ergriffen?«, fragt er.

Aber Vera schüttelt entschieden den Kopf.

»Nein. Sie waren zu stark.«

Dagmar gibt in ihrem Bett ein Schmatzen von sich.

Nina.

Hat er sich jetzt Ninas bemächtigt?

Hat sie den Gedanken, seine Mutter zu töten, deshalb so schnell akzeptiert?

NINA

Etwas hat sie geweckt. Tageslicht schimmert hinter der herabgelassenen Jalousie. Vogelgezwitscher ist zu hören. Aber im Haus ist es still. Sie sieht zur Lampe hinüber, die sie jetzt immer im Schlafzimmer brennen lässt. Vergewissert sich, dass sie noch leuchtet. Nina setzt sich im Bett auf. Sucht die Wände nach Fettflecken ab.

Dann legt sie ihren Kopf wieder auf das Kissen. Schließt die Lider. Versucht, zurück in den Schlaf, in das Vergessen zu gleiten, aber die Bilder haben sich schon in ihr Bewusstsein gedrängt. Monika auf dem Flur. Das Blut. Die blassen Augen, die zur Decke hochstarrten.

Sie wird ihnen niemals entfliehen können.

Markus hat mehrmals gefragt, wie es ihr geht, wie es war, was eigentlich passiert ist. Nina kann ihm keine Antworten geben. Sie hat Elisabeths Angebot, psychologische Unterstützung zu erhalten, abgelehnt. Was hätte das für einen Zweck? Sie kann ja doch nicht die Wahrheit erzählen.

Es klingelt an der Haustür. Nina schlägt die Augen wieder auf. Widerstrebend schält sie sich aus dem Bett, streift sich eine Jogginghose über und geht die Treppe hinunter ins Erdgeschoss.

Als sie am Küchenfenster vorbeikommt, sieht sie Monikas alten Nissan in der Auffahrt stehen. Plötzlich fällt Nina das Atmen schwer. Sie überlegt, sich einfach wieder nach oben ins Bett zu verkriechen. Sich vor der Welt zu verstecken.

Es klingelt erneut an der Tür. Sie geht weiter in die Diele und öffnet.

Joels blasse Augen
Monikas Augen
betrachten sie forschend.

»Ist etwas passiert?«, fragt sie.

»Keine Ahnung. Können wir reden?«

Der Karton mit Monikas Habseligkeiten steht auf dem Beifahrersitz des Autos. Nina wird klar, dass Joel direkt aus dem Nebelfenn hergekommen sein muss.

Ihr Brustkorb schnürt sich zusammen.

»Können wir das hinten im Garten tun?«, fragt sie. »Ich brauche frische Luft.«

»Natürlich«, erwidert er. »Ist Markus zu Hause?«

»Nein. Er arbeitet.«

Sie gehen zusammen in den Garten. Der Rasen unter ihren nackten Füßen ist frisch und saftig. Schon bald muss er wieder gemäht werden. Was auch immer sie mitgemacht hat, das Gras wächst und gedeiht, als sei nichts geschehen. Es ist buchstäblich greifbar. Real.

»Wie idyllisch es hier ist«, sagt Joel, nachdem sie sich jeder auf einem Gartenstuhl niedergelassen haben.

Nina nickt. Ihr Blick wandert zu dem glitzernden Wasser der Bucht.

Vielleicht ist das alles hier nur eine schöne Kulisse. Ist womöglich gar nicht real.

Der Gedanke raubt ihr den Atem. Sie merkt, dass sie krampfhaft die Armlehne des Stuhls umklammert.

Sie wird nie den Moment in Apartment D6 vergessen, als ihr flüchtig bewusst wurde, dass die Wirklichkeit nur eine Fassade ist – und welche Abgründe sich dahinter verbergen.

»Wie fühlst du dich?«, fragt Joel.

Er kneift die Augen gegen das Sonnenlicht zusammen,

studiert sie aber weiterhin, als wollte er jede ihrer Regungen, jedes Mienenspiel registrieren.

Oder aber sie bildet sich das nur ein. Vielleicht hat sie ja schon vergessen, wie man mit anderen Menschen kommuniziert. Seit jener Nacht im Nebelfenn hat sie nur mit Markus gesprochen, und selbst ihn hat sie so weit wie möglich gemieden.

»Ich weiß nicht, wie ich damit leben soll«, gesteht sie. »Es kommt mir vor, als hätte man mir den Boden unter den Füßen weggezogen.«

»Das geht mir auch so. Obwohl dieses Gefühl an und für sich nichts Unbekanntes für mich ist.«

Nina verzieht die Lippen zu einem schwachen Lächeln.

Unten am Ufer muht eine Kuh. Möwen kreischen.

Tun sie das wirklich? Existieren sie tatsächlich?

»Bist du noch mal im Heim gewesen, seitdem ... seitdem wir da waren?«, fragt Joel.

Nina schüttelt den Kopf. »Du aber, oder? Was ist passiert?«

Endlich wendet er den Blick von ihr ab. Sieht auf seine Hände.

»Ich habe mit Vera gesprochen. Sie hat gesagt, dass der Anhalter noch da ist. Dass Mama sterben musste, damit er frei sein konnte.«

Als ihr die Bedeutung seiner Worte klarwird, schnappt sie nach Luft. Ihre Finger krallen sich noch heftiger in die Armlehnen.

»Der Anhalter *wollte* also, dass Monika stirbt? Das war die ganze Zeit über seine Absicht?«

»Es scheint so.«

Wie hatte sie nur glauben können, das Wesen überlistet zu haben?

Es ist also alles anders, als sie dachte. Alles wird wieder auf den Kopf gestellt. Es gibt nichts, an das sie sich halten kann.

»Aber das am Ende war doch Monika, oder?«, fragt sie. »Auf dem Flur. Ich habe doch den Unterschied gesehen.«

Das habe ich doch?

Es muss Monika gewesen sein. Dass sie am Ende Frieden gefunden hat, ist Ninas einziger Trost.

»Ja, das war Mama.«

Nina ist so erleichtert, dass sich ihre Augen mit Tränen füllen.

»Der Anhalter ist in einen neuen Körper geschlüpft. Offenbar jemand, der ab und zu im Nebelfenn ist.«

Und jetzt erst versteht Nina, weshalb Joel sie gerade so forschend betrachtet hat. Ihr Brustkorb schnürt sich abermals zu.

»Ich habe Vera gefragt, ob ich es bin«, fährt Joel fort. »Aber sie meinte, dass es jemand anderes ist.«

Joel hat einen Grashalm ausgerissen, dreht ihn zwischen den Fingern.

»Das ist also der Grund, weshalb du hergekommen bist? Um mich zu überprüfen?«, fragt Nina.

Joel schüttelt den Kopf.

»Nicht nur deshalb. Ich wollte auch sehen, wie es dir geht.«

»Und zu welchem Ergebnis bist du gekommen? Bin ich es, die hier sitzt, oder hat *es* jetzt von mir Besitz ergriffen?«

Joel sieht auf. Sie krallt die Zehen ins Gras.

»Nein, der Anhalter ist nicht hier.«

»Und woher weißt du das?«

Joel zuckt mit den Schultern. »Ich weiß es einfach.«

»Das reicht nicht«, sagt sie. »Ich … erkenne mich selbst nicht wieder, Joel.«

»Du kannst es nicht sein«, sagt er. »Du warst seit den Geschehnissen nicht mehr im Nebelfenn, und Vera hat erzählt, dass der Anhalter ab und zu dort gewesen ist.«

Nina schluckt. Sie wird nie einen besseren Beweis dafür erhalten, das muss sie akzeptieren.

Einen Moment lang sitzen sie schweigend da. Joel zündet sich eine Zigarette an. Das Geräusch des Feuerzeugs, der erste Zug, den er nimmt, löst eine Flut von Erinnerungen in ihr aus. Joels Art zu rauchen ist immer noch haargenau dieselbe wie früher.

Nina hat ihn vermisst. Und sie braucht ihn. Ohne Joel ist sie ganz allein mit dem, was geschehen ist.

Und Joel braucht sie auch.

Damals war es die richtige Entscheidung gewesen, nicht mit ihm nach Stockholm zu gehen. Ihre Freundschaft war zu stark, hätte sie, Nina, gnadenlos aufgezehrt. Und sie hätte ihm sowieso nicht helfen können.

Aber inzwischen sind sie beide andere Menschen.

»Was wirst du jetzt tun?«, fragt er.

»Ich weiß nicht, ob ich wieder im Nebelfenn arbeiten kann.«

»Das kann ich verstehen.«

»Aber das muss ich vielleicht. Jemand anderem widerfährt nun das, was Monika widerfahren ist. Wenn ich nur wüsste, wer es ist, wenn ich den Betreffenden warnen könnte ...«

Sie bricht ab. Joel sieht sie fragend an.

»Adrian«, sagt sie. »Vielleicht ist es Adrian. Er war mit uns auf dem Flur.«

Nina hat das Bild von ihm im Umkleideraum vor Augen. Seinen jungen, kraftvollen Körper. Er muss genau das sein, was der Anhalter sucht.

»Aber Adrian arbeitet nicht auf Station D«, sagt sie dann.

»Und nur dort kam es zu den Vorfällen, das glaube ich jedenfalls. Und der Anhalter musste uns schwächen, um ...«

»Es könnte jeder sein«, unterbricht Joel sie. »Und ich schätze, der Anhalter wird dafür sorgen, dass wir ihn nicht so leicht entdecken. Er hat seinen Willen jetzt schließlich bekommen.«

Joel scheint auf dem Weg hierher gründlich darüber nachgedacht zu haben. Sie selbst kommt gerade nicht ganz mit.

Der Anhalter existiert weiterhin in dieser Welt. Er setzt sein Tun fort.

»Und selbst wenn wir herausfinden würden, in wessen Körper er geschlüpft ist ... was sollten wir dagegen unternehmen?«, sagt Joel.

Nina schüttelt den Kopf.

»Ich weiß nicht. Ich weiß gar nichts mehr. Ich weiß noch nicht mal, ob ich hier wohnen bleiben soll. Vielleicht ist es an der Zeit, etwas ganz anderes zu machen.«

»Wie zum Beispiel?«

»Ich hab keinen blassen Schimmer«, sagt Nina und ist selbst überrascht, dass sie auflacht.

Ihr ganzes Leben lang hat sie darum gekämpft, alles zusammenzuhalten. Sie war sich immer sicher gewesen, dass ihr Leben völlig aus den Fugen geraten würde, wenn sie nicht auf der Hut wäre. Viel hätte sicher nicht dazu gefehlt, dass der Anhalter sich ihrer bemächtigt hätte. Schon von Kindheit an war sie furchtsam gewesen. Hatte um jeden Preis nach Sicherheit gestrebt. Hatte immer krampfhaft an Dingen festgehalten, die ihr nun nicht länger wichtig erscheinen.

Nina schließt die Augen. Die Sonne wärmt ihr Gesicht, aber das Ende des Sommers liegt schon in der Luft.

»Wann fährst du zurück?«, fragt sie und schlägt die Augen wieder auf.

»Ich weiß nicht. Als ich im Auto saß, hat Björn angerufen. Er will das Haus behalten. Er sagt, dass ich dort wohnen bleiben könnte, unter der Bedingung, dass er und seine Familie es ab und zu als Ferienhaus nutzen dürfen.«

»Willst du das?«

»Keine Ahnung. Ich weiß nicht, was ich hier tun soll. Aber in Stockholm weiß ich das auch nicht.«

»Da würden wir beide ja ein hübsches Paar abgeben«, bemerkt Nina.

Er grinst.

»Ich muss auf jeden Fall einen Abstecher nach Stockholm machen. Muss ein paar Dinge regeln und ... mit ein paar Leuten sprechen.«

Nina nickt. Ahnt, dass es etwas mit dem Geheimnis zu tun hat, das der Anhalter Joel gegenüber als Druckmittel ins Spiel gebracht hatte. Wenn Joel es ihr eines Tages erzählen will, wird er das tun.

Irgendwann wird sie ihm vielleicht auch ihr Geheimnis verraten. Ihm verraten, wie ihre Mutter starb.

Ich habe gewusst, was ich tat, als ich mit dem Arzt gesprochen habe. Ich habe es nur mir selbst gegenüber nicht zugeben können. Das kann ich erst jetzt.

»Ich warte, bis die Beerdigung vorbei ist, bevor ich irgendwelche Pläne schmiede«, sagt Joel. »Kommst du eigentlich?«

Daran hat sie bislang noch keinen Gedanken verschwendet. Doch auf einmal sehnt sie sich danach, sich von Monika verabschieden zu können. Von der wahren Monika. Ihrer mit Anstand zu gedenken. Die anderen Erinnerungen zu tilgen.

»Ja«, sagt sie. »Sag mir Bescheid, wenn ich dich noch irgendwie unterstützen kann.«

Er nimmt einen Zug von seiner Zigarette.

»Ich freue mich einfach, wenn du kommst.«

NEBELFENN

»Tschüs, Oma, bis bald!«, verabschiedet sich Fredrika. Aber Wiborg ist schon in ihrem Bett eingeschlafen. Fredrika streicht ihr über die Wange. Sie ist kühl. So kühl, dass Fredrika sichergehen will, dass Wiborg noch atmet. Ihr Brustkorb hebt und senkt sich unter der Decke. *Das ist gut, Oma*, denkt sie. *Bleib bei uns.* Fredrika löst die Bremsen des Kinderwagens und zieht ihn vorsichtig mit sich aus der D1. Als sie am Aufenthaltsraum vorbeigeht, wo der Fernseher läuft, bewegt sich Sigge unruhig in seinem Wagen. Ein ernster Nachrichtenmoderator berichtet von einer weiteren Katastrophe, von Hunderten von Toten in einem Teil der Welt, über den Fredrika nicht viel weiß. Sie gibt am Ende des Flurs den Türcode für den Schließmechanismus ein und betritt das Foyer. Geht raus auf die Treppe, schiebt den Kinderwagen die Rampe hinunter. Ihr geht durch den Kopf, dass sie seit Beginn ihrer Schwangerschaft keinen Ausflug mehr mit ihrer Großmutter gemacht hat. *Wir könnten einmal wieder nach Hålta Vägkyrka fahren und dort einkehren. Das hat sie immer gern getan.* Sigge verzieht das Gesicht im Schlaf zu einer Grimasse, als sie am Fuß der Rampe sind. Fredrika lächelt, zieht sein Mützchen zurecht, schiebt den Wagen über den Parkplatz, bis sie am Auto ist, und nimmt die Autoschlüssel aus der Handtasche. Es ist immer noch früher Nachmittag. Ihr Mann ist mit ihrem fünfjährigen Sohn beim Schwimmunterricht in Lökeberg. Vielleicht könnte sie ja dorthin fahren und die beiden überraschen. Sie hebt Sigge vorsichtig aus dem Wagen in die Babyschale auf dem Beifahrersitz und schnallt ihn an. Er schlägt seine hübschen Augen auf, sieht sie an. Strampelt mit Armen und Beinen. Vor lauter Liebe zu ihm geht ihr das Herz über. In den letzten Tagen fokussiert er stärker, und sie ist stolz, dass er schon so weit in seiner Entwicklung ist. Sie hofft, dass er ihr bald sein erstes Lächeln schenken wird. Fredrika beugt sich vor, schnuppert an seinem Hals, atmet seinen Geruch ein, nach dem sie geradezu süchtig ist. »Hallo, kleiner Mann. Hast du gut geschlafen? Na, hast du ein kleines Lächeln für mich übrig?« Er guckt sie interessiert an. Seine Zunge schießt aus dem Mund. »Heute nicht? Na, du zierst dich vielleicht!« Fredrika geht um das Auto herum, klappt den Kinderwagen zusammen und legt ihn in den Kofferraum. Will gerade die Klappe schließen, als ihr am Kopfende des Kinderwagens ein Schmutzfleck ins Auge sticht. Sie fährt mit dem Zeigefinger über den fettigen Fleck, schnüffelt zögernd daran, aber er riecht völlig neutral. In Sigges Gitterbett hat sie auch so einen komischen Fleck bemerkt. Ob irgendetwas mit seinen Ohren nicht stimmt? Sie schließt den Kofferraum wieder, wischt sich den Zeigefinger an ihrer Shorts ab. Sigges Blick folgt ihr, als sie sich auf dem Fahrersitz niederlässt. Sie streichelt seine weichen, runden Wangen. Guckt sich seine Ohren an, kann aber nichts Ungewöhnliches feststellen. »Dir darf nichts fehlen, kleiner Mann. Du musst immer gesund und munter bleiben. Versprichst du mir das?« Er betrachtet sie ruhig aus blauen Augen. Blinzelt, als sie den Zündschlüssel umdreht und den Motor startet. »Sollen wir jetzt deinen Papa und deinen großen Bruder besuchen? Ja, das tun wir!« Sie fährt vom Parkplatz. Stellt den Rückspiegel richtig ein und sieht das Nebelfenn darin schrumpfen.

DANK DES AUTORS

Ein großes Dankeschön an meinen Vater. Du bist der beste Rentner der Welt.

Ich bedanke mich bei meiner Lektorin Susanna Romanus und bei meinem Redakteur Fredrik Andersson sowie beim gesamten Team des Verlages Norstedts.

Ein Dankeschön auch an Lena Stjernström und die gesamte Grand Agency.

Ein Dankeschön ferner all meinen Leserinnen und Lesern.

Dank gebührt auch Pär Åhlander, der meine Coveridee aufgegriffen und etwas hundertfach Besseres daraus gemacht hat.

Ebenfalls bedanken möchte ich mich bei Petrus Dahlin, Mårten Sandén und Stina Wirsén, die meine Schnarchlaute auf der Couch im Atelier ertragen haben.

Danken möchte ich darüber hinaus allen, die ihr Wissen über illegale Drogen und rezeptpflichtige Medikamente, Stricknadeln und Bettgitter, medizinische Eingriffe und Grundbucheinträge, Demotapes und Demenz mit mir geteilt haben: Elvira Barsotti, Martina Bergsjö, Ylva Blomqvist, Rickard Folke, Susanna Helldén, Jenny Jägerfeld, Nellie Karlsson, Ulf Karlsson, Maria Martinsson, Bahar Nabavi, Sudi Osman, Tina Norman, Göran Parkrud, Karl Romanus, Julia Skott, Johan und Linda Skugge sowie Elisabeth Östnäs. Ein besonderer Dank gebührt Emma Hanfot.

Vielen Dank auch allen, die mein Manuskript gelesen und

kluge Anmerkungen dazu gemacht haben. Vielen Dank allen, die mich dabei unterstützt haben, meine Ideen von allen Seiten zu betrachten und mit neuen Augen zu sehen: Levan Akin, Anna Andersson, Åsa Avdic, Maria Ernestam, Nahal Ghanbari, Karl Johnsson, Åsa Larsson, Alexander Rönnberg, Mattias Skoglund, Erika Stark, Johan Theorin und Anna Thunman Sköld. Ein ganz besonderes Dankeschön gilt Sara Bergmark Elfgren. Ich danke darüber hinaus Margareta Elfgren.